SYLKE HÖRHOLD

Was dir den Atem nimmt

DER VIERTE FALL
OBERLAUSITZKRIMI

OBERLAUSITZER VERLAG

Sylke Hörhold
www.sylke-hoerhold.de

*

Alle Ereignisse und die handelnden Figuren sind von der Autorin frei erfunden. Ähnlichkeiten mit lebenden oder verstorbenen Personen, mit aktuellen oder vergangenen Ereignissen sind zufällig und nicht beabsichtigt.

*

1. Auflage 2022

Dr. Andreas Gerth
Wittgendorfer Feld 6
02788 Zittau, OT Dittelsdorf
www.oberlausitzer-verlag.de

Lektorat:	Karin Damaschke
Umschlaggestaltung:	Annalena Weber
Layout und Satz:	Claudia Dabischa
Druck und Bindung:	Adverts Printing House, Riga, Lettland

ISBN 978-3-946795-58-2

Personenübersicht

Julias Familie in Finkendörfel

- **Julia Eisler** – Rechtsanwältin – die Hauptperson
- **Dr. Paul Eisler** – Arzt und Forschungsassistent – ihr Ehemann
- **Sophia** – genannt **Phi** – ihre dreijährige Tochter
- **Ella-Ma** – Julias Großmutter
- **Trude** – deren enge Freundin und Gefährtin

Julias Familie und Team in Bautzen

- **Georg** und **Milla Veit** – Julias Eltern
- **Sebastian Fink** – **Basti** (heimlich „der Specht" genannt) – Rechtsanwalt und Julias neuer Teilhaber der Kanzlei in Bautzen
- **Die Trögerin** – Sekretärin der Kanzlei
- **Franzi** – die zweite Anwaltssekretärin

Weitere wichtige Finkendörfler

- **Tilda** (Matilda) – Julias neue Nachbarin – arbeitet in der Arztpraxis – und ihr fünf Jahre alter Sohn **Bennie**
- **Fred** (Frederik) – Tildas jüngerer Bruder – Computer- und Netzspezialist
- **Sabine** – Mutter von Tilda und Fred
- **Dr. Dennis Czerny** – der neue Arzt

Familie Krahl und ihr Umkreis

- **Marion Krahl** (geborene Grünert) – vor 17 Jahren verschwunden
- **Jens Krahl** – ihr Ehemann und einstiger Hauptverdächtiger
- **Jessy Krahl** – ältere Tochter und Führerin von Holzverbringerpferden in der Nachfolge ihres Vaters
- **Mia Krahl** – jüngere Tochter, die mit ihrem Freund **Marcel** nach Finkendörfel zurückgekehrt ist
- **Stan Grellert** – Mias Ex-Freund
- **Thomas Müller** – der junge Wald-Müller genannt – Jessys Hauptauftraggeber
- **Kai Marquart** – Geschäftsmann, ehemaliger Chef und Geliebter von Marion Krahl

Sonstige Figuren

- **Heinrich Herzog** – ehemaliger Kriminalhauptkommissar
- **Kriminaloberkommissar Kruz** – dessen Ermittlerkollege beim Vermisstenfall Marion Krahl
- **Kriminalhauptkommissarin Sonja Walther** – leitende Ermittlerin
- **Isolde Arnold** – Pflegemutter von Marion Krahl
- **Ruth** – Betreuerin von Isolde Arnold

1. Kapitel

In den Wald bin ich geflüchtet,
Ein zu Tod gehetztes Wild,
Da die letzte Glut der Sonne
Längs den glatten Stämmen quillt.

Keuchend lieg ich. Mir zur Seiten
Blutet, siehe, Moos und Stein –
Strömt das Blut aus meinen Wunden?
Oder ist's der Abendschein?

– Conrad Ferdinand Meyer, Abendrot im Walde

Weiter! Weiter! Sieh dich nicht um. Jage durch den Wald, den toten Wald. Der Wald der Toten. Rindenlose Fichtenstämme neigen sich über dich wie rachsüchtige Geister. Nur weiter! Es stirbt sich leicht im toten Wald. Weiter! Lauf weiter! Lauf um dein Leben. Schüttele sie ab. Alle. Kämpfe! Mag es vergeblich sein, doch kämpfe. Bäume dich auf. Kämpfe!

Sieh nur, wie die kahlen Äste im fahlen Mondlicht nach dir greifen. Spüre, wie kratzende Ranken dich hindern wollen zu entkommen. Ein Klagelaut lässt dich erzittern. Er kommt von fern. Ein Echo alter Pein. Du keuchst, du ringst nach Luft. Kannst nicht entrinnen. Wie ein Baum fällt, so fällst du. Bist gefällt. Gefangen. Verloren. Nur das Klagen des Windes um das unwerte Sein. Und dann diese Last! Die Last, die dir den Atem nimmt, das Leben aus dir quetscht. Verflucht. Verloren. Kein Klagen hilft hier weiter. Und in der Ferne bellt der Hund. – Der Hund!

Der Hund! Jessy fuhr aus ihrem Traum. Ihr Haar klebte an der schweißnassen Stirn. Sie zitterte. „Aus, Reg!", befahl sie. Ihre Stimme war noch schwach unter dem Eindruck des Albs. Reg bellte weiter die Tür an. „Aus!“ Endlich gehorchte der Border Collie und setzte sich wachsam vor die Kammertür. Dahinter vernahm Jessy wieder diesen Klagelaut, der sie bis in ihren Traum verfolgt hatte. „Mia!“ Mit Mühe befreite sie sich aus dem Wust ihrer Decke. Dann war sie jedoch mit einem Satz aus dem Bett, lief zur Tür und riss sie auf. Mias zarte Gestalt kauerte an der Wand. Sie hatte ihren Kopf auf die verschränkten Arme gelegt und weinte laut und jammernd. Reg kam hinzu. Er schnüffelte an ihr, bevor er sich setzte und zu Jessy aufblickte.

Sie atmete einmal tief durch. „Was sitzt du denn hier in der Kälte?“ Ihre Worte klangen barscher, als sie gewollt hatte. Jessy spürte die alte ohnmächtige Wut in sich aufsteigen, wenn sie ihre Schwester in diesem Zustand sah. „Was hat er wieder gemacht, der Mistkerl?“

„Nichts“, schluchzte Mia. „Er ist gar nicht da. Nicht Marcel … Er ist es!“ Sie schob sich die dunklen Locken aus dem Gesicht und schaute auf. Das nackte Grauen starrte Jessy aus den Augen ihrer Schwester an. „Er ist wieder da, Jess.“

„Das ist nicht möglich. Reg hätte sofort Alarm geschlagen.“

Mia schüttelte den Kopf. „Nicht hier im Haus. Er ist hier!“ Sie hielt ihr Handy hoch.

„Wie hat er das gemacht? Wie kommt das Schwein an deine Daten?“

„Ich … weiß es nicht.“ Mia bebte am ganzen Körper. „Marcel sagt, jeder kann so etwas ausspionieren.“

„Warst du etwa wieder online?“ Reg spitzte die Ohren, da Jessy ihre Stimme erhoben hatte.

„Nur über Marcel“, gab Mia angstvoll zu. „Ich dachte doch nicht, dass … Oh, Jess, es ist alles wieder da! Ich würde am liebsten Schluss machen, damit das endlich aufhört.“

„So weit kommt es noch! – Los! Komm! Hoch mit dir.“ Mühelos hob Jessy das zitternde Bündel hoch und trug es hinüber in ihr Bett. Sie kuschelten sich aneinander. Jessy strich ihrer Schwester die Locken aus der Stirn, bis Mia leise zu summen begann. Eine Fantasiemelodie. Was auch immer zuvor geschehen war: Es beruhigte sie. So hatten sie es schon immer gehalten, wenn Kummer, Angst und Ungewissheit über sie hereingebrochen waren wie ein böses Unwetter. Die Jahre fielen ab. Hier waren sie sicher und vereint in ihrer Höhle. Die starke Jessy und die schöne Mia. Da mochten die Dämonen kreischen und das Chaos toben unten in der Küche. Mias Melodie war ihr Zauberschild.

Reg ließ sich neben dem Bett nieder. Er legte seinen Kopf auf die Pfoten. Die Ohren waren aufmerksam nach vorn gerichtet, damit ihm kein anderes Geräusch im Haus entgehen konnte. Die Schwestern ließ er dabei nicht aus den Augen.

„Ich habe vom Wald geträumt", sagte Jessy schließlich, als Mias Summen verebbte.

„Der Wald!"

Mia klang voller Sehnsucht, sodass Jessy sich hütete, ihr von dem Albtraum zu erzählen. Lieber ließ sie das Wort einfach stehen, in dem alle Schönheit, alles Abenteuer und aller Schrecken ihrer Kindheit wohnten. Der Wald! Der Wald lag im Sterben. Es zerriss ihr das Herz.

„Wie geht es Vater?", fragte sie stattdessen.

Mia regte sich. Im Schein der Nachttischlampe leuchtete ihr schönes Gesicht auf. „Er schläft. Unruhig zwar. Doch die Tropfen wirken, die uns der neue Doktor gegeben hat. Er ist nett, findest du nicht?"

Jessy warf sich auf den Rücken. „Ach, Mia! Du und die Kerle!"

„Was du gleich wieder denkst." Mia knuffte Jessy in den Oberarm. „Das war doch nur beruflich."

„Ja klar."

Sie schwiegen eine Weile und starrten die Decke der Schlafkammer an.

„Es hat mich wie ein Blitz getroffen, dass Stan mir wieder geschrieben hat“, sagte Mia dann. „Gestern schon. Da dachte ich noch, dass das ein schlechter Scherz von Marcel sein müsste.“

Jessy fuhr hoch. „Wenn dieser Typ solche scheiß Scherze mit dir macht, fliegt er hier achtkantig raus! Das kannst du ihm gern bestellen.“

„Wir hatten uns etwas gekabbelt“, beschwichtigte Mia rasch. „Marcel wird doch so schnell eifersüchtig.“ Sie lächelte mit der eitlen Einfalt einer Frau, die wusste, was sie mit ihrem Aussehen bewirken konnte. „Früh war doch der neue Doktor da gewesen.“

„Noch so ein Schönling!“, ereiferte sich Jessy. „Pass auf, was du machst mit denen, Mia. Ich sage es dir: Die Kerle bringen dich noch mal ins Grab!“

„Oh! Sag doch nicht so was, Jess!“

Mias Rehaugen waren schreckgeweitet, sodass Jessy ihre Worte sofort bereute. Sie wuchtete ihren Körper aus dem Bett. „Wo steckt der überhaupt, dein Marcel? Wenn man den Typen mal braucht, macht der sich einen schlanken Fuß! Aber Besitzansprüche erheben. Eifersucht! Dass ich nicht lache.“

„Immer hackst du auf ihm herum, Jessy. Das ist nicht gerecht, weißt du?“

Jessy wusste es. Sie war ungerecht. Sie konnte nicht anders. Dieser lasche Typ, der sich seit Neuestem an ihre Schwester gehangen hatte, regte sie auf. Er brauchte nur in seiner schlaffen Haltung mit am Tisch zu sitzen, schon rastete sie innerlich aus. Oder wenn sie seine träge, schleppende Stimme hörte. Es reichte schon, dass sie seine schlürfenden Schritte vernahm. Reg war ganz Jessys Meinung. Gleich bei ihrer ersten Begegnung im Frühsommer, als Marcel plötzlich in Mias Schlepptau auf dem Hof erschienen war, hatte der kluge Reg bei der Begrüßung nach seiner Hand geschnappt. Seitdem hielt der Typ respektvoll

Abstand. Alles an diesem Marcel hatte etwas so Klägliches an sich, dass sie sich beherrschen musste, ihn nicht ständig zu schütteln. Wie konnte so eine Flasche, so ein Schwächling ihre Schwester beschützen? – Mia behauptete, sie liebe ihn.

Jessy seufzte. „Der Typ hat sich an dich gehängt, weil er gesehen hat, dass du gerade schwach bist", stellte sie resigniert fest. „Und nun klammert er."

„Er klammert gar nicht! Er war einfach da, als ich ihn am meisten brauchte." Auch Mia schälte sich aus der Bettdecke.

„Glaube mir, Schwesterherz: Mit diesem Typen bist du von dem einen Psycho an den nächsten geraten!"

Mia funkelte ihre Schwester an. „Wie kannst du Marcel nur mit Stan vergleichen, diesem eiskalten Schwein!"

„Na gut", gab Jessy zu. „Eiskalt ist er nicht, aber trotzdem ein Psycho."

„Wir lieben uns! Davon verstehst du einfach nichts." Beleidigt zog sie an Jessy vorbei, die vor Zorn für einen Moment verstummt war. Diese Kränkung hatte gesessen.

Der Wecker machte ein klackendes Geräusch. Fünf Uhr. Jessys Zeit zum Aufstehen. Reg erhob sich schwanzwedelnd.

„Wirst du es melden?", fragte Jessy. „Ich meine, Stan hat ja diese richterliche Verfügung, sich von dir fernzuhalten. In jeder Hinsicht. Auch da." Sie wies auf das Telefon in Mias Hand.

Mia war schon an der Tür. Sie wandte sich um. „Melden? Der Polizei? Niemals!" Es schien, als richte sie sich bei diesen Worten ein Stück weit auf. Alle Angst war für den Moment gewichen und hatte ihrer alten Einigkeit Platz geschaffen. Keine Polizei. Niemals. Zu groß die Wunden der Vergangenheit. Doch dieser Augenblick schwesterlicher Eintracht zerstob, als ein Signal Mia auf ihr Telefon schauen ließ. Ihr erster Schrecken wich sogleich Erleichterung.

„Es ist Marcel. Er schreibt, dass er heute zurückkommt. Er hilft mir mit diesem verdammten Stalker, hat er gesagt!“

Jessy entfuhr ein verächtliches Schnauben, was ihr einen wütenden Blick ihrer Schwester eintrug. Jessy winkte ab. „Schon gut“, meinte sie versöhnlich. Reg trottete an ihre Seite. „Versuche noch ein bissel zu schlafen, bevor Papa wach wird. Ich muss zu den Pferden.“

2. Kapitel

Da draußen, stets betrogen,
Saust die geschäft'ge Welt,
Schlag noch einmal die Bogen
Um mich, du grünes Zelt!

– *Joseph von Eichendorff, Abschied vom Walde*

„Was mag Julia nur aufgehalten haben?" Ella-Ma stieg mit einiger Mühe aus dem Taxi.

„Vor allem: Warum geht sie nicht ans Telefon?", ergänzte Trude brummig. Sie griff nach einem der Koffer, doch die Taxifahrerin nahm ihn ihr sofort wieder aus der Hand. „Lassen Sie mich das mal machen", verkündete sie und packte kräftig Koffer und Tasche. Damit ging sie den beiden Alten voraus durch das Gartentor hinauf zum Umgebindehaus am Fuße des Kirchberges. Im Vorgarten leuchteten die Astern und das rote Laub des Hartriegels. Ihre betagten Fahrgäste folgten ihr Arm in Arm in kleinen, vorsichtigen Schritten.

„Ach, Trude!", gestand Ella-Ma. „Ich will nur noch auf meine Couch und die Beine hochlegen."

„Das verstehe ich vollkommen, meine Liebe. – Was auch immer Julia gehindert hat, uns abzuholen, es ist …"

„Hoffentlich ist nichts mit Phi!"

Trude zuckte merklich zusammen. Der Gedanke, dass ihrer geliebten kleinen Sophia etwas zugestoßen sein könnte, versetzte sie in Aufruhr. Unwillkürlich beschleunigte sie ihre Schritte und zerrte Ella-Ma mit sich der Haustür entgegen. „Der Husten ist vielleicht wieder schlimmer geworden", unkte sie. „Hatte Julia nicht erst neulich von dem Verdacht auf Asthma gesprochen? Vielleicht sind sie im Krankenhaus?"

„Nun male doch nicht gleich den Teufel an die Wand, Trude! Du bist ja schlimmer als Julia.“

Doch Trude ließ ihre Freundin los und eilte zur Haustür, wo die Taxifahrerin schon mit dem Gepäck wartete. Sie schloss auf. „Bitte stellen Sie es doch gleich hier in den Flur!“

Mit sachten Schritten war Ella-Ma gefolgt. Sie nestelte in ihrer Handtasche nach dem Portemonnaie. „Das stimmt so und haben Sie vielen Dank!“

Sichtlich erfreut verabschiedete sich die Taxifahrerin.

Trude half Ella-Ma aus der Jacke, als sie heftig streitender Stimmen aus dem Anbau heraus gewahr wurden. Die Wohnungstür zu Julia und Paul war nur angelehnt. Sie hörten jedes wütende Wort.

Voller Besorgnis sahen sich die beiden Ankömmlinge an.

„Sturm im Wasserglas?“, vermutete Ella-Ma schließlich.

„Oder es ist doch etwas mit Phi? Warum ist sie nicht da? Oder hörst du unsere Kleine hier irgendwo?“

„Scht!“ Ella-Ma hob die Hand. Sie lauschten. Solchen leidenschaftlichen Streit waren sie von Julia und Paul nicht gewohnt.

„Du willst wissen, wie mein Tag war?“, wütete Julia mit schriller Stimme. „Interessiert es dich wahrhaftig, dass unsere Tochter heute zweimal aufs Töpfchen gekackt hat? Dass sie solchen Husten hatte, dass sie mir den Hustensaft auf die Hose gekotzt hat? Und dass mir unser ehrenwerter Dr. Köhler versichert hat, dem Kind fehle es lediglich an Ruhe und Ordnung?!“

Pauls Stimme war ruhiger, aber auch er klang deutlich verärgert, ohne dass sie seine Worte erfassen konnten.

„Was du nicht sagst“, war Julias schäumende Antwort. „Ich gehe das nächste Mal jedenfalls zu diesem neuen Arzt, den Köhler jetzt bei sich angestellt hat. Auf dich kann ich offensichtlich nicht mehr zählen, wenn es um die Gesundheit unseres Kindes geht. Dem Herrn Dr. Dr. Eisler ist ja seine Arbeit am Institut viel wichtiger.“

Pauls Einwand war erneut nicht zu verstehen. Doch wenn er besänftigen sollte, verfehlte er eindeutig sein Ziel. „Natürlich habe ich gesagt, dass ich mich um Sophia kümmere", war Julias hitzige Entgegnung. „Das ist gar nicht der Punkt, sondern dass es eine Frage der Wertigkeit für dich ist. Was ist schon die Arbeit einer kleinen Anwältin gegenüber dem Ruf der Wissenschaft und der Rettung der Menschheit. Schließlich winkt da ja schon die Professur, nicht wahr?"

„Du bist ungerecht, Julia! Und das weißt du auch."

„Mag sein", wiegelte Julia ab, deren Wut mittlerweile erste Erschöpfung zeigte. „Es ist nur so, dass du mich hier mit allem so allein lässt. Die Niederungen eines normalen Familienalltags sind dir gerade mal eine kleine Nachfrage wert. Hast du eine Ahnung davon, wie so ein Tag bei uns abläuft? Telefonate mit Klienten auf dem Klo, damit sie nicht Phis Weinen oder ihren Husten hören. Alle Arbeitszeit ist gestohlene Zeit. Überall Unordnung, Wäsche, Chaos und Stapel von Unerledigtem. Gestern habe ich mit letzter Not noch eine Frist einhalten können. Wenn mich die Trögerin nicht wieder und wieder daran erinnert hätte. Mein Kopf ist so voll und leer zugleich. – Ach, manchmal könnte ich …!" Ihre letzten Worte erstickten in Tränen.

Ella-Ma und Trude wechselten einen mitleidigen Blick. Dann nutzten sie die kleine Pause, um ihre heimliche Zuhörerschaft zu beenden. Nach einem kurzen Klopfen traten sie bei den Eislers ein.

„Hallo, ihr zwei", sagte Trude trocken. „Hier brennt ja ordentlich die Luft."

Julia nahm die Hände vom Gesicht. Sie starrte sie an wie Geister. Paul dagegen schien erleichtert über ihr Erscheinen. Doch als er sie mit einer Umarmung begrüßte, wurde sein Gesichtsausdruck fragend und er wandte sich nach Julia um. „Wolltest du unsere beiden lieben Alten nicht abholen?"

Julia stierte noch immer fassungslos auf die Ankömmlinge. „Ihr …", stammelte sie schließlich und wischte sich die Tränen der Wut aus dem Gesicht. „Ihr seid schon da? – Oh mein Gott! Ich dachte, … Welchen Tag haben wir heute? – Warum habt ihr denn nicht …? – Wo ist mein verdammtes Telefon?" Paul reichte es ihr. Es hing am Stromkabel. Der Stecker jedoch baumelte frei in der Luft. „Scheint tot zu sein", murmelte er mitfühlend. „Akku leer."

„Akku leer", wiederholte Julia wie im Trance. Dann stürmte sie auf die beiden zu, um sie zu umarmen. „Es tut mir so leid! Ich habe …, ich dachte morgen … Ich habe es vergessen!" Sie schluchzte in Trudes Jacke.

„Offensichtlich, mein liebes Kind", meinte Ella-Ma, die sich nach diesem Ansturm vorsichtshalber auf einen der Stühle am Esstisch setzte. „Beruhige dich erst einmal. Du bist ja völlig außer dir."

Julias Weinen wurde heftiger. Sie krallte sich in Trudes Jacke. „Aber ich hatte es doch versprochen!", stieß sie zwischen ihren Schluchzern hervor. „Es tut mir so leid! – Da kommt ihr gerade von der Kur und Oma ist doch noch schwach und ich … Ich habe es vergessen! Was für ein Desaster!"

„Ist ja gut nun!" Energisch befreite sich Trude aus Julias Klammergriff. „Setz dich! Und trockne deine Tränen." Sie drückte Julia auf den Stuhl neben Ella-Ma und reichte ihr ein gebügeltes Taschentuch aus ihrer Jackentasche. Dankbar schniefte Julia hinein. „Aber ich habe es doch versprochen! – Im Moment läuft einfach alles schief."

Trude überhörte das geflissentlich und setzte sich ebenfalls. „Gibt es vielleicht einen Tee? Paul? Bist du so gut? – Und wo ist denn unsere kleine Phi?"

„Bei den Hellers drüben", sagte Paul über seine Schulter hinweg. Er war nach nebenan in die Küche gegangen und machte sich am Wasserkocher zu schaffen.

Ella-Ma und Trude wechselten einen Blick. „Wie das?"

„Bei Tilda", schniefte Julia. „Sie ist mit ihrer Mutter hergezogen. Die pflegt doch jetzt Friedegard nach ihrem Schlaganfall, damit die nicht ins Pflegeheim muss. Ist wohl ihre Tante."

Trude wurde ganz aufmerksam. „Ach, das ist bestimmt die Sabine. Ja, die ist Krankenschwester, wenn ich mich richtig erinnere. Und diese Tilda ist also ihre Tochter?" Familienbande hatten Trude schon immer fasziniert.

„Und Bennie, der Enkel ist auch mit", ergänzte Julia. Sie schnaubte in das völlig durchnässte Taschentuch. Wortlos reichte ihr Ella-Ma ein Päckchen frischer Tempos aus ihrer Handtasche. „Danke." Schon wagte sich ein erstes Lächeln auf Julias verweintes Gesicht.

„Ich habe einen ganz schön hohen Verbrauch heute, nicht wahr?", versuchte sie zu scherzen.

„Wie schön, dass du in unseren neuen Nachbarn gleich eine Freundin gefunden hast", sagte Ella-Ma sanft. „Wie geht es Friedegard denn?" Ihr Versuch, Julias Gedanken behutsam in andere Bahnen zu lenken, schien zu gelingen. Julia knüllte die nassen Tränentücher zusammen und blickte auf. „Sie ist wohl sehr energisch, trotz ihrer Beeinträchtigung."

Es lag Vorsicht in Julias Worten. Schon holte Trude Luft, um mehr darüber zu erfahren. Doch Paul stellte gerade ein paar dampfende Tassen mit heißem Wasser vor sie auf den Tisch. In jeder baumelte ein Teebeutel, was bei Ella-Ma für einen kurzen Moment der Enttäuschung sorgte. Sie fasste sich jedoch schnell. „Danke, mein Lieber."

„Ich denke, ich sollte Sophia jetzt abholen", sagte Paul. „Hattest du nicht gesagt, bis halb sechs?" Die Frage war an Julia gerichtet und sorgte dafür, dass sie schon wieder in Aufruhr geriet. Sie schnappte sich ihr totes Telefon. „Mist!" Sie sah auf die Uhr in der Küche. „Ich muss los!"

„Lass doch mich …"

„Nein, nein! Ich gehe!“ Julia war schon aufgestanden. „Ich mache das. Bereite du nur etwas Abendbrot für uns vor. Und hilf den beiden mit den Koffern, ja?“ Bevor jemand etwas erwidern konnte, war Julia aus der Wohnung. Sie hörten nur wenig später die Haustür zuklappen.

Eine Weile herrschte betretenes Schweigen. Dann ergriff Ella-Ma das Wort. „So, nun setze du dich mal, mein lieber Paul!“ Sie klopfte auf den Stuhl neben sich. „Und sage uns endlich, was hier los ist!“

*

Julia sah Tilda am Gatter zum Hühnerhof lehnen. Neben ihr stand ein schlaksiger junger Mann mit blassem Gesicht in einem viel zu großen schwarzen T-Shirt. „Keep cool play games“ stand darauf.

Tilda hatte die Ankunft ihres jüngeren Bruder Frederik für heute angekündigt, aber Julia fühlte sich im Moment nicht in der Lage, neue Bekanntschaften zu schließen. Die Aufruhr und ihr Versagen hatten sie erschöpft und frustriert. Eben wollte sie umdrehen und doch Paul rüberschicken, um Sophia abzuholen, als Tilda nach ihr rief. Schon kam sie auf Julia zugelaufen, fröhlich strahlend wie immer. Matilda hatte ein so sonniges Gemüt, dass Julia ganz schwarz im Herzen wurde vor Sehnsucht nach einer Prise dieser Leichtigkeit.

„Die Kinder bringen mit Mutti noch die Hühner rein“, rief sie. Flink kam die kleine, rundliche Tilda näher, doch plötzlich stockten ihre Schritte. „Mein Gott, Julia! Du siehst schrecklich aus.“ Tilda sah sich nach den Kindern um. Sie waren nicht zu sehen. Nur Fred winkte herüber. „Komm schnell in die Küche“, flüsterte sie und nahm Julia an der Hand, als fürchtete sie, Julia könnte entfliehen oder womöglich, was noch schlimmer wäre, die Kinder erschrecken mit ihrem Aussehen.

„Willst du einen Tee?“ In der großen Landhausküche der Hellers stand immer etwas zu essen und zu trinken bereit. „Komm, setz dich.“ Sie betrachtete Julia mit einer Mischung aus Mitleid und Neugier. „Oder lieber etwas Stärkeres?“

„Tee.“ Müde ließ sich Julia auf einen der Küchenstühle plumpsen. „Sonst komme ich hier nie wieder hoch.“

„Was ist passiert?“ Tilda stellte die mit dem Haustee gefüllten Tassen auf den Tisch und setzte sich neben Julia.

In wenigen Sätzen erzählte Julia von ihrem neusten Drama. Neben vielen anderen Talenten besaß Tilda die Gabe, mit einer Engelsgeduld zuhören zu können. Julia wusste nicht, wie sie die letzten Wochen ohne diese Stunden in der Landhausküche, die tatkräftige Hilfe ihrer neuen Nachbarin und deren Freundschaft überlebt hätte. Ella-Ma und Trude zur Kur, Paul mit seiner neuen Arbeit am Institut beschäftigt und ihre Eltern auf Weltreise. Sophia immer wieder krank. Dazu Julias Ängste, sie könnte auch dieses Kind verlieren, so wie damals ihren Sohn Stevie, der am plötzlichen Kindstod gestorben war.

„Ich glaube, ich verliere so langsam den Verstand, Tilda!“, schloss sie und legte die Stirn auf die Tischplatte. „Ich habe das Gefühl, ich bin gar nicht mehr ich selbst. Nur noch eine funktionierende Mama-Maschine, die als Anwältin und Enkeltochter aber total versagt.“

„Unsinn“, sagte Tilda voller Überzeugung. Sie legte ihren Arm um Julias Schulter, um dann gleich energisch festzustellen. „Total abgeklappert bist du! Kein Wunder, wenn du keine Mauke mehr hast für deinen Alltag. Isst du denn auch richtig?“

Für Tilda ließen sich die meisten Dinge über leibliche Genüsse regulieren. In anderen Zeiten hätte sich Julia darüber amüsiert. Jetzt aber war sie nur noch müde, trostlos müde und ohne Kraft. Mit Mühe richtete sie sich wieder auf. „Morgen muss ich nach Bautzen in die Kanzlei. Ich überlege ernsthaft, mich krank zu melden."

„Dann mache das doch!"

Julia schüttelte den Kopf. „Ist zu wichtig. Wir bekommen das Mandat für einen hiesigen Unternehmer, dem man schlecht etwas abschlagen kann. Außerdem will ich dem Specht die Genugtuung versagen, wieder auf mir herumzuhacken. – Von wegen: Ich erfülle meine Arbeit nicht. Dem werde ich es noch zeigen!" Sie schaffte es sogar, ihre Fäuste zu ballen.

„So gefällst du mir schon besser", sagte Tilda zufrieden und goss Tee nach. „Lass den Specht doch trommeln. – Wer ist übrigens dieser Specht?"

Unvermittelt lachte Julia auf. „Das ist mein neuer Partner. Nach Vaters Rückzug in den Ruhestand hat er sich in unserer Anwaltskanzlei eingenistet." Sie nahm einen tiefen Schluck vom Kräutertee. „Bürgerlicher Name: Sebastian Fink. Den Beinamen Specht hat er sich in unserer Familie durch seine dämliche Angewohnheit erworben, mit dem Stift auf der Tischplatte zu trommeln, wenn er seiner Rede Nachdruck verleihen will. Dieser wichtigtuerische Kraft-Zwerg! Er macht das natürlich besonders gern, wenn er eine seiner Intrigen spinnt." Julia klopfte theatralisch mit ihren Zeigefingern auf den Küchentisch. Jetzt lachten sie beide.

„Ach, Tilda! Schön, dass du jetzt hier eingezogen bist."

„Danke." Verlegen machte sich Tilda an ihrer Teetasse zu schaffen. „Der Specht scheint dich immerhin ordentlich in Form zu bringen." Sie bedachte Julia mit einem nachdenklichen Blick. „Er entzündet deine Widerstandskraft."

„Eher meine Mordlust", bekannte Julia schon wieder einigermaßen fröhlich.

„Meine liebe Julia", sagte Tilda nun mit Bestimmtheit, „ich sehe doch, dass dieser Specht die Kriegerin in dir weckt.“ Sie lehnte sich in ihrem Stuhl zurück. „Das ist vermutlich genau das, was du jetzt brauchst: eine Herausforderung.“

„Ehrlich? – Ich schaffe ja kaum die Herausforderungen eines ganz normalen Tages.“

„Ich meine, eine richtige Herausforderung. Etwas, was die Anwältin in dir fordert.“

Julias eben erwachter Lebensmut sackte wieder in sich zusammen. „Ich will einfach nur den morgigen Tag überstehen“, murmelte sie.

„Soll ich Sophia nehmen?“

„Nein, die Trögerin passt morgen auf Phi auf, wenn ich in Bautzen bin. – Das ist unsere altgediente Anwaltssekretärin“, ergänzte sie, als sie Tildas fragenden Blick bemerkte. „Aber ich danke dir für …“

In diesem Augenblick kamen die Kinder hereingestürmt. „Mama!“, rief Sophia begeistert. Ihre Augen glänzten und sie hatte gerötete Wangen. „Da ist ein Hund! Der Fredi hat einen Hund!“

„Ja, mein Schatz“, sagte Julia abwesend und fühlte besorgt Sophias Stirn. Hatte das Kind etwa schon wieder Fieber?

„Ein Shiba Inu“, bestätigte Tilda mit einigem Stolz in der Stimme. „Das ist eine japanische Rasse. So kommt Fred, der alte Stubenhocker, wenigstens ab und zu an die frische Luft. Der Hund heißt Takeshi.“

„Das bedeutet Krieger, Beschützer“, ließ sich Frederik von der Tür her vernehmen. Er war mit seinem Neffen Bennie auf dem Arm in die Küche getreten. Julia sah, dass er sein linkes Bein nachzog. „Tak-shi“, wiederholte der kleine Bennie versonnen. Er bohrte in der Nase.

„Gesundheit!“

Die Geschwister lachten. Sogar Julias Gesicht verzog sich zu einem Grinsen. Sophia quietschte vor Vergnügen und wand sich aus der mütterlichen Umarmung. „Ta-ke-shi!“

Sie klatschte in die Hände, während sie durch die Küche hopste.

„Ruhig, Phi! Sonst wirst du wieder krank und musst Medizin nehmen."

„Jetzt klingst du wie eine Großmutter", sagte Tilda mit einem vorwurfsvollen Kopfschütteln. Fred feixte.

„Sophia ist ganz heiß an der Stirn", rechtfertigte sich Julia, die ertappt errötete. „Fühl doch mal!"

„Das kommt vom Herumrennen." Tilda schüttelte den Kopf. „Entspann dich endlich!"

Das Klingeln des Haustelefons rettete Julia vor weiteren guten Ratschlägen. Es war Paul. Tilda reichte Julia den Apparat. „Wie es scheint, ist das Abendbrot fertig", meinte Julia, während sie das Telefon entgegennahm.

„Nicht verplaudern", brummte Paul. „Ihr werdet erwartet."

„Sind gleich da!" Sie winkte nach Sophia. „Papa", flüsterte sie. Das zog immer. Sofort war das Mädchen bei ihr. „Papa! Papa!" Sie haschte nach dem Telefon und sprang dabei auf und ab wie ein Gummiball.

„Der Specht verlangt nach dir", sagte Paul.

Julia richtete sich auf. „Basti ist bei uns?"

„Nein. Er will, dass du zurückrufst."

„Alles klar", antwortete Julia aufatmend. „Wir sind gleich da." Sie begegnete Tildas besorgtem Blick. „Mach dir keine Gedanken", versprach sie mit einem gequälten Lächeln. „Ich rufe erst nach dem Abendessen zurück und werde die Souveränität in Person sein."

Sie umarmten sich zum Abschied. Frederik gab sie die Hand. „Schön, dass du jetzt auch hier bist. Das macht die Familie komplett."

„Fast", erwiderte Fred grinsend. Er wandte sich an Tilda. „Ich gehe noch eine Runde mit dem Hund."

Julia wollte noch etwas sagen, doch Phi zog sie schon in Richtung Tür. „Ich will zu Papa!"

3. Kapitel

Tief die Welt verworren schallt,
Oben einsam Rehe grasen,
Und wir ziehen fort und blasen,
Dass es tausendfach verhallt:
Lebe wohl,
Lebe wohl, du schöner Wald!

– Joseph von Eichendorff, Der Jäger Abschied

Das gemeinsame Abendessen war in überraschender Harmonie verlaufen. Ella-Ma und Trude hatten munter von ihren Kurerlebnissen berichtet, wenn Sophia ihnen die Gelegenheit dazu gegeben hatte. Atemlos und nur einmal unterbrochen von einem Hustenanfall waren aus der Kleinen alle Abenteuer des Nachmittages bei den Hellers herausgesprudelt. Sie war Julia so glücklich dabei erschienen, dass sie es sich verkniffen hatte, zum Einhalt oder gar zum Essen zu mahnen. Stattdessen hatte es Julia einfach genossen, gemeinsam mit ihren Lieben am gedeckten Tisch zu sitzen und sich um nichts kümmern zu müssen.

Ella-Ma schien gut erholt von ihrem Schwächeanfall im Spätsommer und auch Trude hatte den Kuraufenthalt offensichtlich genutzt, um sich von ihrer Trauer zu erholen. Zumindest hatte sie ihren geliebten Perserkater Raki bisher noch mit keinem Wort erwähnt. Raki ruhte seit August in seinem Katergrab unter der alten Weide am Bach.

Vor allem jedoch hatten Sophias vor Glück strahlende Augen Julias sorgenvolles Herz erfreut. Sogar Paul hatte heute einmal mit ihnen am Tisch gesessen und die ganze Aufmerksamkeit ihrer kleinen Tochter als Preis dafür bekommen. Das wiederum gab Julia einen kleinen eifersüchtigen Stich, auch wenn es ihr Wohlgefühl nicht lange zu trüben vermochte. Die ruhige Kraft dieser familiären Stunde lag wie Balsam auf ihrer Seele.

Ella-Ma und Trude hatten sich nach dem Essen alsbald in ihre Wohnung zurückgezogen. Paul und Sophia lagen nun auch schon im Bett und erzählten Geschichten. Julia hörte Pauls ruhigen Bariton im Wechsel mit Phis Zwitschern. Vom Husten war nun nichts mehr zu bemerken bei Sophia. Sicherlich würde heute Abend auch nicht die Runde mit dem Auto fällig sein, bei der Sophia sonst am besten in den Schlaf fand. Was Glück so alles vermochte.

Für einen Augenblick erwog Julia, sich zu ihnen zu gesellen und den Specht noch etwas warten zu lassen. Doch dann blinkte eine Textnachricht auf: „Hast du kurz Zeit?“

Mit einem Seufzen ging Julia hinunter in ihr Büro und drückte die Rückruftaste. Es hupte nur einmal und ihr Partner war am Telefon. Sebastian Fink schien auch den Feierabend nur zu gern mit seiner Arbeit zu verbringen. Als eingefleischter Junggeselle war das vermutlich kein Problem für ihn. Kraftsport und Arbeit – das war es auch schon, was das Leben dieses Zwerges ausmachte. Julia schämte sich nur ganz wenig für ihre gehässigen Gedanken. „Hallo, Basti“, sagte sie so freundlich sie vermochte. Dabei trat sie kräftig auf die Holzstufen, damit der Specht hörte, dass auch sie unterwegs und sehr beschäftigt war.

„Hallo, meine Liebe“, antwortete er mit breitester Freundlichkeit im Singsang seiner Mädchenstimme. „Wie schön, dass du noch Zeit für mich gefunden hast, heute Abend. Na? Wie geht es der Familie?“

„Bestens.“ Julia ließ sich nicht einen Moment täuschen. Sie trat im Dunkeln in ihr Büro. Bevor sie Licht anschalten konnte, stieß sie an einen Holzwagen, den Sophia vom Spielen am Vormittag hatte stehen lassen. Der Schmerz schoss wie ein Dolch in ihren Knöchel. Mit Mühe unterdrückte sie einen Fluch.

„Alles in Ordnung bei dir?"

„Ja klar", keuchte Julia und rieb sich den Knöchel. „Geht es um morgen?"

„Na, ja", antwortete der Specht gedehnt. „Auch das, ja." Julia hörte den Stift klopfen. Sie humpelte zu ihrem Schreibtisch.

„Ist ja eine richtige Nummer im Holzgeschäft, unser neuer Mandant. – Schön, dass du es dir einrichten kannst, dabei zu sein. Das war dem Herrn sehr wichtig."

Die Ewald-Holz GmbH. Julias Magen krampfte sich zusammen, wie vor einer schweren Prüfung, auf die sie sich nur halb vorbereitet hatte. Sie musste sich heute Nacht noch unbedingt in die Vertragsunterlagen einlesen und über die Firmengeschichte recherchieren. „Einer der Juniorpartner ist ein Bekannter deines Vaters, wie er sagt", fuhr der Specht indessen im sanften Plauderton fort, mit dem er seine Mandanten vortrefflich einzulullen pflegte. „Sie nennen ihn den Wald-Müller. Kennst du ihn?"

„Nur dem Namen nach. Und aus den Unterlagen", fügte sie hinzu. „Weswegen rufst du eigentlich an?" Ihre Sinne waren mittlerweile wieder geschärft, wie immer, wenn sie mit Sebastian Fink zu tun hatte. Etwas in ihr warnte sie vor einem Angriff des Spechtes. Seine geölte Freundlichkeit konnte nur Tarnung für eine seiner versteckten Boshaftigkeiten sein. Julia war auf der Hut. Lange musste sie nicht warten.

Das Klopfen des Stiftes brach jäh ab. „Du, Julia?", seine Stimme wurde väterlich mild. „Die Franzi sagte mir heute, dass das mit der Frist für die Klageerwiderung bei der Sache Richter gegen Richter beinahe schiefgegangen wäre?"

„Ist es aber nicht", entgegnete Julia scharf. „Dank der Aufmerksamkeit der Trögerin, die mich rechtzeitig erinnert hat."

„Na! Die gute Seele!"

Julia ballte ihre Faust. Der Schmerz im Knöchel war vergessen. Welche Infamie! Die Trögerin stand nur wenige Monate vor dem Ruhestand nach fast 40 Jahren in der Kanzlei Veit & Partner, an jedem Tag kurz vor ihrer Kündigung, so sehr brachte der Specht sie in Rage. Und jetzt raspelte der so ein Süßholz.

„Wenigstens eine, die aufpasst“, bemerkte sie spitz. „Unsere Franzi hält das ja nicht für unbedingt nötig.“ Julia betonte das ‚unsere‘. Der Specht hielt die neue Anwaltsgehilfin in aller Selbstherrlichkeit für seine alleinige Privatassistenz.

„Die Franzi hat so viel um die Ohren mit der Vorbereitung der Mandatsübertragung morgen“, beeilte sich der Specht prompt zu versichern. „Aber deswegen rufe ich dich auch gar nicht an, sondern wegen einer Anfrage von einer Hamburger Kanzlei, die dich interessieren könnte.“

„Lass hören!“ Julias Wachsamkeit war unvermindert hoch.

„Es geht um eine Erbschaftsangelegenheit. Doch die mögliche Erbin ist seit 17 Jahren verschwunden.“

„Verschollen oder verschwunden?“

Er druckste herum. „Na … Naja: Verschwunden eher. Es hat wohl mal zwischendurch ein Lebenszeichen gegeben. Eine Karte aus Hamburg – oder war es Lübeck?“ Er tippte etwas in seinen Computer.

„Ist dafür nicht die Polizei zuständig?“, unterbrach ihn Julia ungeduldig. Sie fuhr sich über die Stirn. Müdigkeit überkam sie wie ein Fieberschauer. Sie hatte in der letzten Nacht nur drei Stunden geschlafen, um die Frist noch einhalten zu können.

„Das ist sie natürlich“, gab der Specht zu. Julia hörte das Klopfen wieder, doch zaghaft, so als sei sich Sebastian Fink ausnahmsweise nicht so sicher. „Damals haben sie sogar an einen Mord gedacht. Der Ehemann stand unter Verdacht. – Natürlich! Dem haben sie wohl das ganze Grundstück umgegraben nach dem Verschwinden seiner Frau. Doch keine Spur von ihr zu finden. Und dann natürlich der Liebhaber! Doch dem haben sie auch nichts nachweisen können."

Julia unterdrückte ein Gähnen. „Was sollten wir da tun können? – Wann sagtest du, ist die Frau verschwunden?"

„Vor 17 Jahren."

Da waren sie und Paul glücklich verliebt gewesen als Studenten in Marburg. Noch keine Spur von Tod und Leid und Angst und Schmerz.

„Bist du noch da?"

„Ja, ja", antwortete Julia zerstreut. „Ich dachte nur gerade daran, wo ich vor 17 Jahren war."

„Ich habe da gerade mein Abi gemacht", feixte der Specht. „Natürlich 1,0."

„Natürlich!" Julia straffte sich. „Nun komm zum Punkt, Basti. Ich bin hundemüde. Was sollte uns an diesem Fall interessieren, wenn die Polizei nirgendwo fündig geworden ist?"

„Na, das Geld natürlich!", flötete der Specht und pochte nun wie wild mit seinem Stift auf die Unterlage. „Fantastische Konditionen. Sogar Vorschuss gibt dieser ominöse Erblasser. Und eine stattliche Erfolgsprämie. Na, was meinst du?"

„Viel Spaß damit."

„Na! Das ist jetzt nicht dein Ernst. Liebe Julia! Ich denke doch, das ist gerade etwas für dich in deiner jetzigen Situation."

Sofort schoss die Wut in ihr hoch. „Was willst du damit sagen?"

Der Specht ließ sich nicht beeindrucken. „Na, die Familie der Verschwundenen wohnt doch in Finkendörfel", rief er, so begeistert von seiner eigenen Idee, dass er mit dem Klopfen aufhörte. „Du hättest praktisch ein Heimspiel. Und die …"

„Warum nimmt die Kanzlei des Erblassers nicht direkt Kontakt mit der Familie auf?“, fuhr ihm Julia dazwischen.

Für kurze Zeit war der Specht aus dem Konzept gebracht. „Sie lehnen wohl jeden Kontakt in Zusammenhang mit ihrer Mutter ab“, gab er schließlich im vertraulichen Unterton zu. „Kann man ihnen nicht verdenken, schließlich hat diese Frau ihre beiden süßen Kinder einfach so verlassen. Und den Ehemann natürlich.“

„Vielleicht hatte sie einen guten Grund dafür?“ Julias Missmut wuchs. Alles in ihr war voller Widerwille.

„Na, das sollst du ja herausbekommen. Schließlich bist du eine aus dem Dorf, eine Nachbarin quasi. Dir vertrauen sie bestimmt. Der Auftraggeber will alles über seine verschwundene Verwandte in Erfahrung bringen, was irgendwie in Erfahrung gebracht werden kann. – Du bist doch so eine fantastische Rechercheurin“, schmeichelte er. „Die Prämie gehört natürlich dir“, fügte er generös hinzu.

„Was du nicht sagst!“

„Na?“ Julia glaubte, das Grinsen auf seinem Gesicht sehen zu können. „Wie lautet deine Antwort?“

„Nein.“

„Was, nein? Willst du denn gar nicht wissen, wer …?“

„Nein, Basti. – Ich habe überhaupt kein gutes Gefühl dabei.“

„Gefühl? Was hat das denn mit Gefühl zu tun?“

„Mein Bauchgefühl hat mich schon immer vor irgendwelchen Gefahren gewarnt“, sagte Julia bestimmt. „Und hier klingeln bei mir alle Alarmglocken.“

„Willst du nicht wenigstens eine Nacht darüber schlafen?“

„Schlafen, ja – das ist eine gute Idee. Die andere Antwort ist: Nein! – Gute Nacht, Basti.“

*

„Vielleicht hättest du annehmen sollen", meinte Paul wenige Tage später beim Frühstück, als Julia ihm davon als Anekdote erzählte. „Ist doch ein schönes Rätsel, findest du nicht?"

Julia schüttelte den Kopf. „Ich bin Anwältin, Schatz, keine Detektivin." Sie biss herzhaft in ihr Brötchen.

„Ich meine ja nur ... du hast doch schon einige Geheimnisse hier in Finkendörfel lüften können. Es wäre doch denkbar, dass dir auch diese Nachforschung gelingt. – Kennst du die Leute?"

Mit einem Blick sah Julia auf die Nachricht, die der Specht zum gefühlt hundertsten Mal an sie geschickt hatte. Er wollte sich einfach nicht mit ihrer Ablehnung abfinden. Ein Umstand, der Julia schon wieder in Rage brachte, doch sie unterdrückte die aufkommende Wut, um das gemeinsame Familienfrühstück nicht durch Ärger zu stören. Paul musste heute später aufbrechen als sonst. Er flog mit Kollegen zu einer Klausurtagung nach Wien und würde erst Samstag wieder zurück sein.

„Die Vermisste heißt Marion Krahl", sagte Julia also friedfertig, doch bewusst desinteressiert. „Sie hat vor 17 Jahren ihren Mann und ihre beiden Töchter verlassen. Seitdem fehlt jede Spur von ihr. Abgesehen von einer Karte, die die jüngere Tochter erhalten hat. Doch die hätte Gott weiß wer abschicken können. – Vor 17 Jahren! Weißt du noch, Schatz, da waren wir gerade beim Studium in Marburg."

„Was war vor 17 Jahren?" Trude war mit Sophia hereingekommen.

„Eine Frau ist verschwunden", antwortete Paul, der klugerweise ganz auf Trudes unermessliche Dorftratscherfahrung setzte. „Eine Marion Krahl."

„Die flotte Marion?" Trudes Gesicht flammte auf. „Diese liederliche Liese ist doch ..." Sie zügelte sich mit einiger Mühe. Sophia sah bereits interessiert zu ihr hoch. „Was ist eine Liederliese?"

„Ein Mädchen, das sein Spielzeug nicht aufräumt“, erwiderte Julia und warf Trude einen warnenden Blick zu, den die mit einem Achselzucken quittierte.

Julia stand auf. „Spielt auch keine Rolle, Trude. Es geht um eine Anwaltssache, klar?“

„Völlig klar.“ Trude und Paul grinsten in schönstem Einvernehmen.

„Also, meine Süße“, wandte sich Julia an ihre Tochter und gab ihr einen Schmuser, „machst du dir einen schönen Vormittag mit Trude? Mhm?“

„Wir spielen Verstecken“, rief die Kleine begeistert. „Oder Hascher!“

„Hascher?“ Trude sah alarmiert aus. „Dafür bin ich etwas zu alt“, bekannte sie verlegen. „Ich dachte eher an etwas Ruhigeres. – Vielleicht gehen wir ja mal die Tante Friedegard besuchen. Was meinst du, Phi?“

„Hühner füttern!“ Sophia strahlte.

„Schon besser. Wir machen also einen Besuch bei Friedegard, während die Mama mit Ella-Ma beim Orthopäden ist. Ist das so in Ordnung für dich?“ Trude schaute Julia an.

„Das ist es.“

Seit Julias schlimmen Streit mit Mutter Milla über die beste Versorgung Sophias traute sich keiner mehr in der Familie, Julia bei ihrer Kindererziehung in die Parade zu fahren. Julia fragte sich, ob der mütterliche Zorn darüber wohl verraucht sein würde, wenn die Eltern von ihrer Weltreise zurückkamen Anfang November. Denn im Streit geschieden zu sein, belastete sie genauso wie ihre Ängste um Sophia.

„Vorher wird natürlich das Zimmer aufgeräumt“, schob Trude derweil spitz nach. „Wir wollen ja nicht liederlich sein, stimmts, Phi?“

„Liederliese!“

„Prima, wieder ein neues Wort gelernt!“

„Nun sei nicht so sauertöpfisch, Julia.“

Julia wehrte müde lächelnd ab. „Ihr werdet schon euren Spaß haben. Wir müssen los." Kaum hatte sie sich erhoben, rannte Sophia zu Paul, um sich bei ihm auf den Schoß zu schwingen. „Papa!"

„Ich bin wirklich froh, dass die Kleine bei dir aufgeräumt ist", sagte Julia zu Trude. „Tilda ist heute Vormittag bei Dr. Köhler. Sie hat als Sprechstundenassistentin bei dem neuen Doktor angefangen."

„Sieh an, sieh an! Der neue Doktor, von dem sie alle so schwärmen. Da muss ich mir wohl auch mal ein Zipperlein einfallen lassen, um dem auf den Zahn zu fühlen."

„Beschrei es nicht, Trude", lachte Paul.

Julia sah auf die Uhr. „Ist Ella-Ma so weit? Bis Zittau gibt es einige Baustellen."

„Hier bin ich schon." Angetan im besten Kostüm, mit Hut und umweht von ihrem Parfüm stand Ella-Ma in der Tür.

„Man könnte meinen, du hast ein Rendezvous", stichelte Trude.

„Haltung", erklärte Ella-Ma kühl. „Darum geht es, meine liebe Trude: um Haltung. Immerhin sehe ich die Frau Doktor heute zum ersten Mal."

„Ärzte!" Trude verzog das Gesicht. „Was für ein Getue immer! Als wären die sonst was. Du, Paul, bist natürlich eine Ausnahme."

„Natürlich."

Sophia giggelte, als Paul sie kitzelte.

„Komm, Oma", sagte Julia. „Ich habe das Auto schon draußen stehen." Sie küsste Paul und ihr Kind, nickte Trude zu und ging, die Aktentasche unterm Arm, hinaus.

„Dein Telefon!", rief ihr Paul hinterher.

Julia verspürte einen ersten Kratzer im Lack ihres Selbstbewusstseins heute Morgen, als sie umkehrte, um das Telefon vom Tisch zu nehmen. Es überraschte sie, wie sehr sie dieser kleine Fehler schon in Aufruhr versetzte. Verlegen gab sie Paul einen weiteren Kuss zum Abschied. „Guten Flug! Rufe mich an, ja?“

Haltung bewahren!

*

„Ich warte draußen im Auto“, sagte Julia, als sie die Anmeldeformalitäten in der Praxis beendet hatten. „Ich habe noch ein Telefonat mit einem Mandanten. Ist das in Ordnung für dich?“

„Alles gut, mein Kind. Ich komme zurecht. Notfalls rufe ich dich an.“ Ella-Ma wedelte lächelnd mit ihrem Seniorentelefon. „Ich kann sehr wohl dieses Ding benutzen.“

Julia quittierte das mit einem Scherz: „Da bin ich aber froh. Diesmal gehe ich auch bestimmt ran, versprochen!“ Schwungvoll verließ sie das Ärztehaus.

Wenig später hatte sie sich ein provisorisches Büro in ihrem Kombi eingerichtet. Das Internet lag hier leidlich gut an. Im Nu hatte Julia ihre E-Mails bearbeitet und mit der Trögerin alle Termine für die nächsten Tage und die kommende Woche abgesprochen. Schließlich war die Zeit ran für das Mandantengespräch mit Dr. Ewald, Seniorchef der Holzfirma Ewald-Holz GmbH. Sie war ihm erst einmal zur Mandatsübergabe begegnet. Ewald war ein bärbeißiger Mann, geradeheraus und noch ungeduldiger als sie selbst. Julia schätzte ihn als einen guten Fachmann ein. Er initiierte gerade eine Vereinigung aller Holzfirmen in der Oberlausitz, um mit starker Stimme gegen die großen Holzkonzerne bestehen zu können.

Dr. Ewald meldete sich brummig, doch sichtlich erfreut über ihre Pünktlichkeit. Ein paar Höflichkeitsfloskeln wurden gewechselt und Julia erklärte ihr provisorisches Büro im Auto mit all den Nebengeräuschen rund um das Krankenhaus herum. „Ich begleite gerade meine Großmutter zu einem Arzttermin.“ Familiensinn fand offenbar das ganze Wohlwollen des Holz-Patriarchen. Dann wurde es geschäftlich. Julia war gut vorbereitet. Sie waren schon ein gutes Stück vorangekommen, als ein Summton einen weiteren Teilnehmer anzeigte. Es war Trudes Nummer. Julias Herzschlag setzte einen Moment aus. Sophia!

„Bitte entschuldigen Sie mich einen Augenblick, Herr Dr. Ewald", bat Julia. Mit fliegenden Fingern nahm sie das Gespräch an und setzte ihren Mandanten in die Warteschleife. „Trude? Alles in Ordnung bei euch?"

„Eher nicht", meldete sich eine unbekannte männliche Stimme und stellte sich als Notarztassistenz vor. Den Namen konnte sich Julia unmöglich merken. Alles Blut wich aus ihrem Kopf. Die Welt um sie herum drehte sich, ihr Verstand stand still.

„Es hat einen Unfall gegeben."

Jetzt war es so weit. Alles war wieder da. Die Stille im Kinderbett. Diese entsetzliche Stille. Und die Kälte der Haut …

„Wie geht es Sophia?" Julias Mund war so trocken, dass die Worte wie ein Röcheln klangen. „Was ist mit meinem Kind?"

„Hier ist kein Kind", sagte der Mann. „Ihre Tante ist gestürzt und war kurze Zeit bewusstlos. Die Nachbarn haben uns gerufen."

„Wo ist Sophia?" Jetzt schrillte ihre Stimme vor Angst. „Da muss ein kleines Mädchen sein. Drei Jahre. Fast. Bunte Latzhose. Zöpfe mit Marienkäferspangen. Sie müssen …" Sie stockte und besann sich einen Moment. „Wie geht es Trude? Hat sie sich sehr verletzt? – Hören Sie: Sie müssen unbedingt mein Kind finden. Rufen Sie die Polizei!"

Sie hörte den Mann etwas in den Raum sagen. „Wir kümmern uns darum. Ihre Tante ist bei Bewusstsein, aber nicht orientiert. Sie hat eine Kopfverletzung. Immerhin hat sie uns ihr Telefon gegeben." Offenbar wusste der Sanitäter mit solchen Ausfällen umzugehen, er blieb ruhig und klar.

„Wir werden ihre Tante sicherlich mit ins Krankenhaus nehmen. Der Notarzt trifft jeden Augenblick hier ein."

„Ich komme", rief Julia. „Ich muss nur … oh mein Gott: Ella-Ma! Ich muss ihr Bescheid sagen. – Ich rufe gleich zurück. Bitte! Finden Sie Sophia!" Sie drückte das Telefon aus und schwang sich aus dem Auto. Im Sprint ging es zur Anmeldung. Ella-Ma kam gerade aus der Röntgenabteilung. Sie sah sofort, dass etwas passiert sein musste. Julia brach in Tränen aus, als sie ihr kurz berichtete, was sie erfahren hatte. Ella-Ma konnte nur fassungslos ihre Hand tätscheln.

„Ich muss nach Hause. Ich muss Sophia finden. Und Trude! Was ist da nur passiert?"

„Vielleicht ist Phi ja bei den Hellers drüben", versuchte Ella-Ma ihre Enkelin zu beruhigen. „Um Trude mache dir mal keine Sorgen. Dieses Oberlausitzer Urgestein hat einen Granitschädel."

„Ich muss los. Ich melde mich."

„Natürlich musst du das. Fahre trotzdem vorsichtig, hörst du?"

Julia rannte schon wieder zum Ausgang. Sie lief wie durch einen Tunnel. Den Wagen starten und losfahren. Ein Beinahe-Crash schon bei der Ausfahrt, nachdem sie endlich mit ihren zittrigen Händen die Parkkarte in den Schlitz bekommen hatte. Die Schranke ging hoch. Julia schoss aus der Ausfahrt. Die quietschenden Bremsen des Kleintransporters, dem sie vor die Stoßstange gefahren war, und das wütende Hupen des Fahrers brachten sie notdürftig zur Besinnung. Sie musste sich konzentrieren. Ein Unfall genügte für heute. Doch ihre Gedanken jagten unaufhörlich weiter. Wo war Sophia? War auch ihr etwas geschehen? Hatte sie sich vor Schreck irgendwo versteckt? War sie vielleicht entführt worden und der Sturz war gar kein Unfall, sondern ein Überfall auf Trude gewesen?

In Julias Fantasie überstürzten sich die Horrorszenarien. Panik galoppierte, sie konnte nicht noch ein Kind verlieren.

Undenkbar, dass es sich wiederholte, dass sie ihr totes Kind in den Armen halten musste. Atemlose Stille ohne Leben. Todeskälte.

Kaum hatte sie den Innenstadtring verlassen, rief Julia über ihre Freisprechanlage Trudes Telefon an. Niemand nahm ab. Der Reihe nach probierte sie es bei Paul, Tilda und wieder bei Trude. Nirgends war jemand zu erreichen. Paul saß bestimmt schon im Flieger und Tilda war sicher in der Sprechstunde. Sie rief die Praxis von Dr. Köhler an. Endlich hatte sie Erfolg, auch wenn sie es eine ganze Weile läuten lassen musste. Mit professioneller Fröhlichkeit meldete sich eine junge Frauenstimme, die Julia jedoch sofort unterbrach. Vor Aufregung sprudelte es nur so aus ihr heraus. Die Frau an der Rezeption musste sie für eine Wahnsinnige halten. Zum Glück war sie keine Unbekannte, Paul hatte vor drei Jahren für einige Zeit bei Dr. Köhler gearbeitet. „Keine Sorge, Frau Eisler", sagte die Frau deshalb mit einem Hauch mitleidiger Nachsicht in der Stimme, „ich verbinde Sie gleich mal mit Dr. Czerny."

Julia musste nicht lange der albernen Melodie der Warteschleife lauschen.

„Ja, Czerny hier." Seine ruhige Stimme wirkte wie ein balsamisches Tonikum auf Julia. „Hallo, Frau Eisler. – Tilda telefoniert gerade mit ihrer Mutter. Es sieht so aus, als sei die Suche nach Ihrer Tochter im vollen Gange … Ah! Da kommt sie schon. Ich reiche weiter."

„Julia?" Tilda japste vor Aufregung. „Sophia ist da! Takeshi hat sie gefunden. Sie hat sich bei euch im Katzenschuppen versteckt."

„Gott sei Dank!" Julia lenkte ihr Auto an den Straßenrand und schaltete die Warnblinker an. Sie zitterte vor Erleichterung.

„Es ist alles in Ordnung mit deiner Süßen. Die Kleine ist nur noch etwas durch den Wind. Immerfort will sie sich verkriechen, sie muss sich tüchtig erschreckt haben, als Trude gestürzt ist. – Ja? Trude haben sie mit ins Krankenhaus genommen.“ Tilda sprach nebenbei noch in ein anderes Telefon, wie es Julia schien. „Mutti sagt gerade, die Polizei wäre da“, fuhr Tilda dann fort. „Du sollst dir keine Sorgen machen. Fred will die Kleine zu uns in die Praxis bringen. Ein Spaziergang mit Takeshi …“

„Nein!“, rief Julia von einer neuen, ganz unbekannten Befürchtung überrollt. „Die Polizei … die Polizei soll Sophia nehmen, bis ich da bin.“

Ein kurzes erstauntes Schweigen am anderen Ende der Verbindung zeigte Julia, dass sie Tilda gekränkt hatte. „Bitte verstehe mich! Ich kenne Fred noch nicht. Ich will nicht …“

„Schon gut“, erwiderte Tilda merklich abgekühlt. „Mach wie du denkst.“

Kaum hatte sie aufgelegt, als Ella-Ma sich meldete. Sie hatte Bekannte aus ihrem Hauskreis getroffen, die sie mit zurück nach Finkendörfel nehmen würden. Noch eine Last, die Julia von den Schultern genommen war. Dann sah sie die Nachricht von Sebastian Fink. „Ruf mich an, sobald du kannst“, hatte der Specht geschrieben. „Ewald ist stocksauer.“

Julia starrte auf ihre Hände, die das Lenkrad umklammert hielten wie einen Rettungsring.

Haltung bewahren!

*

Das Grauen lag im Nichtwissen, dem Unklaren einer Bedrohung, die spürbar, doch nicht fassbar war. Was nicht rational zu erklären war, lernte man besser zu ignorieren, und entschied sich für Stillschweigen. Das hatte Mia in den Jahren mit Stan lernen müssen, als keiner ihr glauben wollte. Oder als sie das noch dachte.

Seit der Trennung von Stan hatte sie Methoden gefunden, ihre aufsteigende Panik niederzuringen: Atmen, Aufstehen, Klopfen, die Gedanken in eine andere Richtung zwingen. Mittlerweile funktionierte das auch gut bei Alltagsängsten oder Lampenfieber, und so sollte es ihr auch jetzt helfen, da ihr erster Arbeitstag im Kindergarten in Eckertswalde anstand.

Mia wartete vor dem Grundstück des Kindergartens. Die Hecken, die den Spielplatz vor fremden Blicken verbargen, trugen bereits ihr farbenfrohes Herbstkleid. Sie glaubte, dass sie jemand dahinter beobachtete. Sie sagte sich, dass es Unsinn sei, doch sie spürte es. Es war, als wäre ein Alb aus dem bunten Laub auf sie zugeflogen und klammerte sich nun an ihren Hals. Lag das an dem Lachen, das sie vorhin gehört hatte? Stans Lachen. Der Schreck war ihr sofort in alle Glieder gefahren, hatte sie schwach und ohnmächtig werden lassen, als stünde sie nun wieder unter seinem Bann.

Panisch scannte Mia ihre Umgebung nach Stans schlaksiger Gestalt, die irgendwo lässig am Zaun lehnte, nach seinem hübschen Gesicht mit dem netten Lächeln, das alle so zu täuschen vermochte. Schon machte sich Mia darauf gefasst, dass er ihr von irgendwoher siegesbewusst zuwinken Würde. Doch es war nur einer der Väter, die ihre Sprösslinge in den Kindergarten brachten. Sein Lachen hatte gereicht, um ihre Schutzdämme brechen zu lassen. Wie eine Flut überschwemmte Mia die Angst, das alte Muster. Sie konnte keinen Gedanken der Rettung zu fassen bekommen. Mia griff sich an den Hals. Sie zitterte.

„Alles in Ordnung, Mia?“ Waltraud, die Leiterin des Kindergartens kam auf sie zu, Besorgnis in ihrer Miene. „Sie sind ja leichenblass. Kommen Sie, ich bringe Sie hinein.“

Waltraud kannte Mias Geschichte. Sie war eine warmherzige, mütterliche Frau, sodass Mia den Mut gefunden hatte, sich ihr ganz und gar anzuvertrauen. Offenheit vermochte es hoffentlich, bösen Überraschungen und Enttäuschungen auf beiden Seiten vorzubeugen. Der Erklärungsbedarf war auch groß gewesen, weshalb sich Mia Krahl bei ihren exzellenten Zeugnissen und Empfehlungen, ihrem schnellen Aufstieg zur Kindergartenleiterin nun, nach anderthalb Jahren Auszeit, nicht einmal mehr zutraute, allein die Verantwortung für eine Kindergruppe zu übernehmen.

„Kleine Schritte", erinnerte sie Waltraud nun leise, als sie ihre neue Kollegin durch den Seiteneingang in das Gebäude des Kindergartens führte. „Sie haben es selbst gesagt."

„Das Eis ist noch dünn", erwiderte Mia schwach. Sie lächelte Waltraud dankbar an. „Ich verschwinde nur noch mal kurz, dann bin ich wieder fit."

Waltraud tätschelte ihren Arm. „Nehmen Sie sich Zeit. – Der erste Tag ist immer etwas Besonderes. Doch die Kollegen haben Sie bereits kennengelernt und die Kinder haben etwas Schönes zur Begrüßung für Sie vorbereitet. Bis gleich also." Nach diesen aufmunternden Worten verschwand sie in Richtung Haupteingang, wo nun immer mehr Kinder eintrafen.

Ein fröhlicher Trubel. Die typischen Geräusche ihrer geliebten Arbeit. So vertraut. Mia wischte sich über das Gesicht, als wollte sie Spinnweben entfernen. Dann verschwand sie in der Toilette.

Sie machten es Mia leicht. Sie bekam einen Blumenstrauß und Konfekt. Die Kinder ihrer neuen Gruppe sangen ein Lied zum Willkommen, die Kolleginnen lächelten freundlich und etwas neugierig. Für diesen einen Moment schien es Mia, als setzten sich die Teile ihres zersplitterten Ichs wieder zu ihrem wahren Selbst zusammen. Als wäre es ihr möglich, frei und unbefangen einfach das zu tun, was sie am liebsten tat und am besten konnte: organisieren und anleiten und vor allem Kinder betreuen, bemuttern, erziehen. Versonnen gab sich Mia diesem kostbaren Augenblick hin, von dem sie wusste, er würde nur von kurzer Dauer sein. Vielleicht solange die Kinder dieses Lied sangen. Denn im Hintergrund lauerte die Erinnerung an den zerstörerischen Schmerz, den er ihr zugefügt hatte. Stan!

Wie hatte sich eine so große Liebe in einen solchen Horror verwandeln können? Mia wusste es nicht. Es war langsam, schleichend, unmerklich geschehen. Bevor Mia bemerkte, dass sie manipuliert wurde, war es schon zu spät gewesen. Er hatte sich in ihre Gedanken gefressen, den Rest an Selbstwertgefühl geraubt. Er hatte sie von Jessy entfremdet, der Einzigen, die ihm von Anfang an misstraut hatte. „Füge ein A hinzu an der zweiten Stelle und du weißt, mit wem du es zu tun hast", hatte sie über Stan gesagt, nachdem sie ihm zum ersten Mal begegnet war. Jessy hatte ein Auge für das Böse. Warum war ihr das nicht gegeben? Es hätte sie vor so manchem Unheil bewahrt.

So aber hatte sie sich von Jessy losgesagt, ihre Arbeit aufgegeben, war mit ihm nach München gezogen, wo sie niemanden kannte und niemanden hatte. Erst als es zu spät war, als Stan das Kind in ihrem Bauch zertreten hatte und damit ihre Chance, Mutter zu werden, war Mia erwacht. Die Frauenärztin, die sie untersuchte, hatte sofort die Misshandlung erkannt und sie zur Anzeige ermutigt. Sie hatte damals auch Jessy gerufen, die sofort zur Stelle gewesen war. Ohne Jessy hätte Mia die Anzeige wieder zurückgezogen. Sie hätte Stan verziehen und ihm nicht die Blumen ins Gesicht geschleudert, so wie Jessy es getan hatte, als Stan reumütig und voll liebevollem Sanftmut bei Mia am Krankenbett aufgetaucht war. Jessy war ihr Schutz und Schild gewesen. Wann würde sie es schaffen, sich selbst so zu verteidigen? Mia wusste es nicht. Noch fühlte sie sich dazu zu schwach und zu unsicher. Wie gut, dass sie Marcel gefunden hatte.

Ein kleiner Junge überreichte Mia ein Herzbild, gefüllt mit bunten Handabdrücken der Kinder. Mia sah in die neugierig strahlenden Augen und wischte sich eine Träne aus dem Augenwinkel. „Danke!“

Als die Kinder später ihre Mittagsruhe hielten, bedeutete Iris ihr, sich zu ihr zu setzen. „Hier können wir etwas plaudern“, raunte sie Mia zu. „Aber leise.“ Mia folgte der Aufforderung ihrer neuen Kollegin zögernd. Der Vormittag war harmonisch verlaufen mit fast spielerischer Leichtigkeit. Doch jetzt verspürte Mia, wie sehr sie die innere Anspannung erschöpft hatte. Iris schien es zu bemerken. „Der erste Tag, mhm? Der steckt erst mal in den Knochen. Magst du einen Kaffee?“

„Ich habe Tee, danke.“

„Wo ist dein Vater, wenn du arbeitest? Er braucht doch Pflege, richtig?“

Mia nickte. „Wir haben ihn in einer Tagespflege unterbringen können. In der Faktorei bei den Brauns.“

„Ah, ja. Ich kenne die beiden. Charlie Braun und seine Gwen. – Und du kennst Charlie bestimmt auch schon länger, was?“ Iris deutete auf das Rosen-Tattoo, das Mia am Arm glänzte.

„Ich wollte vor allem, dass mir Charlie ein altes Tattoo entfernt“, sagte Mia nachdrücklich. „Die Rose im Herz ist die Belohnung für den Schmerz“, fügte sie wesentlich milder hinzu, „und die Aussicht auf bessere Zeiten.“

Iris schenkte ihr einen mitleidigen Blick. Offensichtlich war der Dorftratsch bereits vollständig im Bilde über Mia und ihre Situation. Sie hatte dieses Phänomen fast vergessen in ihren Jahren in der großen Stadt. Dorftratsch war unerbittlich, man konnte ihm nicht entrinnen, wie sie schon einmal hatten erfahren müssen, als die Sache mit ihrer Mutter war. Doch manchmal wirkte er auch Wunder. Es kam ganz auf den Leumund an. Hier in ihrer Heimat hatte sie auch Verbündete. Eine ganze

Armee gegen Stan, wenn sie es klug anstellte. Sie musste nur mitspielen.

So lächelte Mia und nickte ihrer Kollegin freundlich zu. Derart ermuntert setzte Iris ihre leutselige Befragung mit sanftem Ton fort. „Haben die denn jetzt auch eine Tagespflege bei den Brauns? Ich dachte, nur betreutes Wohnen."

„Beides", flüsterte Mia. „Die haben alles umgebaut in der Faktorei."

„Brauns Kinder sind alle hier bei uns im Kindergarten. Der Mittlere liegt da vorne. Richard. – Lebt der alte Braun eigentlich noch?"

In dem Moment nahm Mia eine Bewegung hinter sich wahr. Sie fuhr herum. Der winzige Schreck flutete Adrenalin in ihre Blutbahn. Mia duckte sich unwillkürlich. Sie war fluchtbereit. – Wo waren all die guten Gedanken, die sie jetzt brauchte? Die bodentiefen Fenster waren mit Rollos verdunkelt. Selbst wenn jemand daran vorbeigegangen war, hatte er nichts sehen können. Außerdem konnte das einfach jemand aus dem Kindergarten gewesen sein.

„Was ist?" Auch Iris hatte sich umgewandt.

„Nichts."

Die Gedanken! Sie entglitten ihr. Es war zu spät. Zittern stieg in Mia auf wie ein Geysir. In ihrem Kopf die große Finsternis.

Er war es. Er war da draußen.

„Ist dir nicht gut?"

„Ach, nein …" Mia stand auf. „Es ist nur … Entschuldige mich ganz kurz, ja?"

Sie schlich an den schlafenden Kindern vorbei hinaus. Draußen auf dem Flur legte Mia ihre Hand auf das Herz und atmete tief aus, so wie sie es gelernt hatte. Das Zittern beruhigen. Gedanken unter Kontrolle bringen. Kontrolle!

„Wieder eine Attacke?" Waltraud stand mit besorgter Miene vor ihr.

„Nein, nein. Nur einmal durchschnaufen."

Beruhigend legte Waltraud ihre Hand auf Mias Unterarm. „Es ist gleich geschafft. Der erste Tag nach so langer Zeit ist anstrengend, nicht wahr?"

Mia nickte mit einem gezwungenen Lächeln. Wieso hatte Stan noch so eine Macht über sie?

„Wollen Sie etwas früher gehen?"

Auf keinen Fall wollte sie das. „Es geht schon wieder. Ich danke Ihnen, Waltraud."

4. Kapitel

Wenn deine Füße und dein Geist ermüden,
dann flieh die Welt für eine kurze Zeit.
Im Walde findest du den wahren Frieden,
hier liegt ein kleines Stück der Ewigkeit.

– Fred Endrikat, Der ewige Wald

Es klopfte an die Scheibe. Julia schrak zusammen. Eine Polizistin bedeutete ihr, die Scheibe herunterzulassen. „Alles in Ordnung bei Ihnen?“ In der Ferne rumpelte ein Gewitter.

„Es geht mir gut“, sagte Julia so fest und klar sie es vermochte. „Ich habe eine aufregende Nachricht erhalten und bin vorsichtshalber rechts rangefahren.“

„Ihre Fahrzeugpapiere und den Führerschein bitte.“ Die Beamtin beugte sich nach vorn, wohl um Julias Atem zu prüfen. „Haben Sie Alkohol oder bewusstseinsverändernde Substanzen eingenommen“, fragte sie, als sie Julia ihre Papiere zurückreichte.

„Nichts dergleichen.“ Julia hoffte, die Tränenspuren wären nicht mehr allzu offensichtlich.

Wie nebenbei schaute die Polizistin nach Julias Telefon, das mit dem Kabel an das Autoradio angeschlossen war. „Natürlich habe ich über die Freisprechanlage telefoniert“, setzte Julia hinzu. In dem Moment meldete sich prompt ihr Handy. Der Specht ließ nicht locker.

„Fühlen Sie sich in der Lage, weiterzufahren?“

„Selbstverständlich. Ich würde nur noch gern auf diesen Anruf antworten, dann ordne ich mich wieder in den Verkehr ein.“

„Hoffentlich keine neuen Aufregungen?“, zweifelte die Polizistin. Sie sah sich eingehender im Innenraum des

Wagens um und entdeckte den Kindersitz auf der Rückbank. „Es geht um meine kleine Tochter“, sagte Julia, die ihrem Blick gefolgt war. Das überzeugte die Beamtin schließlich. Sie wandte sich zu ihrem Kollegen im Polizeifahrzeug um und gab ihm ein Zeichen der Entwarnung. „Gute Fahrt.“

„Vielen Dank.“

Erleichtert ließ Julia die Scheibe wieder hoch. Allein die Bagatelle einer Verkehrskontrolle hatte ihren Puls erneut in eine schwindelerregende Höhe katapultiert.

Diese eine Sache würde sie noch geraderücken, bevor sie zurück nach Finkendörfel fuhr. Sie drückte auf ihr Telefon. „Ja, hallo, Basti“, sagte sie und bevor er beginnen konnte, „Sophia ist gefunden worden. Ich fahre jetzt zu ihr.“ Sein verblüfftes Schweigen zeigte ihr, dass sie die richtige Taktik für den Einstieg gewählt hatte. „Um Dr. Ewald kümmere ich mich später.“

„Das kannst du dir schenken, glaube ich“, säuselte der Specht gefühlvoll. „Der will nur noch mit mir verhandeln.“

„Ich sagte, ich kümmere mich darum“, wiederholte Julia eigensinnig, obwohl sich ihr Herz vor Enttäuschung und Scham zusammenzog. Der Specht war so klug, darüber keine Diskussion mit ihr anzufangen. „Da bin ich aber froh, dass eure Kleine okay ist“, sagte er stattdessen. „Ist sie denn weggelaufen?“

„Trude hatte einen Unfall. Da hat sie wohl Angst bekommen und sich versteckt.“ Jetzt zahlte Julia den Preis für ihre persönliche Eröffnung dieses Gespräches. „Genaueres erfahre ich, wenn ich daheim bin.“

„Ach, du bist …“

„Ja, ich bin noch unterwegs.“ Wie immer fühlte Julia Zorn in sich aufsteigen, wenn sie sich zu einer Rechtfertigung genötigt sah. „Ich muss jetzt auch los, Basti. Gibt es noch etwas, was du mit mir besprechen willst, oder ging es dir nur um Ewald?“

Julia hörte den Stift pochen. „Nein …, naja schon, auch …“, druckste der Specht herum. „Aber hauptsächlich wegen der Recherche nach der verschwundenen Frau.“

Ein Donnerschlag ließ das Auto erzittern. Zeitgleich setzte ein Regensturm ein, als hätte der Himmel alle Schleusen auf einmal geöffnet.

„Was war das?“

„Ein Gewitter“, sagte Julia mit heimlicher Freude. Hatte der Himmel nicht gerade ein Zeichen gesetzt gegen die ignorante Beharrlichkeit eines Sebastian Fink? „Ich sagte doch, dass ich mich nicht auf solche dubiosen Sachen einlassen will, Basti. Anonymer Auftraggeber! Das kann nichts Gutes sein.“

„Aber die Kanzlei ist seriös. Ich habe die gecheckt.“ Basti wurde eifrig. „Die haben geschrieben, sie wollen lieber eine Anwältin als eine Detektei damit beauftragen. Um die Familie zu schonen.“

„Warum kümmern die sich dann nicht selbst um die Nachforschungen?“

„Weil sie herausgefunden haben, dass du sowohl Anwältin als auch Finkendörflerin bist.“

Julia stöhnte auf, was Basti als Ermutigung betrachtete. „Die Hamburger Kollegen haben ein Dossier zusammengestellt mit allen bisher ermittelten Fakten. Ich habe dir das gleich weitergeleitet.“

Im Rauschen des Regens war ein Summton zu vernehmen. Paul. „Ich muss Schluss machen, Basti“, rief Julia erleichtert in das nächste Donnergrollen. Der Sturm rüttelte am Wagen. Im Moment war an eine Weiterfahrt nicht zu denken. Julia schaltete die Nebelleuchte ein, um nicht angefahren zu werden.

„Schau einfach mal rein, ich denke, das ist genau das Richtige“, fuhr der Specht währenddessen unverdrossen fort. „Versprich mir, es dir wenigstens einmal anzusehen.“ Das Summen war erloschen. Eine Nachricht erschien auf dem Anrufbeantworter.

„Versprichst du es?“

„Ich werde sehen. Tschüss, Basti! Tut mir leid. Es ist Paul. Ich muss zurückrufen.“

Das Gewittergrollen wurde schwächer. Die Regenwand zog sich zurück. Als Julia Pauls Nummer drückte, konnte sie schon wieder die Umgebung draußen erkennen.

*

„Sie sehen aus, als könnten Sie auch einen Arzt gebrauchen“, sagte Dr. Czerny freundlich, nachdem er Sophia gründlich untersucht hatte. Sie hatte bisher kein einziges Wort gesprochen. Julia nahm sie auf den Arm. Sofort umschlang Sophia sie und kuschelte sich in die Kuhle an ihrem Hals.

„Bitte, setzten Sie sich doch.“ Er zeigte auf den breiten Besucherstuhl neben seinem Schreibtisch.

„Ich bin mit einem verheiratet“, erwiderte Julia, als sie der Aufforderung nachkam. „Einem Arzt, meine ich. Doch der ist gerade zu einer Tagung in Wien.“

„Ich weiß. Tilda erzählte davon.“ Czerny lächelte, was ein Grübchen in seine linke Wange zauberte. Seine Augen ruhten mitfühlend auf Julia. „Alles nicht so einfach zurzeit, was? – Würde Ihnen eine Auszeit nicht guttun? Ihr Mann kann Sie schlecht krankschreiben von seinem Institut aus. Was meinen Sie dazu? Ein paar Tage verordnete Ferien für Sie und Ihr Kind?“

Sein Mitgefühl rührte Julia seltsam an. Sie spürte zu ihrem Entsetzen, wie ihr Tränen in die Augen stiegen. Alle Wut, alle Erschöpfung und Angst breiteten sich in ihr aus wie eine weiche, warme Welle. Schnell verbarg Julia ihr Gesicht im Haarschopf ihrer Tochter. Phis Haare rochen nach Gänschen. Julia durchfluteten Schmerz und Zärtlichkeit zugleich. Nie würde sie es zulassen, dass diesem Kind etwas geschah. Sie küsste es und wiegte es sanft. Sophia war im Nu eingeschlafen. Czerny wartete geduldig und kramte etwas in seinen Papieren.

„Es geht schon", log Julia schließlich in Sophias Haar. „Ich kneife nicht so schnell."

„Nein, das kann ich mir wirklich nicht vorstellen", lachte Czerny. Dann wurde er ernst. „Wenn es einem Kind die Sprache verschlägt, steckt ein Schock dahinter, ein Trauma. Wir sollten achtsam sein, dass sich das nicht festsetzt."

Vorsichtig richtete sich Julia auf, um Phi nicht aus ihrem Schlummer zu reißen. „Was empfehlen Sie?"

„Ich habe da etwas ganz Sanftes." Czerny öffnete eine Schublade und nahm ein Fläschchen heraus. Er reichte es ihr.

„Bachblüten?" Julia kannte diese Blütentropfen von Tilda, die damit alle ihre seelischen Zipperlein von Zaghaftigkeit bis zum Groll gegen ihre Mutter zu kurieren versuchte. Es hier empfohlen zu bekommen, überraschte sie jedoch. Offensichtlich war ihr das Erstaunen anzumerken, denn Czerny lächelte sein Grübchen in die Wange. „Seltsam für einen Mediziner, nicht wahr?" Seine Augen blitzten schelmisch. „Ich habe auch einen Abschluss in Naturheilkunde und beschäftige mich mit alternativen Heilansätzen. Vor allem wenn es um so zarte Wesen wie Kinder geht." Er wies auf die schlafende Sophia. „Am besten nehmen Sie auch welche, schließlich haben Mutter und Kind gerade in diesem Alter eine starke innere Verbindung."

In diesem Moment gelang Julia sogar die Andeutung eines Lächelns. Dieser Arzt war fantastisch. So ganz anders als Paul oder dieser kauzige Dr. Köhler.

„Ich schreibe Ihnen noch etwas für die Nacht auf", sagte Czerny und notierte ihr die Einnahme auf einen Zettel. „Das bekommen Sie in der Apotheke in Eckertswalde, mit der ich zusammenarbeite."

„Danke."

„Ach ja – und die Krankschreibung für Sie!“ Seine Miene bekam etwas spielerisch Zwingendes. „Ich bestehe darauf!“

„Also gut“, gab Julia halb lachend nach, „bis Ende der Woche, meinetwegen.“

„Bis Ende nächster Woche! Mindestens.“ Bevor Julia protestieren konnte, fügte er hinzu: „Was Sie damit machen, ist ja Ihre Sache. Es ist nur mein dringender ärztlicher Rat: Bleiben Sie eine Weile zu Hause und kümmern Sie sich nur um sich selbst und Ihr Kind.“

Das war genau das, was Julia insgeheim am meisten ersehnt hatte. Ein warmer Regen, der auf ihre erschöpfte Seele fiel.

Czerny konnte seinen Patienten offenbar mitten ins Herz sehen, mehr ein Heiler als ein Schulmediziner. Julia war noch ganz erfüllt davon, als sie mit der schlafenden Sophia aus dem Sprechzimmer zurück an die Rezeption trat. Tildas Miene war immer noch von Kränkung gezeichnet. Erst als Julia sich wortreich für die Rettung Sophias durch Fred und Takeshi bedankte, hellte sie sich wieder auf. „Ist der Doc nicht ein Schatz?“, flüsterte sie Julia zum Abschied schwärmerisch zu. „Hoffentlich bleibt er auch in Finkendörfel.“

*

„Phi schläft ganz fest“, rief Julia die Treppe hinauf. „Ich warte im Auto auf dich, Oma.“

Rasch lief sie zurück zum Wagen. Sie hatte ihn sorgfältig verriegelt, auch wenn es nur ein paar Minuten waren, die sie brauchte, um zum Haus zu eilen und Ella-Ma Bescheid zu geben. Wenige Minuten später stieg Ella-Ma zu ihnen ein und sie fuhren zu Trude ins Bautzener Krankenhaus. Trude war bereits wieder munter und ausgesprochen redselig, wie Ella-Ma von einem Anruf dort zu berichten wusste. „Sie ist in einem Doppelzimmer untergebracht. Die andere Patientin freut sich bestimmt. Wenn Trude einmal loslegt, ist sie nicht zu bremsen."

„Ist doch immerhin ein gutes Zeichen, oder?"

Julia war noch schwindelig vor Erleichterung, dass alle ihre Lieben wohlauf schienen nach den Aufregungen des Vormittages. Es mochte noch eine große Zahl an Problemen übrig sein, doch die konnten warten, befand Julia. Sie brauchte vielleicht wirklich einmal eine Pause, genau wie dieser neue Arzt es empfohlen hatte. Julia ertappte sich dabei, wie sie sich einen solchen Alltag mit Sophia vorstellte: keinen Druck, keine Termine, ganz Mama und Kind. Endlich mal Zeit, Ordnung zu schaffen. Zeit, wieder zu joggen, für lange Spaziergänge durch die herbstlich leuchtenden Wälder. Vielleicht sogar mal wieder lesen?

Ein Problem meldete sich jedoch gerade wieder, als sie auf einen der Parkplätze am Stadtwall einbogen. Ella-Ma wandte sich nach der schlafenden Sophia um. „Und das arme Herz hat seitdem noch nicht gesprochen?", flüsterte sie.

„Kein Sterbenswörtchen", bestätigte Julia seufzend. „Dr. Czerny sagt, das sei eine Reaktion auf großen Stress, eine Überforderung."

„Was mag da nur gewesen sein mit unserer Trude?" Ella-Ma betrachtete liebevoll das schlafende Kind. „Weißt du was? Ich bleibe hier bei Sophia. Gehe du zu Trude und finde heraus, was passiert ist."

„So weit kommt es noch", protestierte Julia. „Du willst doch deine Trude in die Arme schließen. Dabei kannst du sie genauso gut selbst fragen." Bevor sie sich in diesen Streit vertiefen konnten, regte sich Sophia. Sie rieb sich die Augen und schaute verwundert. „Mama?", ningelte sie dann halb verschlafen. „Ich muss mal pullern."

Die beiden auf den Vordersitzen sahen sich erleichtert an. „Und sie spricht doch!"

„Na, Gott sei Dank."

„Komm, Liebes. Wir steigen schnell aus und suchen nach einem Klo, ja?“

Vorsichtshalber erwähnte keine von ihnen das Krankenhaus oder Trude, um den Hoffnungsschimmer Normalität bei Sophia nicht gleich wieder zu gefährden. Ella-Ma machte sich zur Station auf, wo Trude lag, während Julia mit Sophia zur Toilette ging. Natürlich nahm Sophia die besondere Umgebung wahr. „Arbeitet hier der Papa?“, fragte sie, als sie wieder auf dem Gang vor dem Stationseingang standen. „Nein, Phi“, wagte sich Julia nun doch behutsam vor. „Papa ist in Wien. Er ist doch heute früh mit dem Flugzeug dahin geflogen, weißt du noch?“ Sophia nickte. Etwas von der alten Begeisterung leuchtete in ihrem Gesicht auf. „Mit dem Flugzeug!“

„Genau.“ Julia klingelte an der Stationstür. Ein Pfleger öffnete. Da er ein gutmütiges Lächeln hatte, wagte Julia zu fragen, ob sie mit Phi ebenfalls noch mit zu Gertrude Hölzel ins Zimmer könnten. „Oh!“, rief er, „das wird ja eine ganz große Party. Ob das so gut ist für die Frau Hölzel mit ihrer Gehirnerschütterung?“

„Es wird ihr guttun“, versicherte Julia rasch. „Trude wird wissen wollen, wie es Sophia geht.“ Sie nahm ihr Kind auf den Arm, denn Phis Augen wurden schon wieder dunkel vor Tränen. Sie vergrub ihr Köpfchen in Julias Halsbeuge. Der Pfleger winkte sie herein. „Ganz hinten rechts, die 38.“

*

Nachdem der letzte Zögling ihrer Gruppe in den Schoß seiner Familie zurückgekehrt war, half Mia noch beim Abschließen. Iris zeigte ihr alle Gepflogenheiten, die der Spätdienst im hiesigen Kindergarten mit sich brachte. Es war fast sechs Uhr, als sich Mia von ihr verabschiedete und sich auf den Weg zu ihrem Van machte.

Als hätte jemand einen Schalter gedrückt, kehrte die Furcht zu ihr zurück. Mia sah sich wie zufällig um, als sie die Tür entriegelte. Sie ließ sich betont viel Zeit, ihre Tasche zu verstauen, während sie immer wieder die Umgebung absuchte. Gegenüber kehrte ein Mann Laub vor seinem Grundstück. Interessiert sah er zu ihr herüber. Sie winkte ihm zu, als sei er bereits ein Verbündeter. Das nahm ihr etwas Druck, sie war nicht allein. Als sie sich anschnallte, glaubte sie, aus dem Augenwinkel wieder einen Schatten wahrzunehmen. Eine Gestalt? Was, wenn sie sich einfach zu ihr auf den Beifahrersitz schwang. Rasch verriegelte Mia das Auto. Ihre Hände flatterten. Ein Blick zur Seite zeigte ihr, dass sie sich geirrt hatte. Kein Stan nirgendwo. Dafür stand Marcel neben dem Auto und klopfte an die Scheibe. Er grinste. „Was ist denn das für eine Begrüßung?“ Er war bester Laune. Mia entriegelte die Türschlösser und Marcel kletterte hinein.

„Du hast mich erschreckt“, sagte Mia verdrossen.

„Ich wollte dich überraschen. Hab extra eher Schluss gemacht heute.“ Er gab ihr einen Kuss auf die Wange. Dann schnallte er sich an. „Wie war dein erster Tag?“

„Ganz gut so weit.“ Nur mühsam erholte sich Mia von ihrem Schrecken. „Nette Kollegen.“

„Und warum dann die schlechte Laune?“

„Wieso denn schlechte Laune? – Wir müssen Vati abho len.“ Mia startete den Wagen. Dann besann sie sich und schenkte Marcel ein Lächeln. „Gut, dass du da bist.“

Er wirkte erleichtert. „Na, dann wollen wir mal deinen alten Herrn aus seinem Kindergarten holen.“

Mia lachte. „Lass das nicht Jessy hören. Die dreht dir den Hals um.“

5. Kapitel

Über allen Gipfeln
Ist Ruh',
In allen Wipfeln
Spürest du
Kaum einen Hauch;
Die Vögelein schweigen im Walde.
Warte nur! Balde
Ruhest du auch.

– Johann Wolfgang von Goethe, Ein Gleiches

„Sie schläft", sagte Julia zu Paul, der ihr aus seinem Hotelzimmer per Video entgegenblickte. Er trug noch das Anzughemd, doch schon lässig geöffnet. „Was für ein Tag!"

Julia seufzte und rieb sich die Augen. „Du sagst es! Mir schwirrt der Kopf."

„Versuche, zeitig schlafen zu gehen, Julia. Damit du endlich zur Ruhe kommst."

„Daran ist im Moment nicht zu denken. In meinem Hirn summt es wie in einem Bienenstock. Du kennst mich doch."

„Eben." Paul hängte sein Sakko über die Lehne. Dann setzte er sich. „Und Trude geht es wirklich gut?"

„Sie unterhält die ganze Station." Das Lächeln strengte Julia an. „Die werden froh sein, wenn sie entlassen wird."

„Oder auch nicht." Paul öffnete sich ein Bier aus der Minibar. Sein Lächeln schien echt. Julia beneidete ihn darum. „Sophia hat Ella-Ma beim Abendgebet gebeichtet, dass sie Trude beim Hascher-Spielen gestoßen hat", berichtete sie. „Sie standen wohl an der Treppe oben, als Phi ‚Du bist!' gerufen und Trude dabei angeschubst hat, dass die völlig überrascht das Gleichgewicht verlor hat und die Treppe hinunterstürzte. Zumindest kann ich mir das so vorstellen." Sie fuhr sich kurz über die Augen. „Darüber war unsere Kleine so erschrocken und schuldbewusst, dass sie sich im Katzenhaus versteckt hat."

„Der arme Schatz!", rief Paul kopfschüttelnd. „Deshalb hatte es ihr die Sprache verschlagen."

„Ja, gewiss. Das sagt dein Kollege Czerny auch." Czernys naturheilkundliche Behandlungsmethoden verschwieg Julia lieber. Sie war sich nicht sicher, wie Paul darauf reagieren würde. „Wir sollten auch sagen: arme Trude!", meinte sie stattdessen.

„Natürlich", beeilte sich Paul zu versichern. „Wir können heilfroh sein, dass ihr nichts Schlimmeres passiert ist."

Da anscheinend nun alles geklärt und in bester Ordnung war, sah sich Paul ermutigt, seinerseits vom Auftakt der Tagung zu berichten. Von den Kollegen aus aller Welt und den ersten Kontakten, die er wiederbeleben oder neu knüpfen konnte. Colloquien, Vorträge, neue Projekte. Er strahlte. Julia wusste, wie sehr sich Paul in den drei Jahren vertraglich verordneter Abstinenz nach dem Leben in der Forschung und dem wissenschaftlichen Austausch gesehnt hatte. Für seine Verhältnisse war Paul überaus enthusiastisch in seinem Bericht. Julia konnte ihm bald kaum noch folgen. Sie spürte, wie sich eine traurige Leere in ihr ausbreitete. Kein Neid, sondern eher eine Sehnsucht. Wonach wusste sie nicht. Außer Czerny hatte kein Mensch heute danach gefragt, wie es ihr ging. Vielleicht lag es daran. Irgendwann beschied sie Paul, dass sie müde sei. Sie verabredeten sich für den nächsten Abend. „Da könnte es aber etwas später werden", sagte Paul fröhlich. „Wir wollen noch Wien unsicher machen mit ein paar Kollegen."

„Na dann ..." Einen Moment wartete sie noch, ob ein persönliches Wort käme. Es kam nicht. Paul sah stattdessen auf sein Telefon, weil ihn wohl eine Nachricht erreicht hatte.

„Gute Nacht, Paul."

„Ja, ja, gute Nacht."

Kaum war der Bildschirm dunkel, nahm Julia ihr Telefon und rief den Specht an. Auch diesmal war er sofort dran. „Hallo, meine Liebe!", flötete er. „Na? Wie geht es dir?" Immerhin noch ein zweiter Mensch, der sich nach ihr erkundigte, dachte Julia mit einem so kindlichen Schmollen, dass sie über sich selbst lachen musste. „Du klingst ja ganz fröhlich", sagte der Specht zufrieden.

„Ja. Es hat sich alles geklärt. Sophia spricht wieder und Trude geht es besser. Eine große Erleichterung."

„Na – wunderbar." Er wartete. Der Stift klopfte.

Julia gab sich einen Ruck. „Der Arzt meint jedoch, wir sollten eine kurze Auszeit nehmen. Ich klinke mich also für eine Woche aus dem Normalbetrieb aus, Basti."

„Na, klar!" Der Specht schien regelrecht begeistert von dieser Aussicht. „Mach das! Das wird dir guttun. Und um Ewald, den alten Brummbären, kümmere ich mich schon." Genüsslich ließ er seine Mädchenlache ertönen.

„Ich kläre das trotzdem mit Dr. Ewald", beharrte Julia. „Das ist eine Frage der Haltung, wie meine Großmutter immer sagt."

„Na, tu, was du nicht lassen kannst", sagte der Specht so gönnerhaft wie zweifelnd. „Aber, sage mal: Hast du dir schon mal das Dossier anschauen können?"

„Dossier?"

„Na!" Jetzt wurde seine Stimme tadelnd. „Das von den Hamburger Kollegen. Das über die verschwundene Frau aus Finkendörfel."

Dünnhäutig wie sie war, schoss sofort Zorn in ihr hoch. „Wie du dir sicherlich denken kannst, hatte ich für diesen Mist heute wirklich keinen Nerv!"

„Aber …"

„Das war ein anstrengender Tag, Basti."

„Natürlich, ich wollte ja nur …"

„Gute Nacht."

Julia schmiss das Telefon von sich in Richtung Tisch. Doch die Wut hatte das trübsinnige Loch ihres Gemütes nicht füllen können. Sie verrauchte so schnell, wie sie gekommen war. Übrig blieb nur ihre bittere Asche. Sollte sie sich jetzt etwa darin suhlen?

Mit einem Ruck erhob sich Julia. Sie sah auf die Uhr, kurz vor zehn. So hellwach und überreizt, wie sie sich fühlte, war an Schlaf nicht zu denken.

Julia holte sich ein Glas vom Weißwein aus dem Kühlschrank und beobachtete, während sie daran nippte, wie ihr Laptop hochfuhr. Sieben ungelesene E-Mails. Eine davon enthielt dieses verdammte Dossier. Julia tippte ihr Passwort ein. Sie ignorierte die sechs anderen Nachrichten und öffnete das Dossier. Es war ein verschlüsselter Anhang in einer weitergeleiteten E-Mail der Hamburger Kanzlei. Vom Specht stand nur: „Zu deiner Info. Gruß Basti" Noch im Stehen überflog sie sich die gesammelten Fakten der Kollegen zum Verschwinden von Marion Krahl. Da blieb ihr Blick an einem Namen hängen.

„Na, das ist ja interessant!", entfuhr es ihr.

Sie stellte ihr Glas ab und setzte sich hin. „Der Herr Hauptkommissar Herzog war der leitende Ermittler! HaHaHa!" So hatte er sich selbst scherzhaft genannt. Hauptkommissar Heinrich Herzog war nun schon seit Jahren nicht mehr im Dienst. Doch er hatte ihr bereits in zwei ihrer Fälle überaus behilflich sein können mit seinem Ermittlerwissen und vor allem mit seinen Beziehungen zu ehemaligen Kollegen. Julia schaute im Adressbuch nach, ob sie noch seine Kontaktdaten hatte. Wie mochte es ihm gehen nach all den Jahren? Seine Frau war damals sehr krank gewesen, als sie wegen der Katzenmorde in Finkendörfel ermittelt hatten. Julia scrollte durch ihre gesammelten Adressen. Da war er. Was für ein Glück.

Ihr Blick fiel auf die kleine Standuhr auf ihrem Schreibtisch. So spät am Abend konnte sie allenfalls den Specht stören. Den wollte sie jedoch erst morgen mit der überraschenden Nachricht beglücken: Sie würde die Nachforschungen doch übernehmen.

Unversehens war dieser Entschluss in ihr gereift. Sie spürte ihm etwas nach.

Vielleicht gab es ja ein Rätsel zu lösen. Etwas, was sie mit Spannung und Freude am Tun erfüllen konnte.

Im Moment fühlte es sich richtig an, fast spielerisch, wenn sie von dem Unbehagen aufgrund der Anonymität ihres Auftraggebers einmal absah. Julia hasste solche Unklarheiten. Sie würde auch über die Identität dieses Anonymus Nachforschungen anstellen.

Marion Krahl war in einer Pflegefamilie aufgewachsen, las Julia. Mit sieben Jahren sollte sie adoptiert werden, was jedoch am Einspruch der leiblichen Mutter scheiterte.

Mit sieben Jahren … so alt wäre Stevie jetzt. Die Trauer um ihren kleinen Sohn überkam sie wie eine Woge, die sich aufbaute, über sie hinwegflutete und dann wieder abebbte. Julia hatte gelernt, es geschehen zu lassen, sich nicht dagegenzustemmen, sondern sich mit dem Schmerz treiben zu lassen, bis es sie wieder ans Ufer spülte.

Arbeit hatte sie schon immer am besten abgelenkt. Sie nahm ihr Journal, das sie aus alter Gewohnheit immer noch handschriftlich führte. Schreiben half ihr, die Gedanken zu ordnen und wenigstens den Anschein zu erwecken, sie könne die schier unendlich lange Liste der unerledigten Dinge beherrschen.

Den Kriminalhauptkommissar a. D. würde sie also heute Abend noch in Frieden lassen. Julia machte sich lediglich einen Vermerk.

Stattdessen las sie nun sorgfältiger die Fakten um das Verschwinden der fünfunddreißigjährigen Mutter zweier Töchter vor nunmehr 17 Jahren. Die Sammlung aus den Ermittlungen von damals war sehr ausführlich, wie Julia feststellte. Es war fast, als rolle ein Film vor ihrem geistigen

Auge ab, und so stieg sie ein Stück weit in die Lebensgeschichte von Marion Krahl ein.

*

Schon als Kind war Marion eine Ausreißerin gewesen. Julia fühlte Sympathie mit der Frau, die sich nicht mit dem abfinden wollte, was das Leben ihr vorsetzte. Was mochte Marion in ihren jungen Jahren schon alles widerfahren sein? Weggegeben oder weggenommen aus ihrer eigenen Familie. Julia machte sich keine Illusionen darüber, dass es sehr gute Gründe gab, Kinder aus ihren Herkunftsfamilien zu holen, um sie zu schützen. Doch Familie blieb Familie.

Aus ihrer Ehe mit Jens Krahl war Marion vor ihrem Verschwinden schon einmal ausgebrochen. Nur wenige Monate nach der Geburt ihrer Tochter Jessy. Gerade Dreiundzwanzig Jahre alt war Marion gewesen, als sie Mutter wurde. Julia las von einer standesamtlichen Trauung und einer kirchlichen Hochzeit einige Wochen vor der Geburt. War Marion den Zwängen ihrer Religion entflohen? Die Krahls gehörten zu ihrer Kirchgemeinde. Julia war keine stete Kirchgängerin, Ella-Ma und Trude dagegen schon. Sie würde sie dazu befragen müssen, wenn Trude wieder ganz auf dem Posten war. – Das würde Trude gefallen!

Julia sah sich alle verfügbaren Aufnahmen von Marion an. Es waren viele, oft in Pose. Eine selbstverliebte Schöne mit Madonnengesicht und einem Herzmund. Dunkle, lockige Haare, helle Augen, von dichten Wimpern umflort. Verführerisch und verletzlich zugleich. Eine gefährliche Mischung. Schönheit konnte eine Waffe sein, manchmal auch ein Fluch.

Nachdem Marion über ein Jahr fort gewesen war, kehrte sie zu ihrem Mann und ihrer kleinen Tochter zurück.

Schwanger. Jens Krahl nahm sie wieder bei sich auf. – Mutter Milla hätte diesen Mann einen Trottel genannt, durchfuhr es Julia unsanft. Doch vielleicht hatte er einfach ein gutes Herz?

Die Rückkehr der Schwiegertochter und die Geburt dieses offensichtlichen Kuckuckskindes führten zum Bruch Jens Krahls mit seiner Familie. Sie missbilligten rundheraus seine Entscheidung, Marion wieder bei sich aufzunehmen und das Kind eines anderen als das seine zu akzeptieren.

War der leibliche Vater dieses Kindes eventuell der anonyme Auftraggeber? Julia schrieb sich auch diese Vermutung in ihr Journal.

Marions Schwiegereltern waren mittlerweile gestorben. Es lebte noch eine ältere Schwester von Jens Krahl, eine Sandra Mitter. Julia notierte sich den Namen und die letzte bekannte Adresse in Friedersdorf, einem Ort nicht weit von Finkendörfel.

Nach der Geburt ihrer zweiten Tochter Mia blieb es bis zu ihrer Flucht ruhig um Marion, wie Julia dem Bericht entnehmen konnte. Einmal eine Anzeige wegen unerlaubten Drogenbesitzes. Es blieb bei einer Verwarnung. Offensichtlich nahm man Rücksicht auf die Mutter zweier Mädchen, von denen die ältere gerade eingeschult worden war. Auch dazu machte sich Julia einen Vermerk.

Was sich hinter der Fassade verbarg, konnte man eh nur ahnen, dachte sich Julia.

Hatte eine neue Liebschaft Marion zur Flucht getrieben, oder vielleicht Gewalt?

Nach Angaben der Ermittler hatte Marion verdächtig wenig Gepäck zu ihrer Flucht mitgenommen. Das gemeinsame Konto der Eheleute blieb unangetastet, obwohl es vor ihrem Verschwinden oft große Belastungen durch Marion gegeben hatte, die bis hin zur Kontosperrung geführt hatten. Deshalb war der Ehemann für die Ermittler auch der

Hauptverdächtige. Doch die Spurenlage blieb unübersichtlich, für eine Anklage gab es nicht genügend Anhalt. Zu den Spuren selbst fand Julia keine Details. Sie notierte sich diese Frage unter der Rubrik „HK Herzog“ in ihr Journal.

Eine mögliche Erklärung war, dass der Geliebte, mit dem sie hatte gehen wollen, recht wohlhabend war und sich Marion vielleicht die Mühe erspart hatte, ihre alten Sachen mitzunehmen. Sie hatte sich ganz auf ihren Liebhaber verlassen, Kai Marquart – den Besitzer eines Autohauses in Eckertswalde. Julia kannte ihn flüchtig. Sie hatten sich dort vor ein paar Monaten ihren Familienwagen gekauft, nachdem Paul das Auto für seine Fahrten zum Institut nach Dresden brauchte. Doch war der Name Marquart nicht auch an anderer Stelle aufgetaucht? Julia kramte in ihren Unterlagen. Schließlich gab sie den Namen in den Suchlauf ihrer Dokumente ein. Sie war sich sicher, dass es etwas mit der Kanzlei zu tun hatte. Da war er schon. Kai Marquart, der Besitzer eines großen Waldstückes neben dem der Wald-Müllers und damit einer der wichtigsten Verhandlungspartner bei der geplanten Vertriebsgemeinschaft für die Holzverarbeitung. Julia suchte in ihrer aktuellen Recherche zur Ewald-Holz GmbH. „Abgelehnt“, stand dort. Welche Zufälle es doch manchmal gab, sagte sich Julia, während sie sich auch dazu einen Vermerk in ihr Journal machte. Kai Marquart würde sie zu Marion befragen müssen. Vielleicht war er bereit dazu. Julia überlegte sich schon ihre Strategie. Laut Bericht der Ermittler hatte Marquart am Flughafen Leipzig auf Marion gewartet. Sie war nicht erschienen, worauf er voller Zorn allein geflogen war. – Angeblich!

Drei Jahre später war eine Nachricht von Marion an ihre jüngere Tochter Mia aufgetaucht, die in Hamburg abgestempelt worden war und nicht viel aussagte. „Es geht mir gut, meine Schöne. Mach dir keine Sorgen.“ Ein gemaltes Herzchen. Marion daruntergekrakelt, so als wäre auch dieses erste Lebenszeichen nach Monaten der Ungewissheit in sorgloser Hast geschrieben worden. Die Ermittler stellten die Echtheit infrage.

Sie ist tot, durchfuhr es Julia.

Die Vision eines blutüberströmten Madonnengesichtes stand vor ihrem inneren Auge. Julia spürte Übelkeit in sich aufsteigen. Ihr wurde kalt.

Sie schüttelte sich, um sich von dem Schreckensbild zu befreien. Für heute sollte sie besser Schluss machen. Rasch schloss sie die Dateien und machte sich noch ein paar Notizen für den nächsten Tag. Es gab viel zu tun für sie, an ihrem ersten freien Tag, Krankheitstag. Krank? Sie war doch nicht krank! Julia spürte vielmehr, wie das Jagdfieber sie packte. Sie würde Czerny den Wiedervorstellungstermin für morgen absagen, ihre Auszeit in der Kanzlei aber dennoch nehmen. Oder? War das richtig so?

Ihr schwirrte der Kopf. Die Vernunft sagte ihr, dass es besser wäre, erst einmal darüber zu schlafen und die Informationen in Ruhe wirken zu lassen. Ruhen lassen, Ruhe finden. Ruhe.

Das E-Mail-Programm war noch offen. Julia starrte auf den Bildschirm. Etwas hinderte sie daran, dem nachzugeben.

Schließlich fasste sie sich ein Herz und kopierte die Adresse der Hamburger Kanzlei in ihre Empfängerliste. In aller Form erklärte sie den Kollegen, dass sie daran dachte, die Recherche im Fall der verschwundenen Marion Krahl zu den gegebenen Konditionen zu übernehmen. Ihre einzige Bedingung sei, über die Identität der Auftraggeber Klarheit zu erhalten. Sie versah das Ganze noch mit ein paar Ausführungen über ihre arbeitsethischen Grundsätze und schickte die Nachricht ab. Mit besten Grüßen. Der Specht bekam eine Kopie.

Julia fuhr ihren Laptop herunter und nahm einen Schluck vom Wein. Noch immer rumorte Unruhe in ihr.

Sie wollte es vor ihrem Schlaf geklärt wissen. Kurzerhand rief sie nun doch den Specht an. Er keuchte, als er das Gespräch annahm. „Ja?"

„O Gott! Störe ich dich etwa?"

„Aber keine Spur, Julia. Ich habe gerade noch ein paar Gewichte gestemmt vor dem Schlafengehen. Was gibt es denn?" Der Specht klang wie immer recht munter.

„Gute Nachrichten", sagte Julia. „Ich übernehme die Recherche für die Hamburger."

„Na, wunderbar!"

„Auch wenn meine Skepsis gegenüber anonymen Auftraggebern bleibt", schränkte Julia ein. „Nicht, dass wir hier irgendwelchen krummen Geschäftemachern aufsitzen."

„Die Hamburger Kollegen verbürgen sich für ihre Mandanten", beteuerte der Specht. „Du kannst dich darauf verlassen." Seine letzten Worte klangen etwas vernuschelt. Offensichtlich wischte er sich gerade den Schweiß ab.

„Ich habe da eben Zweifel." Vielleicht half ihre E-Mail weiter. „Um diese Zeit schaffst du dich noch so?" Solchem sportlichen Ehrgeiz konnte Julia nur schwerlich etwas abgewinnen. „Kannst du da schlafen?"

Der Specht wurde eifrig. „Wie ein Murmeltier. Du solltest das auch mal probieren. Das lässt allen Stress von dir abfallen. Du schwitzt dir einfach alles aus und fällst dann so herrlich fertig in dein Kopfkissen. In Eckertswalde hat ein neuer Sportklub aufgemacht, den solltest du mal ausprobieren. Die haben bis 22 Uhr geöffnet. Euren neuen Arzt habe ich letztens übrigens auch dort getroffen."

„Czerny?" Julia durchzuckte eine unerklärliche Freude. „Der scheint ein sportlicher Typ zu sein", gab sie zu und wartete darauf, dass Basti noch mehr erzählte. Doch der enttäuschte diese Hoffnung. „Na, der Dennis ist ein ganz Netter", sagte er nur.

Dennis. Man war da also schon beim Du.

„Also, meine liebe Julia, wenn du noch etwas brauchst für den Vermisstenfall …"

„Ja, das tue ich", besann sich Julia auf das Anliegen ihres Anrufes. „Mich würde interessieren, ob ich die Recherche offen führen kann oder ob das alles im Geheimen erfolgen soll?"

Einen Moment stutzte der Specht. „Wie meinst du das?"

„Darf ich den Dorftratsch nutzen oder muss ich inkognito ermitteln", schob Julia ungeduldig nach. „Wie liest du das aus den Konditionen?"

„Da muss ich schauen …" Julia hörte, wie Basti zu seinem Computer ging und nur eine Taste drückte, bis er alle relevanten Daten zur Verfügung hatte. „Na! Da spricht nichts dagegen. Nur keine Detektive ist die Bedingung."

Julia überlegte kurz: Vor einigen Jahren hatte sich der Kriminalhauptkommissar a. D. als Detektiv versucht, doch sollte er mittlerweile längst im Ruhestand sein. Das konnte nicht zählen. „Keine Detektive, nur Detektivarbeit", bestätigte Julia also kühn. „Nun aber wirklich eine gute Nacht, Basti!"

Nachdem sie aufgelegt hatte, ordnete Julia ihren Schreibtisch und löschte das Licht. Den Rest Wein kippte sie in den Ausguss. Dann schaute sie noch einmal zu Sophia ins Zimmer, das Schlaflicht dämmerte heimelig. Julia drückte ihrer Tochter einen Kuss auf die Stirn. Sophia regte sich, schlief aber weiter.

„Träume etwas Schönes, meine süße Kleine", sagte Julia sanft. „Über allen Gipfeln ist Ruh'."

6. Kapitel

Da steht im Wald geschrieben
Ein stilles, ernstes Wort
Von rechtem Tun und Lieben,
Und was des Menschen Hort.
Ich habe treu gelesen
Die Worte, schlicht und wahr,
Und durch mein ganzes Wesen
Wards unaussprechlich klar.

– Joseph von Eichendorff, Abschied vom Walde

„Mut haben Sie ja, das muss man Ihnen lassen", sagte Ewalds Frau spöttisch, doch nicht ohne Sympathie für Julia. Das mochte an der Anwesenheit Sophias liegen, die mit ihrem kindlichen Liebreiz alle um den Finger wickeln konnte. Julia fühlte sich schäbig dabei, so als würde sie ihr Kind missbrauchen. Doch nach dem gestrigen Tag wollte sie Sophia um nichts in der Welt von ihrer Seite lassen. So war ihre kleine Tochter mit von der Partie, als sie heute Morgen zu einer Entschuldigungstour zu Dr. Ewald aufgebrochen war.

„Mein Mann ist hinten im Büro." Frau Ewald machte eine Kopfbewegung in Richtung der offen stehenden Tür am Ende des Raumes.

„Obwohl er viel lieber im Busch wäre, wo er hingehört!" Brummig kam Ewald höchstselbst herausgeschritten und baute sich vor Julia auf. Sie zögerte nicht einen Augenblick. „Herr Dr. Ewald! Ich möchte mich in aller Form bei Ihnen entschuldigen, dass ich Sie gestern so ohne Erklärung am Telefon zurückgelassen habe", sagte sie aufrichtig. „Ich hatte ernsthafte Sorge um meine Tochter Sophia.

Nach einem Unfall meiner Tante war sie plötzlich nicht mehr auffindbar."

Ihre Worte verfehlten ihre Wirkung nicht. „Hab schon gehört von der Trude. Der Buschfunk, Sie wissen ja. Geht es ihr wieder gut?"

„Wir können sie wahrscheinlich schon heute Nachmittag aus dem Krankenhaus abholen", erwiderte Julia erleichtert. „Es geht ihr gut. Man will nur noch ein paar Untersuchungen machen."

„Grüße an die Trude!" rief Frau Ewald von ihrem Schreibtisch herüber. „Und gute Besserung. Wir haben früher zusammen im Kirchenchor gesungen."

In großväterlicher Art beugte sich Ewald zu Sophia hinunter, die ihn schon die ganze Zeit interessiert gemustert hatte. „Da hast du gestern also alle erschreckt, du kleine Waldfee. Vielleicht sollte die Mama besser ganz bei dir zu Hause bleiben? Mhm? Was hältst du davon?"

Julias Zorn über seine Anmaßung schoss hoch wie eine Flamme. Sie musste sich beherrschen, ihre Entschuldigung nicht gleich wieder mit einer passenden Erwiderung zu pulverisieren.

„Hör sich einer diesen alten Zausel an!", fuhr seine Frau ihm aber bereits in die Parade. „Du würdest dich als Erster wundern, wenn sich plötzlich alle Frauen nur noch auf Kinder und Küche konzentrierten. – Verzeihen Sie einem alten Mann, Frau Eisler! Mein Günter lebt manchmal noch in einer anderen Zeit."

„Ist ja gut", brummte Ewald friedfertig und etwas beschämt. „Nu, fang nicht wieder so an."

Beim Geplänkel der Eheleute legte sich Julias Empörung so schnell, wie sie aufgeflammt war. Rasch kam sie zurück zur Sache. In Ewalds winzigem Büro beredeten sie, wie die Zusammenarbeit mit der Kanzlei in den nächsten Wochen laufen sollte. Wegen des Zusammenschlusses der Holz- und Forstbetriebe bauten sich erste Widerstände auf,

Skepsis bei einigen der kleinen Waldbesitzer. Immerhin war der Revierförster auf ihrer Seite, der mächtige Sachsenforst wollte ein Wort mitreden. Der Specht hatte sich diesen Brocken bereits an Land gezogen, wie Julia nun von Ewald erfuhr, versprach er doch den größten Ruhm. Ein guter Anwalt war Sebastian Fink unbestritten. Dass er diesen Fakt gegenüber Julia bisher mit keiner Silbe erwähnt hatte, war eine seiner typischen Finten. Seltsamerweise machte es Julia diesmal nicht viel aus. Dafür tickten die Fakten zum Verschwinden von Marion Krahl ständig in ihrem Hinterkopf. Das verstärkte sich noch, als Ewald den Autohändler Marquart erwähnte, der durch eine Erbschaft einer der größeren Waldbesitzer der Gegend geworden war. „Marquart will nicht am bisherigen Standard rütteln“, sagte Ewald. „Er tut so, als wollten wir gegen den Sachsenforst arbeiten, dabei geht es uns doch nur darum, innerhalb des Rahmens neue Möglichkeiten zu schaffen. Thomas glaubt, er fürchtet nur die Investitionen. Marquart hat sich schon beim Harvester stur gestellt.“

„Ihre erste Gemeinschaftsinvestition“, stellte Julia fest.

„Eine der ersten.“ Ewald kratzte sich hinter dem Ohr. „Allein kann das kein Waldbesitzer mehr stemmen. Der Harvester schafft es aber nicht in die entlegeneren und zerklüfteten Gebiete, da brauchen wir dann Jessy und ihre Holzverbringer. Wenigstens da macht er mit. Am liebsten würde er Urwald aus seinen Wäldern werden lassen.“

„Das steht Ihren Interessen natürlich entgegen.“

„Nur den wirtschaftlichen“, seufzte Ewald. „Doch kein Mensch und kein Stück Wald ist eine Insel. Wir müssen gemeinsam einen Kompromiss finden.“

„Ich frage meinen Kollegen, inwieweit ich bei Marquart vermitteln helfen kann“, bot Julia an.

Ewald jedoch lächelte. „Genießen Sie erst einmal Ihre Auszeit mit der Kleinen, Frau Eisler. Ihr Kollege macht das schon.“

Seine Gönnerhaftigkeit trieb Julia erneut die Zornesröte ins Gesicht. Doch da fiel ihr Blick auf ein Foto an der Wand über dem Schreibtisch. Es zeigte eine große Gruppe von Waldarbeitern, stolze, ernste Gesichter. Ein Hühne stand neben zwei mächtigen Rössern, verlegen sah er an der Kamera vorbei. Julia erinnerte sich, dass Jens Krahl mit seinen Pferden im Forst gearbeitet hatte, als seine Frau verschwand. Sie deutete auf das Foto und fragte: „Ist das hier Jens Krahl? Er war mit den Pferden beim Forst tätig?"

„Beim Wald-Müller, ja. Da hat er mal gearbeitet, der Jens." Ewald drehte sich zu dem Bild um. „Das ist er, da drüben", bestätigte er Julias Vermutung. „Das war er vielmehr! Ein Riese an Kraft und Pferdeverstand. Nach dem Unfall ist er nur noch ein Häufchen Elend." Er schüttelte betrübt den Kopf.

„Unfall?"

Ewald sortierte mit gefurchter Stirn ein paar Papiere. „Furchtbare Sache damals. Zwei solch erfahrene Leute und dann das!"

„Was ist denn passiert?"

Ewald sah auf. In seinen Augen konnte Julia echte Trauer lesen. „Fragen Sie das den Thomas, den jungen Wald-Müller. Seinen Vater hat es damals erschlagen. Das war nach Kyrill. Dieser Monstersturm hatte uns eine Schneise der Verwüstung in den Wald geschlagen, drüben am Eckertsberg. – Warum interessiert Sie der Jens überhaupt?", fragte er, plötzlich misstrauisch geworden.

Nur einen Moment zögerte Julia, Marion zu erwähnen. Frau Ewald kam gerade mit Sophia herein.

„Ich habe etwas nachzuforschen wegen seiner Frau", sagte Julia. „Marion Krahl."

Ein Schatten flog über Ewalds Gesicht, wie ein Erschrecken. Frau Ewald richtete sich auf. „Die?"

„Es geht um etwas Familiäres."

Die Eheleute wechselten einen Blick. Julia glaubte, bei Ewald einen Hauch Schuldbewusstsein zu erkennen. Hatte etwa auch er eine Affäre mit Marion gehabt?

„Die ist über alle Berge", sagte seine Frau kalt. „Ist auch besser so, glauben Sie mir."

„Hat Mann und Kinder einfach verlassen", fuhr sie dann fort, obwohl es offensichtlich war, dass Ewald das Thema gerne abgeschlossen hätte. „Eine Schande!"

Julia lächelte unverbindlich. Sie nahm Sophia an die Hand und wollte aufbrechen, doch hatte sie das Gefühl, dass Frau Ewald gerne redete, also blieb sie noch einen Moment freundlich aufmerksam stehen.

„Zum Glück ist der Jens so ein lieber Vater. Den Mädels hat es an nichts gemangelt. – Naja, bis zu diesem schrecklichen Unfall vor ein paar Jahren." Frau Ewald seufzte. „Was für ein Unglück!"

„Ihr Mann sagte eben, dass dabei auch der Wald-Müller ums Leben gekommen ist", warf Julia ein.

Ewald wand sich zunächst, als seine Frau ihm einen auffordernden Blick zuwarf. „Fragen Sie das den jungen Wald-Müller", wiederholte er widerwillig. „Den Thomas haben Sie ja schon kennengelernt. Der ist aus anderem Holz geschnitzt, nicht so ein alter Sturschädel wie sein Vater. Gott weiß, warum er diese Krücke da unbedingt aus seinem Wald holen musste. Ist unwegsam da oben am Kaltenborn. Also hat er sich den Jens mit seiner Stute geholt. Willi kannte die Gefahren und Jens erst recht." Er kratzte sich den Schädel. „Zwei solch erfahrene Männer! Wahrscheinlich hing der Baum noch irgendwo und hat sich dann durch einen Windstoß oder irgendeine Erschütterung gelöst. Genaueres weiß keiner. Jedenfalls ist der Stamm unkontrolliert gefallen und hat die beiden unter sich begraben. Der Jens hat nur überlebt, weil seine Stute auf ihm lag. Sein Hund hat dann einen anderen Hundegänger alarmiert. So hat wenigstens der Jens es geschafft." Wieder fuhr er sich über den Schädel. „Wäre noch schrecklicher für seine Mädels geworden."

„Seine Tochter, die Jessy", ergänzte seine Frau, „die hat jetzt die Holzverbringer übernommen. Ein feines Mädel!"

Marion schien vergessen. Julia spürte, dass sie behutsam vorgehen musste, um keine alten Wunden aufzureißen. „Danke für die Auskunft. Ich werde also am besten Jessy Krahl besuchen", sagte sie. „Auf Wiedersehen und vielen Dank, dass Sie auf Sophia aufgepasst haben." Sie waren schon an der Tür.

„Bei der Jessy werden Sie auf Granit beißen", sagte Frau Ewald ernst. „Wenn Sie bei ihr von der Mutter anfangen, kann es sein, dass sie Ihnen den Kopf abreißt." Sie lachte bitter. „Wer könnte es ihr auch verdenken!"

Julia ging nicht weiter darauf ein. Noch einmal bedankte sie sich und brach dann mit Sophia auf. Sie hatte heute noch viel vor sich.

*

In ihrem Büro daheim nahm Julia Kontakt mit der Kriminalpolizei auf, um Einsicht in die Ermittlungsakten zu bekommen; ohne Klarnamen ihres Klienten bekam sie jedoch keinen Zugang zum Zentralregister der Vermisstenfälle. Sie musste sich mit dem begnügen, was die Hamburger Kollegen herausgefunden hatten. Wenn sie aber neue Informationen zu der Vermissten hätte, solle sie diese an die Behörde weitergeben. Das ginge auch online, beschied man ihr kühl.

Bei ihrer Suche nach Hauptkommissar a. D. Heinrich Herzog wartete die nächste Enttäuschung auf Julia: Herzog war unter der ihr bekannten Telefonnummer nicht mehr zu erreichen, auch sonst fand sie keine Spur von ihm. Ihr blieb nichts anderes übrig, als sich zu seinem Haus zu begeben. Sie erinnerte sich noch vage an den winzigen Ort in der Heide- und Teichlandschaft nördlich von Bautzen, wo sie Herzog vor Jahren aufgesucht hatte. Damals hatte er ihr bei den Ermittlungen ihres ersten Falles hier in Finkendörfel geholfen, als sie mit Nachforschungen zum Tod der kleinen Emmelie beauftragt worden war.

Es hatte zu regnen begonnen, ein ruppiger Wind zauste die Bäume. Ihren geplanten Waldspaziergang zu Jessy Krahl verschob Julia auf einen anderen Tag. Sie klappte ihr Journal zu und sah auf die Uhr. Sobald Sophia aus ihrem Mittagsschlaf erwacht war, würden sie in den Norden des Kreises fahren, um nach dem Haus von Herzog zu suchen. Auf dem Rückweg könnten sie gleich Trude abholen.

Die Planung gab Julia das gute Gefühl, voranzukommen und die Dinge im Griff zu haben. Freudvolle Tatkraft durchflutete sie in lang vermisster Intensität. Julia streckte sich und reckte siegreich die Arme in den Himmel.

Trudes Klingelton riss sie aus ihrer Schreibtischgymnastik. „Hallo, mein liebes Trudchen."

„Du musst mich hier rausholen, Julia!", rief Trude, ohne eine Begrüßungsfloskel voranzuschicken.

„Hört sich schlimm an. Was ist denn los?"

„Diese vielen Kranken machen einen selber krank im Kopp. Stelle dir vor: Heute Nacht hat eine aus der Nachbarstation die Zahnprothesen vertauscht und ist von Zimmer zu Zimmer gegangen, um die passende zu finden. Jetzt ist der Zahnarzt da und versucht, wieder Ordnung in die Gefräße zu bekommen." Sie kicherte. „Da bin ich aber froh, dass ich noch meine eigenen schiefen Zähne habe!"

„Wir kommen, Trude", versicherte Julia belustigt.

„Bringst du Phi mit?"

„Aber ja, wir retten dich gemeinsam. Versprochen!" Sie lachten beide, bevor sie die Verbindung trennten.

Eine Sache gab es aber noch zu klären, bevor sie ihr Versprechen einlösen konnte: Sie musste Dr. Czerny anrufen und den Arztbesuch bei ihm absagen. Von Phis Husten war kaum noch etwas zu merken, die klare Herbstluft schien der Kleinen gutzutun. Und Julia fühlte sich so vital wie lange nicht mehr. Vielleicht hatte Tilda recht und es lag daran, dass sie endlich wieder einem Rätsel auf der Spur war. Entschlossen griff sie zum Telefon.

„Guten Tag. Julia Eisler hier. Kann ich bitte Dr. Czerny sprechen", sagte sie, als sie die Arztpraxis von Dr. Köhler erreichte. Die Frage, warum sie ihre Absage unbedingt dem Doktor persönlich mitteilen wollte, mochte sich Julia im Moment lieber nicht beantworten. Es dauerte nur kurze Zeit, dann war sie verbunden. „Ja? Czerny." Seine Stimme brachte etwas in Julia zum Vibrieren. Rasch bedankte sie sich noch einmal für seinen gestrigen Einsatz. „Es geht uns beiden wieder gut", beteuerte Julia, wie um auch sich selbst zu vergewissern. „Jetzt, wo sich die Aufregungen gelegt haben, sind wir beide wieder völlig in Ordnung."

„So, wie ich Sie gestern erlebt habe, denke ich dennoch, dass eine gründlichere Untersuchung sinnvoll für Sie wäre", erwiderte Czerny nach kurzem Zögern. „Vielleicht auch einmal eine Blut-Untersuchung? Auf jeden Fall ist noch Schonung angebracht."

„Oh, ich habe so eine Art Schonplatz und kann von zu Hause aus arbeiten. Außerdem wollen wir mit Sophia so viele Waldspaziergänge wie möglich machen."

„Seien Sie vorsichtig. Es soll Sturm geben."

Lag da etwa Besorgnis in seiner Stimme? Julia musste lächeln, als sie ihm versicherte, ganz bestimmt nicht bei Sturm in den Wald zu gehen. Der Bericht vom Unfall heute Morgen war ihr Warnung genug. Doch davon erzählte sie Czerny natürlich nichts, sondern versicherte ihm fröhlich, gut auf sich und Sophia aufzupassen und sich gegebenenfalls wieder bei ihm zu melden.

Czerny schwieg eine kleine Weile. „Nun, wenn Sie wirklich meinen", war seine skeptische Antwort. Bevor Julia noch ein weiteres Wort verlieren konnte, verabschiedete er sich in aller Höflichkeit und legte auf. Julia betrachtete nachdenklich ihr verstummtes Telefon. Sie fühlte sich unzufrieden mit dem Ausgang dieses Gespräches und wusste partout nicht warum.

*

„Trude! Meine Trude!"

„Meine kleine Phi!"

Die Begrüßung der beiden Unglücksraben des Vortages verlief überaus stürmisch. Auch Julia umarmte Trude herzlich. „Wie schön, dass du wieder fit bist, Trudchen."

„Was so ein richtiger Granitschädel ist", wehrte Trude gerührt ab, „den kann so schnell nichts erschüttern."

„Ist auch wirklich alles in Ordnung? Was hat die Ärztin gesagt?"

„Alles in Ordnung. Ich soll mich nur ein wenig …"

„Trude soll bei mir sitzen", mischte sich Sophia ein und schaute Trude erwartungsvoll an. Doch Trude bestand darauf, vorn neben Julia zu sitzen. Sophia verwand den Schmerz darüber schnell und begann schon bald in einer ganz eigenen Kinderfassung von bunten Blättern zu singen, die der Wind zum Tanzen auffordert.

Julia chauffierte sie sorgsam gen Finkendörfel. Sie schwieg dabei und wandte den Blick nicht von der Straße.

Das ärgerte Trude maßlos, denn sie war zu neugierig, was Julia denn nun im Fall der vermissten Marion herausgefunden hatte. Sie hatte schon ein Recht auf etwas mehr Informationen, wie sie selbst fand.

„Wie war denn dein Tag?", wagte Trude schließlich einen Vorstoß.

Julia verzog das Gesicht. „Eher durchmischt. Gerade ein Fehlversuch, naja, so ist das eben." Dann hüllte sie sich erneut in Schweigen.

Trude hielt es nicht mehr aus. „Und was bitte ist gerade fehlgeschlagen, wenn ich fragen darf? Oder tust du wieder so geheimnisvoll? Das Schweigen der Anwälte oder so was?“

Jetzt lachte Julia geradeheraus. „Kein Geheimnis, Trudchen. Ich habe den ehemaligen Hauptkommissar Heinrich Herzog aufsuchen wollen. Erinnerst du dich noch an den?“

„Aber natürlich!“, entrüstete sich Trude. „Der hat uns doch damals bei den Katzenmorden geholfen.“

„Genau der. Doch er ist nun in einem Pflegeheim.“ Julia seufzte. „Er konnte sich nicht mehr alleine versorgen. Wie eine Nachbarin erzählte, ist seine Frau voriges Jahr gestorben.“

„Oh!“

So viele von ihnen starben jetzt, dachte Trude bestürzt. Friedegards Schwester Meta war letzten Winter auch so plötzlich heimgegangen. Friedegard war ganz wirr geworden vor Kummer. Und dann der schlimme Sturz nur wenige Wochen später, der sie zum Pflegefall machte. Die Reihen um sie herum wurden lichter.

Trude seufzte.

„Alles in Ordnung?“

„Ja, ja. Alles bestens.“

Trude war noch lange nicht bereit für den Gevatter. Auch wenn sich das eine oder andere Zipperlein bemerkbar machte, noch immer spürte Trude das Leben in sich pochen und ihre Neugierde darauf und auf alles, was um sie herum geschah, war ungebrochen.

„Du weißt natürlich, in welchem Pflegeheim der ist, oder?“, fragte sie also.

Julia lächelte. „Natürlich.“

„Na, dann ist ja gut.“ Trude lehnte sich zufrieden zurück. Zeit, zur Tat zu schreiten.

„Und du willst also wirklich nach dieser Marion suchen“, stellte sie fest.

„Ja“, erwiderte Julia schlicht. Phi dichtete derweil beim dritten Durchgang ihres Herbstliedes neue Strophen in ihrer eigenen Sprache hinzu. „Deshalb will ich mit Herzog reden. Er war damals der leitende Ermittler.“

Trude spuckte imaginär aus. „Da hat er sich aber nicht mit Ruhm bekleckert“, schimpfte sie. „Den armen Mann so zu drangsalieren!“

„Meinst du den Ehemann?“

„Na, klar! Der Jens war das Opfer, nicht der Täter. Das muss denen doch wohl klar gewesen sein, oder?“

„Nun, wenn der Verdacht auf ein Gewaltverbrechen vorliegt, ist der Ehepartner immer der oder die Hauptverdächtige“, sagte Julia.

„Welches Gewaltverbrechen denn bitte?“, ereiferte sich Trude. „Diese …“, sie dämpfte ihre Stimme, „diese Person ist doch über alle Berge und macht sich irgendwo ein schönes Leben, während sich der Mann allein um die Kinder kümmern muss. Dabei ist die eine Tochter nicht mal von ihm.“

„Ich hörte davon. Doch er hat sie als seine aufgenommen.“

„Der Jens ist halt viel zu gutmütig!“ Trude verschränkte die knochigen Arme vor ihrer Brust. „Es hat jedenfalls nie einen Beweis gegeben, dass der Marion was zugestoßen ist“, behauptete sie. „Wenn hier jemandem Unrecht widerfahren ist, dann den Kindern.“

„Welche Kinder?“, zwitscherte Phi dazwischen.

„Kinder, die nun schon groß sind, Schatz“, erklärte Julia. Dann wandte sie sich wieder an Trude. „Es geht bei dieser Recherche nicht darum, was Recht oder Unrecht war oder ist, sondern einfach darum, eine Spur von Marion Krahl zu finden.“

„Dann ist es also ein Verwandter von der Marion, der das wissen will?“

„Marion ist bei Pflegeeltern aufgewachsen. Also ist das nicht auszuschließen. Ihre leibliche Mutter ist möglicherweise noch am Leben.“

„Das ist sie", bestätigte Trude. „Ich kann mir aber nicht vorstellen, dass das arme Luder Geld für Anwälte hat. Vielleicht sucht ja der unbekannte Vater nach Marion. Bestimmt ist er reich und will ihr was vererben", spekulierte sie weiter. „Das brauchst du nur publik zu machen, dann kriecht sie schon aus ihrem Loche! Die war dem Gelde schon immer gut."

Julia warf ihr einen skeptischen Blick zu. „Du lässt wirklich kein gutes Haar an Marion Krahl", sagte sie dann.

„Da bin ich aber nicht die Einzige im Dorf, kann ich dir versichern", prustete Trude.

„Kann es sein, dass ihr alle etwas voreingenommen seid gegenüber dieser Frau?"

Trude schnappte schon nach Luft für eine passende Antwort, doch sie besann sich. „Naja, vielleicht", gab sie widerwillig zu. „Ich sage dir, wenn du die Marion gekannt hättest, Julia, du hättest ..." Sie unterbrach sich und schüttelte ihren Graukopf. „Ich werde versuchen, objektiv zu sein", versprach sie dann feierlich. „Falls du mich mal ab und zu etwas dazu fragen willst."

„Ab und zu. Gewiss." Julia lächelte.

Zufrieden legte Trude ihre Hände in den Schoß. „Also, wer sucht nach Marion nach so langer Zeit? Hast du schon eine Vermutung?"

„Leider noch nicht. Was nicht heißt, dass ich mich damit zufriedengebe."

„Vater? Onkel? Tante? Ein Liebhaber?"

„Alles ist möglich. Doch das steht nicht als Erstes auf dem Plan."

„Ach so? Was hast du dann vor?"

„Nachfragen, was damals passiert ist, recherchieren, ob jemand ein Lebenszeichen von ihr bekommen hat."

„Würde nicht die Polizei davon wissen?"

Julia zuckte mit den Achseln. „Und wenn gerade nicht? – Ich will mir ein Bild machen von den Geschehnissen damals und dann dem Auftraggeber berichten. Abwarten, wie der oder die reagiert."

„Klingt nicht gerade spannend."

„Kommt ganz darauf an, was ich herausfinde, meinst du nicht?"

Julia und Trude wechselten einen Blick, dann schenkten sie sich ein verschwörerisches Grinsen. „Du weißt natürlich schon, meine liebe Trude, dass ich ohne dich nicht viel ausrichten werde in diesem Fall."

„Und ich dachte schon, du würdest nie fragen."

„Dann ist es abgemacht."

In ihr Lachen stimmte Sophia fröhlich mit ein.

7. Kapitel

Ich musste von dir scheiden,
Und wusste, du stürbest bald;
Ich war der scheidende Sommer,
Du warst der kranke Wald.

– Heinrich Heine, Der scheidende Sommer

Ella-Ma hatte Tränen in den Augen, als sie ihre Trude in die Arme schloss. „Was machst du nur für Sachen!“ Sie zogen sich in ihren Teil des Hauses zurück.

An der Tür wandte sich Ella-Ma noch einmal um. „Deine Eltern haben sich gemeldet“, sagte sie zu Julia. „Sie sind auf der Rückreise. Ende des Monats sind sie wieder da.“

Julia spürte, wie es ihrem Herzen einen Stich gab. Ganz leise pochte das schlechte Gewissen an.

„Ich soll dich lieb von deinem Vater grüßen, er wollte später noch einmal versuchen, dich zu erreichen.“

Vater Georg nur, nicht Mutter Milla, gewiss war sie immer noch zornig auf Julia. „Danke!“

Sophia zupfte an ihr. „Kann mich heute Trude ins Bett bringen, Mama?“

„Nein, Trude muss sich ausruhen. Wir machen jetzt erst einmal ein schönes Abendbrot und dann laden wir die beiden ein, was meinst du?“

„Spaghetti!“

„Doch nicht zum Abendbrot, Phi. Es heißt Abend-Brot.“

„Ich mag lieber Spaghetti.“

Julias Telefon summte. „Geh schon rein, Phi!“

Sie erkannte die Hamburger Nummer. „Frau Petersen, ich grüße Sie. Wie schön, dass Sie zurückrufen.“ Sie schob

Phi durch die Tür und schälte sich aus ihrer Jacke, das Telefon am Ohr. „Was sagen die Auftraggeber?“

„Moin, Frau Eisler.“ Die Kollegin sprach in dem nüchtern gelassenen Tonfall der Norddeutschen. „Unsere Mandanten zeigen Verständnis für Ihre Bedenken, doch sie bestehen darauf, dass ihre Anonymität gewahrt wird. Sie sollen das bitte nicht als Zweifel an Ihrer Verschwiegenheit als Anwältin verstehen. Es dient lediglich dem Schutz der Familie Krahl.“

Also doch Verwandtschaft. Julia setzte sich auf die Bank im Flur. Sie legte ihr Telefon ab, nachdem sie es auf Lautsprecher gestellt hatte, und holte ihr Journal aus der Handtasche, während sie weiter der Hamburger Kollegin lauschte. „Unsere Mandanten halten dies für den geeigneten Weg, abgesehen davon haben Sie freie Hand und unterliegen keinerlei Geheimhaltung.“

Raffiniert, dachte Julia. Die Hamburger Kanzlei war an die Schweigepflicht gebunden, sie aber nicht. Dafür wurde sie im Unklaren gelassen, wer sie mit den Nachforschungen betraut hatte. „Ich kann also reden, mit wem ich mag, und unter Bedingungen, die ich für richtig halte.“

Petersen schwieg verdutzt. „Alles auf dem Grundsatz der Rechtmäßigkeit, versteht sich“, ergänzte Julia mit einem leisen Lachen. Wofür hielten die sie denn?

„Ja, natürlich“, erwiderte Petersen erleichtert. „Das ist der Sinn dieses Auftrages. Suchen Sie den Kontakt zur Familie und zu allen Beteiligten. Haben Sie noch Fragen zum Dossier?“

„Bis jetzt nicht.“ Julia hielt einen Moment inne. „Das Verschwinden liegt nun schon so lange zurück. Ich frage mich, wie genau da Erinnerungen sind und wie vertrauenswürdig.“ Und ob sich überhaupt jemand daran erinnern will, fügte sie in Gedanken hinzu.

„Nehmen Sie sich die Zeit, die Sie brauchen. Sie sind genau die richtige Frau dafür am richtigen Platz. Wir sind ausgesprochen froh darüber, dass Sie den Auftrag annehmen,

Frau Eisler." Das war recht viel Enthusiasmus für die nordische Kollegin. Julia erglühte vor unsinnigem Stolz und schämte sich sogleich dafür. „Nun gut", sagte sie so kühl sie es vermochte. „Dann habe ich nun Gewissheit über das Ungewisse." Nicht, dass sie sich damit zufriedengeben wollte.

„Wie man es nimmt", lachte die Petersen ein Spur zu nachsichtig, wie es Julia schien. „Es ist nur zu verständlich, dass Sie das stört. Ich hoffe, dass Sie trotzdem erfolgreich sind. Unseren Mandanten ist an jeder noch so winzigen Erkenntnis über den Verbleib von Marion Krahl gelegen. Wenn Sie noch Fragen haben, wenden Sie sich einfach an mich."

Sie verabschiedeten sich.

Julia saß noch eine Weile sinnend auf der Garderobenbank, als Trude den Kopf durch die Tür steckte. „Und? Gibt es was Neues?"

„Hast du etwa gelauscht?"

„Ach, wo denkst du hin! Du hast aber so laut gestellt, dass man gar nicht weghören konnte", beteuerte Trude.

„Immerhin hast du noch den Anstand zu erröten."

„Wenn du dich beeilst, erwischst du die Jessy noch, bevor es dunkel wird", sagte Trude ungerührt. „Die müsste jetzt aus dem Busch zurück sein mit ihren Pferden."

„Aber …"

„Ella macht schon Abendbrot. Mach dich lieber auf die Socken!"

*

Der Pferdetransporter stand im Hof der Krahls. Eine große Frau führte eben eines der Tiere am Halfter heraus. Das musste Jessy sein. Neugierig sah sie herüber. Julia hob grüßend die Hand und klappte die Autotür zu. Dann näherte sie sich respektvoll der kräftigen Pferdeführerin und ihrem Kaltblut. Ein Border Collie lief ihr entgegen, um sie herum, schnupperte kurz und kehrte dann zu der Frau zurück.

„Wollen Sie zu Mia?“

„Zu Familie Krahl“, erwiderte Julia. „Sind Sie Jessy?“

„Wer will das wissen?“

„Julia Eisler“, stellte sich Julia vor und streckte der Frau die Hand entgegen, die jedoch geflissentlich übersehen wurde. Stattdessen fixierte sie Julia. „Die Frau vom Doc Eisler?“

„Paul Eisler ist mein Mann, ja.“

„Ah, Ihr Mann hat Vater damals sehr geholfen“, sagte Jessy und lockerte einen Riemen des Brustgurts. Die Stute stampfte auf. „Geht es Ihrem Mann gut?“

Julia atmete auf, Paul sorgte für einen leichteren Einstieg bei ihrer heiklen Mission. „Es geht ihm gut. Danke. Er arbeitet nun wieder an einem Institut.“

„Schade“, sagte Jessy. „Hätte gut dem Köhler nachfolgen können.“ Sie löste den Brustgurt. „Und Sie kommen vom Kindergarten?“

„Nein, ich bin heute in meiner Profession als Anwältin unterwegs.“

Der freundliche Gesichtsausdruck verschwand aus Jessys breitem Gesicht. Sie sah alarmiert aus. „Wozu brauchen wir einen Anwalt?“

„Eine Hamburger Kanzlei ist mit dem Wunsch an uns herangetreten, nach Ihrer Mutter zu fahnden.“

„Mutter?“ Ihr Blick wurde feindselig. „Da sind Sie bei uns an der falschen Adresse! Die hat uns verlassen, schon vor 'ner Ewigkeit.“ Sie wandte sich um und führte ihr Kaltblut in den Stall.

Julia wollte ihr folgen, doch der Hund knurrte sie an.

„Aus, Reg!“

An der Stalltür zögerte Jessy. „Lassen Sie uns in Ruhe“, sagte sie dann bestimmt.

„Der Auftraggeber könnte ein Verwandter von Ihnen sein“, versuchte Julia zu argumentieren.

„Dann soll er sich gefälligst selber melden.“

„Es heißt, er wolle Sie nicht belasten.“

„Macht er aber."

„Vielleicht handelt es sich ja um eine Erbschaft."

„Wir wollen nichts von denen!", blaffte Jessy sie an. Ihr Hund knurrte erneut. „Und schon gar nicht will ich, dass hier alles wieder aufgewühlt wird."

„Das kann ich gut verstehen." Vorsichtig ging Julia einen weiteren Schritt auf Jessy zu.

Die hatte ihrem Pferd einen kräftigen Klaps auf das Hinterteil gegeben. „Ab mit dir, Lotta!" Dann drehte sie sich wieder zu Julia um. Ihr Hund setzte sich wachsam neben sie.

„Man hat mich beauftragt, mit aller Vorsicht und Rücksichtnahme Informationen zu sammeln", begann Julia noch einmal. Doch weiter kam sie nicht.

„Sammeln Sie, wo Sie wollen, aber nicht bei uns!" Jessy klappte mit zorniger Gebärde die Stalltür zu. „Vater geht es nicht gut. Ich will nicht, dass er sich aufregt. Schon gar nicht wegen Mutter, dieser … Das würde ihm den Rest geben, klar?"

Julia spürte, dass sie auf verlorenem Posten kämpfte. „Ich verspreche Ihnen, dass Ihrer Familie dadurch kein Schaden entstehen wird", sagte sie dennoch tapfer. „Sie können sich wie meine Klienten fühlen. Ich bin beruflich verpflichtet, zum Wohle meiner Klienten zu handeln."

„Na, prima, dann verschwinden Sie!", höhnte Jessy. „Zu meinem Wohl und dem meiner Familie."

„Ich kann Ihnen versichern …"

„Und ich versichere Ihnen, dass es besser ist, wenn Sie jetzt verschwinden, Frau Anwalt!"

*

„Hach! Das ist zu dumm. Aber das hätte ich dir gleich sagen können, dass es schwierig wird mit dieser Jessy."

„Ich weiß, liebe Trude", erwiderte Julia gelassen und räumte den Tisch ab. Sie waren nach dem Abendbrot allein in der Küche geblieben, während Ella-Ma Sophia ins Bett brachte. „Das war auch nicht anders zu erwarten von einer Tochter, deren Mutter sie verlassen hat."

„Und wenn diese Tochter dann auch noch Jessica Krahl ist", murmelte Trude verdrossen.

„Wie alt war sie damals? Zwölf. Ihre Schwester Mia war zehn." Julia verstaute die Butter im Kühlschrank und wischte den Tisch ab. Plötzlich hielt sie inne und sah Trude an. „Du glaubst also, dass Marion noch am Leben ist?"

Trude schnaubte. „Jede Wette! Die macht sich irgendwo ein schönes Leben."

„Und wenn nicht, was könnte ihr dann zugestoßen sein?" Julia spülte den Lappen aus. Sie setzten sich an den Küchentisch.

„Unfall? Überfall? Selbstmord?", mutmaßte Trude wenig überzeugend.

„Mord?"

„Ach, komm!", wehrte Trude ab. „Die Polizei hat damals dem Jens das ganze Grundstück umgegraben und ihm immerzu nachgestellt. Im Wald bei seiner Arbeit oder auf der Jagd oder bei der Feuerwehr. Eine Frechheit war das! Die armen Kinder! Die Leute haben natürlich geredet. Einmal verdächtigt, bist du doch hier gleich schuldig."

„Das war wirklich schwer zu verkraften."

„Immerzu haben sie nur nach der Leiche gesucht", regte sich Trude auf. „Viel zu wenig nach dem lebendigen Flittchen."

„Trude", mahnte Julia leise. „Wolltest du dich nicht mit deinen Wertungen zurückhalten? Sie könnten dir den Blick auf die Fakten verstellen."

Trude winkte ab. „Die Marion soll in Frankfurt auf dem Flughafen gesehen worden sein. Da hast du deine Fakten." Selbst für Dorftratsch-Verhältnisse war Trude erstaunlich gut informiert.

„Fakten oder Gerede?" Julia blieb skeptisch.

„Ich sage dir, die haben damals einseitig ermittelt", behauptete Trude. „Den anderen Heini, diesen Autohändler, den haben sie sofort wieder von der Leine gelassen. Der hatte einen guten Anwalt. Da haben sie sich eben auf den Jens gestürzt." Sie unterbrach sich und sah Julia an. „Wann triffst du dich eigentlich mit dem Kommissar?"

„Ich habe mich für Sonntag im Pflegeheim angemeldet, wenn Paul wieder da ist", sagte Julia mit einem Seufzen. „Hoffentlich erwartet mich dort nicht noch eine böse Überraschung."

„Du meinst, ob der Herr Hauptkommissar noch alle seine Tassen im Schrank hat?"

Julia rollte mit den Augen. „Ich hätte es gerne etwas pietätvoller formuliert, aber ja, ich frage mich, wie es um seine Erinnerungen bestellt ist, wenn er ein Pflegefall ist."

„Die sind nicht alle behämmert, weißt du?"

„Natürlich weiß ich das", sagte Julia mit einem Anflug von Ärger. „Wollen wir einfach hoffen, dass sich Herzog noch gut an diesen Fall erinnert. Spektakulär genug war er ja allemal."

„Wie willst du weiter vorgehen?", fragte Trude.

„Morgen soll es schön werden", erwiderte Julia schon wieder vollkommen versöhnt. „Ich schnappe mir Sophias Rennkutsche und wir laufen eine Runde durch den Wald. Da will ich – rein zufällig – bei Jessys aktueller Arbeitsstelle vorbeischauen."

„Klingt nach einem guten Plan", grinste Trude. „Dann lasst euch mal rein zufällig nicht von den Wildschweinen überraschen."

*

Am nächsten Morgen erwartete sie ein herrlich frischer Oktobertag. Schon früh hatte sich Julia mit Sophia in ihrem Kindersportwagen zum Laufen aufgemacht. Tiefblau wölbte sich der Himmel. Ein unternehmungslustiger Herbstwind ließ das Laub auf den Wegen tanzen. Letzte Nacht hatte es ersten Frost gegeben.

Eine lang vermisste Energie durchflutete Julia. Der Waldlauf war ein Balsam für ihre Seele. Ihre Muskeln verrichteten mühelos und freudvoll ihre Arbeit, selbst als es die Anhöhe hinaufging.

„Schneller, schneller!“ Sophia juchzte vor Vergnügen.

Mit Schwung bugsierte Julia den Buggy hinauf. Oben angekommen, musste sie erst einmal nach Luft schnappen. Sie hielt sich die Seiten. „Ich muss unbedingt wieder mehr Sport machen.“

„Eine gute Idee“, sagte jemand. Julia fuhr erschrocken herum. Czerny stand vor ihr, ebenfalls im Laufdress, doch nicht halb so außer Atem wie sie. Wider Willen errötete sie und hoffte, dass es in ihrem von der Anstrengung erhitzten Gesicht nicht allzu sehr auffiel. „Guten Morgen“, schnaufte sie. „Heute gar nicht in der Praxis?“

Czerny lächelte das Grübchen in seine Wange. „Erst am Nachmittag. Vor der Hausbesuchstour gönne ich mir gern eine kleine Trainingseinheit, das macht den Kopf frei.“

„Sie sagen es! Ich merke gerade, wie sehr mir das alles gefehlt hat.“

„Kommen Sie doch mal mit ins Studio nach Eckertswalde“, sagte Czerny. „Ihr Kollege ist auch dort.“ Er hielt inne. „Wenn das kein Problem für Sie ist, Frau Eisler?“

„Julia, bitte!“ Sie lachte. „Nein. Es sollte kein Problem sein, dem Kollegen Fink beim Schwitzen zuzusehen und nebenbei selbst etwas zu trainieren.“

Er stimmte in ihr Lachen ein. „Dann freue ich mich, Sie dort bald zu treffen, Julia.“ Er reichte ihr die Hand, die sie unwillkürlich ergriff. „Dennis.“ Es war elektrisierend. „In der Praxis werde ich Sie und Ihre kleine Tochter wohl so schnell nicht wiedersehen, wie es aussieht. Ich bin froh, dass es Ihnen besser geht. Vor allem dir, Sophia." Er beugte sich zu ihr hinunter.

„Wei-ter-fah-ren!", kommandierte Sophia und ruckelte energisch im Wagen.

„Ja, dann … bis bald, Dennis."

„Weiter hinten sind Baumfällarbeiten im Gange", warnte er sie noch, als er sich bereits zum Weiterlaufen umwandte.

„Genau da wollen wir hin."

Er blieb stehen. „Den Harvester bestaunen?"

„Die Pferde", bekannte Julia.

„Mama!", protestierte Phi derweil. „Weiterfahren!"

Sie verabschiedeten sich.

„Jetzt geht es aber los, Phi! Im Sauseschritt den Berg hinab." Es war, als würden ihr gerade Flügel wachsen. Alles war leicht und voll heiterem Sinn.

Wenig später verengte sich der Waldpfad. Dichter Bewuchs junger Buchen zu beiden Seiten, die noch im vollen Laub standen. Julia verlangsamte ihren Schritt. Sie bog die Zweige auseinander, damit sie Sophia nicht ins Gesicht schlugen, schließlich wendete sie den Wagen. Da hörte sie ein Grunzen im Dickicht. Trudes Warnung vor den Wildschweinen fiel ihr ein, auch hatte sie weiter unten Wühlspuren am Weg gesehen. Erneut grunzte und raschelte es im Gebüsch. Julia blieb stehen. Aufmerksam sah sie sich um und lauschte. „Was ist los, Mama?"

„Still!"

Kaum hatte sie das gesagt, als eine Rotte Wildschweine vor ihr durch das Laubwerk drang und auf der anderen Seite das Weite suchte. Julia war froh, dass sie den Kinderwagen gewendet hatte. Dann raschelte es wieder. Zwei Nachzügler brachen heraus, ein Wildschwein blieb stehen und sah sie an. Ein Jungtier noch, wie Julia mit Erleichterung bemerkte. Sie selbst stand wie erstarrt. Fieberhaft überlegte sie, wie sie Sophia vor einem Angriff schützen könnte und ob sich der Kinderwagen als Schutzschild eignete, während sie sich mit dem Tier ein Blickduell lieferte. Dann gab das Wildschwein auf und machte, dass es seiner Horde hinterherkam.

Julia atmete auf.

„Was ist los, Mama?"

„Wildschweine, Liebes. Wir müssen sehen, dass wir weiterkommen."

So schnell sie konnte, zerrte sie den Wagen durch die Engstelle, während Sophia zeterte, dass sie auch mal die Wildschweine sehen wolle. Ihr Geschrei hätte auf jeden Fall gereicht, um ganze Heerscharen wilder Sauen in die Flucht zu schlagen.

Endlich waren sie aus dem Dickicht heraus. Der Wald sah nun völlig verändert aus. Schlanke Fichtenstämme ragten zu beiden Seiten des Weges auf. Die Rinde zerfressen und fleckig bis hin zu völlig kahlen Stämmen, die Nadeln der hohen Kronen braun. Toter Wald. Der Anblick war bestürzend nach dem bunten Laubtanz auf der anderen Seite des Bornbuschs, über den sie aufgestiegen waren.

„Wohnen hier Gespenster?"

„Aber nein, Phi. Das sind kranke Bäume." Julia drehte den Wagen wieder in ihre Laufrichtung.

„Haben die auch Husten?"

„Die haben …" Julia hielt inne. Motorengeräusche drangen an ihr Ohr. Hinter der nächsten Anhöhe mussten die Fällarbeiten laufen. Da keine Sperrung sie abhielt, lief Julia weiter. „Das schauen wir uns an", ließ sie Sophias Frage unbeantwortet. „Los, komm: Wir rennen das Stück!"

Das genügte vollkommen, um weiteren Nachfragen aus dem Weg zu gehen. Sophias Ansporn-Geheul war gewiss kilometerweit zu hören. Doch kaum hatten sie die nächste Anhöhe erklommen, war auch schon wieder Schluss. Ein riesiger Pferdetransporter verstellte ihnen den Weg. Jessy war hier. Julias Hoffnung ging auf. Sie hörte Jessys Hund bellen und schon kam Reg auf sie zugeschossen.

Sophia war begeistert. „Hund! Hallo, Hund!“ Sie streckte ihre Ärmchen aus. Julia dagegen stellte sich vorsichtshalber zwischen ihr Kind und den Border Collie.

„Reg! Aus!“, brüllte Jessy, deren mächtige Gestalt eben hinter dem Wagen auftauchte. Reg stoppte, bellte aber wie verrückt. Langsam kam Jessy näher. „Er will Sie nur warnen“, sagte sie, während sie eine Leine an Regs Hundegeschirr legte. „Wahrscheinlich sind Wildschweine in der Nähe.“

„O ja! Wir hatten eben fast einen Zusammenstoß mit dem Borstenvieh.“

Jessy schien interessiert, so erzählte Julia bereitwillig von ihrer Begegnung. Sie war froh, Jessy heute so entspannt zu begegnen.

„Alles richtig gemacht“, lobte Jessy. „Einfach ruhig stehen bleiben.“ Reg hörte auf zu bellen und setzte sich neben sie, als er sie mit den Neuankömmlingen reden hörte. „Wildschweine sind nur aggressiv, wenn sie sich bedroht fühlen, ansonsten ziehen sie lieber Leine. Die wollen keinen Ärger, nur ihre Ruhe.“

„Sie kennen sich wohl aus mit Wildschweinen.“

„Vater kennt sich richtig aus.“ Jessy machte sich an ihrer Arbeitsjacke zu schaffen. „Ich bin nur Jägerin, das hier ist mein Revier.“ Sie machte eine weit ausholende Handbewegung.

„Hallo, Hund!“ Sophia zappelte im Kinderwagen. Am liebsten wäre sie ausgestiegen. „Hallo! Hallo!“

Jessy verzog ihr Gesicht zu einer Art Lächeln. Offensichtlich machte sie das nicht oft. „Na, du Krümel, du kennst wohl keine Angst?“

„Leider viel zu wenig“, bekannte Julia seufzend. „Sophia ist ein echter Wildfang.“

„Ist das dein Hund? Wie heißt denn dein Hund?“

„Das ist Reg.“ Zustimmendes Bellen, Reg wedelte mit dem Schwanz.

„Reggie!“, rief Sophia und klatschte in die Hände. „Spielst du auch mit Stöckchen, Reggie? Takeshi holt immer ein Stöckchen.“ Sie strahlte.

„Zum Spielen ist heute keine Zeit. Wir müssen den Wald aufräumen“, erklärte Jessy. In ihren Zügen spiegelte sich Wehmut.

„Es ist bestürzend, unsere Wälder in diesem Zustand zu sehen“, sagte Julia. „So viel Totholz.“

„Ja. Es bricht einem das Herz. Heute Nacht soll es Sturm geben“, fügte sie grimmig hinzu. „Nach Dürre und Borkenkäfer gibt das dem Wald den Rest.“ Jessy wandte sich ab und wollte eben zu ihrem Pferdeanhänger zurückgehen, als der Wald-Müller zu ihnen stieß. „Ah, Thomas! Grüße!“

Thomas schüttelte Jessy die Hand. Julia glaubte, echte Freude in seinen Augen zu lesen. Verlegen wandte sich Jessy gleich wieder ab. War der junge Wald-Müller etwa in Jessy verliebt? Lief da etwas zwischen den beiden? Maschinenführer mit Pferdeführerin, konnte das gutgehen?

Jetzt dachte sie schon wie ihre Mutter, schalt sich Julia. Milla liebte es, zu verkuppeln und über Beziehungen zu spekulieren. Damit konnte sie Trude in jeder Hinsicht das Wasser reichen. Wieder gab ihr der Gedanke an ihre Mutter einen Stich ins Herz, der Zwist mit Mutter Milla hing wie eine dunkle Wolke über ihr. Die Eltern hatten gestern nicht noch einmal angerufen.

Der Wald-Müller wechselte ein paar freundliche Worte mit Julia, hauptsächlich wegen der geplanten Fusion. Er war bereits auf dem Laufenden. „Wir reden noch mal mit Marquart“, sagte er. „Es macht nur Sinn, wenn wir alle an einem Strang ziehen.“

Da winkte Jessy ihnen zu. „Kommen Sie!“ Reg bellte zustimmend. Julia verabschiedete sich und lief mit dem Kinderwagen zum Pickup mit dem Anhänger, der die ganze Breite des Waldweges einnahm. Es roch nach Diesel und Pferdeleibern. Kaum waren sie da, packte Jessy den

Kinderwagen nebst Sophia und hob sie mit spielerischer Leichtigkeit an den Fahrzeugen vorbei auf die andere Seite des Weges. „So, weiter geht es."

„Du bist aber stark!" Sophia war beeindruckt. „Bist du ein Riese?"

Inzwischen war Julia neben dem Weg durch den Wald zu ihnen gekommen. „Vielen Dank!"

Jessy lächelte verlegen. „Naja, … ich danke Ihnen, dass Sie nicht so nachtragend sind."

„Keine Ursache." Julia freute sich.

„Ich will nicht, dass Vater was passiert."

„Kann ich nur zu gut verstehen", erklärte Julia. „Ich kann Ihnen versichern, dass ihm nichts passieren wird durch meine Nachforschungen."

Das Lächeln gefror in Jessys Gesicht. „Das können Sie doch gar nicht wissen!" Damit wandte sie sich ab und ließ die beiden stehen. Reg sprang ihr hinterher.

*

Sie hatten den Wald verlassen und kamen über die Weiden am Viebig heraus. Die Dächer von Finkendörfel blinkten im klaren Licht des Vormittages. Von der Anhöhe aus konnte Julia bis zum Gehöft der Krahls blicken, das unterhalb vom Kaltenborn an der Flanke des Eckertsberges lag. Eines der Pferde war auf der Weide geblieben, wie Julia sah. Offensichtlich arbeitete Jessy nur mit einem der Tiere. Vom Hof her näherte sich eine Person, die eine andere in einem Rollstuhl schob. Das mochte die Schwester mit dem Vater sein. Mia und Jens Krahl. Gemächlich spazierten sie der Herbstsonne entgegen in Richtung Koppel. Julia entschied sich schnell. Eine direkte Konfrontation erschien ihr unklug angesichts der gestrigen Abfuhr, doch wenn sie von hinten über den Kaltenborn herunterkäme, sähe es wie ein Zufall aus, dass man sich begegnete. Sie kauerte sich vor Sophia. „Was meinst du Phi, wollen wir noch ein Stück weiter? Oder bist du zu müde?" Energisch schüttelte Sophia den Kopf. „Weiterfahren!" Wie zum Beweis knuddelte sie ihr Plüschtier in Julias Gesicht. „Schon gut", lachte die. „Ich habe verstanden. Auf geht es!"

Seit ihrer Jugend war Julia nicht mehr an dieser Stelle in den Wäldern gewesen, damals ein mystischer Ort für sie. Es wurde etwas von einem Geheimgang gemunkelt, der bis zum Dorf hinunterführen sollte. Keiner wusste, wo genau er endete. Julia erinnerte sich an einen schmalen, halbmondförmigen Eingang, der in einen kurzen Tunnel führte. Es galt als Mutprobe, da hineinzugehen und bis zum eingestürzten Ende des Tunnels zu laufen. Vermutlich war es wohl nur ein alter Eiskeller gewesen, weder Trollhöhle noch Schatzkammer. Das war enttäuschend, aber man wurde ja erwachsen.

Mittlerweile schmerzten Julias Muskeln und sie spürte die Ermüdung. Noch einmal ging es einen steilen Hang hinauf. Der Eckertsberg war ein einstiger Vulkan und der Kaltenborn ein Nebenschlot aus grauer Vorzeit. Alte Buchenwälder rauschten im auffrischenden Wind, rotgoldenes Laub bedeckte den Waldboden wie ein duftender Teppich. Zur Freude Sophias raschelte Julia kräftig in den Laubbergen. Am Kaltenborn war der Weg zerfahren und matschig vom Regen der vergangenen Tage. Der Eingang zur Höhle war von jungen Buchen zugewuchert, alles schien seltsam geschrumpft. Sophia entdeckte sie trotzdem. „Eine Höhle!", rief sie begeistert. „Wohnt dort ein Bär? Oder bestimmt der böse Zwerg. Du musst ihm den Bart abschneiden!" Trude hatte bestimmt wieder Märchen erzählt, vermutete Julia. „Von dem Geheimnis erzählt dir deine Trude heute Abend", raunte sie ihrer Tochter ins Ohr. „Lass uns hier ein Stück hochgehen, was meinst du? Traust du dich?" Damit hob sie Phi aus dem Wagen.

„Ich trau mich doch, Mama“, entrüstete sich Phi.

„Dann bin ich beruhigt.“

Hand in Hand lief Julia mit ihr an der Höhle vorbei bis zum Gipfel des Kaltenborn. Dunkle Felsformationen umgaben die kleine eingefasste Quelle, die dem Berg seinen Namen gegeben hatte. Der Wind nahm zu. Unter stürmischen Böen bogen sich die Baumkronen rauschend und raschelnd wie Schicksalsgöttinnen. Hier irgendwo war der alte Wald-Müller ums Leben gekommen und Jens Krahl schwer verletzt worden. Julia sah sich um. Hinterließen solche Ereignisse nicht auch ihre Spuren an den Orten? Waren diese Sturmböen Warnungen?

„Der Wind, der Wind, das himmlische Kind“, deklamierte ihre dreijährige Tochter derweil. Sie stand wippend auf einem Felsblock und reckte beschwörend ihr Plüschtier in das klare Himmelsblau.

„Sophia!“, erschrak sich Julia. „Komm sofort da runter.“ Mit einem Satz war sie bei ihr und riss sie so heftig an sich, dass Sophia zu weinen begann. Julias Herz klopfte bis zum Hals, ihr war schwindelig vor Schrecken. Auf dem Rückweg trug sie die heftig protestierende Phi auf dem Arm. Das Blatt hatte sich gewendet, alle Heiterkeit aus diesem Herbsttag war verschwunden. Julia setzte die ningelnde Sophia wieder in den Kinderwagen und drehte ihn dem Weg zu. Deutliche Abdrücke weiterer Laufschuhe im aufgeweichten Boden und frische Reifenspuren zeigten ihr, dass sie hier oben nicht allein gewesen war. Julia fragte sich, ob sie diese Spuren vorhin übersehen hatte oder ob sich hier jemand aufgehalten hatte, während sie mit Phi beim Kaltenborn gewesen war. Die Spuren führten geradewegs hinunter zum Hof der Krahls.

„Komm, Phi. Jetzt geht es wieder nach Hause.“

„Ich will nicht nach Hause“, schmollte Sophia, doch bald schon nahm ihre Begeisterung für die Fahrt überhand und sie juchzte, als Julia mit ihr den Berg hinunterrannte.

Dann wurde die Fahrt holprig. An manchen Stellen musste Julia den Kinderwagen anheben, wobei sie sich die Bärenkräfte Jessys wünschte. Unten am Waldsaum angekommen war sie völlig erschöpft und schlammverkrustet. Plötzlich nahm sie Zigarettengeruch wahr. Wachsam richtete sie sich auf.

Sophia entdeckte die beiden zuerst. „Takeshi!", rief sie.

Fred lehnte an einer alten Eiche und rauchte. Sein Hund lief ihnen entgegen und nach einem kurzen Beschnuppern wieder zurück. „Wie seht ihr denn aus", begrüßte Fred sie grinsend. „Wart ihr gerade in einer Wildschweinsuhle?"

„So etwas in der Art", ächzte Julia und pfiff sich eine Haarsträhne aus dem verschwitzten Gesicht. „Und du drehst eine Runde mit deinem Hund", stellte sie dann fest.

„Yep!"

„Kommt ihr mit uns ins Dorf zurück?"

Fred sah sich unschlüssig um. „Noch nicht", sagte er dann. „Ist schön hier im Eichengrund. Wir sind auch gerade erst los. Bei mir geht es halt langsamer." Er zeigte auf sein lahmes Bein.

Da Julia fürchtete, Mia und ihren Vater zu verpassen, machte sie den Abschied kurz. Sehr zum Kummer von Sophia, die am liebsten bei Fred und Takeshi geblieben wäre. Sie brüllte ihren Protest mit all der kraftvollen Wut einer Dreijährigen heraus, während sie auf den Feldweg hinausliefen. Erst als sie das riesige Pferd auf der Koppel erblickte, verstummte sie beeindruckt. Julia verlangsamte ihre Schritte.

Mia sah ihnen entgegen, ihr Gesicht war freundlich, als sie sich grüßten. Julia blieb stehen, sodass Mia den Rollstuhl um Julia und den Kinderwagen herumschieben musste. Jens Krahl glich einem Riesen, dem man die Luft herausgelassen hatte. Kraftlos und krumm hing er in seinem Rollstuhl, doch seine Augen waren wach. „Guten Tag. Wie heißt du denn, kleine Fee?", wandte er sich an Sophia.

Das Kind musterte den Mann im Rollstuhl. „Guten Tag. Ich bin Phi. Und du?“

„Jens“, sagte der Mann und lächelte schief. Sein Gesicht war halbseitig gelähmt, wie es schien. Dann sah er zu Julia auf. „Sie sind die Frau vom Arzt, nicht wahr?“, sagte er dann schüchtern. „Ihr Mann war sehr freundlich zu mir damals“, fügte er hinzu, als Julia bejahte. „Ich wär froh, wenn er geblieben wäre, der Dr. Eisler.“ Jens Krahl wirkte bekümmert.

„Aber, Papa, der neue Doktor ist doch auch ganz nett“, munterte ihn Mia auf. Im Gegensatz zu ihrer Schwester war sie von zarter Gestalt und zerbrechlicher Schönheit. Sie hatte sich in einen dicken Anorak eingemummt und trug gegen den Wind einen bunten Wollschal. Sie blickte so unschuldig neugierig auf Julia, dass die sich sicher war: Jessy hatte ihrer Familie ihre gestrige Begegnung verschwiegen. Doch im Moment fand Julia keinen guten Einstieg für ihre Mission. „Ist das dein Kinderwagen?“, fragte stattdessen Phi ihr großes Gegenüber. Er lachte verlegen und sah ratlos zu Julia auf. „Das ist ein Rollstuhl, Phi“, erklärte Julia im Ton einer Oberlehrerin. „Für Menschen, die nicht gut laufen können, gibt es auch Wagen, wie du siehst.“

„Was ist mit deinen Beinen?“, zeigte sich Phi interessiert.

„Die wollen nicht mehr so, wie ich das will.“

„Da kannst du doch auf dem Pferd reiten. Ist das dein Pferd?“

Der Schatten eines tiefen Schmerzes huschte über sein Gesicht. „Entschuldigen Sie“, sagte Julia rasch.

„Sie ist ein Kind“, wiegelte Mia sanft ab. Dann beugte sie sich zu Sophia hinab. „Mein Papa hatte einen Unfall. Deswegen sind die Beine kaputt und er kann nicht mehr laufen.“

„Mein Papa macht die Leute wieder gesund“, plapperte Phi. „Die machen eine Zaubermedizin.“

Jens Krahl lachte heiser. „Das ist richtig, meine Kleine. Eine Zaubermedizin könnte helfen. Die hilft bestimmt auch gegen Sturm?“

Sophia nickte. Neugierig betrachtete sie den Mann, der eine Medizin gegen den Sturm brauchte. „Hast du Sturm?“, fragte sie ernsthaft.

Krahl neigte seinen Kopf. Es schien, als stiegen ihm Tränen in die Augen. „Ja, manchmal habe ich den Sturm, meine Kleine. Und wenn er aufzieht, so wie heute, dann piesackt er die alten Knochen und drückt auf das Herz.“

Erschrocken fasste sich Phi an ihren Bauch, wo sie ihr Herz vermutete. „Trude muss dir dann einen Kakao kochen“, flüsterte sie weise.

Wieder entrang sich dem Kranken ein heiseres Lachen. „Du wirst bestimmt eine Doktorin, wie dein Papa, was?“

„Wie alt bist du denn“, wollte Mia wissen.

Sophia hielt ihr voller Überzeugung beide Hände mit gespreizten Fingern hoch. „Drei Jahre“, korrigierte Julia sanft.

„Oh, da kommst du wohl bald zu uns in den Kindergarten.“

„Kindergarten, ja!“ Sophia strahlte, während sich Julias Herz zusammenzog, als hätte jemand Zitronensaft daraufgeträufelt.

„Da sehen wir uns bestimmt bald“, sagte Mia. Ihr Lächeln überschattete plötzlich eine Unsicherheit, doch sie fing sich schnell. „Ich habe erst gestern dort angefangen. – Ihre Tochter ist sehr aufgeweckt.“

„O ja“, murmelte Julia. „Unser Fräulein Neunmalklug. Ganz recht.“ Sie wandte sich an Krahl. „Sie meinen auch, dass es heute noch Sturm gibt? Der Himmel sieht so unschuldig aus, trotz der Böen.“

Krahl wiegte den schiefen Kopf. „Das ist nur ein Windchen. Aber glauben Sie mir, hier braut sich etwas zusammen. Ich spüre es in meinen Knochen. Und am Herzen. Da spüre ich es.“ Julia sah Angst in seinen blauen Augen.

„Deswegen müssen wir jetzt auch wieder zurück zum Haus“, sagte Mia. „Dr. Czerny hat sich heute zum Hausbesuch angekündigt. Kennen Sie den neuen Doktor?“

8. Kapitel

Wenn Sturmgewalt die Wolken treibt,
wie der Herbst den Blätterwald,
verschweigt sich Natur und entleibt
nächtens die Wälder, in Gestalt

von überdunkelnden Räumen,
gleich flüchtender Schatten,
welche, verzerrt an den Säumen,
keinen Einhalt gestatten.

Nur der jagende Himmel wacht
ist Himmel von zweihundert Tagen
in dieser einen stürmischen Nacht,
in der tausend Abschiede lagen.

– © *Holger Jürges, Nächtlicher Sturm*

Der Sturm rüttelte am Haus wie ein Riese, der Einlass begehrte. Er schüttelte auch Vaters Seele. Mia betrachtete ihren Vater liebevoll und besorgt, nur schwer hatte er sich heute beruhigen lassen. Jetzt war er endlich in einen flachen Schlummer gefallen. Mia legte die Decke über seine Schultern und drückte ihm einen Kuss auf die Stirn. Dann machte sie ein weiteres Mal ihre Runde durch das Haus. Sie prüfte, ob alle Fenster verschlossen waren und ob an der Haustür der Lappen richtig unter der Tür lag, damit nicht abermals Wasser in den Flur strömen konnte wie beim letzten Sturm. Sie ließ die Türen von Stube und Küche halb offen, damit sie Vater hörte, falls er nach ihr rief. In der Küche machte sie das Licht über der Anrichte an und stellte den Wasserkocher auf die höchste Stufe. Durch den rauschenden Regen war von draußen ein rhythmisches Klopfen zu vernehmen. Mia versuchte erst, es zu ignorieren. Doch schon während sie einen Teebeutel aus der Dose angelte, wusste sie, dass sie würde nachsehen müssen. Keine Macht den Fantasien der Angst, hatte ihr Therapeut ihr geraten. Sie warf den Teebeutel in die leere Tasse. Das Fenster zeigte in den Küchengarten hinaus und lag damit auf der windabgewandten Seite des Hauses. Beherzt öffnete sie einen Flügel und sah hinaus. Das Klopfen war verstummt, durch den tosenden Wind war nur das Gurgeln des nahen Bachlaufs zu vernehmen. Mia lauschte noch eine Weile in die Dunkelheit, bis sie das Piepen des Wasserkochers das Fenster wieder schließen ließ. Als sie gerade ihren Tee aufgoss, nahm sie aus den Augenwinkeln eine Bewegung hinter den Scheibengardinen wahr. Ihr Herz begann zu klopfen. Sie zwang sich, hinzusehen. Es war nichts zu entdecken. Vielleicht nur eine Katze, versuchte sie sich zu beruhigen. Sie schaute noch einmal nach ihrem Vater, dann ließ sie sich auf der Eckbank nieder. Während ihr Tee zog, begann Mia, durch den Gruppenchat des Kindergartens zu scrollen. Von Marcel fand sie die Nachricht, dass er sich bald auf den Heimweg machen wollte, er hatte einen Auswärtstermin. Sie wünschte ihm gute Fahrt und setzte drei Herzchen dahinter. Dann legte sie das Handy weg und nahm den Teebeutel heraus. Hinter sich vernahm sie das Aufploppen einer neuen Nachricht. Neugierig schielte sie auf das Display. Der heiße Tee schwappte ihr über die Hand, vor Schreck und Schmerz ließ sie die Tasse fallen. Sie zersprang auf den Küchenfliesen. Der Inhalt verbrühte Mias Zehen, wovon sie jedoch kaum etwas spürte. Sie starrte auf die Nachricht. „Wie schön du doch bist“, stand da. „Ich habe diese Farbe schon immer an dir gemocht.“

Stan.

Er war hier. Er war das vorhin am Fenster gewesen. Das Klopfen. Alles ein Beweis, dass er hier war. Ihr Atem setzte aus, dafür raste ihr Herz. Die nächste Nachricht erschien. Wie hypnotisiert las Mia die Worte. „Ganz allein zu Hause? Doch, nein." Ein Smiley mit einer Sonnenbrille dahinter.

Mia griff sich an den Hals. Vater! Mit butterweichen Knien wankte sie in die Wohnstube hinüber. Erst als sie ihn in unruhigen Träumen schlafend fand, erlaubte sie sich, keuchend Luft zu holen. Wo blieb Jessy? Wann käme Marcel endlich heim?

Das Hoflicht ging an. Mia lugte durch die Vorhänge hinaus. Ein Mann im Regenmantel stand auf dem Hof und ließ sie erschrocken hinter die Gardine zurückweichen. Ihr Atem ging stoßweise. Sie glaubte, ihr Herz würde ihr aus der Brust springen vor Angst. Als sie wieder hinauszuschauen wagte, war der Mann verschwunden.

Mit einem Anflug von Kampfesmut schlich sich Mia zu Jessys Waffenschrank im Büro. Das Jagdgewehr im Anschlag ging sie auf Zehenspitzen in den Flur bis zur Haustür. Die Kühle der Fliesen linderte den Schmerz ihrer Zehen, den sie erst jetzt so richtig wahrnahm. Es fühlte sich an, als würde sie über Glassplitter gehen. Das Hoflicht war inzwischen wieder ausgegangen. Der Sturm peitschte Regen über das Pflaster, Mia stand in der Dunkelheit und lauschte in die Geräusche der Sturmnacht. Sie sehnte das Motorengeräusch von Jessys Pickup herbei oder das Reifengeräusch von Marcels Wagen. Ihre Aufmerksamkeit war zum Zerreißen gespannt.

Das Gewehr wurde langsam warm in ihren Händen, was sich gut anfühlte. Sie war nie eine Jägerin wie Jessy geworden, doch umgehen konnte sie damit. Es gab ihr ein Gefühl von Macht. Doch dieser Anflug von Selbstbewusstsein zerstob, als erneut das Hoflicht anging. Bewegte sich die Türklinke? Hatte sie vorhin auch wirklich abgeschlossen? Nichts war ihr mehr sicher. Mia hob das Gewehr an die Schulter und schlich zitternd näher an die Tür heran. Der

Riegel war zurückgeschoben. In dem Moment flog die Tür auf. Mia wurde von einer großen Wucht zurückgeschleudert. Der Schuss löste sich wie von selbst. Sie schrie. Rasch rappelte sie sich auf und legte das Gewehr wieder an. Doch niemand stand unter dem Dach des Eingangs, der Hof war leer. Regenfäden zitterten im Sturm. Im Stall drüben schnaubten und stampften Pip und Lotta.

Mia spürte, wie eine große Schwäche ihr alle Kraft aus den Beinen zog. Ihr Hirn lief leer. Sie hörte Vater keuchen und nach ihr rufen. Langsam rutschte sie an der Wand hinunter auf den kalten Boden des Flurs. Regen wehte herein und benetzte ihr Gesicht, vermischte sich mit den Tränen, die ihr über die Wangen liefen. „Ich kann nicht", flüsterte sie. „Ich kann nicht." In der Küche hörte sie ihr Telefon läuten. „Ich kann nicht."

Vaters Rufen wurde schwächer, ihre Tränen versiegten. Stumpf vor Scham und Versagen starrte Mia vor sich hin. Vernichtet war sie, besiegt. Nun mochte er kommen, sie hatte sich Stan ergeben.

Ein Motorengeräusch auf dem Hof ließ Mia aufhorchen. Kam Jessy endlich von Dr. Köhler zurück? Oder war es Stan, der sie nun zu sich zurückholte? Im Schein der Hoflampe tauchte eine geduckte Gestalt unter einer Jacke auf.

„Mia!" Marcel stürzte zu ihr. „Was machst du hier mit der Knarre? Du bist ja ganz kalt und nass."

Mit todesmüden Augen schaute Mia ihn an. „Stan."

*

„Jetzt kriege dich mal wieder ein!" Jessy wurde ungeduldig. „Der Kerl kann nicht wissen, wo du bist. Wie soll er das machen?"

„Marcel meint, mit Ortung vielleicht", erwiderte Mia zitternd.

„Das geht", bestätigte der unsicher. „Irgendwie geht das. Übers Handy oder wenn du dich über das Internet einwählst."

Jessy ignorierte ihn und fixierte stattdessen finster ihre Schwester. „Warum machst du auch so einen Scheiß?"

„Ich will mich nicht länger verkriechen, ich soll mich ja zeigen", schniefte Mia.

„Wie man sieht", sagte Jessy grimmig und schüttelte das Gewehr in ihrer Hand. „Das nächste Mal schießt du noch einen von uns über den Haufen."

Mia schien die Waffe nicht wahrzunehmen, so sehr war sie noch in ihrem Grauen gefangen. Doch Marcel schaute mit Respekt darauf. „Musst du die nicht einschließen oder so was?"

„Halt die Klappe"

„Jeden Schritt, den ich mich wieder rauswage, scheint er zu kennen", flüsterte Mia vor sich hin. „Ich sehe schon überall Stan-Schatten." Sie schüttelte sich und zog die Decke enger um sich, die ein besorgt dreinblickender Marcel um ihre Schultern gelegt hatte.

„Kannst du dir nicht einen Decknamen zulegen, wenn du schon ständig online sein musst?" Jessy stellte das Gewehr am Küchentisch ab und begann, die Scherben der Teetasse einzusammeln. Reg schnüffelte am Tee.

„Macht sie doch! Machen wir doch beide", versicherte Marcel derweil. „Dieser Stan kommt uns immer wieder auf die Spur." Er hielt ihr sein Handy als Beweis hin.

„Wieso wir? Wieso uns?" Misstrauisch beäugte Jessy das Gerät in Marcels Hand, als es ein mächtiger Blitz plötzlich taghell werden ließ, nahezu zeitgleich begleitet von einem kräftigen Donnerschlag.

Der Wind bäumte sich auf und rüttelte heftig an den Läden. „Macht die Fensterläden zu", kommandierte Jessy. Als sich keiner der beiden rührte, wurde sie zornig. „Mach dich nützlich, Mann! Fensterläden zu, alle Luken dicht.

Ihr wisst, wie Vater unter Sturm leidet. Ich gehe auf den Dachboden und schaue da nach dem Rechten."

„Was ist mit Dr. Köhler?" Mia hatte die Augen gesenkt. Es schien Jessy, als verberge ihre Schwester etwas.

„Kann nicht kommen", erwiderte sie finster. „Ist selber krank. Und dieser neue …"

Aus dem Wohnzimmer nebenan drang ein Klagelaut zu ihnen. „Vater!" Jessy stürmte hinüber und kniete sich neben den Kranken. Er starrte sie an, nacktes Grauen lag in seinen Augen. „Jess", flüsterte er heiser. „Sie kommen wieder, die Dämonen."

„Alles in Ordnung", versuchte Jessy ihren Vater zu beruhigen. Sie hasste es, ihn in diesem hilflosen Zustand zu sehen. Ihr starker Vater ein verängstigtes Kind, wimmernd. Doch heute atmete er viel zu hektisch, sein Kopf war puterrot und er schwitzte stark. So einen Anfall hatte er schon einmal gehabt. „Ruhig, Papa. Alles ist gut." Hektisch suchte sie nach den Tropfen, von denen Mia berichtet hatte. Alles war zwar penibel sauber und geordnet, doch Jessy fand sich nicht rein. Nachdem Mia das Pflegezepter übernommen hatte, herrschte ein anderes Regime.

Vater begann zu keuchen. Er krallte sich an ihr fest, sein Gesicht wurde immer dunkler.

„Mia!", brüllte Jessy. „Wo sind diese verdammten Tropfen?"

Geführt von Marcel kam Mia ins Zimmer geschlichen. „Untere Etage", sagte sie matt.

„Weiter weg ging es wohl nicht."

„Ich wollte nicht, dass er sie aus Versehen nimmt. Nicht zu viel, hat Dr. Czerny gesagt. – Lass mich machen."

Da Mia zu zittrig war, reichte schließlich Marcel dem Kranken die Tropfen mit etwas Wasser. Alles lief ihm sofort wieder aus dem offen stehenden Mund. „Was machst du denn da?"

„Dann mache es doch selbst."

„Nein", protestierte Mia. „Nicht zu viel!"

Das Atmen des Kranken wurde immer lauter und rasselnder, schließlich setzte es aus und Jens Krahl sackte nach vorn. „Nein!", schrie Mia.

Jessy stützte ihn und richtete ihn wieder auf. „Nein! Nein! Nein! – So nicht, Vater!" Jessys Stimme bebte, so wie ihr ganzer Körper. Sie schüttelte ihren Vater und gab ihm sanfte Ohrfeigen. „Nein! Nein! Nein!"

Draußen hatte das Herbstgewitter seinen stürmischen Höhepunkt erreicht. „Soll ich den Notarzt rufen?", fragte Marcel klamm. „Oder ist er tot?"

„Ruf den Notarzt! – Vater ist nicht tot!"

Mia schluchzte und klammerte sich an Marcel, während der telefonierte und Jessy weiter den schlaffen Leib ihres Vaters bearbeitete. Schließlich hob sie ihn auf und trug ihn zum Pflegebett. Sie versuchte, ihn aufrecht zu halten. „Papa! Wach auf! Lieber Gott! Lass es nicht wahr sein." Als hätte der Himmel ihr Stoßgebet erhört, entfuhr Jens Krahl ein Husten, er stieß auf und übergab sich über Jessys Hosen. „Gut so! Immer raus damit. Atme, Papa! Atme!" Jessy liefen die Tränen vor Erleichterung. „Atme." Jetzt kam auch Mia dazu und setzte sich weinend auf die andere Seite des Bettes. „Wir sollten ihn hinlegen, aber mit erhöhtem Oberkörper. – Er ist schweißnass." Gemeinsam lagerten sie ihn. Seine Augen waren wieder geschlossen, der Atem ging matt. Jessy wandte sich um zu Marcel. „Und?"

„Notarzt ist unterwegs und Krankenwagen auch."

„Wie lange brauchen die?" Er zuckte mit den Achseln.

„Ruf noch mal an. Mach es dringend."

„Habe ich doch."

„Egal, mach es einfach."

Es tat Jessy gut, wütend sein zu können. Marcel gehorchte, die Auskunft blieb die Gleiche. So hielten sie Wache am Krankenbett. Mia starrte vor sich hin und wiegte ihren Oberkörper, den sie fest umklammert hielt. Marcel daddelte an seinem Telefon. „Sturmwarnung für heute Nacht."

„Jetzt, wo du es sagst …", spottete Jessy erschöpft. „Hoffentlich kommt bald der verdammte Arzt. Oder wenigstens der Krankenwagen."

Ihr Vater erwachte bei diesen Worten und tastete nach ihrer Hand. „Nicht", stammelte er mühsam. „Nicht … Arzt!"

„Du brauchst einen Arzt, Papa", sagte Jessy mit erstickter Stimme. Erleichterung durchströmte sie, da sie ihren Vater wieder sprechen hörte.

Er nickte müde und schüttelte danach gleich den Kopf. Dann schlief er ein. Doch bald schon wurde er wieder unruhig in seinem Dämmerschlaf. Seine Beine waren zwar gelähmt, doch der mächtige Oberkörper bäumte sich. Er stöhnte und brabbelte wie in einem bösem Traum. Jessy ahnte, was er träumte. „Fang an zu summen", sagte sie zu Mia. Die erwachte wie aus einer Trance. „Ja, summen."

Kaum hatte sie begonnen, als Marcels Telefon läutete. „Ja?", sagte er unsicher. Dann lauschte er und seine Augen wurden weit. „Die sagen, dass der Notarzt einen Unfall hatte. Der Krankenwagen steckt hinter ihm fest. Es dauert, bis sie Ersatz haben. – Was machen wir denn jetzt?"

„Meinst du, wir können Dr. Czerny stören?", flüsterte Mia.

„Dann ruf doch diesen Czerny an! Vater braucht einen Arzt, aber schnell!" Wie zur Bestätigung stöhnte er erneut auf.

„Hört keiner", sagte Mia nach mehreren Versuchen.

Mit langen Schritten durchmaß Jessy das Wohnzimmer vor dem Bett. Die Atemzüge des Kranken vertieften sich zwar wieder, wurden jedoch immer langsamer, als würde er in einen tiefen Schlaf fallen. „Ihr bleibt hier!", befahl Jessy in einem plötzlichen Entschluss. „Ich hole Hilfe."

„Aber wo willst du denn bei diesem Sturm …?"

„Ich weiß schon, wo."

„O Jess!" Mias Augen füllten sich mit angstvollen Tränen. „Lass mich nicht wieder allein mit Papa. Was ist, wenn er …"

„Wird er nicht", erwiderte Jessy mit einem verzweifelten Blick auf ihren Vater. „Ich bin bald zurück. Und ich komme nicht allein. – Egal wie!"

*

„Mitten in der Nacht, als der Sturm am ärgsten wütete, sahen die Kinder ein Licht schimmern", erzählte Trude mit düsterer Stimme. „Dort wo der Wald am dichtesten wuchs und der brausende Orkan die Bäume ächzen ließ."

„So ein Sturm!", rief Sophia mit leuchtenden Augen.

„Genauso ein Sturm wie heute, der unser armes Haus klappern lässt." Trude warf einen besorgten Blick in Richtung Fenster, wo der alte Lindenbaum mit seinen Zweigen bis über das Hausdach ragte. Eine der ersten Sturmböen hatte einen großen Ast auf das Dach geworfen. Ein schreckliches Geräusch, das ihnen durch Mark und Bein gegangen war. Erst vor drei Jahren war Trudes Elternhaus von der Augustflut so stark beschädigt worden, dass sie um seinen Erhalt hatten bangen müssen. Jetzt beruhigte Trude sich selbst und die kleine Sophia mit Märchenerzählen.

„Gretel fasste Hänsel an der Hand und mutig gingen die Kinder weiter durch den kohlpechrabenschwarzen Wald auf das Licht zu. Und was sie da sahen …"

„Das Pfefferkuchenhaus!"

„Richtig."

„Da war aber kein Sturm", stellte Sophia klar.

„Da vielleicht nicht", gab Trude zu. „Ein Zauber lag auf diesem einsamen Ort so mitten im Wald. Das war schließlich das Haus der Hexe und hier duftete es nach süßen Pfefferkuchen und allerlei leckeren Sachen. Die Kinder waren so hungrig, dass sie einfach hinrannten und sich ein Stück vom Dach abbrachen, um es zu knabbern."

„Mhm! Lecker!" Sophia rieb sich ihren Bauch.

„Plötzlich hörten sie eine Stimme aus dem Häuschen", fuhr Trude fort.

„Knusper, knusper, Knäuschen", riefen sie beide gemeinsam mit verstellter Stimme, „wer knabbert an meinem Häuschen?"

Dann kam Sophias Solopart. „Der Wind, der Wind – das himmlische Kind!" Sie kicherte begeistert.

Julia tigerte derweil unruhig in der Stube herum. Paul war seit Stunden überfällig und telefonisch nicht zu erreichen. Er hatte ihr nur eine Nachricht geschickt, dass er mit einem der letzten Flüge vor dem Sturm gut in Dresden gelandet war.

„Julia!" Ella-Ma sah von ihrem Buch hoch. „Nun setz dich doch endlich. Du machst mich ganz nervös."

Bevor Julia etwas erwidern konnte, läutete ihr Telefon. „Paul! Na, Gott sei Dank! Wo steckst du?"

„Es wird spät", schrie Paul durch die Windgeräusche.

„Warum meldest du dich nicht", fuhr sie ihn an, obwohl sie so erleichtert war, seine Stimme zu hören. „Wir sind alle schon ganz krank vor Sorge. Der Sturm hat einen großen Ast auf das Hausdach geschleudert. Scheint aber nur ein kleiner Schaden zu sein, soweit ich es in dem Regen erkennen konnte."

„Bleib bloß drinnen", mahnte Paul. „Es ist wirklich die Hölle heute Nacht."

„Hier ist es so laut, als tobte ein brüllendes Monster ums Haus."

„Ist Phi in Ordnung?", erkundigte sich Paul.

„Trude erzählt ihr Märchen als Schauergeschichten. Unsere Tochter ist entzückt."

„Das kann ich mir lebhaft vorstellen."
„Wann kommst du denn?", fragte Julia.
„Kann ich schlecht beurteilen. Noch stehe ich mitten im Busch auf der Straße nach Eckertswalde. Es ist alles blockiert nach dem Unfall."
„Unfall?" Julias Mund wurde trocken.
„Mir fehlt nichts", beruhigte Paul sie sofort. „Ich musste eben einer Kollegin und ihrem Fahrer Erste Hilfe leisten. Der Notarztwagen ist nach einem Baumschlag verunglückt."
„Wie geht es ihnen?"
„Gott sei Dank nur leichte Blessuren, aber das Auto ist hin. Zum Glück steht der Krankenwagen gleich dahinter, so hatten wir eine Notfallambulanz. Wir warten auf die Feuerwehr."
Julia hörte die Hausklingel und gleich darauf ein kräftiges Klopfen. „Einen Moment. Da ist jemand an der Tür." Sie ging mit dem Telefon am Ohr in den Hausflur. „Bei diesem Wetter kann es sich ja auch nur um einen Notfall handeln", murmelte sie dabei.
„Ich lege auf", verkündete Paul derweil. „Hier tut sich etwas."
Sie verabschiedeten sich und zeitgleich schloss Julia die Haustür auf. Eine Böe riss ihr die Tür fast aus der Hand. Regen peitschte ihr ins Gesicht und machte sie für einen Augenblick blind. Der Sturm brüllte wie ein verwundetes Tier. Dazwischen war ein Bellen zu hören. Julia wischte sich das Wasser aus den Augen. Vor ihr im Schein der Hauslampe stand triefend vor Nässe eine massige Gestalt in orangeroter Arbeitsjacke. Die Kapuze war tief ins Gesicht gezogen. Julia erkannte Jessy vor allem an ihrem Border Collie Reg.
„Kommen Sie herein", rief Julia gegen den Sturm. Jessy folgte nach kurzem Zögern. Der Hund blieb dicht an ihrer Seite. Mit einiger Mühe schloss Julia die Tür hinter ihnen.

Reg schüttelte sich, die Wassertropfen trafen Julias nackte Füße, die in ihren Pantinen steckten.

„Ist Ihr Mann da?“, fragte Jessy rau, bevor Julia auch nur ein weiteres Wort sagen konnte. „Vater geht es schlecht. – Der Notarzt …“

„Ist selbst verunglückt“, ergänzte Julia, die auf eigenartige Weise froh war, Jessy hier zu sehen. „Mein Mann ist noch am Unglücksort. Die Straße ist blockiert, doch es tut sich wohl etwas. – Wollen Sie nicht ablegen?“

„Nein. Ich muss gleich wieder heim. Mia ist allein mit Vater. Naja, … ihr Typ ist auch noch da. Doch Mia schiebt gerade selbst eine Panikattacke.“ Sie verströmte einen leichten Geruch nach Erbrochenem.

„Geht es Ihnen denn gut“, fragte Julia besorgt.

„Mir? Klar doch!“ Jessy wischte sich mit einer zornigen Geste die Kapuze von ihrem Kopf. „Verfluchte Scheiße! Dieser verdammte Sturm!“

„Was fehlt Ihrem Vater?“

„Es ist der Sturm. Seit dem Unfall ist er da immer so aufgewühlt, als wäre der Teufel hinter ihm her. Ich krieg ihn einfach nicht zur Ruhe. Vorhin hatte er so einen Anfall, dass wir dachten, er stirbt. Die Tropfen, die der neue Arzt verordnet hat, helfen einen Dreck.“ Jessy klang verzweifelt, obwohl sie das tapfer zu vertuschen suchte. „Jetzt hab ich zwei solche Panikleute im Haus und diese Flasche dazu!“

Reg bellte. Phi kam in den Flur geschossen und geradewegs auf den pitschnassen Hund zu. „Hallo, Hund! Reggie, hallo, hallo!“

Keine der beiden Frauen konnte die stürmische Umarmung in herzlichster Wiedersehensfreude verhindern. „Sophia! Schau, wie nass du jetzt bist!“

„Reg! Aus!“

Trude kam neugierig hinterher. „Ach, Jessy! Was treibt dich denn hier raus bei dem Sauwetter?“

„Vater“, wiederholte Jessy knapp und schnappte Reg am Geschirr. „Ich dachte, der Doc könnte ihm helfen. Er war ja schon mal bei uns.“ Die Sorge machte ihre Stimme rau. „Köhler ist krank und Czerny antwortet nicht.“

„Hattest du nicht eben mit Paul gesprochen?“

Julia setzte Trude kurz über den Unfall ins Bild, der Paul aufhielt.

„Geh doch du wenigstens mit ihr, Julia“, schlug Trude vor.

„Ich? – Auf keinen Fall! Was sollte ich da schon ausrichten.“

Trude maß sie mit spitzbübischem Blick. „Mit Panikattacken kennst du dich ja bestens aus.“

Für einen Moment verschlug es Julia die Sprache. Doch Trude hatte recht. Julia kannte den Horror der Angst, die einem den Atem nimmt. Mühevoll hatte sie gelernt, diesen lähmenden Dämon zu bändigen. Meistens zumindest.

„Ich möchte euch nicht allein lassen“, widersprach sie trotzdem. „Und Phi ist …“

„Phi ist bei uns gut aufgeräumt“, sagte nun auch Ella-Ma, die hinzugetreten war.

„Trude erzählt ihr noch ein paar Schauermärchen und schon schläft das Kind wie ein Engelchen, du wirst sehen. Geh nur mit und stehe den Krahls bei.“

„Reggie auch“, krähte Sophia und streckte ihre Ärmchen nach dem Hund aus.

Jessy zog ihn weg. „Reg muss mit mir kommen!“

Sophia sah sie enttäuscht an, nickte dann aber ernst und klammerte sich an Trude.

„Wir schicken Paul gleich zu euch weiter, wenn er heimkommt.“

Für einen Moment wollte Julia einwenden, dass sie herzlich wenig willkommen wäre bei den Krahls, als Jessy sich an sie wandte. „Sie können Ihren Mann ja anrufen, wenn

Sie bei Vater sind. Vielleicht gibt er uns telefonisch einen Rat. – Ich wäre froh, wenn jemand mit mir kommt. Hab es Mia versprochen." Sie sah Julia zum ersten Mal direkt an. „Mia hat gesagt, dass Sie heute an der Koppel waren."

„Zufällig", antwortete Julia rasch. Sie hoffte, dass Jessy im Halbdunkel des Flures ihr Erröten nicht bemerkte. „Ich habe meinen Auftrag nicht erwähnt."

Jessy winkte müde ab. „Ich weiß. Habe selbst noch nichts zu Mia gesagt oder Vater."

„Das dachte ich mir."

Sie schwiegen einen Moment. Trude und Ella-Ma hatten sich mit Sophia bereits in die Wohnung zurückgezogen. „Ich denke, es ist besser …", begann Jessy stockend. „Ich meine nur, besser kein Wort von Mutter."

„Natürlich nicht. Das ist jetzt gar nicht wichtig", versicherte Julia, der sofort klar wurde, welche Gelegenheit sich ihr bot, in Kontakt mit Marions Familie zu treten. „Aber ich stehe Ihrer Schwester gerne bei, bis ärztliche Hilfe kommt."

Jessy wirkte erleichtert. „Das ist gut, Mia findet Sie nett."

„Ich ziehe mich nur rasch an", sagte Julia, bevor ihre innere Stimme noch etwas einwenden konnte.

„Ihr Mann hat uns damals wirklich viel geholfen."

Im Stillen pries Julia ihren Liebsten für diese gute Tat. Noch im Haus setzte sie Paul von ihrem Plan in Kenntnis. „Jens Krahl?" Paul überlegte kurz. „Querschnittslähmung nach Waldunfall, ja klar erinnere ich mich. Das Pferd hat ihn damals gerettet."

Jessy nickte zu diesen Worten, da Julia den Lautsprecher ihres Telefons laut gestellt hatte. Es schien Julia, als schimmerten dabei Tränen in ihren Augen. Doch Jessy zog die Kapuze wieder tief in ihr Gesicht und wandte sich zur Tür.

„Dann weißt du ja noch, wo die Krahls wohnen", sagte Julia ins Telefon. „Komm am besten direkt dorthin. Ich melde mich noch mal, wenn wir bei dem Kranken sind."

Wenig später kämpften sie sich durch den brüllenden Sturm zum Pickup, den Jessy an der Auffahrt zum Viebig geparkt hatte. Wie selbstverständlich sprang Reg unter den Beifahrersitz. Julia musste auf der hinteren Sitzbank Platz nehmen. Jessys wendete mit Schwung und raste dann mit voller Motorleistung den Hang zum Viebig hinauf. Regen peitschte wütend an die Scheibe, während sie auf dem ausgefahrenen Weg durch die Felder holperten. Julia wurde übel von dem Schaukeln. Dennoch fand sie die Kraft, den Gurt zu lockern, um sich zwischen die Vordersitze zu lehnen, an denen sie sich krampfhaft festklammerte. „Was ist damals passiert mit Ihrem Vater?"

Eine Weile schien es, als bliebe Jessy ihr die Antwort schuldig, doch schließlich begann sie zu reden. „Das war nach Kyrill. Erinnern Sie sich an den Monstersturm? Der hat ganze Waldteile plattgemacht, ein Haufen Holz, was da noch in den Bäumen hing." Sie räusperte sich. „Vater war nicht nur Holzverbringer, sondern auch Baumkletterer. Und bei der Feuerwehr. Gerade die schwierigen Fälle waren immer sein Ding. Doch dieses Teil hat er wohl falsch eingeschätzt." Sie hielt inne, als wollte sie sich für die nächsten Worte sammeln. „Ne Fichte war's, bestimmt hundert Jahre alt. Zu mächtig für die Sägemaschinen, hing nur noch zwischen zwei Bäumen fest. Und dann – ohne, dass es windig war, wie von Geisterhand, rauschte sie plötzlich nach unten. Hat den Wald-Müller erschlagen und Vater unter sich begraben – und die Lorelei." Sie wandte sich kurz zu Julia um, während sie durch das nächste Bodenloch donnerten. „War unsere beste Stute, die Lore." Jessy wandte sich wieder ab und fuhr sich mit einer Hand über das Gesicht, um eine lose Haarsträhne hinter das Ohr zu stecken. „Hab sie selbst erschossen. Hat nicht geschrien, das arme Vieh. Aber in ihren Augen hab ich den Tod gesehen. Sie war total zermalmt. – Vater hat dafür überlebt. Wenn er jetzt auch ein verdammter Krüppel ist!" Ihre

Stimme drohte zu brechen. Wieder fuhr sich Jessy über das Gesicht in Richtung Haarsträhne, doch diesmal ging die Geste ins Leere.

„Scheiß Sturm!"

Eine Weile herrschte verbissenes Schweigen im schaukelnden Wagen. Reg hatte sich unter dem Armaturenbrett zusammengekauert. Dann wandte sich Jessy kurz nach Julia um. „Und Sie? Weshalb sind Sie Expertin für Panikattacken?"

„Mein erstes Kind, Stevie, ist mit nur sechs Wochen gestorben", sagte Julia. „Plötzlicher Kindstod." Sie war erstaunt, dass sie darüber so nüchtern und klar sprechen konnte. „Er wäre jetzt in die Schule gekommen."

Jessy quittierte ihren Freimut mit einem Nicken.

„Als Sophia ein Baby war, habe ich keine Nacht geschlafen vor Angst."

„Kann ich mir vorstellen."

Sie schwiegen den Rest der Fahrt.

Endlich kamen die Lichter vom Anwesen der Krahls in Sicht. Mit geübter Hand lenkte Jessy ihr Gefährt auf den Hof. Julia bekam kaum die Autotür auf, obwohl die Gebäude des Dreiseitenhofes die ärgsten Böen abhielten. Jessy war schon draußen. Sie hatte die Kapuze wieder über ihren Kopf gezogen und öffnete die Beifahrertür. Reg sprang heraus. Der Hund duckte sich im Regensturm, blieb aber dicht an Jessys Seite. „Gehen Sie nur schon rein", brüllte Jessy. „Tür ist offen. Ich schau noch mal nach den Pferden."

Unschlüssig sah sich Julia um. Das Hoflicht tauchte das Innere des Bauerngutes in gespenstisches Licht. Eiskalte Regentropfen prasselten ihr ins Gesicht, geduckt lief Julia in Richtung der erleuchteten Fenster. Die Haustür klemmte, war jedoch, wie angekündigt, unverschlossen. Endlich stand Julia im dämmrigen Hausflur der Krahls. Sie schüttelte den Regen ab, wie Reg es getan hätte. „Hallo?"

„Jessy? Bist du das?“ Die Stimme kam hinter einer angelehnten Tür hervor, die kurz danach aufgerissen wurde. Ein dünner, jungenhaft aussehender Mann stand vor Julia. Die Überraschung stand ihm ins Gesicht geschrieben. „Wer sind Sie?“, fragte er misstrauisch.

„Die Frau vom Arzt“, antwortete Julia. „Keine Sorge, ich bin nur die Vorhut.“ Sie probierte ein Lächeln, was nicht erwidert wurde. Süßlicher Rauch stieg ihr in die Nase. Gras! War das etwa ein Versuch, Mias Panik zu bekämpfen?

„Sind Sie Marcel?“

Der Mann nickte. Sein Blick flackerte unruhig. „Wo ist Jessy?“

„Schaut nach den Pferden.“

„Jessy?“ Mias Stimme zitterte. In ein dickes Wolltuch gewickelt erschien sie neben Marcel. Ihre Augen lagen tief in den Höhlen, verschattet von nackter Angst. Die Pupillen waren stark geweitet. Ihr ganzes Wesen erschien so verändert, als stünde sie unter einem bösen Zauber. „Ach, Sie sind es“, sagte sie bebend. „Kommt Ihr Mann auch? Vati geht es sehr schlecht.“

„Er kommt gleich.“ Sie hielt ihr Handy in die Höhe. „Wir können aber per Telefon überbrücken.“

Mia nickte. „Vati fragt immerzu nach Ihrem Mann.“ Zaghaft ergriff die Schönheit Julias Hand. Julia traute sich nicht, irgendwelchen Druck auf die zarten Finger auszuüben.

„Jetzt ist er weggedämmert, aber ich mache mir große Sorgen. Vielleicht hat er wieder einen Schlaganfall?“ Mia ließ den Kopf hängen und murmelte weiter. „Armer, armer Papa!“ Vielleicht half ihr das Reden, ihrer Angst zu entfliehen, mutmaßte Julia. Die Panikattacke jedoch schien bei ihr überstanden. Julia empfand tiefe Verbundenheit mit der Frau.

In dem Moment kam Jessy herein. Reg ihr hinterdrein. „Wie geht es ihm?“

„Er schläft. Schnarcht aber so komisch.“

„Rufen Sie Ihren Mann an! Die müssen jemanden schicken. Es muss sich doch irgendwo ein Arzt auftreiben lassen!“ Jessy nickte kurz, während sie sich aus ihrer Jacke und den Stiefeln schälte. Dann befreite sie Reg von seinem Hundegeschirr. „Platz!“ Sie wies auf einen mit alten Decken bestückten Platz unter der Treppe. Reg gehorchte, drehte eine Runde um sich selbst und ließ sich dann nieder, den Blick unverwandt auf Jessy gerichtet. „Kommen Sie“, sagte die zu Julia. „Aber noch mal, kein Wort von Mutter!“

„Natürlich nicht.“

„Von Mutter?“ Mia blickte erstaunt auf.

„Erkläre ich dir später“, blaffte Jessy und ging ihnen voran ins Wohnzimmer. Julia wollte in der Nähe von Mia bleiben, doch die wurde gerade von Marcel umarmt. Das Pärchen blieb im Hausflur stehen. Also folgte sie Jessy in das Krankenzimmer, aus dem ihr eine feuchtwarme Wolke von Körperausdünstungen, Marihuana und Desinfektion entgegenschlug. Der blitzsaubere Raum war gewiss einmal die gute Stube des Hauses gewesen. Erst kürzlich war gewischt worden, die Dielen glänzten von der Feuchtigkeit. An der Wand neben dem Kachelofen stand das Pflegebett. Das Kopfteil war steil aufgerichtet, worauf der kraftlose Körper des Kranken hing. Er hatte seine Hand auf den Brustkorb abgelegt, die Knochen traten hervor. Die Hände, die einmal so kraftvoll Pferde geführt und Bäume gefällt hatten, waren nun grotesk abgemagert und verkrümmt.

Die Gesichtszüge des Kranken wirkten eingefallen, er war nur noch ein Schatten selbst des Mannes, den Julia vor Kurzem im Rollstuhl kennengelernt hatte. Der Anblick rührte an ihr Herz.

Jessy war an ihren Vater herangetreten und berührte ihn sacht an der Schulter. „Die Frau vom Dr. Eisler ist da, Vater“, sagte sie laut. Er reagierte nicht. Das Schnarchen stoppte nur einmal kurz, bevor es in den alten Rhythmus zurückfiel.

„Sein Atmen klingt wirklich nicht gut", meinte Julia besorgt und nahm ihr Telefon in die Hand. Sie tippte auf Pauls Gesicht in der Wahlliste und lauschte. „Nicht erreichbar. – Ich schreibe ihm eine Nachricht, dass er zurückrufen soll, wenn er Netz hat. Aber vielleicht sollten Sie nicht so lange warten?"

Reg bellte im Hausflur. Jessy lauschte kurz. Dann wandte sie sich zu Julia um. „Sie meinen, dass wir ihn gleich mit dem Pickup ins Krankenhaus bringen?"

„Ja", sagte Julia. „Ihr Vater braucht rasch ärztliche Hilfe."

„Er hasst das Krankenhaus", murmelte Jessy. „Doch wenn es nichts nutzt, fahre ich ihn jetzt in die Notaufnahme."

„Das wird nicht nötig sein", rief Mia mit erstarkter Stimme von der Tür her. „Schau, wen ich hier mitbringe!"

Hinter ihr betrat Dr. Czerny das Zimmer. Er trug eine grellgrüne Wanderjacke, die vom Regen triefte. Zu seinen Füßen bildeten sich bereits Pfützen. „Tut mir leid", murmelte er entschuldigend. „Ich habe erst vorhin Ihre Nachricht abgehört." Czerny trug zwei Taschen in seinen Händen und schritt zum Krankenbett. Als er Julia erblickte, lächelte er überrascht. „Julia! Sie hätte ich hier nicht erwartet." Er stellte eine Tasche ab, um ihr die Hand zu reichen.

„Nur als moralische Unterstützung", erwiderte Julia verlegen. Wieso hatte sie das Gefühl, nicht hier sein zu sollen?

„Wunderbar." Czerny nickte ihr freundlich zu. Dann wandte er sich an den Kranken. „Herr Krahl!", sprach er ihn laut an. Er berührte ihn an der Schulter, schaute in seine Augen und roch an seinem Atem.

Jessys Mienenspiel schwankte zwischen Erleichterung und Misstrauen, nachdem sie ihm den Platz bei ihrem Vater überlassen hatte.

Julia zog sich derweil in eine Ecke des Zimmers zurück und versuchte, Paul zu erreichen. Immerhin klingelte es jetzt. Doch Paul ging nicht ran. Sie schickte ihm eine Nachricht, dass sich der Besuch bei den Krahls erübrigt hätte.

„Muss Vater ins Krankenhaus?", fragte Mia bang. „Er hat immer solche Angst davor."

Czerny richtete sich auf. Sorgsam zog er die Bettdecke über den Kranken und stellte das Kopfteil etwas flacher. Das Schnarchen war tieferen Atemzügen gewichen. „Ich glaube nicht", sagte Czerny. Er schnupperte bedeutungsvoll in der Zimmerluft. „Ihr Vater hat wohl eine kleine Überdosis Haschisch bekommen, oder?"

„Was?", fuhr Jessy hoch und baute sich drohend vor Marcel auf. „Von mir bestimmt nicht!"

Mia stellte sich vor ihren Geliebten. „Aber es hilft, Jessy! Es hat mir auch geholfen!"

„Wenn ich das deinen Kindergartentanten verklickere, hilft es dir nicht mehr", brüllte Jessy unvermittelt los. „Lass vor allem Vater da raus, klar?"

Mit Tränen in den Augen wich Mia zurück, Marcel an der Hand, der wissend den Kopf schüttelte.

„Es kann manchmal wirklich hilfreich sein", mischte sich Dr. Czerny ein. Er packte seine Tasche. „Gerade bei Unruhe und Schmerzen."

Erstaunt blickte Julia auf. Wieder eine Empfehlung, die Paul als Arzt wohl eher nicht über die Lippen gekommen wäre.

„Sie sollten nur etwas vorsichtiger damit sein", fuhr Czerny derweil ruhig fort. „Die Dosierung ist schwierig bei dem, was im Umlauf ist, da der THC-Gehalt so schwankt. Wir können bei meinem nächsten Besuch aber gern einmal über eine solche Behandlung reden."

Jessy konnte ihren Zorn kaum noch zügeln. „Und was passiert jetzt?"

„Ihr Vater schläft seinen Rausch aus."

„Aber es ging ihm vorhin richtig dreckig!"

„Jetzt nicht mehr. Kein Grund zur Sorge."

„Siehst du", wandte Marcel ein. „Es hat auch bei ihm geholfen!"

„Halt die Klappe, du Idiot! Du hast diesen Anfall vielleicht sogar ausgelöst mit dieser Scheiße!"

„Lass ihn in Ruhe, Jessy. Bitte."

Die Verschlüsse der Arzttasche klappten zu. „Sie sollten sich wirklich beruhigen", meinte Czerny gelassen. „Vielleicht halten Sie ja abwechselnd Wache bei Ihrem Vater? Das kann zumindest nicht schaden. – Melden Sie sich beim Diensthabenden, wenn sich etwas verschlechtern sollte. Den Notarzt können Sie wieder abbestellen."

Jessy war noch immer nicht zufrieden. Sie rief nach ihrem Hund, der sofort schwanzwedelnd herbeikam. „*Ich* werde wachen", sagte sie und holte sich einen der Sessel aus der Fernsehecke. Reg ließ sich neben ihr nieder.

Die beiden anderen atmeten hörbar auf. „Danke, Dr. Czerny", sagte Mia sanft und schenkte ihm einen tiefen Blick aus ihren dicht bewimperten Augen. Sie reichte ihm die Hand und legte ihre schmale gleich auf die seine darauf. „Es ist so lieb, dass Sie noch gekommen sind bei diesem Wetter." Sie senkte den Blick. „Und überhaupt … Vielen Dank."

„Gern geschehen." Czerny befreite sich aus der zarten Handklammer. „Ich schaue am Montag wieder nach Ihrem Vater." Er zwinkerte Julia zu, als er sich umwandte. „Wollen Sie mit mir fahren, Julia?"

9. Kapitel

Alte Linde bei der heiligen Klamm,
Ehrfurchtsvoll betast' ich deinen Stamm …

Schon seit langer Zeit dein Stamm ist hohl,
Ross und Reiter bargest du einst wohl …

Alte Linde, die du alles weißt,
Teil uns gütig mit von deinem Geist.
Send ins Werden deinen Seherblick …

– *Verfasser unbekannt, Lied der Linde*

„Schick", sagte Julia anerkennend, als sie sich den Gurt anlegte. Sie sah sich um. Der hintere Teil des Vans war zum Wohnmobil umgebaut.

„Danke." Czerny startete den Motor. „Ich nutze das Gefährt gern für Wochenendtrips. Ich bin ja nur allein, da passt sogar noch das Fahrrad rein."

Also keine Frau mit Kindern irgendwo versteckt? Julia traute sich nicht zu fragen. Dennis Czerny mochte Anfang bis Mitte vierzig sein, wirkte durch seine sportliche Lässigkeit aber viel jünger. Sollte so ein attraktiver Mann tatsächlich ohne Geschichte sein? Das war schwer vorstellbar. Für Trude oder Mutter Milla wäre es geradezu ein Ding der Unmöglichkeit.

„Da sind Sie also viel allein unterwegs?" Julia errötete bei ihrer impertinenten Frage.

Dennis lachte leise und sah zu ihr herüber. „Das ist der Vorteil eines Singlelebens, man hat viele Freiheiten."

„Schon immer?", entfuhr es Julia erneut. „Bitte, entschuldigen Sie. Das geht mich nichts an."

Wieder lachte er. „Ist schon okay. – Es gab schon einmal jemanden, aber es ist nicht gut gegangen."

„Tut mir leid."

„Ja, mir auch. – Wäre es eigentlich in Ordnung, wenn wir uns duzten?"

„Mit Vergnügen", sagte Julia erleichtert.

Die Fahrt mit Dennis zurück ins Dorf verlief wesentlich entspannter als die Hinfahrt vor gut einer Stunde. Dennis scherzte mit Julia. Sie lachten viel, etwa über die immensen Trainingsbemühungen des Spechtes oder über Trudes Oberlausitzer Granitschädel, aber auch über den festgefahrenen Behandlungsstil des alten Doktors, mit dem Dennis zu kämpfen hatte. Nur ganz leise meldete sich das schlechte Gewissen bei Julia. Sie hatte sich schon lange nicht mehr so locker und leicht gefühlt wie jetzt. Dennis war ehrlich interessiert an ihr, an allem, was sie gerade bewegte und bekümmerte. Zwischen ihnen herrschte eine Vertrautheit, als würden sie sich schon seit Langem kennen. Die Zeit verging wie im Fluge. Schon schaukelte Dennis seinen Van den Viebigweg hinunter zur Dorfstraße und hielt. Der Sturm hatte sich gelegt. Neben dem Hof der Hellers stand eine dunkle Gestalt mit Kapuze. Eine Zigarette glimmte.

„Wer ist denn das?"

Julia spähte hinaus. „Fred, wahrscheinlich", sagte sie. „Der gehört zu unseren neuen Nachbarn. – Aber wo ist sein Hund?" Als hätte er auf das Signal gewartet, sprang Takeshi gegen die Scheibe und bellte. Julia fuhr zurück. Dennis lachte. „Hat er dich erschreckt?"

„Fred sollte den Hund wirklich besser unter Kontrolle haben", grollte Julia, die sich tatsächlich erschrocken hatte über den unvermittelten Angriff. Sie wandte sich um. Am liebsten hätte sie die Scheibe heruntergelassen und Fred das auch zugerufen. Doch Dennis ließ den Wagen schon weiterrollen. Julia sah, wie Fred unter seiner Kapuze ungerührt an seiner Zigarette zog.

„Undurchsichtiger Kerl!“, murrte Julia und drehte sich wieder nach vorn. „Doch ich will nicht ungerecht sein, immerhin hat er Sophia gerettet mit seinem überaus pfiffigen Hund.“

„Hat er das?“

„Ja. Sophia und Hunde – das ist eine ganz eigene Geschichte. Sie wird von den Hunden wohl als Welpe angesehen. Ich aber habe immer so ein mulmiges Gefühl dabei.“

„Ich glaube, dein Mann ist schon da“, sagte Dennis, als sie unten auf die Hauptstraße kamen.

„Tatsächlich!“, freute sich Julia.

Im Licht der Straßenlaterne stand Paul vor dem Haus, die Anzughülle lässig über die Schulter geworfen. Er besah sich den Ast, den der Sturm auf das Dach geschleudert hatte. Gerade als er sich wieder seinem Wagen zuwenden wollte, stoppte Dennis den Van neben ihm. Erstaunt sah Paul herüber.

Julia sprang aus dem Auto. „Paul!“ Sie umarmte ihn. „Wie schön, dass du wieder da bist!“ Paul schob seine Brille gerade, als sie sich wieder trennten. „Ja. Das ist ja gerade noch mal gut gegangen.“

Dennis hatte mittlerweile den Motor abgestellt und war ebenfalls ausgestiegen.

„Hallo.“

„Paul, das ist dein Kollege Dennis, Dennis – Paul.“ Julia strahlte.

„Hallo.“

Die beiden Männer schüttelten sich die Hand und maßen sich dabei unmerklich mit Blicken. „Willkommen auf der Erde“, scherzte Dennis. „Wie war der Flug?“

„Ruckelig.“ Paul nahm sein restliches Gepäck aus dem Kofferraum. Ein kleiner Plüschhase war dabei. Er streckte ihn Julia entgegen.

„Für Sophia.“

„Och, ist der süß!“ Julia schmiegte ihr Gesicht in den weichen Plüsch. „Der wird bestimmt der neue Superstar unter Phis Kuscheltieren.“

Dennis nickte freundlich. „Ich fahre dann mal.“

„Danke fürs Mitnehmen“, rief Julia ihm nach. Ein leises Bedauern mischte sich unter all die anderen Gefühle. Er winkte, ohne sich umzusehen, stieg ein und brauste davon.

„Mit Herrn Krahl ist alles gut?“, wollte Paul wissen, während sie Dennis nachwinkte.

„Seine Tochter und ihr Freund haben mit Haschisch versucht, die Panikattacke zu bekämpfen, war wohl etwas zu viel.“

„So? Das klang erst viel dramatischer.“

Sie gingen in Richtung Haus. Drinnen war bereits alles dunkel, nur im Flur brannte noch das Willkommenslicht.

„Das war es auch“, erzählte Julia derweil und drückte den Plüschhasen an ihren Hals. „Jessy Krahl ist keine Person, die zu Übertreibungen neigt. Es muss ihrem Vater zuvor richtig schlecht gegangen sein. Und der Atem klang wirklich gruselig. Dennis sagt aber, er sei nur berauscht.“

„Dennis! Soso. – Muss ich mir über irgendetwas Sorgen machen?“ Unvermittelt war Paul stehen geblieben. Das Licht der Laterne spiegelte sich in seiner Brille.

„Sorgen? – Bist du etwa eifersüchtig“, rief Julia begeistert und knuffte ihn in die Seite. „Das geschieht dir recht. Frau und Kind so schändlich lange allein zu lassen bei Sturm und Wind.“ Sie grinsten sich an. Paul gab ihr einen Kuss. Dann schauten sie beide hinauf. Der abgebrochene Teil der Baumkrone ragte wie ein Monster in den Nachthimmel.

„Da werden wir uns morgen Hilfe holen müssen“, sagte Paul. „Auch wenn Sonntag ist.“

„Ich kann den Wald-Müller fragen“, meinte Julia. „Ist doch gut, wenn ich gerade ein paar Baumexperten unter unserem Klientel habe. – Aber jetzt rein mit dir und erzähle mir alles von Wien."

*

Der Sonntagmorgen lag in einem goldenen Herbstlicht, so als habe der Sturm alle Trübsal hinweggeblasen. Die Kirchenglocken läuteten. Ella-Ma und Trude machten sich bereit für den Gottesdienst, während die anderen mit den Nachbarn die Sturmschäden begutachteten.

„Da seid ihr noch mal glimpflich davongekommen", meinte Sabine, die mit ihrer ganzen Familie zu ihnen getreten war. Auch sie war bereits für den Kirchgang angezogen. Sie hatte den kleinen Bennie auf dem Arm. Tilda und Fred dagegen trugen Arbeitssachen und waren bereit, mit anzupacken. Sophia schmuste mit dem angeleinten Takeshi.

„Wir räumen erst einmal den Kleinkram weg, aber für den Ast da brauchen wir wohl eine Hebebühne", sagte Paul. „Hast du den Wald-Müller schon erreicht?" Die Frage war an Julia gerichtet, die noch im Hausflur stand und in ihren Taschen wühlte. „Ich finde mein Telefon nicht!"

„Ach, wieder einmal!"

„Hör bloß auf", schimpfte Julia genervt. „Das ist nicht gerade hilfreich." Verlegte Dinge brachten sie immer gleich in Unruhe. Sie musste sich konzentrieren, um wieder klar denken zu können.

„Wo hast du es denn das letzte Mal benutzt?" Paul war zu ihr in den Flur gekommen.

„Bei den Krahls, als ich dir Bescheid gegeben habe." Julia lief zum Telefontisch, wo es noch ein altes Telefonbuch gab. „Gott sei Dank, die haben Festnetz." Sie wählte die Nummer. Es dauerte nur eine kurze Weile, bis sich Mias sanfte Stimme meldete.

„Ja? Hallo?"

Julia meinte, Vorsicht oder gar Angst herauszuhören, deshalb legte sie viel kraftvolle Energie in ihre Stimme. „Guten Morgen, Mia. Julia Eisler hier. – Wie geht es Ihrem Vater?"

„Ganz gut, glaube ich", erwiderte Mia spürbar erleichtert. „Er hat wirklich bis heute früh durchgeschlafen. Jetzt ist er ziemlich kaputt."

„Ich freue mich, dass er stabil ist." Julia wechselte einen Blick mit Paul, der noch neben ihr stand. „Mia, ich vermisse mein Handy. Habe ich es vielleicht bei Ihnen liegen lassen?"

„Ich schau nach."

Paul bedeutete ihr, dass er wieder zu den anderen hinausgehen würde. Während sie wartete, bedachte Julia alle Bewegungen, die sie nach der Nachricht an Paul gemacht hatte. Sie meinte, ihr Handy in die Tasche gesteckt zu haben. Vielleicht hatte sie es auch bei Dennis im Auto verloren. So war Julia auch nicht weiter besorgt, als Mia ihr vermeldete, dass es weder im Haus noch auf dem Hof zu finden sei. Julia bedankte sich. Dann rief sie Dr. Köhler an, um die Nummer von Dennis zu erhalten. Seine Frau war dran, er selbst war noch zu schwach. „Hoffentlich geht es Ihrem Mann bald besser", wünschte Julia herzlich. „Viele Grüße und danke für die Telefonnummer."

Dennis hatte nur eine automatische Anrufbeantworterin geschaltet. Gewiss war er wieder sportlich unterwegs. Julia würde sich also mit dieser Auskunft gedulden müssen. Wenigstens beim Wald-Müller hatte sie Erfolg, er versprach, sich gleich auf den Weg zu machen.

Julia trat hinaus zu den anderen und verkündete die frohe Botschaft. Takeshi bellte sie an. Sophia, die gerade bei ihm spielte, erschreckte sich und fing an zu weinen. Paul nahm sie auf den Arm und beruhigte sie. „Takeshi ist eben ein Wachhund."

„Er soll nicht laut sein", schniefte Sophia.

Fred trat zu Takeshi und bedeutete ihm, sich zu setzen.

„Dein Hund hat auch mich gestern Abend fast zu Tode erschreckt", sagte Julia zu Fred.

Der sah sie erstaunt an. „Du warst das? – Ich habe mich schon gewundert, was das für ein komischer dusterer Wagen ist, der hier so spät vom Feld runterkommt."

„Das war Dr. Czernys Wagen. Er hat mich mit nach Hause genommen."

Neugierig kam Tilda heran. „Wart ihr bei den Krahls draußen?"

„Waren wir", gab sich Julia karg. „Ich bin nur zum Händchenhalten mit, bis Paul dazukommt, aber dann hat es Dennis doch eher geschafft."

„Dennis, also", sagte Tilda spitz. „Wow!"

Julia schüttelte den Kopf. Es ärgerte sie, dass sie es überhaupt erwähnt hatte. Nun war zu befürchten, dass Tilda sie mit Fragen löchern würde.

„Ging es dem Jens wieder schlecht?", wollte Sabine wissen, die zu ihnen herangetreten war.

„Ja, aber der Notarztwagen ist selber im Sturm stecken geblieben." Das war die Gelegenheit für Paul, von seinem Rettungseinsatz auf der Heimfahrt zu berichten. Julia war froh darüber, dass das Gespräch eine andere Wendung bekam. Sabine jedoch nahm den Faden wieder auf. „Ich kenne den Jens schon seit der Schulzeit. Und seine Marion natürlich auch." Sie schüttelte ihren Kopf. „Dass die beiden ein Paar geworden sind, war damals eine Sensation."

Nun war Julia doch interessiert. „Wieso? Wie kam es denn dazu?"

„Bei einer Rüstzeit der Jungen Gemeinde", erzählte Sabine. „Marion war ja schon immer recht speziell. Sie hatte Schnaps mit ins Camp geschmuggelt. Als sie heimgeschickt werden sollte, hat Jens alle Schuld auf sich genommen. Ich glaube, das war der Anfang."

„Glücklich sind sie ja wohl nicht miteinander geworden", bemerkte Tilda, die immer noch verstimmt wirkte.

Ihre Mutter bedachte sie mit einem nachdenklichen Blick. „Weißt du es?"

In dem Moment traten Ella-Ma und Trude im feinen Sonntagsstaat vor die Tür. „Wir sollten uns auf den Weg machen, Sabine", rief Ella-Ma. „Willst du auch mit, Phi? Es ist wieder Kindergottesdienst." Doch Phi wollte lieber bei Papa bleiben, wie sie klar zu erkennen gab.

Schon bog der Wald-Müller mit der Hebebühne um die Kurve.

Gemeinsam arbeiteten sie den gesamten Vormittag. Sophia buddelte derweil im Sand. Der noch namenlose neue Plüschhase saß im Spielzeugbagger und sah dabei zu. Takeshi döste am Gartentor, nur ab und zu wackelten seine Ohren und zuckte die eingerollte Rute auf seinem Rücken.

Als zum Ende des Gottesdienstes die Glocken läuteten, war die Arbeit für das schwere Gerät getan, der Stamm zersägt und das Holz gestapelt. Das Dach würde sich ein Dachdeckermeister ansehen müssen, doch der Schaden war überschaubar. Tilda kam mit einem Imbiss herüber, Limonade und Bier. Dankbar griffen sie zu und betrachteten dabei ihr Werk. „Was für ein großer Ast", meinte Julia, „und dennoch ist kaum etwas zu sehen an der Krone."

„So ein alter Lindenbaum steckt was weg." Der Wald-Müller zog die Arbeitshandschuhe aus. „Auch im hohen Alter. Wie alt wird der hier sein? Zweihundert Jahre? Bestimmt älter", korrigierte er sich selbst. „Die ersten Siedlungen entstanden hier vor fast 800 Jahren. Ein Lindenbaum gehörte früher zu jedem Hof dazu."

„Die Linde war der germanischen Göttin Freya geweiht", wusste Tilda zu berichten. Ihre Verstimmung von vorhin schien verflogen, wie Julia mit Erleichterung bemerkte. „Sie steht für Frieden und Gemeinschaft, Liebe und Schutz. Und natürlich ist sie eine große Heilerin mit ihren Blüten." Sie strahlte. „Ich habe ordentlich Tee gebunkert, der Winter kann kommen." Sie hörten ein leises Weinen. Tildas

Gesicht verschattete sich. „Das ist Bennie!“ Tatsächlich kam ihre Mutter mit Bennie auf dem Arm gerade den Kirchsteig herunter auf die Straße. „Siehst du, jetzt sind wir wieder bei der Mama.“ Rasch lief Tilda ihnen entgegen und nahm ihr das Kind ab. „War wohl doch zu viel heute?“

Sabine wischte sich eine Haarsträhne aus der Stirn. „Ich dachte schon, der hört niemals auf mit seiner Predigt!“

Ella-Ma und Trude dagegen, die ihnen gefolgt waren, schienen wesentlich besser gelaunt. Schon von Weitem winkte Trude eifrig zu Julia und bedeutete ihr, näher zu kommen. Während Ella-Ma lobende Worte für die Aufräumarbeiten fand, zog Trude Julia in den Schatten der Linde. „Ich habe mich ein wenig umgehört“, flüsterte sie.

„Das habe ich nicht anders erwartet, mein Trudchen.“

„Also, die Pflegeeltern von der Marion sind nach Zittau gezogen, wo die Mutter, also die Pflegemutter, herstammt. – Sie heißen Arnold. Wenn du willst, bekomme ich auch noch die genaue Adresse heraus.“

„Und ob ich das will!“, freute sich Julia. Endlich kam etwas Bewegung in die Recherche um Marion. „Ich danke dir.“

Trude errötete vor Stolz und puhlte verlegen am Lindenstamm. „Und die Marion und die Sabine“, raunte sie dann weiter, damit niemand außer Julia es hören konnte, „die waren einmal ganz dicke Freundinnen.“

„Interessant.“

„Sabine ist dann aber gleich nach der Hochzeit der beiden zu ihrer Ausbildung nach Leipzig und nach der Wende rauf in den Norden.“

„In den Norden, soso“, dachte Julia laut und setzte Sabine im Geiste kurzerhand auf die Liste der möglichen Auftraggeber für diesen Fall. Doch woher sollte eine Krankenpflegerin so viel Geld für eine ganze Schar von Anwälten haben? Und warum sollte es einer alten Freundin so wichtig sein, mehr über Marions Verschwinden herauszufinden?

Julia sah zu der kleinen Versammlung hinüber. „Wie es aussieht, will sich unser Baumretter verabschieden. Er sagt, unser alter Lindenbaum wird noch so manches wegstecken können."

„Das will ich meinen!", kicherte Trude. „Früher haben wir hier immer etwas hineingesteckt. Liebesbriefchen und so ein Zeug. Jetzt stecken wir halt etwas weg, was mein Lindchen?" Sie gab dem Baum einen liebevollen Klaps, bevor sie Julia zu Sabine und den drei Männern begleitete. Ella-Ma war schon ins Haus gegangen. Auch Tilda und Bennie waren verschwunden.

„Keine Ursache, gern geschehen", sagte der Wald-Müller, als Julia sich bei ihm bedankte. „Lieber Bäume retten, als Bäume fällen."

„Ich dachte, das wäre Ihr Beruf?"

„Schon, doch was wir jetzt treiben, ist eher Schlachtfeldberäumung." Der Wald-Müller verschob sein verblichenes Basecap. „Wissen Sie, wenn man einen reifen, gesunden Baum erntet, dann fällt der elegant und federnd mit einem Wusch!" Er machte eine ausladende Gebärde dazu und sein Gesicht leuchtete. „Dieses Totholz da aber … einfach Bumm! Das macht wirklich keinen Spaß."

„Sind Sie morgen wieder im Wald?", fragte Julia mitfühlend.

Müller nickte. „Mal sehen, was der Sturm diesmal angerichtet hat. Ich mache mir gleich noch ein Bild." Er sah zu Julia. „Jessy wird morgen fehlen", fuhr er fort. „Sie bleibt bei ihrem Vater, sie wollten Jens nicht gleich wieder in die Tagespflege geben."

Er tippte zum Abschied an sein Cap. „Bis bald mal wieder. Und einen schönen Sonntag noch."

„Hast du dein Handy wieder?", fragte Paul, als der Wald-Müller mit seinem Laster abgefahren war.

„Bis jetzt noch nicht. Die Krahls haben es nicht gefunden und Dennis habe ich noch nicht erreicht."

„Es wird schon nicht weg sein", tröstete Sabine, die von ihrer Suche mitbekommen hatte.

„Das hoffe ich!"

„Kannst du es nicht orten?", mischte sich Fred ein. Julia musste gestehen, dass sie das nicht eingerichtet hatte auf ihrem Telefon, jedenfalls nicht wissentlich.

„Wenn du willst, schaue ich mal", bot Fred an.

„Fred ist ein richtiger Spezialist", sagte Sabine stolz. „Er hat sogar eine App entwickelt."

„Ist gut, Mutter! – Also, wenn ich du wäre, würde ich mein Handy schnell wiederfinden wollen. Soll ich mal auf deinem Laptop schauen?"

„Aber ich habe es doch gar nicht mit dem Ding verbunden", sagte Julia. „Ich beschäftige mich nicht so viel mit Technik. Da sind auch keine sensiblen Daten drauf."

„Es sind immer sensible Daten drauf", behauptete Fred finster. Offensichtlich legte er großen Wert auf Datensicherheit.

„Ich würde verrückt werden, wenn mein Handy weg wäre", sagte Sabine. „Das ist mein zweites Hirn."

„Mein zweites Hirn ist mein Journal", erwiderte Julia. „Ich bin eben eher der analoge Typ."

„Lass Fred trotzdem mal schauen", schlug Paul vor. „Vielleicht hast du die Geräte doch einmal verbunden. – Ich bringe Phi ins Bett." Sophia hatte sich in der warmen Herbstsonne neben Takeshi gekuschelt und schlief bereits.

Doch auch mit Freds Nachforschungskünsten blieb Julias Handy unauffindbar. Fred hielt ihr einen langen Vortrag über Datensicherheit und Schutz vor Nachstellungen, dem Julia nur mühsam folgen konnte. Währenddessen huschten Freds dürre Finger über die Tastatur und er installierte ihr eine Sicherheitssoftware nach der anderen. Hoffentlich bekam sie ihren Laptop noch ohne fremde Hilfe gestartet.

„Dieses blöde Telefon liegt bestimmt bei Czerny im Auto", tröstete sich Julia im Stillen. Doch warum meldete sich Dennis nicht zurück? Sie hatte schon dreimal mit diesem Automaten geredet.

Paul kam mit Sophia im Arm zu ihnen herein. Verschlafen schmuste Phi mit ihrem Plüschhasen. „Der Mittagsschlaf ruft“, verkündete Paul. „Und dein Hund erwartet dich auch schon sehnsuchtsvoll, Fred.“

Freds konzentrierte Miene erhellte sich, als er die beiden erblickte. „Na, Phi – wie heißt denn nun dein Herr Hase?“, fragte er freundlich.

„Herr Hase“, gab Phi träumerisch kund.

Damit war der Name besiegelt.

*

Das Pflegeheim war ein moderner, großzügiger Neubau. Wie ein gestrandetes Kreuzfahrtschiff lag es in der Nachmittagssonne im Wald. Paul machte mit Sophia eine Radtour und so bereute es Julia, das Treffen mit dem einstigen Hauptkommissar ausgerechnet auf den Sonntagnachmittag gelegt zu haben. Der Besucherparkplatz war voll. Viele Rollstühle kreuzten durch den weitläufigen Garten, der das Pflegeheim umgab.

Die Luft immerhin war energetisierend frisch. Julia atmete tief ein, bevor sie durch den gläsernen Eingangsbereich in das Innere des Gebäudes ging. Drinnen empfingen sie die typischen Gerüche eines Altenheims, eine Mischung aus Putzmitteln, Kaffee, Essensdunst und Duftkerzen.

„Ich möchte zu Herrn Heinrich Herzog“, sprach sie einen Pfleger an, der gerade einen Wagen Verbandsmaterial in Richtung Fahrstuhl schob. „Ich bin angemeldet.“

Überrascht musterte er sie. „Na, dann kommen Sie am besten gleich mit“, sagte er. „Da wird sich der alte Recke aber freuen. Er bekommt sonst nicht viel Besuch.“

„Wie geht es ihm“, wollte Julia wissen, als sie im Fahrstuhl nach oben fuhren. „Meinen Sie, er kann mir ein paar Fragen beantworten.“

Der Pfleger lachte. „Wenn die Puste reicht, auf jeden Fall. Mit dem Kopf ist noch alles in Ordnung.“ Sie stiegen aus. „Kommen Sie, es ist gleich hier das Eckzimmer.“ Ohne anzuklopfen, öffnete er die Tür und ging hinein. „Damenbesuch für dich, Heinrich“, rief er so laut, als beträte er einen Saal. „Dass du mir aber anständig bleibst!“ Er lachte kumpelhaft. Dann drehte er sich zu Julia um, die immer noch zögernd an der Tür stand. „Kommen Sie nur herein, Frau …?“

„Eisler. Julia Eisler.“

Als er einladend einen Schritt beiseitetrat, erblickte Julia Heinrich Herzog in seinem Pflegestuhl am Fenster. Im Gegensatz zur zusammengesunkenen Gestalt des einstigen Hünen Jens Krahl hatte Heinrich Herzog noch zugelegt, wie es Julia schien. Sie bemerkte die Hebevorrichtung über dem Bett am hinteren Ende des Raumes. Neben ihm stand ein Sauerstoffgerät. Als er Julia erblickte, nahm er die Maske herunter. Ein Lächeln des Erkennens huschte über sein aufgedunsenes Gesicht. „Frau Eisler!“

Julia versuchte mit einem Lächeln, ihre Bestürzung über seinen Anblick zu vertuschen, als sie zu ihm trat und sie sich begrüßten. „Danke, dass Sie sich Zeit für mich nehmen“, sagte sie.

„Zeit habe ich ja hier im Überfluss“, erwiderte Herzog schnaufend. „Es ist nur die …“ Ein Hustenanfall zwang ihn zu einer Pause. Er bedeutete Julia, sich zu ihm zu setzen.

„Nur die Luft ist knapp“, vollendete Herzog japsend seinen Satz. Noch einmal nahm er einen Zug vom Sauerstoff, bevor er die Maske wieder sinken ließ. Er fixierte sie mit blitzenden kleinen Augen. „Die Frau Anwalt beehrt mich also wieder einmal. Das ist aber schön. Worum geht es diesmal? Neue Morde in Finkendörfel?“

Julia freute sich, dass er sich noch so genau an sie erinnerte. „Um eine verschwundene Frau“, erwiderte sie munter und holte ihr Journal aus der Tasche. „Marion Krahl. Sie hat vor siebzehn Jahren ihren Mann und ihre zwei Töchter verlassen …“

„Sie ist tot“, sagte Herzog. Seine Miene hatte sich bei der Erwähnung des Namens verdüstert.

„Was macht Sie da so sicher?“

„Meine Schnüffelnase.“ Herzog verzog sein Gesicht zu einem Grinsen und tippte an seine fleischige Nase. „Alles lief darauf hinaus, dass der Krahl seine Frau aus Eifersucht getötet und irgendwo verscharrt hat. Er ist uns nur davongekommen, weil wir keine Leiche gefunden haben.“ Er war grimmig geworden.

„Sie erinnern sich also an diesen Fall?“

„An jedes einzelne Detail“, behauptete Herzog lebhaft. Er versuchte sogar, sich ein wenig aufzurichten in seinem Pflegesessel. Diese kleine Anstrengung wurde sofort mit einem weiteren Hustenanfall bestraft. Doch er beruhigte sich schnell. „Das war mein letzter großer Fall, bevor sie mich … naja, Sie wissen schon, suspendiert haben. – Abgesehen von dem Fall Emmelie Degenhart natürlich“, verbesserte er sich rasch. „Da haben wir uns ja kennengelernt.“

Julia lächelte zur Bestätigung. „Emmelie war also im Vergleich ein kleiner Fall?“

„Überschaubarer“, sagte Herzog langsam. „Außerdem sind wir da anfangs gar nicht von einem Verbrechen ausgegangen, wie Sie selbst wissen.“ Er blinzelte sie listig an. „Bei Marion Krahl dagegen stank es von Anfang an nach Gewalt und Blut. Ein klassisches Tötungsdelikt. Und Krahl hatte alles, was man dafür braucht, Motiv, Mittel und die Gelegenheit. – Kennen Sie ihn?“

„Er ist nach einem Arbeitsunfall querschnittsgelähmt“, sagte Julia knapp. „Im Wald.“

„Ah“, machte Herzog. „Wie überaus passend.“ Er verzog sein Gesicht zu einer Clownsmaske.

„Es scheint, Sie mögen Jens Krahl nicht besonders“, meinte Julia unangenehm berührt.

„Nichts Persönliches“, versicherte Herzog. „Doch uns das Opfer vorzuspielen und starrköpfig zu behaupten, es sei nichts Besonderes, dass seine Frau seit über acht Wochen verschwunden sei. Das ist schon ein starkes Stück, oder? Über Weihnachten. Denken Sie sich das nur! – Ich habe ihm das nicht einen Moment abgekauft.“

„Aber Marion hatte ihn doch schon einmal verlassen. Ist das dann nicht nachvollziehbar?“

„Warum hatte sie aber alle ihre Sachen dagelassen? Ohne einen Pfennig auf und davon? Das glauben Sie doch selbst nicht.“

„Ich dachte, bei kriminalistischen Ermittlungen geht es um Indizien, nicht um Glauben.“

Julias Ton war unversehens scharf geworden. Er sah sie überrascht an. Dann lachte er und hustete dabei. „Sie haben natürlich recht. Dennoch verlasse ich mich gern auf meinen Riecher. Intuition – verstehen Sie?“

Julia nickte. Sie vertraute selbst oft eher ihrem Gespür, als auf die Fakten zu bauen, musste sie zugeben. Zum Schluss sollte jedoch beides zusammenpassen. Es lauerte die Gefahr, dass man die Bewertung der Tatsachen seiner Ahnung anpasste. Das galt es zu verhindern.

„Ich kann Ihnen versichern, dass wir auch entsprechend professionell vorgegangen sind. Fragen Sie nur meinen Kollegen Kruz, der war damals bei den Ermittlungen dabei.“

„Das mache ich gern“, erwiderte Julia, die wieder zu ihrem Gleichmut zurückgefunden hatte. „Haben Sie noch Kontakt zu ihm?“

Herzog schnaufte etwas und ruckelte seinen breiten Oberkörper zurecht. „Er ist der Einzige, der hier mal ab und zu vorbeischaut bei mir“, sagte er wehmütig.

Julia nickte ihm aufmunternd zu. „Also", kam sie dann auf ihr Anliegen zurück, „was waren die Fakten und was hat Ihnen Ihre Intuition gesagt."

„Fakt war, dass wir jede Menge Blutspuren im Haus der Krahls gefunden haben, noch Wochen nach dem Verschwinden der Frau."

„War es ihr Blut?"

„Zum Teil", musste Herzog widerwillig zugeben. „Krahl hat das damit erklärt, dass seine Frau immer Nasenbluten gehabt hätte. Es war auch im ganzen Haus verteilt, sodass diese Erklärung berücksichtigt werden musste."

„Aber da hat Ihr Riecher etwas anderes gesagt", mutmaßte Julia.

Herzog nickte schwerfällig. „Krahl wurde nervös, als die Kriminaltechnik das Waschhaus inspizierte. Ich habe ihn beobachtet."

„Sind die Techniker fündig geworden?"

„Und ob", seufzte Herzog. „Doch alles nicht verwertbar. Krahl hat dort Wild ausgeweidet und zerlegt. Er ist Jäger. Hatte gerade eine Wildsau erlegt. Es war nicht die einzige in den Wochen nach dem Verschwinden seiner Frau."

„Kann man denn menschliches Blut nicht von tierischem unterscheiden?"

„Die Forensik hat da schon so ihre Methoden. Aber auch hier war Krahls Erklärung das Nasenbluten seiner Frau." Herzog schnaufte verächtlich. „Außerdem bluten Tote kaum noch. Es hätte also nur dann große Mengen Blut gegeben, wenn er seine Frau im Waschhaus erstochen hätte und das also der Tatort war. Aber selbst die Leichenspürhunde fanden keine Spur von Marion Krahl."

Julia schauderte. „Gegen Jens Krahl sprechen seine Nervosität bei der Untersuchung des Waschhauses und dass er das Verschwinden seiner Frau nicht gemeldet hat. Was noch?"

Die Augen des einstigen Hauptkommissars blitzten sie an. „Er lügt", behauptete Herzog. „Er lügt wie gedruckt und kam nicht ab von seinen Lügen, egal, was wir auch versucht haben."

„Konnten Sie ihm eine Falschaussage nachweisen?"

„Nur die mit den gepackten Koffern", brummte Herzog verdrossen. „Das reichte dem Staatsanwalt damals nicht, um einen Prozess gegen Jens Krahl zu eröffnen. Aber glauben Sie mir, ich spüre es, wenn einer bei der Vernehmung lügt."

„Es braucht außerordentliche Intelligenz, um einem erfahrenen Ermittler wie Ihnen zu widerstehen, und das soll eine Feststellung sein, kein Kompliment."

„Ich bedanke mich trotzdem", erwiderte Herzog geschmeichelt, bevor ihn ein weiterer Hustenanfall zu einer Pause zwang. Er ermattete sichtlich. „Das mit der außerordentlichen Intelligenz trifft vielleicht auf den Krahl wirklich nicht so zu", japste Herzog, als er sich erholt hatte. „Ich habe keine Ahnung, woher er die Kraft nahm, derart beharrlich bei seinen Aussagen zu bleiben."

„Bei welchen Behauptungen ist er denn geblieben?", wollte Julia wissen.

„Krahl meinte, dass er seine Frau seit Wochen nicht gesehen habe, sie mit dem Autofritzen auf und davon sei. Er zeigte sich überzeugt davon, bis der bei ihm auftauchte und nach Marion fragte."

„Und was hat Marquart erzählt? Wieso war der Liebhaber so schnell von Ihrem Haken?"

„War er nicht", beteuerte Herzog. „Wie sich jedoch herausstellte, hatte er für die Zeit des Verschwindens und danach ein Alibi, das nicht den Hauch eines Zweifels zuließ." Er keuchte und griff nach der Maske. Julia befürchtete einen erneuten Hustenanfall, der vielleicht noch zäher und erschöpfender wäre als der vorangegangene. Sie sprang auf und trat zu ihm. „Soll ich den Pfleger rufen?"

Herzog nahm nur ein paar Züge Sauerstoff und bedeutete ihr zu warten. Dann ergriff er ihre Hand. „Frau Eisler", japste er zwischen schweren Atemzügen. „Wenn Sie etwas aus der Familie Krahl über Marion herausbekommen, lassen Sie es mich wissen, ja? Es bedeutet mir sehr viel. Dieser ungelöste Fall ist wie eine offene Wunde. Wir sind das der Frau schuldig."

„Und wenn sie noch lebt?", fragte Julia und löste sich aus dem Griff seiner fleischigen Pranke. „Was, wenn sie beide Männer verlassen und irgendwo ein neues Leben angefangen hat?"

Er lächelte schwach. „Nette Vorstellung. Doch wovon? Sie war ein armes Luder. Haben Sie mal ihre Lebensgeschichte gelesen?" Er deutete auf Julias Aktentasche. „Missbrauch in der Kindheit, Pflegefamilien, wieder Missbrauch. Bis sie dann schwanger in der Ehe mit dem Krahl landete."

„Sie war eine Ausreißerin", stellte Julia fest.

„Kann man es ihr verdenken?"

„Was, wenn sie jetzt wieder ausgerissen ist. Sich an einen neuen Mann gehangen hat?"

„Wenn Sie auf die Postkarte aus Hamburg anspielen, so sind Sie auf dem falschen Dampfer. Eine Fälschung. Die jüngere Tochter hatte die selbst an sich schicken lassen."

Davon stand nichts im Dossier, dachte Julia. Sie machte sich eine Notiz darüber. Als sie wieder aufblickte, sah sie, wie erschöpft Herzog nun war. „Ich informiere Sie, Herr Herzog", versprach sie. „Wenn es nicht dem Interesse meines Mandanten widerspricht."

„Ah ja, der geheimnisvolle Auftraggeber."

Julia packte ihr Journal in die Tasche. „Vielleicht können Sie für mich ein gutes Wort bei Ihrem Kollegen Kruz einlegen? Ich weiß, dass ich keine Ermittlungsinterna erfahren darf, doch seine Eindrücke würden mich schon sehr interessieren."

„Das glaube ich Ihnen gern", krächzte Herzog. „Versuchen Sie lieber, in Kontakt zu den Krahls zu kommen.

Glauben Sie mir, der Schlüssel liegt dort, bei dieser Familie."

*

„Oh, wie das duftet", rief Julia schon an der Wohnungstür. „Ich bin am Verhungern!"

„Na, bloß gut", sagte Paul, der am Herd stand und in der Pfanne rührte. „Unsere Süße ist nämlich bereits mit Herrn Hase im Bett. Sie war stehend k.o. – Und ich habe für eine halbe Kompanie gekocht."

„Was gibt es denn Leckeres?"

„Kartoffel-Kürbis-Pfanne mit Ziegenkäse."

„Perfekt!"

Er goss ihr ein Glas Rotwein ein und reichte es ihr. „Erfolgreich gewesen?" Ihre Gläser klangen, als sie anstießen.

„Wie man es nimmt." Julia trank einen tiefen Schluck. „Mhm. Das tut gut!"

„Ich war auf jeden Fall erfolgreich", sagte Paul. Er lächelte verschwörerisch. „Wir sind heute auf unserer Tour deinem Dennis begegnet."

„Sag bloß!" Julia war verblüfft. „Er ist aber überhaupt nicht mein Dennis. – Hast du ihn wegen des Telefons gefragt?"

„Na klar habe ich das." Paul schob die Pfanne beiseite. „Er schaut nach."

„Warum hat er denn nicht zurückgerufen?"

„Es war eine unbekannte Nummer."

„Ach und am Sonntag geht er da wohl nicht ran? Da weiß aber einer, den Feiertag zu heiligen!"

„Neidisch?" Paul lachte. „Bring den Käse mit", sagte er und stellte die Pfanne auf den Esstisch. Paul hatte für sie beide den Tisch festlich gedeckt und sogar den Kerzenleuchter aus dem Wohnzimmer geholt. Gerade als er die

Kerzen entzündet hatte, klingelte sein Telefon. „Ah! Das ist er schon. Ich habe ihm meine Nummer gegeben."

Julia ging sofort ran. „Hallo, Dennis", rief sie erwartungsfroh. Dann lauschte sie erst einmal seinen wortreichen Entschuldigungen, dass er sie nicht zurückgerufen hatte. Doch die Nachricht, die er anschließend zu verkünden hatte, beunruhigte Julia. Ihr Telefon war nirgendwo zu finden.

10. Kapitel

Du wacher Wald, inmitten wehen Wintern
hast du ein Frühlingsfühlen dir erkühnt,
und leise lässest du dein Silber sintern,
damit ich seh, wie deine Sehnsucht grünt.

Und wie mich weiter deine Wege führen,
erkenn ich kein Wohin und kein Woher
und weiß: vor deinen Tiefen waren Türen
und sind nicht mehr.

– Rainer Maria Rilke, Du wacher Wald

„Ich wollte dich nur darüber informieren, Basti", wiederholte Julia ungehalten, weil der Specht ihr vermisstes Handy zur Staatskrise aufbauschte. „Es sind lediglich ein paar Telefonnummern gespeichert, mehr nicht. Also kriege dich wieder ein."

„Na! Also weißt du …" Der Specht klopfte streng mit dem Stift auf die Tischplatte.

„Bis ich das Teil wiederhabe, erreichst du mich also hier über das Festnetz oder über diese Nummer, die ich dir gerade genannt habe."

„Ist das Pauls Handy?"

„Unser neuer Nachbar hat mir das gegeben. – Keine Sorge, es ist ein Prepaidhandy", schob sie dann giftig nach. „Lässt sich also nicht nachverfolgen, falls du irgendwelche konspirativen Abmachungen mit mir treffen willst." Julia war froh, dass sie das Gespräch über das Festnetz führten und Sebastian Fink ihr Gesicht nicht sah. Sie fühlte sich angegriffen. Bastis Impertinenz und Anmaßung brachten sie schon wieder in Rage. Sie wusste selbst, dass es nur ihre eigene Verunsicherung war, die sie so empfindlich sein ließ. Doch der Specht schlug nach einem meckernden Lachen über ihren Scherz bereits einen anderen Ton an. „Wie weit bist du denn mit der Hamburg-Geschichte gekommen?"

„Noch kein Durchbruch an keiner Stelle. Heute bin ich aber mit einem der Zeugen von damals verabredet. Kai Marquart."

Natürlich kannte der Specht das Dossier und wusste, wer das war.

„Wie geht es mit der Fusion voran?", fragte Julia nun ihrerseits.

Der Specht erlaubte sich einen tiefen Seufzer. „Ebenfalls zäh", gestand er. „Der Sachsenforst ist recht misstrauisch. Sie befürchten, dass hier eine Konterrevolution im Gange ist. Dabei wollen die doch nur lokal eine Gemeinschaft bilden, die eine größere Stimme im Parlament hat. Wird noch ein Stück Arbeit."

„Vielleicht kann ich helfen", sagte Julia. „Ich hatte kürzlich mit dem neuen Junior-Partner Thomas Müller zu tun, dem Wald-Müller." Sie erzählte von der Baumrettungsaktion. „Und Marquart ist doch auch einer der großen Waldbesitzer hier. Ich könnte doch heute …"

„Ich weiß das von Marquart", beschied ihr der Specht ablehnend. „Du sollst dich doch nicht auch noch damit beschäftigen, Julia." Schon wieder klang er so ätzend generös. Also verabschiedete sich Julia kurz und kühl.

„Blödmann!"

„Wer ist Blödmann?", fragte Sophia und zupfte ihr am Hosenbein. Ertappt nahm Julia ihr Kind auf den Arm. „Nur ein Onkel, der die Mama immer ärgert", versicherte sie. „Aber so was sagt man trotzdem nicht. Es tut Mama leid."

„Tschuldigung?"

„Entschuldigung! – Was meinst du, du holst deinen Herrn Hase und wir machen uns eine gemütliche Stunde in meinem Büro. Ich schmeiße nur noch fix die Waschmaschine an."

Sophia zog einen Flunsch. „Ich will zu Bennie."

„Bennie ist im Kindergarten."

„Ich will auch Kindergarten!"

Wieder gab dieser Gedanke Julia einen Stich. Sophia in den Kindergarten schicken … Sie mochte sich das nicht ausmalen. „Bald, meine Kleine."

„Was ist bald?"

„Gute Frage, meinst du nicht?" Paul war an sie herangetreten. Er war bereit zur Abfahrt nach Dresden. Sophia bekam einen herzhaften Kuss von ihm, Julia dann auch. Dieser fiel etwas flüchtiger aus. Sie atmete sein After Shave, spürte seine Energie.

„Wird bestimmt spät werden heute Abend."

Julia antwortete nicht. In ihr wogte die schon vertraute Wolke von Trauer, Angst und Wut.

„Hoffentlich findest du dein Handy."

„Ja. Hoffentlich."

Er war schon an der Tür. „Bennie ist heute zu Hause mit Tilda, wie ich vorhin gesehen habe. Also, wenn du Phi rübergeben willst …"

„Ich will Sophia nicht rübergeben", entgegnete Julia hitzig. „Tilda hat schließlich auch ihr eigenes Leben!"

Paul starrte sie verständnislos an. „Wie du meinst", sagte er schließlich. „Bis später."

Im Waschhaus traf sie auf Trude, die mit ihrem Wäschekörbchen neben dem Klamottenhaufen von Pauls Wienreise stand. „Ach, dann mache du nur erst deine große Wäsche", sagte sie. „Heute trocknet es ja im Nu."

Julia trat neben sie. „Nur die Hemden, Trudchen. Wenn die fertig sind, kannst du loslegen."

„Ich hänge sie dir auch."

„Das ist lieb." Julia nahm die ersten Hemden von Paul und warf sie in die Waschmaschinentrommel. Ein ungewöhnlicher Geruch stieg ihr in die Nase. Parfüm. Fremd. Weiblich. Exotisch.

Sie ließ das Hemd sinken und starrte auf den Kragen. Keine Lippenstiftspuren. Immerhin. Ihr Herz pochte hart. Es wäre nicht das erste Mal, dass ihr Liebster sie mit einer Kollegin betrog. Gallebittere Gedanken.

„Alles in Ordnung mit dir?“, fragte Trude.

„Ja, ja“, sagte Julia schnell und warf das verdächtige Hemd in die Waschmaschine. „Ich habe nur gerade an meinen nächsten Schritt gedacht.“

„Der da wäre?“

„Kai Marquart.“ Julia wandte sich zu Trude um. „Autohaus. Heute Nachmittag.“

Nach dem Mittagsschlaf kam Tilda mit Bennie auf dem Arm vorbei und fragte, ob Sophia zum Spielen rüberkommen wolle. Julia wusste, dass all ihre kindischen Einwände vergebens wären. Sophia war vernarrt in den zwei Jahre älteren Bennie. Da er jedoch mit einer Entwicklungsverzögerung zu kämpfen hatte, schien es manchmal, als schwinge sich ihre kleine Tochter zu seiner Beschützerin auf. Nur sie, die Mutter, gluckte und wachte immerfort. „Natürlich, gern“, stimmte Julia also zu. „Ich habe heute Nachmittag einen Termin, da würde sich Phi sowieso langweilen.“

„Komm zu einem Schwatz, wenn du zurück bist“, lud Tilda sie ein.

Julia nickte. Eine bleierne Müdigkeit bemächtigte sich ihrer. „Ich danke dir“, sagte sie mühsam. Dafür erntete sie einen kritischen Blick ihrer Nachbarin. „Geht es dir gut?“

„Natürlich“, erwiderte Julia und zwang sich zu einem Lächeln. „Ich bin nur in Gedanken.“

„Verstehe.“ Tilda war nicht überzeugt, ließ aber von weiteren Nachfragen ab. „Komm Sophia, hol deinen Plüschhasen und dann …“

„Herr Hase!“, korrigierte Sophia.

„Hase", sagte Bennie. Dafür bekam er eine Umarmung von seiner Mutter und einen begeisterten Hopser von Sophia.

Jetzt musste Julia wirklich lachen. „Raus mit euch Hasen! Wie soll ich denn bitte unter solchen Bedingungen arbeiten? Gib mir einen Kuss, Phi-Hase."

*

Wenig später sah sich Julia allein in ihrem Büro. Die Sonne schien durch das goldene Laubdach der Linde. Julia arbeitete sich durch die E-Mails und sortierte ihre Journalnotizen. Sie überprüfte ihren Plan. Heute also Marquart. Für morgen hatte der Kriminaloberkommissar Kruz ihr einen Termin gewährt. Es hatte sie einige Überwindung gekostet, ihn ausfindig zu machen und hinterherzutelefonieren, denn sie hatte diesen Mann in eher unguter Erinnerung. Schade nur, dass sie bei den Krahls offensichtlich in einer Sackgasse steckte. Vielleicht könnte sie erneut einen Versuch wagen, ihr Vertrauen zu gewinnen, wenn sie mit Marquart gesprochen hatte. Er schien ihr eine Schlüsselfigur beim Verschwinden Marions zu sein. Die Erklärung Herzogs gestern reichte ihr nicht, um Kai Marquart aus dem Kreis der Verdächtigen auszuschließen.

Das Festnetztelefon klingelte. Julia erhob sich und ging hinaus auf den Flur, um das Mobilteil mit sich ins Büro zu nehmen. „Julia Eisler, guten Tag", sagte sie im Gehen.

„Jessy Krahl hier", meldete sich deren dunkle Stimme so verhalten, dass Julia eine böse Ahnung kam. „Alles in Ordnung, Jessy?", fragte sie darum besorgt.

„Wie man es nimmt. – Ihr Telefon ist wieder da."

„Wunderbar! Wo war es denn?"

„Es lag unter der Kommode, dort wo Sie gestanden haben. Mia hat es gerade beim Wischen gefunden."

Julia überlegte, wie ihr Telefon an diese Stelle geraten sein könnte.

„Marcel denkt jetzt, Sie haben uns belauschen wollen mit Ihrem Telefon."

„Was?!" Julia war wie vom Donner gerührt. „Das ist ja wirklich …"

„Besser Sie kommen her und holen es sich gleich ab", unterbrach Jessy. „Im Moment drückt Marcel noch eifrig darauf herum. Der Typ ist manchmal etwas paranoid, wissen Sie?" Sie legte auf, bevor Julia noch ein weiteres Wort sagen konnte.

„So eine Frechheit!", entlud sich Julias Zorn in den stillen Flur. Dann lief sie zurück in ihr Büro, schnappte sich ihre Tasche und ihr Journal und verließ das Haus.

*

„Wie können Sie es wagen, mir so etwas zu unterstellen", fuhr Julia den bleichen jungen Mann an. Marcel duckte sich zwar etwas unter ihren Worten, doch geschlagen gab er sich nicht. „Ich kenne mich aus", verteidigte er seine Haltung. „Mia ist schon mal in so eine Falle geraten, wurde überwacht und gestalkt und so." Er zeigte mit Julias Telefon auf Mia, die mit angezogenen Knien auf der Küchenbank saß und mit verängstigten Augen ihrem Wortwechsel folgte. Jessy lehnte mit verschränkten Armen am Türpfosten.

„Ich stalke niemanden, sondern bin zur Unterstützung hierhergekommen." Warum rechtfertigte sie sich vor diesem Kerl? „Jetzt her mit dem Telefon!"

„Nur, wenn Sie beweisen, dass Sie uns nicht abgehört haben."

„Schluss jetzt, gib ihr das verdammte Ding!" Jessy löste sich aus ihrer abwartenden Haltung und trat einen Schritt näher. Marcel wich zurück, versteckte das Telefon aber hinter seinem Rücken wie ein kleines Kind. „Wirklich, Jessy", verhandelte er eifrig. „Das geht ganz leicht mit dem Abhören und Verfolgen. Das kann eine Falle sein."

„Da kann ich ja den Spieß auch umdrehen und Sie bezichtigen, eine Spähsoftware auf meinem Handy installiert zu haben", sagte Julia scharf. „Immerhin war es zunächst angeblich unauffindbar."

„Ich habe es da wirklich nicht gesehen am Sonntag", ließ sich Mias zartes Stimmchen vernehmen. „Es tut mir leid. Es war einfach nicht da."

„Du hast es halt bloß nicht gesehen", behauptete Marcel. In dem Augenblick wurde ihm das Handy von Jessys starker Hand entwunden. Sie reichte es Julia, ohne sie dabei anzublicken. Dann nahm sie wieder ihren Beobachtungsposten an der Tür ein.

Julia betrachtete ihr Telefon und öffnete die Hülle. Es schien unversehrt, aber sie hatte das Gefühl, ihr Gerät erst einmal ordentlich desinfizieren zu müssen. Mit spitzen Fingern entsperrte sie es. Dann zeigte sie Marcel das Display. „Meine letzte Aktion war dieser Anruf an meinen Mann."

„Das hat nichts zu sagen." Marcel wollte es ihr wieder entreißen, doch Julia wich zurück. „Wagen Sie es nicht!"

„Lass sie doch in Frieden, Marcel", bat Mia schüchtern.

Er fuhr herum. „Und dann bist du wieder halb verrückt vor Angst, wenn du merkst, dass du nicht allein bist, niemals!" Mia verbarg ihr Gesicht hinter ihren Knien.

„Werden Sie denn verfolgt?", erkundigte sich Julia mitfühlend.

Marcel stellte sich vor Mia. „Das geht Sie gar nichts an!"

Julia ließ ihr Handy in ihre Tasche gleiten. „Natürlich nicht", sagte sie abschließend. „Auf Wiedersehen, Mia. – Jessy." Sie ging zur Tür. Jessy begleitete sie hinaus. „Machen Sie sich nichts daraus", sagte sie entschuldigend. „Marcel ist ein Spinner."

Auf der Schwelle zum Hof blieb Julia noch einmal stehen. „Mit diesen Stalking-Geschichten ist nicht zu spaßen. Sie sollten sich Hilfe holen. Die Polizei …"

„O nein, nein! Keine Polizei. Von den Bullen haben wir alle mächtig die Schnauze voll."

„Verstehe. – Wenn Sie trotzdem Hilfe brauchen, wissen Sie mich zu finden. Das Angebot steht noch."

„Welches Angebot?"

„Dass Sie meine Klienten werden." Julia lächelte und reichte Jessy ihre Karte. „Damit genießen Sie dann ganz besonderen Schutz."

*

„Der Chef ist noch unterwegs", bekundete die überaus attraktive Mitarbeiterin im Verkaufsraum des Autohauses. Sie taxierte Julia mit dem Blick eines professionellen Verkäufers. Kaum merkbar schielte sie auf den Kundenparkplatz, mit welchem Wagen Julia hier wohl angekommen war. „Vielleicht kann ich Ihnen weiterhelfen?"

„Wir sind verabredet, Herr Marquart und ich."

Skepsis legte sich in den Blick der Frau. „Das wüsste ich aber", sagte sie kühl. Sie lehnte sich mit lässig verschränkten Armen an den Tresen des Verkaufsraumes. Ihre langen Fingernägel blitzten in der Nachmittagssonne. Julia zeigte ihre Karte, die sie las, aber nicht ergriff. „Anwältin?"

„Ja. Das bin ich." Julia lächelte gelassen. Seitdem ihr Telefon wieder da war, fühlte sie sich sicherer, trotz der vielen offen Fragen. Draußen war ein ohrenbetäubendes Knattern zu hören. Ein Quad fuhr mit Schwung direkt an die Scheiben des Verkaufsraumes heran. Der Fahrer war schlank und im Motorsportdress. Er winkte der Frau zu, bevor er sich anschickte, seinen Helm abzunehmen. Die Frau lächelte Julia an. „Da ist er ja."

Julia sah den jugendlichen Strubbelkopf, der unter dem Helm zum Vorschein kam. „Ich bin mit Kai Marquart verabredet“, stellte sie freundlich klar. „Dem Seniorchef.“

Die Frau wirkte erleichtert. „Das erklärt alles. Bitte folgen Sie mir.“

Sie ging Julia voran in die hinteren Räume des Autohauses, das mit dem Wohnbereich der Familie im Obergeschoss verbunden war. „Kai? Kommst du mal?“, rief die Frau in das Treppenhaus hinauf. „Frau Eisler ist hier für dich.“ Dann nickte sie Julia zu und verschwand wieder in den Verkaufsraum. „Komme!“ Kurz darauf hörte Julia Schritte von oben. Schon kam Kai Marquart die Treppe hinuntergetänzelt, ein drahtiger Mittsechziger. Das Haar war jedoch bereits etwas schütter und an den Schläfen ergraut. Marquart blieb kurz auf der Treppe stehen, als er ihrer ansichtig wurde. „Frau Eisler!“

Julia grüßte ihn, was er mit einem Lächeln quittierte. Dann kam er die restlichen Stufen herunter und reichte ihr die Hand. „Was verschafft mir die Ehre?“

„Ich habe von Hamburger Kollegen einen Rechercheauftrag erhalten“, begann Julia und sah sich nach einem Platz um, an dem sie sich unterhalten konnten. Sein Lächeln erstarb. „Es geht um Marion“, stellte er fest. Er sah ihr fest in die Augen. Trauer im Blick.

„Sie sind nicht überrascht?“

Er schüttelte den Kopf. „Eher, dass es erst jetzt passiert. Kommen Sie. Wir gehen ein paar Schritte.“ Sie liefen den Hausflur entlang zu einer gläsernen Verandatür, die in den Garten führte. Er öffnete ihr die Tür.

„Hier sind wir ungestört“, sagte Marquart und führte sie über einen Kiesweg zu einer verborgenen Sitzecke inmitten eines Rosengartens. Ein paar letzte Blüten verströmten noch ihren Duft in der warmen Herbstsonne des Nachmittages. „Ein wunderschönes Refugium haben Sie sich hier geschaffen“, sagte Julia bewundernd.

„Das ist alles das Werk meiner jetzigen Frau.“ Marquart befreite die Stühle von Laub und Ästen, die der Sturm in den Garten gefegt hatte. Dann holte er Sitzkissen aus einer Truhe hinter der Pergola. „Meine erste Frau hat mich nach der Sache mit Marion am Ende doch verlassen. Bitte, setzen Sie sich.“

„Danke.“ Julia folgte der Aufforderung. „Lebt Ihre erste Frau noch hier in der Gegend?“

„Nein, Kerstin ist vor fünf Jahren gestorben.“

„Das tut mir leid.“

„Schon gut.“ Marquart setzte sich ihr gegenüber.

„Ich staune über Ihren Freimut“, sagte Julia.

Er lächelte bitter. „Wissen Sie ... Es ist alles schon so lange her, aber nie richtig abgeschlossen. Es ist wie eine unbezahlte Rechnung, ein loses Ende.“ Wieder las Julia eine tiefe Traurigkeit in seinen Augen, als er sie anblickte. „Ich habe nie mit jemandem über Marion reden können“, sagte er dann und schlug die Augen nieder. „Als Sie sagten, es handele sich um eine private Angelegenheit, war mein erster Gedanke: Marion. Erst wollte ich Ihnen einen Korb geben, doch dann dachte ich, vielleicht ist es ganz gut so. Vielleicht finde ich so endlich einmal einen Abschluss.“ Er hob den Kopf und sah über Julias Schulter hinweg, als säße die Wahrheit in den letzten Rosenblüten seines Gartens.

„Das kann ich gut verstehen“, sagte Julia. Die Trauer dieses Mannes berührte sie. Sie hatte Wut oder Bitterkeit erwartet, aber nicht diese leise Melancholie. Darunter lag jedoch noch etwas anderes, wie sie deutlich spürte. „War es denn nicht so, dass eigentlich Sie damals Ihre erste Frau verlassen wollten“, nahm Julia diesen ersten Faden auf. „Mit Marion?“

„Das wollte ich“, seufzte Marquart gedankenverloren, ohne den Blick von den Rosen abzuwenden. „Das wollte ich wirklich. Alles andere war mir damals tatsächlich egal. So sehr wollte ich, dass mit dieser Frau, dass mit Marion

…, dass mit uns ein neues Leben beginnt.“ Er wandte seinen Blick wieder zu Julia und lächelte verlegen. „Ich war völlig vernarrt in Marion. Wir waren beide ineinander vernarrt, zumindest glaubte ich das.“

„Was glaubten Sie?“

„Dass Marion mich ebenso liebte wie ich sie.“

„Hatten Sie jemals Zweifel?“

Er nickte. „Ich bekam Zweifel. – Meine Frau, also meine erste Frau, die Kerstin – sie fand das mit der Ticketbuchung heraus. Ich hatte mich wohl auch ziemlich dämlich angestellt. Marion hatte mich gewarnt. Aber … – Mein Gott, ich war so blind!“ Er stockte, um sich zu sortieren. Julia ließ ihm Zeit. Noch immer schienen Kai Marquart diese Ereignisse aufzuwühlen.

„Wie hat Ihre Frau reagiert?“

„Kerstin wusste sofort Bescheid. Sie hatte schon ihre Ahnungen gehabt. Marion hat bei uns im Autohaus gearbeitet, wissen Sie? – Frauen haben dafür wohl ein Gespür, wenn sich da etwas anbahnt.“

Julia dachte an das fremde Parfüm an Pauls Hemd. Mit Mühe verdrängte sie diesen Gedanken wieder, um sich auf Marquarts Erinnerungen zu konzentrieren.

„Kerstin war so kühl und beherrscht“, fuhr Marquart nach einer Weile fort. „Wenn Sie mir eine Szene gemacht, mich angeschrien hätte. Wer weiß … vielleicht wäre ich dann doch mit Marion auf und davon.“

„Sind Sie nicht?“ Jetzt war Julia verblüfft. „Aber die Tickets?“

„Ich habe sie beide Marion gegeben und auch das Geld, was ich für die Reise abgehoben hatte. Das war das Mindeste, was ich tun konnte, nachdem ich sie so enttäuscht hatte.“

Das setzte alles in ein ganz neues Licht. Hatte Marquart dieses Detail den Ermittlern verschwiegen? Julia richtete sich auf und zog ihr Journal hervor. „Wie hat Marion Ihre Absage aufgenommen?“

Er zuckte mit den Achseln. „Ich weiß es nicht. Ich habe ihr einen Umschlag in die Reisetasche gesteckt und dann …“ Erst nach einem tiefen Atemzug fuhr er fort. „Und dann bin ich einfach abgehauen. – Das war feige, werden Sie vielleicht denken.“

Julia hob abwehrend die Hände. „Ich bewerte das überhaupt nicht, kann ich Ihnen versichern. – Hat sich Marion nachher noch einmal bei Ihnen gemeldet?“

„Wenn sie es versucht hat, dann hat sie mich nicht erreicht. Das war Kerstins Bedingung: keinen Kontakt mehr, nicht den allerkleinsten. Ich bin mit meiner Familie nach Hamburg und von dort aus auf eine Fähre nach England. Unser Junge war damals noch nicht in der Schule. Kerstin wollte schon immer einmal nach England. Doch dass es nun gerade während der Herbststürme sein musste …“ Marquart schüttelte betrübt den Kopf. „Wir waren wie auf der Flucht vor Marion. Es war fast so, als hätten Kerstin und Mutter Angst, Marion könnte mich irgendwie verhexen und wieder umstimmen, wenn sie nur noch einmal in Kontakt mit mir käme.“ Er lachte unsicher.

„Ihre Mutter wusste auch Bescheid?“

„Die hat mir gehörig den Kopf gewaschen. Ihr war es zu verdanken, dass wir so kurzfristig unsere Zelte abbrechen konnten für diese sechswöchige Reise. Sie kümmerte sich um das Autohaus. Meine Mutter hat das damals gegründet nach der Wende, wissen Sie?“

Der Stolz des Sohnes. Marquart erschien Julia in diesem Moment wie ein kleiner Junge. Das war also das bombensichere Alibi des Liebhabers, von dem Herzog gestern gesprochen hatte.

Sie klappte ihr Journal zu. „Was, glauben Sie, hat Marion gemacht, als sie den Umschlag fand.“

Er schwieg eine Weile. „Immer wieder habe ich versucht, mir genau das vorzustellen“, sagte er dann mit belegter Stimme. „Sie hat vielleicht ungläubig darauf geschaut aus ihren wundervollen Kristallaugen. Vielleicht hat sie die Tickets zerrissen und ist zum Autohaus gelaufen mitten im Sturm. So war sie. Voller Energie. Wenn sie sich etwas vorgenommen hatte, machte sie es auch. – Mutter behauptete aber immer stur und steif, dass Marion nie beim Autohaus aufgetaucht sei."

Damit verdichtete sich alles wieder um das Haus Krahl. Julia konnte die polizeilichen Ermittlungen von damals immer besser nachvollziehen.

„Halten Sie es für möglich, dass Marion mit einem anderen Mann auf und davon ist?"

„Dass Marion noch lebt?" Er war überrascht. „Niemals! – Sie hätte sich rächen wollen, als wir wieder da waren."

Rache! Ein ganz neuer Aspekt. „Rache wofür?", fragte Julia hellwach.

„Für das, was ich ihr angetan habe, natürlich", wunderte sich Marquart über diese Frage. „Ich habe sie doch einfach sitzen lassen, alles verraten, wofür unsere Liebe stand."

Das verschlug Julia für einen Moment die Sprache. Sie war immer davon ausgegangen, dass sich die Familien der beiden Liebenden verraten fühlen mussten. Doch vielleicht war sie da ja zu spießig. Wieder schlich sich der gallebittere Geschmack auf ihre Zunge.

„Es war für uns alle ein ziemlich unruhiges Weihnachten", erzählte Marquart dann weiter. „Ich war ..., nein wir alle waren ständig auf der Hut vor einem Vergeltungsschlag von Marion."

„Sie meinen, dass Sie Ihr Kaninchen im Kochtopf finden oder so ähnlich?"

„Ja, so ähnlich." Er lächelte über ihren kleinen Scherz. „Irgendeine Sabotage. Zerkratzte Autos, zerstochene Reifen. Telefonterror. Plötzlich im Flur stehen mit dem Messer in der Hand. – All das."

„Klingt wirklich nach einem Horror-Szenario. Das alles haben Sie Marion zugetraut?"

Er sah sie seltsam an. „Ehrlich? – Ja, das haben wir ihr zugetraut. Marion war Engel und Dämon zugleich."

Julia entging nicht, dass er von Marion in der Vergangenheit sprach. In ihr ploppte die Idee einer Familienverschwörung gegen Marion auf. Die Mutter tötet die Geliebte ihres Sohnes, die dessen Familienidylle gefährdet, vertuscht die Spuren und schickt die Familie auf Reisen, damit die ein perfektes Alibi hat. Darüber würde sie morgen zu gern mit dem Kriminaloberkommissar Kruz reden.

„Als nichts davon eintrat, wurde ich misstrauisch", fuhr Marquart indessen fort. „Zu Neujahr habe ich mir meine Crossmaschine geschnappt und bin bei meiner Tour einfach bei dem Krahl vorbei. Er war mit seinen Pferden draußen. Seine beiden Mädels dabei. Wir hatten damals keinen Schnee zum Jahreswechsel. – Keine Marion zu sehen." Er sah Julia an. „Da bin ich einfach rangefahren und habe nach ihr gefragt."

„Und?" Julia glaubte, die Szene an der Winterweide vor sich zu sehen. Den bärenhaften Mann mit seinen riesigen Kaltblütern und den zwei kleinen Mädchen im eisigen Wind. Dann eine Crossmaschine mit einem unbekannten Fahrer, mit Helm und Brille, der sich ihnen nähert. Erkennen sie ihn? Wenn ja, wissen sie, welche Rolle er in ihrem Leben spielt?

„Krahl hat mich komisch angesehen und erst einmal gefragt, wer das wissen will", bestätigte Marquart Julias Vision. „Da habe ich den Helm abgenommen."

„Marions Chef", nickte Julia. „Haben Sie sich da nicht reichlich spät erkundigt nach über sechs Wochen?"

„Acht Wochen und zwei Tage", präzisierte Marquart. „Wenn das den Krahl gewundert hat, hat er sich nichts anmerken lassen. Er hat nur seltsam gelächelt und gesagt, Marion wohne nicht mehr bei ihnen. Und das größere Mädchen hat mich noch angeblafft, dass ihre Mutter weg sei, für immer, und dass sie nicht wiederzukommen brauche."

Das auf jeden Fall entsprach der Wahrheit, dachte Julia. Zumindest die Mädchen glaubten, dass ihre Mutter nur weg sei, nicht tot.

Marquart legte beide Hände flach auf den gusseisernen Gartentisch. Es waren feingliedrige, wohlgeformte Hände, wie die eines Chirurgen oder Pianisten.

„Da wurde mir klar, dass Marion etwas passiert sein musste. Er hatte sie umgebracht oder hielt sie gefangen irgendwo. Am ehesten denke ich, dass er sie vor Wut erschlagen hat. Haben Sie mal seine Pranken gesehen?"

„Das, was von ihnen übrig geblieben ist", sagte Julia.

Er hob die Hände leicht an. „Das mit dem Unfall tut mir natürlich leid. – Doch irgendwie empfinde ich es auch als ausgleichende Gerechtigkeit. Man hat ihm ja nie etwas nachweisen können."

„Sie haben die Polizei alarmiert", ging es Julia auf.

„Ja, das habe ich." Er blickte nun nahezu trotzig. „Ich glaubte, dass ich wenigstens das Marion schuldig wäre."

Julia dachte an das Gespräch mit Herzog gestern. „Wie hat er das mit der Leiche gemacht? Was ist mit Blutspuren? Ich denke, die Polizei hat bei den Krahls alles auf den Kopf gestellt, um nach Spuren von Marion zu suchen."

Er lachte bitter auf. „Ach! Spuren hat man wohl jede Menge gefunden, doch nichts, womit man den Krahl hätte überführen können. Es gab für alle Spuren eine natürliche Erklärung, Nasenbluten zum Beispiel. Das hat Marion tatsächlich ziemlich oft gehabt, auch bei der Arbeit. Krahl hat sich jedenfalls bei allem herausgeredet. Es war das perfekte Verbrechen."

„Angenommen, Sie irren sich und Marion ist doch noch am Leben, wo würden Sie sie vermuten?"

„Ich irre mich nicht", erwiderte Marquart kopfschüttelnd. „Wenn Marion noch lebte, wüsste ich es."

„Hier steckst du! – Oh, Entschuldigung." Der blonde Wuschelkopf von vorhin war unversehens zu ihnen herangetreten. Er musste über den Rasen gelaufen sein, denn Julia hatte keine Schritte auf dem Kiesweg gehört.

„Mein Sohn Robert“, sagte Marquart. „Robert, das ist Frau Eisler, eine Kundin.“ Robert begrüßte sie überrascht und warf seinem Vater einen fragenden Blick zu. „Sie ist auch Anwältin“, rechtfertigte der Julias Anwesenheit im Rosengarten. Beziehungen zu Frauen waren offensichtlich immer noch ein Grund für Misstrauen in dieser Familie.

„Sie wollte etwas von mir wissen.“

Der junge Mann nickte, auch wenn er nicht restlos überzeugt schien. „Ich wollte nur fragen, ob du noch mal mit dem Quad raus willst. Sonst stelle ich es unter.“

„Nein. Ich drehe dann noch eine Runde, bevor es dunkel wird.“

„Du musst aufpassen wegen der Äste“, sagte Robert. „Der Sturm hat stellenweise ganz schön gewütet.“

„Schon gut, Junge“, winkte Marquart ab. Er erhob sich. Julia tat es ihm gleich. Mehr würde sie hier und heute nicht erfahren. „Danke für Ihre Zeit und Ihre Aufrichtigkeit“, sagte Julia, als sie sich zum Abschied die Hand reichten.

„Jederzeit wieder.“ Sein Lächeln war aufrichtig, auch wenn seine Augen noch voller Trauer waren. „Es hat mir gutgetan, endlich mal wieder von Marion zu sprechen. – Sie informieren mich doch, wenn Sie etwas herausgefunden haben?“

Julia erwiderte sein Lächeln. „Sie meinen, falls Sie sich doch geirrt haben?“

Er lachte trostlos und ließ ihre Hand fallen. „Ja, auch dann.“

11. Kapitel

Sag ichs euch, geliebte Bäume?
Die ich ahndevoll gepflanzt,
Als die wunderbarsten Träume
Morgenrötlich mich umtanzt.
Ach, ihr wisst es, wie ich liebe,
Die so schön mich wiederliebt,
Die den reinsten meiner Triebe
Mir noch reiner wiedergibt.

– Johann Wolfgang von Goethe, Sag ichs euch, geliebte Bäume

Zu Hause erwartete Julia eine Überraschung. „Stell dir vor, deine Eltern kommen schon Freitag wieder nach Hause“, rief ihr Trude entgegen, kaum dass Julia aus dem Wagen gestiegen war. Julias Herz machte einen kleinen Satz. Freude flutete auf, die jedoch sofort wieder von der Bitterkeit des schlechten Gewissens gedämpft wurde. Auch wenn ihre Mutter ihr erklärt hatte, dass Frieden zwischen ihnen sei, bevor sie auf die lange Reise gingen. Unter ihrer dünnen christlichen Hülle war Mutter Milla abergläubisch wie ein Kräuterweib. So hatten alle ihre Kinder ihren Segen vor der Abreise erhalten, verstritten oder nicht. Julia jedoch spürte die Distanz bei Milla, wann immer sie einmal am Telefon oder per Videoanruf miteinander sprachen. Es lag ihr auf der Seele wie ein dunkler Mantel. Besonders weil sie wusste, dass sie sich heute nicht anders verhalten könnte.

„Was war denn los zwischen dir und deiner Mutter“, wollte Tilda wissen, als Julia später Sophia bei ihr abholte. Sie saßen in der großen Landhausküche. Der Wind war ruppig geworden, dunkle Wolken, aus denen jedoch kein Regen fiel, ließen die Dämmerung früher hereinbrechen. Tilda hatte Apfelpunsch gebraut und die Lavendelkerze entzündet. Sie duftete mit dem Punsch um die Wette, flankiert vom köstlichen Geruch frisch gebackenen Apfelkuchens. Julia spürte, wie ihr Magen knurrte. Doch Tildas Frage wollte ihr gleich den Appetit verderben. „Es ging um Sophia", erklärte Julia dürr. „Meine Mutter kann ziemlich bestimmend sein, wenn es um ihre Ansichten von Kindererziehung geht."

„Also, manchmal könnt ihr von euren Müttern auch Rat annehmen", mischte sich Sabine ein, die an der Spüle stand und das Kaffeegeschirr aus dem Krankenzimmer abwusch. Sie drehte sich mit hochgezogenen Augenbrauen zu Tilda um.

„Ach, Mutti", winkte die ab und wandte sich lieber wieder an Julia. „Wie meinst du das? Hat sie sich zu sehr eingemischt?" Tilda warf einen provozierenden Blick zu ihrer Mutter, die den kopfschüttelnd quittierte. „Du verwechselst Mitfürsorge mit Einmischung. Wir Großmütter sind nun mal die großen Mütter, findet ihr das nicht auch nützlich und hilfreich?"

„Sogar sehr", sagte Julia. „Wenn es nur das gewesen wäre. Aber Mutter Milla gab mir bei allem Rat vor allem das Gefühl, nicht genug zu sein und als Mutter zu versagen."

Sabine schenkte ihr einen langen mitfühlenden Blick. „Kann es sein, dass es deine eigenen Gefühle sind, die du auf deine Mutter übertragen hast."

Julia errötete ertappt. Nach dem Rückzug ihrer Mutter war das Gefühl des Versagens und der Unzulänglichkeit geblieben. Ständig musste sie damit ringen, nicht wieder in die alten Ängste abzurutschen. „Wenn ihr Mutter Milla kennenlernt, werdet ihr mich verstehen", sagte sie trotzdem. „Aber ich bin froh, dass ich nun endlich die Chance auf Versöhnung habe."

„Das kann ich gut verstehen", sagte Sabine und ging mit dem Geschirr hinaus. An der Tür traf sie auf Fred, der gerade mit Takeshi von einem Rundgang über die Felder zurückkam. „Mhm, hier duftet es ja lecker. Habt ihr noch Kuchen?"

„Aber klar doch", rief Tilda glücklich. „Du auch, Julia?"

Bei Kuchen und Apfelpunsch erzählte Julia, wie sie wieder zu ihrem Handy gekommen war, während die Kinder friedlich unter dem Tisch eine Bude bauten. Fred musste Mast spielen und durfte seine langen Beine nicht bewegen. Takeshi döste auf seinem Kissen in der Ecke. Ein so friedlicher Moment, dass Julia selbst der Angriff dieses Marcel plötzlich so lächerlich vorkam, dass sie ihn als Witz erzählte.

Fred jedoch lachte nicht. „Mag sein, dass der Typ etwas paranoid ist, aber prinzipiell hat er recht mit seinem Misstrauen."

„Na, höre mal", protestierte seine Schwester. „Er bezichtigt Julia als Dank für ihre Hilfe der Spionage!"

„Ihr seid alle viel zu leichtsinnig."

Julia holte das geliehene Handy aus ihrer Tasche. „Danke fürs Borgen."

„Nein, bitte! Behalte es", wehrte Fred ab. „Ich brauche es nicht. Aber du vielleicht, wenn du dein Diensthandy mal nicht benutzen willst."

„Aber das kann ich doch nicht annehmen! Sag, was du dafür bekommst."

„Doch, das kannst du ruhig annehmen", mischte sich Tilda ein. „Fred ist reich wie Krösus. Er hat eine App entwickelt, die freie Parkplätze findet."

„Und eine Hundetracking-App", ergänzte Fred grinsend. „Takeshi", er wies auf seinen schlafenden Hund, der sofort die Ohren spitzte, „ist mir nämlich früher immer ausgerissen. Sein erster Halter war ein alter Mann, der ins Pflegeheim musste. Da wusste ich ihn ja zu finden. Aber dann musste der Mann ins Krankenhaus und ist dann auch verstorben." Takeshi richtete sich auf und kam herüber.

„Du bist halt eine treue Seele, was Takeshi?“ Er kraulte den Hund am Hals. „Jedenfalls hat er jetzt einen Chip im Ohr, auch für den Fall, dass mir mal jemand meinen Hund entführt.“

„Du darfst nicht wackeln“, beschwerte sich Sophia unter dem Tisch. Bennie kicherte.

„Ist ja gut, ist ja gut“, versicherte Fred ausgelassen. „Übrigens könntest du das bei Phi auch machen.“

„Was? Einen Chip ins Ohr setzen? Du scherzt doch wohl.“ Julia prustete vor Lachen, was Fred nicht einen Moment aus dem Konzept brachte. „Natürlich nicht implantiert, aber vielleicht in einem Ohrring oder in einem Halskettchen versteckt. Dann weißt du immer, wo sich deine Tochter gerade befindet.“

Das klang interessant. Zumindest für den Teil von Julias inneren Ratgebern, der sich den Schutz von Sophia um jeden Preis auf die Fahnen geschrieben hatte. Die anderen Stimmen verhallten ungehört. „Und wie funktioniert das?“

Jetzt wurde Fred eifrig. Er holte sein eigenes Handy heraus und demonstrierte es Julia. „Hier kannst du auch ein Foto von deinem Tier einstellen, also das würde ich dir bei Sophia natürlich nicht empfehlen, höchstens einen Avatar. Aber bei den Hunden kannst du das Foto dann gleich mit der letzten Positionsangabe ins Netz stellen und um Mithilfe bitten, wenn dein Hund verloren gegangen ist.“

„Wollt ihr nicht erst einmal euren Kuchen essen“, ließ sich Tilda ungeduldig vernehmen. „Bevor ihr hier mit diesen ganzen Apps die totale Kontrolle übernehmt?“

Diese Worte erweckten die skeptischen Stimmen in Julia. Wäre Sophia dann nicht wirklich unter totaler Kontrolle, nicht einen Augenblick aus der Reichweite ihrer Mutter. Ein Albtraum für jedes Kind, wenn Julia an ihre eigene Kindheit in Finkendörfel dachte, die weit vor all diesen technischen Möglichkeiten gelegen hatte. Julia lehnte sich zurück. „Danke, Fred. Das überlege ich mir noch mal.“

Ihr neues Telefon summte. Eine Nachricht von Paul.

„Wird zu spät heute“, las Julia. „Ich bleibe in der Dienstwohnung. Küss die Kleine. Paul“

Da war er wieder der gallebittere Geschmack. „Schade“, schrieb sie zurück. Sie setzte keinen Gruß darunter.

„Schlechte Neuigkeiten“, erkundigte sich Tilda, der Julias Gesichtsausdruck nicht verborgen geblieben war.

„Paul bleibt heute in Dresden. Zu viel zu tun.“

„Papa?“ Sophia kam aus der Bude unter dem Tisch gekrabbelt. Takeshi beschnupperte sie kurz und hechelte fröhlich. Julia nahm ihre Tochter auf den Schoß und gab ihr einen Kuss. „Papa muss heute arbeiten. Da machen wir uns einen schönen Geschichtenabend, was meinst du?“

„Papa soll kommen“, nörgelte Phi.

„Möchtest du vom Apfelkuchen?“

*

Julia hatte den Laptop mit nach oben genommen, um in dem kleinen Kabinett neben dem Kinderzimmer noch etwas zu arbeiten. Es hatte lange gedauert, bis Phi eingeschlafen war. Schon hatte Julia ihre bewährte Einschlafrunde in Erwägung gezogen, doch Krankenwagen und Feuerwehr brausten schon den ganzen Abend durch den Ort. Ihr Notsignal war es, das Sophia beunruhigt hatte. Mit einiger Mühe war es Julia gelungen, all das in eine Geschichte zu verpacken. Sie erzählte Sophia von einem Kind, dass auf die Welt kommt, viel zu früh, weil es das Baby gar nicht habe erwarten können, all das Schöne zu sehen, was der Engel ihr von der Erde erzählt hatte. Nun war es mit seiner Mama mitten im Wald gelandet und musste erst einmal gerettet werden. Damit gab sich Sophia schließlich zufrieden. Sie murmelte noch etwas davon, dass die beiden sich vor der Hexe in Acht nehmen müssten, und schlief endlich ein.

Julia ließ das Nachtlicht an und die Kinderzimmertür offen. Es hatte ganz leicht zu regnen begonnen. Die Tropfen waren die Begleitmusik für Julias letzte Arbeitseinheit für den heutigen Tag.

Sie sah ihre E-Mails durch. Die Trögerin hatte sie sprechen wollen und bat um Rückruf, da sie Julia telefonisch nicht erreicht hatte. Nun war es dafür zu spät. Julia schickte der Anwaltssekretärin eine kurze Nachricht dazu und das Versprechen, sich gleich am Morgen bei ihr zu melden. Seltsam erschien ihr, dass die Trögerin sich über den Grund ihres Anrufes ausschwieg. Hoffentlich wollte sie nicht wieder kündigen, mehr als einmal hatte Julia die Wogen zwischen ihr und dem Specht glätten müssen.

Eine weitere Nachricht war die der Polizeidirektion Görlitz, die ihr den Termin mit Kriminaloberkommissar Kruz für Dienstag, 11 Uhr bestätigte. Vielleicht konnte sie Sophia so lange bei der Trögerin lassen. Die Kleine würde mittags sicherlich müde sein. Sie wollte bei Kruz nicht mit einem weinenden Kind auf dem Arm zum Gespräch erscheinen. Mutter Milla wäre jetzt genau die Richtige, schoss es Julia ein. Sie seufzte und schickte der Trögerin gleich noch eine Nachricht auf deren Privathandy, dass sie vormittags mit Sophia in der Kanzlei auftauchen würde.

Sie sah, dass Paul ihr auf ihre kurze Nachricht geantwortet hatte. „Alles in Ordnung?"

Wütend tippte sie ein „Nein" ein. Immerhin hatte er es bemerkt. Dieser …

Es läutete an der Wohnungstür. Julia sah auf die Uhr. Schon nach neun. Ein weiterer Notfall? Sie schaute kurz nach ihrem Kind. Sophia schlief friedlich mit Herrn Hase an ihrer Wange. Julia küsste sie ganz zart, als es zum zweiten Mal klingelte. In Strümpfen lief Julia die Treppe hinunter und durch den Flur zur Haustür. Ihre Verblüffung war groß, als sie Dennis Czerny im Schein der Hauslampe erkannte. Er trug Laufsachen und einen vor Nässe triefenden Windbreaker. „Julia! Was bin ich froh, dich zu sehen!“

„Ja …“, stammelte Julia verdattert. „Und warum? – Komm erst mal rein, du bist ja völlig durchnässt.“ Sie machte ihm Platz. Nach kurzem Zögern trat er ein. Er schüttelte sich vorher die Regentropfen ab. „Wie Takeshi!“ Julia musste lachen.

„Wie wer?“

„Der Hund unseres Nachbarn. Warst du etwa laufen bei diesem Wetter?“

„Ich laufe bei jedem Wetter“, bekannte Dennis und schlüpfte aus seinen Laufschuhen. „Außer bei Sturm.“

„Kluger Mann. Und warum bist du nun so froh, mich zu sehen?“ Sie ging ihm voran in die Wohnküche hinter der Schiebetür am Ende des Flures. Dort wartete sie auf ihn und ließ ihn eintreten. „Danke.“ Ein Duft nach feuchtem Laub und frischer Herbstluft umwehte ihn.

Drinnen blieb er stehen und sah sich um. „Schön habt ihr es hier.“ Erst dann sah er sie eindringlich an und gab ihr endlich eine Antwort. „Ich bin heute Abend die Straße bei der Kaltbach gelaufen“, erklärte er. „Nach dem Sturm vom Wochenende habe ich mich noch nicht in die Wälder getraut.“ Julia nickte anerkennend. „Willst du dich nicht setzen? Kann ich dir etwas anbieten? Ein Glas Wein vielleicht?“

Dennis lächelte das Grübchen in seine Wange. „Wenn du mich so fragst, ja, gerne.“

„Ich habe oben am Kaltenborn im Wald Blaulicht blitzen sehen“, fuhr er dann fort.

„Ich war da erst neulich mit Sophia bei unserer Runde“, meinte Julia nachdenklich. „Du kennst den Kaltenborn?“

„Ich kenne die ganze Gegend“, beteuerte Dennis nicht ohne einen Anflug von Stolz. „Schließlich bin ich ein Läufer.“ Er hielt sein Telefon hoch.

„Ah! Noch so eine App.“

Er nickte begeistert. „Jedenfalls sah ich da oben das Großaufgebot von Rettungskräften mitten im Wald."

„Wir haben die Martinshörner gehört", sagte Julia und stellte zwei Gläser auf den Tisch. „Ist dir Weißwein recht?"

„Ja, natürlich."

„Und was hat das alles mit mir zu tun?", fragte sie, während sie zum Kühlschrank ging, um den Wein zu holen.

„Ich dachte, du wärst jetzt abends auch noch laufen gewesen und bist vielleicht ..." Er vollendete den Satz nicht. Julia war gerührt. Sie goss ihnen vom Wein ein. „Ist ja süß von dir", murmelte sie errötend.

„Nein. Ich glaube, das war eher blöd von mir. Ich hätte es besser wissen müssen. Entschuldige."

Sie stießen an. Der Klang der Gläser erinnerte Julia an das letzte Abendessen mit Paul nach seiner Rückkehr aus Wien. Damals ahnte sie noch nichts von diesem fremden Geruch, den ihr Ehemann von seiner Reise mitgebracht hatte. „Das ist alles andere als blöd, Dennis", sagte sie darum und nahm einen tiefen Zug aus ihrem Glas. „Ist doch schön, wenn sich einer um mich Sorgen macht." Sie lächelte ihn an. Er nickte ihr zu, trank auch von seinem Wein und sah allerliebst verlegen dabei aus.

„Hast du denn dein Handy wiedergefunden?", fragte er dann.

„Es hat sich wiedergefunden", korrigierte Julia sachlich und dann erzählte sie auch ihm die ganze Geschichte vom plötzlich aufgetauchten Telefon und Marcels Anschuldigungen. „Arme Mia", schloss Julia dann hitzig. „Sich von so einem Typen schikanieren zu lassen!"

„Hattest du diesen Eindruck?"

„Einen Moment lang schon. Er spielt sich als ihr Beschützer auf, aber wenn du mich fragst, will er sie nur kontrollieren."

„Nun, da ist ja zum Glück noch Jessy Krahl", sagte Dennis amüsiert über ihre Erregung.

„O ja! Jessy ist …“

„Mama?“, klagte Sophias Stimmchen von oben.

Sofort stellte Julia ihr Glas ab. „Ich komme, Phi.“

„Ich mache mich wieder auf den Weg“, sagte Dennis und erhob sich. Julia war schon an der Tür. „Soll ich dich nicht schnell heimfahren? Mit den nassen Klamotten jetzt wieder raus ist vielleicht keine so gute Idee.“

„Ich halte schon etwas ab.“

„Mama!“

„Ich komme!“ Sie wandte sich noch einmal an Dennis. „Warte nur einen Augenblick, ich hole Phi und dann fahre ich dich rüber nach Eckertswalde.“

„Ach, lass nur …“

Julia ließ keinen Widerspruch zu. „Wir machen das oft, wenn Phi nicht einschlafen kann“, rief sie, während sie die Treppe hinaufeilte und dabei zwei Stufen auf einmal nahm. „Sie schläft sogar am liebsten im Auto ein, stimmts, Phi?“

Wenig später stand sie mit der verschlafenen Phi über der Schulter wieder vor ihm. Phi nuckelte am Daumen und schaute Dennis an wie eine Traumwandlerin. Herr Hase fiel ihr aus dem Arm, den sie um den Hals ihrer Mutter gelegt hatte. „Oh!“ Dennis hob ihn schnell auf und reichte ihn dem Mädchen, das sich jedoch von ihm wegdrehte.

„Herr Hase!“, rief Julia. „Bringe ihn bitte mit. Ohne ihn geht Sophia neuerdings nicht mehr aus dem Haus.“ Sie lachte. Es klang etwas schrill. „Ich hole nur schnell das Auto.“

*

Es war bereits nach elf, als sie wieder auf den Hof fuhr. Vorsichtig trug sie die schlafende Phi ins Haus zurück. Sie nahm Zigarettengeruch wahr. Rasch drehte sie sich um.

Beim Haus der Hellers gegenüber stand wieder Kapuzen-Fred und ließ mit einem nächsten Zug die Glut seiner Zigarette aufglimmen, bevor er sie auf den Boden fallen ließ und austrat.

Erneut beschlich Julia ein unheimliches Gefühl bei diesem nächtlichen Fred. Er schien so gänzlich verschieden von dem hilfsbereiten, klugen Nerd, als der ihr Fred des Tages begegnete.

Voll wirbelnder Gedanken und unklarer Gefühle trug Julia ihre schlafende Tochter hinauf in das Bett. Bevor Dennis ausgestiegen war, hatten sie noch lange geredet. Julia fühlte sich erfrischt, geradezu euphorisiert. Dennis rührte etwas in ihr an, was sie längst verloren geglaubt hatte.

Sie räumte ihre halb vollen Gläser weg. Ihres trank sie aus. Nach einem kurzen Zögern auch das seine. Es war wie ein Kuss. Verboten. Sie schüttelte den Kopf über sich und stellte die Gläser in den Spüler.

Auf dem Tisch lagen noch ihre beiden Telefone. Auf dem Diensttelefon war nur der Bescheid von der Trögerin, dass Sophia morgen gern bei ihr bleiben dürfe. Sie würde für die Zeit zu den Veits in die Wohnung ins Homeoffice gehen. Sie hatte es sowieso übernommen, dort nach dem Rechten zu sehen, bis Julias Eltern von ihrer Weltreise zurückkehrten. Julia war zufrieden. Dann checkte sie das neue Geheimtelefon, wie sie es für sich getauft hatte. Darauf waren jede Menge Nachrichten von Paul zu lesen. Er hatte wohl mehrfach versucht, sie anzurufen. Julia drückte den Rückruf. Paul war sofort dran. „Sag mal, gehst du auch mal an dein Telefon?"

„Ich hatte es leise gestellt", sagte Julia. „Wegen Phi." Das war nicht einmal gelogen. Trotzdem kam es ihr wie eine Ausrede vor. Sie wartete. Hörte Paul spürbar ausatmen. Dann legte er los. „Also, was ist nicht in Ordnung?"

Nur einen Moment zögerte Julia, dann entschloss sie sich, ganz offen zu sein. „Als ich heute Morgen deine

Hemden in die Waschmaschine warf, stieg mir ein verräterischer Geruch fremden Parfüms in die Nase." Sie machte eine bedeutungsvolle Pause. „Wer kommt dir so nah, dass ich es riechen kann? Erklär mir das mal bitte!"

Paul schwieg eine Weile, ob aus Verblüffung oder weil er sich eine Ausrede ausdenken musste, konnte Julia nicht ausmachen. „Wie kommt fremdes Parfüm an meine Hemden", wiederholte er dann langsam.

„Du brauchst gar nicht auf Zeit zu spielen", fuhr ihn Julia an. „Du weißt, warum. Ich sage nur: Alicia!"

„Ich spiele nicht auf Zeit", brummelte Paul, „ich überlege … Ah! Jetzt weiß ich es wieder: Wir mussten nach unserem Kneipenbummel eine Kollegin zu ihrem Zimmer schaffen. Sie war nicht mehr ganz sicher auf den Füßen."

„Zu ihrem Zimmer? Wohl eher auf ihr Zimmer!"

„Vertrau mir doch mal! Die Gute war sturzbetrunken. Frag Falk, der war dabei."

„Dein lieber Herr Kollege wird mir natürlich all das bestätigen, was soll ich da schon fragen."

Paul stöhnte. „Du glaubst mir nicht! – Was soll ich da machen? Ich kann dir nur versichern, dass ich nichts mit einer anderen Frau hatte."

Irgendetwas sagte Julia, dass Paul die Wahrheit sprach. Sie kannte ihn nun schon ihr halbes Leben. Er war ihr vertraut wie kein zweiter Mensch. „Ich will dir glauben", sagte sie also mit einem Seufzen.

„Das nächste Mal kommst du mit", schlug Paul erleichtert vor. „Da kann Phi mal bei deinen Eltern bleiben. Es waren einige Kollegen mit Partner da."

Hauptsache auch mit dem angetrauten Partner, dachte Julia bissig. Doch sie war bereits besänftigt. „Wir werden sehen. – Wie ist es gelaufen auf der Arbeit?"

„Ach, ganz gut. Und bei dir? Hast du dein Handy wieder?"

So erzählte Julia erneut die Geschichte. Sie spürte, dass sie diese mit jedem Mal etwas heiterer ausschmückte. Letztendlich käme vielleicht noch eine Anekdote heraus.

Als sie sich verabschiedeten, war es kurz vor Mitternacht. Julia nahm sich Journal und Telefone und stieg die Treppe hinauf zu ihren Schlafzimmern. Phi schlief friedlich. Im Kabinett unter dem Schrägdach war ihr Laptop noch an. Sie klappte ihn nur zu. Normalerweise plante sie vor dem Zubettgehen ihren nächsten Tag. Heute jedoch war sie zu müde dafür, müde und aufgekratzt zugleich. Als sie endlich in ihr Kopfkissen sank und die Augen schloss, glaubte sie, auf einem Karussell zu drehen mit kreischender Leierkastenmusik dazu. Vor ihr auf einem tanzenden Spielzeug-Hasen saß Dennis und winkte ihr zu. Sie spürte, dass Paul auch da sein müsste in diesem Traum, doch sie konnte ihn nicht sehen. Dafür erblickte sie Fred, der mit von der Kapuze verdunkeltem Gesicht neben dem Karussell stand wie ein düsterer Racheengel.

Julia schreckte auf. Rache! Was, wenn das Motiv ihrer unbekannten Auftraggeber alles andere als altruistisch war, sondern schnöde Rachegelüste dahintersteckten? Sie knipste die Leselampe an und griff nach ihrem Journal. Dann setzte sie sich auf, das Kopfkissen im Rücken. Wenn Rache diesen Auftrag ausgelöst hatte, konnte sie sicher sein, dass ihre anfängliche Skepsis sehr wohl berechtigt gewesen war. Wer kam alles infrage, sich an den Krahls und oder Marion zu rächen? Oder war es gar Marion selbst? Das war eher unwahrscheinlich. Julia strich diese Möglichkeit wieder durch. Dann jedoch schrieb sie auch Marion wieder auf ihre Liste. Nichts von vornherein ausklammern.

Wer könnte es noch sein, der so viel Aufwand betrieb, nach einer untreuen Ehefrau zu fahnden, die vor siebzehn Jahren verschwunden war? Könnte es vielleicht eine Geheimloge von Gerechtigkeitsfanatikern sein? Julia hatte mal einen Film dazu gesehen. Sie ließ auch diese fantastische

Möglichkeit auf der Liste stehen. Gesiebt werden konnte später immer noch. Die naheliegende Möglichkeit war jedoch ein unbekannter Verwandter aus Marions Herkunftsfamilie, der sich vielleicht an den Krahls rächen oder sie wirklich einfach nur finden wollte. Das wäre dann kein Rachemotiv. Dafür käme schon eher ein enttäuschter Liebhaber infrage. Vielleicht Mias leiblicher Vater?

Wie käme Julia da an weitere Informationen heran? Sie würde sich morgen mit der Trögerin beraten. Oder gar den Kruz fragen? Oder Herzog noch einmal aufsuchen, aber der war schon zu lange aus dem Rennen. Sie schrieb all das in ihr Journal. Dann machte sie sich doch noch ihre Liste für den nächsten Tag, der bereits angebrochen war. Nachdem all das erledigt war und das Licht gelöscht, kam Julia noch lange nicht zur Ruhe. Die Ereignisse des Tages kreiselten ihr durch den Kopf. Vor allem ihre Reaktion auf Dennis beunruhigte sie. Wo schlitterte sie da hinein? Sie musste höllisch aufpassen. Doch es war gleichsam unglaublich erregend.

Schließlich fiel Julia in einen unruhigen Schlummer, aus dem sie Sophias heftiges Weinen und ihre verzweifelten Rufe weckten. „Mama!"

Herr Hase war verschwunden.

12. Kapitel

Die Welt mit ihrem Gram und Glücke
Will ich, ein Pilger, frohbereit,
Betreten nur wie eine Brücke
Zu Dir, Herr, übern Strom der Zeit.

Und buhlt mein Lied, auf Weltgunst lauernd,
Um schnöden Sold der Eitelkeit:

Zerschlag mein Saitenspiel, und schauernd
Schweig' ich vor Dir in Ewigkeit.

– Joseph von Eichendorff, Morgengebet

Nur eine halbe Stunde später glaubte Julia, ihr platze gleich der Kopf. Sophia war nicht zu beruhigen. „Ich schaue gleich im Auto nach, Phi. Lass mich wenigstens etwas anziehen."

Sie hatten bereits die Treppe und den Flur nach Herrn Hase abgesucht. Da stand Ella-Ma plötzlich in der Tür. „Wo warst du denn noch so spät in der Nacht?"

„Ich habe Czerny nach Hause gebracht." Julia ärgerte sich, dass sie so schnell keine Ausflüchte gefunden hatte. „Es hatte geregnet."

Misstrauisch trat Ella-Ma näher. Julia spürte, wie ihr Hinterkopf brannte von den Blicken ihrer Großmutter. „Und was wollte der junge Herr Doktor noch so spät am Abend hier?"

Julia drehte sich um. „Er hat sich halt Sorgen gemacht."

„Sorgen?" Ella-Mas Augenbrauen schnellten in die Höhe. „Um dich? Wie kommt er dazu?"

„Oma!“ Julia mühte sich in ihre Sportjacke, die sie als Erstes von der Garderobe zu greifen bekommen hatte. „Die reine Nächstenliebe, wirklich. Ich …“ Die Klingel rettete sie. Julia eilte zur Tür, schloss auf und vor ihr stand mit reumütiger Miene Dennis Czerny mit Herrn Hase in der Hand. „Tut mir leid! Der steckte noch in meiner Jacke. – Oh! Guten Morgen.“ Ella-Ma war mit verschränkten Armen neben Julia getreten. Sie erwiderte den Gruß mit einem verkniffenen Murmeln. Erleichtert riss Julia Dennis den Hasen aus der Hand. „Bloß gut“, rief sie übertrieben enthusiastisch. „Hier war bereits der Notstand ausgerufen worden nach der Verlustmeldung. Ich danke dir!“

„Gern geschehen. Einen guten Tag allen miteinander.“ Er lächelte besonders Ella-Ma an und wandte sich zum Gehen. Auf der unteren Stufe blieb er noch einmal stehen. „Übrigens hat es gestern Abend wirklich einen schlimmen Unfall gegeben im Wald“, sagte er zu ihnen. „Mit einem Quad. Der Fahrer soll tot sein.“

Julia erbleichte. Eine böse Ahnung begann in ihr zu klopfen. „Weißt du schon, wer es ist?“, fragte sie.

„Nein“, erwiderte Dennis mit Bedauern. „Doch der Dorf-Funk wird es bald zu berichten wissen.“ Noch einmal nickte er ihnen zu, dann war er weg.

„Und?“, fragte Ella-Ma scharf. „Willst du deiner Tochter nicht endlich diesen Hasen bringen?“

Julia stieß Luft aus. „Oma!“, sagte sie noch einmal entschieden. „Denke dir hier keine Sachen aus, hörst du? Du bist ja schlimmer als Mutter Milla.“

Das hatte gesessen. Mit ihrer Schwiegertochter verglichen zu werden war so ziemlich das Letzte, was Ella-Ma zugemutet werden durfte. Gekränkt lief sie zur Treppe. „Pass auf dich auf, mein Kind“, sagte sie noch ernst.

Julia winkte ihr mit Herrn Hase hinterher. Sie fühlte sich gemaßregelt wie ein Schulmädchen. Doch konnte sie ihrer geliebten Großmutter niemals böse sein. Wenn sie sich

Sorgen machte, dann völlig vergebens, dachte sich Julia und lief in die Küche zurück. „Herr Hase ist da!"

*

Wie versteinert saß Mia am Küchentisch. „Sag bitte, dass das nicht wahr ist." Sie hatte Tränen der Angst in den Augen. „Das geht doch gar nicht. Marcel! Du hast doch gesagt, dass keiner an die neuen Handys rankommt. Wie schafft der das nur?"

Marcel zuckte mit den Schultern. Er war nervös. Seine dünnen Beine wippten in schneller Frequenz. „Ich weiß nicht", bekannte er murmelnd. „Ich war mir so sicher."

„Hast du denn mal dein Handy liegen lassen irgendwo?"

„Bist du verrückt?", fuhr er sie an. „Das machst doch höchstens du immer wieder!"

„In der Gruppe sind keine Handys erlaubt", rechtfertigte sich Mia schwach. Sie fühlte sich schuldig. Marcel winkte ab. Das Wippen wurde stärker. „So eine Scheiße! So eine verdammte Scheiße", murmelte er immer wieder.

„Was ist scheiße?" Jessy kam mit Reg in die Küche, wo der Hund nach kurzem Blickkontakt zu ihr sofort zu seinen Fressnäpfen strebte und sich über das Trockenfutter hermachte. Jessy öffnete eine Dose Nassfutter und leerte sie in den zweiten Napf. Sie ließ Marcel dabei nicht aus den Augen. „Na, los! Raus mit der Sprache. Was hast du denn jetzt schon wieder vermasselt."

„Aber Marcel doch nicht, Jessy", rief Mia zu seiner Verteidigung. „Jemand hat sein Handy gehackt oder seinen Computer. Schau nur!"

In der Ecke der Küche beim Durchgang zur Speisekammer stapelten sich Kisten. „Alles Sachen, die ich nicht bestellt habe", brummte Marcel verdrießlich. „Auch noch postlagernd bis heute."

„Puppen!“ Jessy lachte rau, als sie die ungewollten Lieferungen besichtigte. „Puppen, Deko und Sexspielzeug? Das ist also deine heimliche Leidenschaft?“

Mia fröstelte. „Lass ihn doch einmal in Ruhe, Jessy! – Das ist eine ernste Sache. Marcels Konto ist gesperrt, weil irgendjemand total viel abgebucht und bezahlt hat mit seiner Karte.“

Jetzt wurde auch Jessy ernst. „Wie kommt jemand an dein Konto?“ Sie öffnete den Kühlschrank und nahm sich den Krug mit Limonade heraus. Marcel breitete in übertriebener Geste seine Arme aus. „Das können wir uns eben nicht erklären“, antwortete Mia statt seiner. „Es macht mir Angst, Jessy.“

„Ja, das soll es bestimmt auch“, sagte Jessy, während sie sich ein Glas von der Limonade einschenkte. „Was wollt ihr jetzt machen?“

Marcel zuckte mit den Achseln. „Ich brauche erst mal etwas Kohle“, sagte er dumpf. „Muss die Werkstatt bezahlen. Das war vielleicht peinlich, als ich da heute dastand wie …“

„Du willst Geld?“ Jessy sah alarmiert aus.

Er warf ihr einen unruhigen Blick zu. „So sieht es aus, ja.“ Dann flackerten seine Augen zu Mia hinüber. „Siehst du?“, zischte er sie an. „Das habe ich dir ja gleich gesagt.“

„Geld von wem? Von mir? Von Mia?“ Jessy hatte ihren gewaltigen Körper gegen die Lehne des Küchenstuhles geworfen, sodass der bedenklich knackte. „Hast du denn keine eigene Familie, die dir diesen Mist hier bezahlt?“ Wütend zeigte sie auf den Stapel mit Kisten und Paketen.

„Hat er eben nicht“, rief Mia. „Wir kriegen das Geld doch wieder, wenn die Rücksendungen erstattet sind. Das ist doch nur vorrübergehend, Jessy.“

Entschieden schüttelte Jessy den Kopf. „Wenn du so gutgläubig bist, von mir aus. Ich bin raus aus der Nummer. Und Vaters Geld ist tabu, nur damit du es weißt, meine Süße!“

„Nenn mich nicht Süße", kreischte Mia. Sie war aufgesprungen. „Ich bin überhaupt keine Süße und schon gar nicht deine! Ich bin niemandes Süße!" Sie hatte sich in ein schrilles Crescendo gesteigert und brach darauf weinend auf dem Boden zusammen. Betroffen sahen Jessy und Marcel auf Mia, um sich gleich danach ein Du-bist-schuld-Blickduell zu liefern, was Marcel schließlich abbrach. Er beugte sich hinunter zu Mia und nötigte sie mit beruhigenden Worten, aufzustehen und sich auf die Eckbank zu setzen.

Reg hatte sich neben Jessy niedergelassen, die mit verschränkten Armen am Tisch sitzen geblieben war. Mit finsterem Blick beobachtete sie, wie sich Marcel um ihre Schwester bemühte. Er besorgte ihr Taschentücher und schenkte auch ihr ein Glas Limonade ein. Zwischendurch wagte er den einen oder anderen vorwurfsvollen Blick zu Jessy, was bei der ein diabolisches Grinsen hervorrief.

„Du kannst so grausam sein, Jessy", sagte Mia bitter, als sie es bemerkte.

Jessys Lächeln brach zusammen. Sie beugte sich vor. „Ich will dir etwas sagen, Schwesterherz: Von mir und von Vater gibt es keinen Cent für deinen Lover."

„Aber er kann doch gar nichts dafür", verlegte sich Mia aufs Betteln. „Es ist doch alles wegen mir."

„Wegen dir?"

„Das ist alles Stans Werk!"

„Stan?" Jessy fuhr zurück. „Glaube ich nicht."

„Er beobachtet mich wieder, Jessy. Wirklich. Ich habe ihn neulich beim Kindergarten gesehen und als der Sturm so schlimm war und es Vater so mies ging, da war er auch da. Ich habe ihn gesehen." Mia bebte bei dieser Erinnerung. „Bitte! Glaube mir, Jessy", flehte sie und streckte ihre Hände über den Tisch nach denen ihrer Schwester aus. Nach einem längeren Zögern ergriff Jessy Mias zarte Hände. Wie Vögelchen lagen sie in ihren Pranken. „Gut", sagte Jessy, während sie ihren Blick fest auf ihrer beider Hände gerichtet hielt. „Ich helfe euch."

Mia atmete auf. Ihr stiegen schon wieder die Tränen in die Augen. „Danke, Jessy! Ich wusste, du würdest uns nicht im Stich lassen."

Jessy zog ihre Hände zurück und sah Mia in die Augen. „Ich lasse *dich* nicht im Stich!", korrigierte sie ruhig. „Es bleibt dabei: kein Geld von mir oder Vater! Aber ich engagiere diese Anwältin."

„Bist du verrückt? Du sagst doch selbst, dass die hier nur herumschnüffeln will und nach Mutter sucht."

„Also echt jetzt", wagte Marcel, sich einzumischen. „Die steckt vielleicht mit Stan unter einer Decke. Du glaubst doch nicht wirklich, dass die ihr Handy hier zufällig verloren hat. Angeblich …"

„Halt die Klappe, du Spinner!", sagte Jessy gelassen und ohne Mia aus dem Blick zu lassen. Schließlich lächelte sie Mia an. „Wir werden damit ihre Mandanten sein, dann ist sie beruflich verpflichtet, Schaden von uns abzuwenden." Zufrieden lehnte sich Jessy zurück. „Na, was hältst du davon?"

Mia überlegte kurz. „Klingt nicht schlecht. – Woher hast du diese Idee?"

„Von ihr selbst! – Naja, ich habe dann noch mal Thomas gefragt", fügte Jessy errötend hinzu. „Wollte wissen, wie das so ist mit den Anwälten. Die Eisler mischt wohl auch mit bei dem Vertrag vom Wald-Müller und dem Ewald und so." Verlegen tätschelte sie den Kopf ihres Hundes.

„Was soll das jetzt mit der Anwältin?", mischte sich Marcel erbost ein. „Ist das nicht eher Sache der Polizei?"

„Keine Polizei!", riefen die Schwestern wie aus einem Munde.

„Die Bullen kommen mir nicht mehr auf den Hof", ergänzte Jessy grimmig. „Nach all dem, was die uns angetan haben!"

Marcel hob die Hände. „Schon gut, schon gut! – Dann eben ein Privatdetektiv?“

Überlegen hob Jessy ihre Augenbrauen. „Die Eisler ist doch auch so etwas in der Art. Schließlich fahndet sie nach Mutter, da kann sie genauso gut etwas über Stan und deinen Haufen hier in der Ecke herausfinden.“

Mia richtete sich auf. „Ja! Ja, das ist eine gute Idee.“

„Aber, was ist nun mit der Rechnung?“, jammerte Marcel.

Sie überhörten ihn. „Du oder ich?“, fragte Mia stattdessen ihre Schwester.

Jessy stand auf. „Mach du mal, Kleines. Die Anwaltsrechnung aber übernehme ich.“

*

„Na? Wen haben wir denn da? Das ist aber schön, dass du uns mal wieder besuchst, Phi.“

„Ich bin Sophia“, erwiderte die derart süßholzraspelig Begrüßte trotzig. „Das ist Herr Hase.“ Sie reckte der Sekretärin das Plüschtier entgegen.

„Grüß dich, Franzi“, sagte Julia. „Wir haben heute leider etwas schlechte Laune.“

„Ach, das haben wir doch alle einmal, stimmts Sophia“, flötete Franzi weiter. „Dein Häschen lacht ja wenigstens.“

„Herr Hase!“

Die Trögerin steckte den Kopf aus ihrem Büro. „Ach, Julia! Sie sind schon da? Ich dachte, Sie wollten erst gegen zehn da sein?“

„Ja, wir hatten heute früh eine Art Beschleuniger“, seufzte Julia und begrüßte die altgediente Kanzleisekretärin, während Franzi mit unverdrossen heiterer Miene neben ihnen stand. „Basti ist gerade noch in einer Besprechung“, wusste sie zu berichten. „Wolltest du etwas Bestimmtes vom …" Sie hielt kurz inne. Beinahe wäre ihr Chef über die Lippen gekommen. „… von Sebastian, Chefin?", ergänzte sie hastig.

„Das hat Zeit", erwiderte Julia. Sie war eher belustigt als verärgert. „Vor allem will ich mich mal an meinen Arbeitsplatz schwingen, um einiges zu recherchieren, bis ich nach Görlitz aufbreche. – Irgendwelche Neuigkeiten für mich?" Sie wandte sich an beide Frauen. Franzi schüttelte beflissen den Kopf, doch die Trögerin zog Julia am Arm in ihr Büro. „Ich habe so einige Nachrichten für Sie, Julia!"

Als sie im Büro waren, stand die Trögerin noch eine Weile an der Tür und horchte aufmerksam. Dann riss sie unvermittelt die Tür wieder auf. „Ach, Franzi!"

Über die Schulter der Trögerin hinweg sah Julia, wie Franzi von ihrer Lauschposition zurückfuhr. „Sei doch so lieb und übernimm die Rezeption bis Mittag. Danke!" Die Trögerin schloss die Tür und drehte den Schlüssel um. Ihr Grinsen war triumphal. „Das geht hier nämlich den ganzen Tag so!" Sie zeigte auf die Tür zum Kabuff hinter ihrem Schreibtisch, wo sich der Aufgang zur Wohnung der Veits befand. Über diesen Sondereingang zur Kanzlei hatte Julias Vater seine Filzpantoffel-Jahre als Seniorchef mit seinem Rentnerdasein kombinieren können. Seit letztem Weihnachten war jedoch Schluss damit. Mutter Milla hatte mit einem Aufstand gedroht. Nun waren also der Specht und Franzi da, während der Namensgeber der Kanzlei mit seiner Frau um die Welt reiste. Julia fragte sich gerade, ob die neuen Mitglieder des Anwaltbüros überhaupt von diesem geheimen Aufgang wussten. Wie sie die Trögerin kannte, eher nicht.

„Da kommen die Eltern nun endlich wieder nach Hause", sagte die Trögerin laut.

„Am Freitag, wenn alles gut geht."

„Gott sei Dank! Ich werde froh sein, wenn jeder wieder sicher an seinem angestammten Platz ist und alles seine

Ordnung hat." Die Trögerin warf einen bösen Blick auf die Tür zum Vestibül der Kanzlei. Phi döste derweil auf Julias Schulter und nuckelte an ihrem Daumen. Julia schob ihn ihr aus dem Mund. „Phi!"

„Kommen Sie!" Die Trögerin senkte ihre Stimme. „Was ich Ihnen zu sagen habe, besprechen wir lieber oben." Sie sah sich aufmerksam um. „Manchmal habe ich das Gefühl, dass selbst die Wände hier Ohren bekommen haben." Julia folgte ihr in das Kabuff, wo Büromaterial gelagert wurde. Der Aktenschrank schwenkte um und sie stiegen hintereinander die schmale, steile Wendeltreppe hinauf zur Wohnung von Julias Eltern. Die Trögerin schnaufte etwas. Julia musste erneut Phis Daumen aus deren verschlafenem Mund nehmen. „Mama", protestierte Sophia schwach.

„Ich glaube, Phi braucht heute ein Extra-Schläfchen, was Spatz?"

„Schsch!" Die Trögerin wandte sich alarmiert um, dann schob sie oben die Tür zur Wohnung auf. Julia schulterte Phi um, als sie den Flur betraten. Die vertrauten Gerüche ihres einstigen Zuhauses waren nur gedeckt wahrnehmbar, gleichsam als habe sich darüber ein Tuch gelegt während der Abwesenheit der Bewohner. Doch alles war blitzblank und frisch. Die Blumen gepflegt, Staub gewischt. Vorhänge verhinderten, dass die klare Herbstsonne etwas ausbleichen konnte, obwohl die sich heute rarmachte. Die Trögerin nahm ihre Aufgabe als Hüterin der Wohnung überaus ernst. Sogar ein Strauß frischer Astern stand bereits auf dem Tisch, so als würden ihre Eltern jeden Augenblick zurückerwartet. Julia legte Sophia auf der Couch ab, wo die sich sofort mit Herrn Hase einkuschelte, während die Trögerin die Vorhänge aufzog.

„Also", begann Julia. „Schießen Sie los, was gibt es zu berichten."

„Wenn Sie wüssten, Julia!“ Die Trögerin hatte sich zu ihr umgewandt, doch gegen das Licht des Vormittags konnte Julia ihren Gesichtsausdruck nicht erkennen. Erst als sie näherkam und sich neben Julia an den Fernsehsessel ihres Vaters stellte, erkannte sie die große Besorgnis darin. „Ich muss Sie unbedingt warnen. Hier braut sich eine Riesenschweinerei gegen Sie zusammen, eine infame Intrige. Seien Sie auf der Hut!“

„Woran machen Sie das fest, Frau Tröger?“ Sie bedeutete der Trögerin, sich zu setzen. Bald saßen sie über Eck am Couchtisch.

„Man versucht natürlich, mich auflaufen zu lassen“, begann die Trögerin mit einem betrübten Kopfschütteln. „Unterschlägt mir Informationen, gibt Termine nicht weiter, lässt mich wie eine Idiotin dastehen. Der ganze böse Zauber.“

„Verstehe.“

„Aber das ist alles nichts gegen diese unglaubliche Illoyalität Ihnen gegenüber, Julia. Das sage ich Ihnen!“

„Was ist passiert?“

Die Trögerin beugte sich vor. „Ich habe gestern Nachmittag ein Telefonat des Herrn Fink mit anhören müssen, ohne, dass der etwas davon ahnte. Rein zufällig natürlich!“

„Natürlich.“ Julia hatte ein flaues Gefühl im Magen.

„Er hatte gerade mit dieser Hamburger Kanzlei zu schaffen. Da haben Sie doch jetzt den Rechercheauftrag übernommen, nicht wahr?“

„Richtig.“ Julias Aufmerksamkeit war höchst klar. Ihr Herz klopfte schneller. Die warnende Stimme in ihr meldete sich wieder. Hatte sie es nicht von Anfang an geahnt?

„Ich hörte, wie sie über etwas herzhaft lachten“, fuhr die Trögerin derweil im Verschwörerton fort. „Und sagte dieser, dieser … arrogante Vogel! Sagte der doch: Das ist doch das Beste, was so einer Wald- und Wiesenanwältin passieren kann. – Ich schwöre, dass er das gesagt hat.“ Sie hatte die Augen weit aufgerissen. Ihre Stimme bebte vor Empörung.

„Wald- und Wiesenanwältin?", rief Julia. „Ha! Vielleicht sollte ich mich mit dieser Qualifizierung ein paar Umweltaktivisten andienen? Unsere Wälder hätten es zum Beispiel nötig."

„Aber verstehen Sie denn nicht, Julia? Die wollen Sie bestimmt in eine krumme Sache hineinziehen, um Sie damit als Anwältin zu diskreditieren. Damit kann dieser Fink Sie kleinhalten oder ganz aus der Kanzlei drängen."

Julia schwieg einen Moment und fuhr dabei ihrer schlafenden Tochter durch das Haar. „Ich hatte mir schon so etwas in der Art gedacht", sagte sie dann. „Doch ein Zurück gibt es jetzt nicht mehr, ohne einen Imageschaden zu riskieren."

„Was wollen Sie dann tun?" Die Trögerin hatte die Hände gefaltet, als betete sie. „Tun müssen Sie jedenfalls etwas."

„Ich weiß, liebe Frau Tröger." Sie richtete sich auf. „Wir müssen unbedingt ergründen, wer hinter diesem Auftrag steckt."

„Haben Sie denn schon etwas herausgefunden?"

Julia nickte. „Ich habe da schon einige Kandidaten als mögliche Auftraggeber ausgemacht."

„Nein, ich meine wegen dieser verschwundenen Frau."

Jetzt wurde Julia vorsichtig. „Wenig", antwortete sie karg. „Die Familie ist nicht besonders erfreut über die Nachforschungen zu Marion Krahl."

Die Trögerin sah sie betrübt an. „Was wollen Sie denn jetzt tun?", wiederholte sie sich verzagt. „Ich glaube, dieser Fink wartet nur darauf, Ihnen eine Schlappe nachweisen zu können."

In einem Moment der Entschlossenheit erhob sich Julia. Die Trögerin tat es ihr etwas zögerlicher nach. „Jetzt fahre ich erst einmal nach Görlitz zur Polizeidirektion und treffe mich mit einem der damaligen Ermittler."

„Das ist gut!“

„Auch wenn ich nicht weiß, ob der mir mehr erzählen kann als dieses Hamburger Dossier“, fügte Julia hinzu.

„Und wenn dieses Dossier gar nicht echt ist, sondern auch nur Mittel zum Zweck?“

Wie vom Donner gerührt starrte Julia die Trögerin an. „Das … das wäre ja … Was für ein Gedanke! – Doch wirklich …, was wäre, wenn …“

„O Julia! Sie müssen so vorsichtig sein. Nichts ist, wie es scheint.“

„Ja, das muss ich wohl“, sagte Julia nachdenklich. Sie sah auf Sophia, die mit halb geöffnetem Mund neben Herrn Hase schlief. „Kann ich auf Sie zählen?“

„Aber natürlich“, versicherte die Trögerin. „Alles, was ich für Sie und Ihre Familie tun kann, werde ich tun.“

Gerührt ergriff Julia die Hände der Trögerin. „Ich danke Ihnen! Sie gehören ja praktisch schon zu unserer Familie.“

Die Trögerin reckte sich. „Das will ich doch meinen“, sagte sie stolz. Sie hatte keine eigene Familie. Der Veit'sche Familientratsch besagte, dass sie einst in Vater Georg verliebt gewesen sei, doch bei Mutter Millas Dominanz die Waffen gestreckt habe. Wie viel davon wahr war, spielte im Moment keine Rolle. Julia war froh, wenigstens eine Verbündete in diesem unerwarteten Feindesland Kanzlei zu haben. „Lassen Sie uns herausfinden, wer hinter diesen geheimnisvollen Auftraggebern steckt. – Was zum Beispiel, wenn es der Specht selber ist?“

„Wenn, dann bekomme ich das heraus“, rief die Trögerin erbost.

„Das ist die richtige Einstellung“, lachte Julia, obwohl ihr dazu nur wenig zumute war. Ein Lachen im Walde, um sich selbst Mut zuzusprechen, war das wahrscheinlich. Dann zeigte sie auf Sophia. „Sie geben doch auf Sophia Acht, bis ich aus Görlitz zurück bin?“

„Selbstverständlich. Das war doch so abgemacht.“

„Ich habe ihr einen Mittagsimbiss eingepackt. Phi wollte heute nur wenig frühstücken.“

Die Trögerin nahm Julia die Tasche ab. Sie zögerte mit ihren nächsten Worten. „Was meinen Sie, Julia, wie wollen wir uns austauschen? – Die Technik heutzutage – Sie wissen, nichts ist mehr wirklich sicher.“

Julia hielt ihr neues Prepaiddtelefon von Fred in die Höhe. „Ich gebe Ihnen die Nummer.“

*

Das Wetter war unwirtlich geworden. Regen peitschte in Böen an die Seitenscheiben ihres Wagens. Der Scheibenwischer arbeitete ohne Unterlass. Nasses Laub klebte an den Wischern. Zwanzig Minuten vor ihrem Termin mit dem Kriminaloberkommissar Kruz kam Julia in Görlitz an und ergatterte unweit des Polizeipräsidiums einen Parkplatz. Sie klappte die Kapuze ihres Regenmantels hoch, verbarg ihre Aktentasche vor dem Regen, indem sie sie an ihre Brust drückte. Die Glasfront des Görlitzer Polizeipräsidiums spiegelte düsteres Wolkengrau. Julia hastete in den Eingang des Vestibüls. An der Rezeption wurde sie sofort weiterverwiesen und ehe sie es sich versah, saß sie dem Oberkommissar Kruz in seinem schlichten Büro gegenüber. Sie kannte den Ermittler von zwei früheren Fällen ihrer Anwaltspraxis. Kruz war noch hagerer geworden, sein Haar grau und dünn. Noch immer verdüsterte ein bitterer Zug Mund und Augen. Seine Manieren waren jedoch deutlich umgänglicher geworden. Er erkundigte sich freundlich nach Julias Wohlergehen und nach seinem einstigen Kollegen Herzog. „Das es einmal so mit einem enden muss“, seufzte er. „Möchten Sie einen Kaffee?“

„Vielen Dank, ein Wasser, wenn es möglich ist." Während er ihr vom Tablett auf dem Seitentisch ein Glas einschenkte, musterte er Julia kurz kritisch.

„Und Sie wollen also tatsächlich nach der verschwundenen Marion Krahl fahnden?"

„So lautet der Auftrag, ja." Julia nahm ihm dankbar das gefüllte Glas ab.

Kruz nahm wieder Platz. „Darf ich fragen, von wem dieser Auftrag stammt?"

„Eine Hamburger Kanzlei hat uns das Mandat übertragen. Ihr Auftraggeber selbst will anonym bleiben."

Seine Augenbrauen schossen in die Höhe. „Macht Sie das nicht stutzig?"

„Und wie!" Julia lächelte ihn an.

„Wenn Sie dienliche Hinweise auf den Verbleib der Vermissten erhalten, sind Sie verpflichtet, die an uns weiterzugeben. Das wissen Sie?" Da war er wieder, der alte belehrende Nörgelton. Doch nur kurz. „Natürlich wissen Sie das", beantwortete er die Frage gleich selbst. „Solange keine Interessen Ihres Mandanten gefährdet sind."

Julia nickte. „Ich informiere gern Ihre Dienststelle", sagte sie dann freundlich.

„Ich bin dafür nicht mehr zuständig", erwiderte er mit Bedauern in der Stimme. „Wenn man nach oben fällt, dann meistens an einen Schreibtisch. – Doch ich leite das gern weiter. Dieser Fall hat uns beide nicht so richtig losgelassen, den Heinrich und mich. Wie es immer so ist mit ungelösten Fällen."

„Sie hatten den Ehemann in Verdacht."

„Die Indizien waren zahlreich", bestätigte Kruz. „Da wir aber keine Leiche gefunden haben, galt die Unschuldsvermutung. Sehr zum Leidwesen des damaligen Staatsanwaltes."

„Die Hamburger Kollegen haben mir ein Dossier mit den bisher ermittelten Fakten und Vermutungen zusammengestellt." Julia holte die Mappe aus ihrer Tasche und reichte sie ihm. Mit gefurchter Stirn blätterte Kruz darin und las sich an einigen Stellen fest. „Erstaunlich", sagte er dann. „Da war wohl ein richtiger Schnüffler am Werke. Aber einige Fakten sind schlichtweg falsch. Also seien Sie lieber vorsichtig damit." Er gab ihr die Mappe zurück.

„Welche sind das?", fragte Julia. „Können Sie mir nicht ein Stückchen weiterhelfen?"

Kruz hob die Hände.

„Woher bekomme ich diese Informationen?", fragte Julia mit wachsender Ungeduld.

„Vom Staatsanwalt."

„Der zwar gern Informationen annimmt, aber keine rausrücken wird." Julia seufzte.

„Aus ermittlungstaktischen Gründen ..."

„Der Informationsaustausch darf keine Einbahnstraße sein", unterbrach ihn Julia erbittert. „Bitte, helfen Sie mir doch: Was darf ich glauben, was nicht von diesem Machwerk hier, das schließlich meine Arbeitsgrundlage sein soll." Missmutig warf sie das Dossier auf den Schreibtisch zurück. „Vergessen Sie nicht, mit meiner Hilfe könnten Sie diesen Fall vielleicht abschließen."

Kruz betrachtete sie eine Weile nachdenklich. „Also gut", gab er nach. „Zum Beispiel war der Liebhaber nicht am Flughafen, um auf Marion zu warten, sondern hatte sich zurückgezogen."

„Das hat er mir gestern selbst erzählt", bestätigte Julia enttäuscht. „Er ist dann mit seiner Familie nach England. – Hatten Sie eigentlich einmal die alte Frau Marquart unter Verdacht?"

„Die Chefin des Autohauses?"

„Genau die. Ist es nicht möglich, dass sie alles getan hätte, um die Ehe ihres Sohnes zu retten."

„Sie meinen, sie ließ Marion Krahl einfach so verschwinden, nachdem sie die Frau umgebracht hatte?

– Unwahrscheinlich. Außerdem haben wir auch diese Möglichkeit geprüft. Marquart stand zu Beginn an erster Stelle unserer Verdächtigen."

„Obwohl er den Fall zur Anzeige gebracht hatte?"

Kruz nickte. „Er verstrickte sich von Anfang an in Lügen und Falschbehauptungen. Erst als sich keinerlei Spuren bei ihm fanden und er sich endlich traute, mit der Wahrheit herauszurücken, haben wir uns auf den Ehemann konzentriert."

„Ein weiterer Liebhaber? Oder ein Verflossener?"

„Keinerlei Hinweise", beharrte Kruz. „Vielleicht bekommen Sie bei der Familie wirklich mehr heraus als wir. Krahl war nicht besonders kooperativ. Erst als das Jugendamt drohte, ihm die Kinder wegzunehmen, hat er sich bereit erklärt, in einem Mindestmaß mit uns zusammenzuarbeiten."

Julia kniff die Lippen zusammen. „So etwas in der Art erwähnte Ihr Kollege Herzog auch schon."

Es klopfte und eine sportliche Frau in Zivil trat herein. Julia erinnerte sich, dass dies eine der Ermittlerinnen beim Fund der Wachsleichen in Finkendörfel vor ein paar Jahren gewesen war. Sie nickten sich zur Begrüßung zu. Dann flüsterte die Frau Kruz etwas ins Ohr, was ihn sehr zu bewegen schien. Er sah Julia bedeutsam an. Sofort durchfuhr Julia ein Schrecken. „Ist etwas mit Sophia?"

„Sophia?"

„Meine kleine Tochter, ja." Alarmiert war Julia aufgesprungen. „Hat sich die Kanzlei gemeldet?"

„Ich kann Sie beruhigen", sagte die Frau. Sie streckte Julia die Hand entgegen. „Sonja Walther – Kriminalhauptkommissarin", stellte sie sich vor. „Es geht nicht um Ihre Tochter, Frau Eisler. Aber schon um eine Nachricht aus Finkendörfel."

Julia spürte, wie ihre Wangen taub wurden. Ella-Ma? Trude? Oder war etwas mit Paul? Ihre Gedanken jagten. Unwillkürlich schnappte sie nach Luft.

„Setzen Sie sich doch bitte. Sie sind ganz blass, Frau Eisler.“

Nun erhob sich auch Kruz. „Bitte!“ Sie nötigten Julia wieder in den Besucherstuhl. „Alles in Ordnung, es geht nicht um Ihre Familie.“

„Nicht?“ Julias Augen schwammen vor Erleichterung. Alles an ihr schlotterte vom Adrenalinschub der Angst, die sie überfallen hatte wie ein wildes Tier. Sie schämte sich über ihr wenig professionelles Verhalten. „Entschuldigen Sie“, stammelte sie.

Mit einiger Mühe riss sie sich zusammen und sortierte notdürftig ihre Gedanken. „Um was geht es dann?“

Die beiden Ermittler wechselten einen Blick. Dann räusperte sich Kruz. „Sie sagten doch eben, dass Sie gestern mit Kai Marquart über die verschwundene Marion Krahl gesprochen haben.“

„Das habe ich, ja.“ Julia suchte in ihrer Tasche nach einem Taschentuch.

„Er ist tot“, sagte die Walther. „Er ist mit seinem Quad gestern im Wald tödlich verunglückt.“

„Das Blaulicht!“, entfuhr es Julia.

„Sie haben es gesehen?“

„Ich nicht, aber ein Freund von mir.“

Die Hauptkommissarin war interessiert. „Hat Ihr Freund auch einen Namen?“

„Dennis Czerny. Dr. Dennis Czerny. Er ist der neue Hausarzt im Dorf.“

„War das nicht Ihr Mann?“

„Nein, der ist jetzt wieder glücklich bei seinen Reagenzgläsern im Institut.“ Sie sah die beiden Beamten an. „Was ist passiert?“

„Ermitteln wir noch“, erwiderte Sonja Walther vorsichtig. „Doch Fremdverschulden ist nicht auszuschließen.“ Dann nahm sie einen der Stühle aus der Sitzgruppe und setzte sich neben Kruz. „Wir sind dabei, die letzten

Stunden von Kai Marquart zu rekonstruieren. Bitte, schildern Sie uns doch kurz, was Sie gestern mit Herrn Marquart besprochen haben, und was alles sonst noch so geschehen ist."

13. Kapitel

Wenn die Felder sich verdunkeln,
fühl ich, wird mein Auge heller;

Schon versucht ein Stern zu funkeln,
und die Grillen wispern schneller.

– *Richard Dehmel, Manche Nacht*

„Papa ist da", jubelte Sophia, als sie einige Stunden später in Finkendörfel auf den Hof fuhren und neben Pauls Wagen einparkten.

„Da ist ja die Welt wieder in Ordnung", murmelte Julia verdrossen über die Ungerechtigkeit kindlicher Zuneigung. Doch auch sie war froh, dass Paul heute schon so früh aus Dresden zurück war. Sie hatte viel zu erzählen. Paul war ein guter Zuhörer und hatte einen klaren, analytischen Verstand, der ihr helfen konnte, die Neuigkeiten und Wendungen in ihrem Fall zu sortieren. Sie trafen Paul im Wohnzimmer an, wo er vor dem Fernseher seine Hemden bügelte und dabei einer Aufzeichnung des Handballspiels des SC Leipzig gegen THW Kiel zusah. Er stellte sofort das zischende Dampfbügeleisen ab, als er ihrer gewahr wurde. Gerade noch rechtzeitig, bevor ihn die stürmische Umarmung seiner Tochter fast umriss. „Papa! Papa! Herr Hase ist ausgerissen."

„Was? Wie hat er denn das gemacht?" Er küsste Julia flüchtig, bevor er sich wieder Sophias plappernden Erzählungen widmete. „Mama sagt, Herr Hase wollte Abenteuer erleben."

„Natürlich. Und welche waren das? Was hat er dir denn erzählt?" Mit Sophia auf dem Arm stellte Paul den Fernseher leiser und steuerte mit ihr in Richtung Küche. Müde und mit einer gefühlten Zentnerlast auf den Schultern folgte Julia ihnen. An der Tür drehte sich Paul zu ihr um. „Der junge Marquart hat angerufen“, sagte er. „Klang ziemlich erregt. Du sollst unbedingt zurückrufen.“

Betroffen blieb Julia stehen. „Natürlich“, sagte sie. „Der arme Kerl hat gestern Abend seinen Vater verloren.“

„Marquart ist tot?“

„Was ist tot, Papa?“ Paul strich ihr über den Kopf, ohne Sophia eine Antwort zu geben.

„Ich erzähle dir später alles“, sagte Julia. „Jetzt muss ich erst mal da anrufen.“

Was sagt man einem jungen Mann, der gerade seinen Vater verloren hat? Alles war Plattitüde. Für solchen Schmerz und Schrecken wollten sich keine Worte finden lassen, die sich richtig anfühlten. Julia wusste es.

Sie wählte die hinterlegte Privatnummer der Marquarts. Erst nach langem Klingeln meldete sich eine Frauenstimme. Erwartungsgemäß klang auch sie tränenschwer und bedrückt. „Julia Eisler“, meldete sie sich. „Ich sollte zurückrufen.“

„Ach ja. Der Robert … warten Sie bitte einen Augenblick.“ Bevor Julia ihrer Anmeldung noch eine Kondolenz hinzufügen konnte, hatte die Frau das Telefon an ihren Stiefsohn weitergegeben.

„Robert Marquart“, meldete der sich mit einem Versuch, markig und männlich zu klingen. Julia hörte seine Verletzlichkeit und eine zittrige Wut dahinter, die sie so anrührte, dass ihr das Wasser in die Augen stieg. „Es tut mir so leid, Robert“, sagte sie wahrheitsgemäß. „Ich bin ganz bestürzt …“

„Was haben Sie gestern mit meinem Vater geredet?“, fuhr er sie an. Die Tränen erstickten seine Stimme. Von fern hörte Julia eine Türklingel läuten. Robert schniefte kurz, bevor er ihr seine Anklage weiter mit abgehackten Worten entgegenschleuderte. „Die Kripo war hier. Die glauben, dass einer Vater umgebracht hat. Dass ihm einer mit dem Ast eins über den Schädel gezogen hat." Er heulte diesen letzten Satz. „Also, was haben Sie ihm angetan? Was wollen Sie von uns?"

„Ich habe bereits mit den ermittelnden Beamten gesprochen", sagte Julia ruhig.

Jetzt weinte er, still und herzzerreißend.

„Möchten Sie, dass ich einmal zu Ihnen komme, Robert?"

„Ach …" Er schniefte wieder. „Das ist doch alles sinnlos!" Dann legte er auf.

Julia erlaubte sich einen tiefen Seufzer und legte wie zum Schutz die Hand auf ihr Herz. Was war das nur für ein Tag! Und er war offensichtlich noch nicht zu Ende. Erneut vernahm Julia die Türklingel. Es war also bei ihnen selbst gewesen, nicht bei den Marquarts. Paul war bereits auf dem Weg zur Tür, als Julia hinaus auf den Flur trat. Sophia saß immer noch auf seinem Arm. Draußen gab es einen kleinen Tumult, weil Ella-Ma und Trude gerade von ihrem Frauenkreis zurückkehrten. Und so versammelte sich alles im kleinen Flur des Eingangs.

„Da ist sie ja schon", rief Trude überschwänglich, als sie Julia entdeckte. „Julia, hier ist Besuch für dich. – Ach, Paul! Du bist ja auch schon da. Das ist aber schön." Und so schwatzend und lachend schob sie sich mit einer sichtlich entnervten Ella-Ma mit Umarmungen und Küsschen an ihnen vorbei. „Ich glaube, Krahls Mia ist draußen mit ihrem Freund", flüsterte sie Julia verschwörerisch zwinkernd zu. „Und ich habe dir dann auch noch wichtige Neuigkeiten zu vermelden."

„Komm doch jetzt endlich, Trude, und lass die Jugend in Ruhe ihre Gäste empfangen." Sie verschwanden in ihren Bereich des Hauses.

Mittlerweile hatte sich Paul die Spitze an der Haustür erobert und begrüßte die unerwarteten Ankömmlinge.

„Kommen Sie doch herein“, sagte er. „Tut mir leid, dass ich Ihr Klingeln erst nicht gehört habe.“

Mia dankte schüchtern und winkte nach Marcel, der mit verschränkten Armen noch unten an der Stufe stand, die Kapuze seiner Regenjacke tief ins Gesicht gezogen.

Julia trat neben Paul. Sie wiederholte die Einladung. Mit diesem Besuch hatte sie wirklich nicht gerechnet. Sollte Marcel sich etwa bei ihr entschuldigen wollen?

„Haben Sie vielleicht etwas Zeit für uns, Frau Eisler?“

Julia trat zurück, um ihnen Einlass zu gewähren, während sich Paul mit Sophia nach einem kurzen Nicken in Richtung Wohnung zurückzog. „Wir gehen am besten in mein Büro.“

Ungeduldig winkte Mia Marcel, er solle folgen, was der nur sehr widerwillig tat. Misstrauisch sah er sich im Flur um. „Sie können gern hier ablegen“, sagte Julia. Doch ihre Besucher zogen es vor, ihre Jacken anzubehalten. Schließlich standen sie sich in Julias Büro gegenüber. Marcel blieb in der Nähe der Tür stehen. Sein Gesichtsausdruck war mehr als finster, so als missbilligte er es, überhaupt hier zu sein. Mehr als einmal sandte Mia einen hilfesuchenden Blick zu ihm, der unerwidert blieb.

„Was führt Sie denn zu mir, Mia“, versuchte Julia, das Eis zu brechen. „Wollen Sie sich nicht setzen?“ Sie wies auf die Sitzgruppe in der kleinen Veranda und nahm demonstrativ selbst dort Platz. Trübes Nachmittagslicht sickerte durch die Scheiben der Fenster, die zum Garten hinausführten. Julia saß mit dem Rücken zum Fenster. Es dauerte eine Weile, bis Mia den Mut fasste, sich ihr gegenüberzusetzen. „Danke, dass Sie sich die Zeit nehmen“, wisperte sie dann. „Wir hätten Sie vorher anrufen sollen, aber …“ Sie verstummte. Aufmunternd nickte Julia ihr zu. „Was haben Sie denn für ein Anliegen?“

Mia nahm all ihren Mut zusammen. Noch einmal wandte sie sich nach Marcel um. „Wir wollen Sie engagieren.“

„In welcher Angelegenheit?“

„Stalking!“ Tränen stiegen in Mias Augen, doch sie hielt sie tapfer zurück.

„Ist das nicht eher Sache der Polizei?“

Energisch schüttelte Mia den Kopf. „Wie Sie sich sicher denken können, haben wir nach der Sache mit Papa nicht das größte Vertrauen in die Polizei.“

„Verstehe. – Doch ich bin Anwältin, keine Detektivin. – Fühlen Sie sich denn bedroht?“

„Und wie!“ Jetzt rollte doch eine Träne über Mias Wange. „Wir können doch mit Ihrer Verschwiegenheit rechnen?“

„Selbstverständlich. Alles, was gesagt wird, bleibt in diesem Raum.“

Marcel stieß ein verächtliches Geräusch aus, das Julia jedoch ignorierte.

„Ich habe das alles schon einmal durch mit dem Stalking“, begann Mia, nachdem sie sich in ein Taschentuch geschnäuzt hatte. „Mein Freund ..., mein Ex-Freund, Stan Grellert, der hat mich monatelang verfolgt. Aufgelauert hat er mir. Auch in meiner Wohnung, auf der Arbeit. Er war überall. Hat meinen Telefonanschluss kontrolliert, alle Kontakte. Hat Fakes abgesetzt. Und ... Ich bin krank geworden dadurch. Jessy hat dafür gesorgt, dass er per Gerichtsbeschluss nicht mehr mit mir in Kontakt treten darf.“

„Und dass der Scheißkerl eine Anzeige wegen Körperverletzung bekommt“, mischte sich Marcel leidenschaftlich ein.

„Die ist allerdings abgewiesen worden“, sagte Mia traurig. „Es ließ sich ja nichts mehr belegen.“

„Ja, weil du wieder zu ihm zurückgekrochen bist, damals, anstatt ...“

„Bitte, Marcel“, unterbrach Julia ihn, „lassen Sie Mia einfach erzählen.“ Ihrer Ermahnung folgte wieder ein abwertendes Schnauben.

„Ich war dann zur Kur", fuhr Mia zitternd fort. „Da habe ich auch Marcel kennengelernt." Sie warf ihm einen liebevoll schmerzlichen Blick zu. Der immerhin wurde von ihm erwidert, wie Julia registrierte.

„Stan schien wirklich Ruhe gegeben zu haben. Ich bin nach Hause zurück, Papa hatte doch so eine Verschlechterung am Sommeranfang." Sie seufzte. „Ich dachte wirklich, dieser Spuk wäre vorbei und ich könnte hier wieder mein Leben aufbauen."

„Und dann haben Sie bemerkt, dass Sie erneut verfolgt werden?", fragte Julia.

Mia nickte beklommen. „Mit dem Handy ging es los. Er hat begonnen, mir wieder so komische Nachrichten zu schicken: wie schön ich doch aussehen würde in diesem Kleid oder mit dieser Bluse. So als könnte er mich sehen!" Ihre Augen waren nun geweitet vor Entsetzen über diese Möglichkeit.

„Das ist wirklich bedrohlich", sagte Julia.

„Jetzt macht er sogar Marcel an." Sie winkte ihn heran, doch erneut weigerte er sich.

Erstaunt sah Julia zu ihm hinüber. „Sie werden auch gestalkt?"

„Ja", bestätigte Mia statt seiner. „Stan hat Marcels Handy gehackt. Es sind unglaublich viele Päckchen bei uns eingetroffen, die er nie bestellt hat. Jetzt erhält er auch höhnische Unterstellungen, Bedrohungen. Dass er ihm auflauern und ihn verprügeln wird und so." Sie griff nach ihrem Taschentuch. „Er hat gesagt, dass er mich büßen lassen wird, dass ich keine ruhige Minute mehr haben werde."

„Wie könnte Stan das geschafft haben? Sie sind doch sicher vorsichtig."

„Der Typ ist so ein Computernerd", blaffte Marcel dazwischen. „Für den ist das ein Kinderspiel. Sie haben ja keine Ahnung!"

Julia betrachtete nachdenklich den verbittert wirkenden jungen Mann. Auf eine Art tat er ihr leid. Sie wusste nur nicht warum. „Sie haben völlig recht, Marcel. Ich habe davon wirklich keine Ahnung. Deswegen weiß ich auch nicht, wie ich Ihnen dabei helfen kann." Fred fiel ihr ein. Doch sie hütete sich, diese spontane Eingebung preiszugeben. „Vielleicht sollten Sie lieber einen Privatdetektiv hinzuziehen?", schlug sie vor. „Die haben dafür eine Ausbildung, eine Lizenz und die nötige Ausrüstung."

Mia sah sie mit verschleierten Augen an. „Jessy sagt, dass Sie nach Mutter suchen, das ist doch auch so eine Art Detektivarbeit, oder?"

„Nun, ja", musste Julia widerwillig zugeben. „Ich sage lieber Recherche dazu."

„Dann möchten wir gern, dass Sie recherchieren, ob Stan wirklich hier ist. Wie er das macht … Er muss doch hier sein. Wie kann das denn sonst alles so sein?" Ihre Stimme steigerte sich und brach dann ab. Mia weinte in ihr Taschentuch.

Ratlos saß Julia ihr gegenüber. „Bei allem Mitgefühl, das ich für Ihre Situation habe, Mia …"

„Wenn wir Ihre Mandanten sind", unterbrach Mia sie unvermittelt, „dann sind Sie uns verpflichtet, nicht wahr? Dann können Sie uns nicht schaden mit Ihrer anderen Recherche." Eindringlich waren ihre Augen auf Julia geheftet. „Jessy sagt, dass Sie es ihr angeboten haben."

„Das habe ich tatsächlich", murmelte Julia. „Da war ich mir der Tragweite Ihres Falles noch nicht bewusst." Julia spielte mit einer Büroklammer, die auf dem Tischchen vor ihr gelegen hatte. „Wenn ich Ihnen als meine Mandanten nicht schaden kann und darf, was ich sowieso niemals vorhatte, würden Sie mir bei den Nachforschungen zu Ihrer Mutter behilflich sein?"

„Soweit wir das können, ja", antwortete Mia erhobenen Hauptes.

„Ein verführerischer Gedanke", sagte Julia nachdenklich. „Doch ich bräuchte Unterstützung bei technischen Fragen."

„Vielleicht kann Ihnen Marcel helfen?", schlug Mia vor. „Er hat sich belesen darüber und weiß ganz gut Bescheid."

„Das halte ich für keine gute Idee, wenn Sie selbst gestalkt werden, Marcel", erwiderte Julia rasch. Eine solche Zusammenarbeit war für sie undenkbar. „Aber mein neuer Nachbar ist Spezialist."

„Kann man dem trauen?", fragte Marcel.

Julia zuckte mit den Schultern. „Ich denke schon. Wenn Sie wollen, kann ich ihn fragen und verpflichten, damit auch er unter die Schweigepflicht fällt. Das könnte ich dann bei der Mandatsübertragung einfügen."

„Tun Sie das", rief Mia eifrig.

„Allerdings muss ich ihn erst fragen und er zustimmen."

„Das heißt, wir können heute noch gar keinen Vertrag aufsetzen?" Mia schien enttäuscht.

Julia lächelte. „Dazu müssen Sie mir schon etwas Zeit geben. – Was wir jedoch machen können: Ich gebe Ihnen die Telefonnummer meines Prepaidhandys. Warten Sie, ich hole es schnell aus der Wohnung." Wenig später war Julia mit Freds Geschenk zurück. „Diese Nummer habe ich selbst noch nicht im Kopf. Am besten speichern Sie sie gleich ein …"

*

„Hast du Fred schon gefragt?" Es war Stunden später, als sie endlich mit einem Glas Wein in der Hand aneinandergelehnt auf dem Sofa saßen und ihre Füße auf den Couchtisch gelegt hatten. „Mach ich morgen", murmelte

Julia müde. „Ich muss erst mal diesen Tag verdauen. Ich habe das Gefühl, mein kleiner Recherchefall gerät zu einem Monster."

„Du meinst, er überfordert dich?"

Allein das Wort war eine Kränkung. Julia richtete sich auf. „Natürlich nicht! Nur technisch vielleicht."

„Sei nicht gleich eingeschnappt", sagte Paul und drückte sie mit seinem freien Arm wieder an sich. „Ich finde, du blühst regelrecht auf, seit du wieder als Miss Marple unterwegs bist. Also, wenn ich dir irgendwie helfen kann, bin ich gern mit dabei, Jane."

Sie boxte ihn in die Rippen. „Blödmann!"

„Vorsicht, der Wein", lachte Paul.

„Du könntest ja öfter so zeitig nach Hause kommen wie heute", schlug Julia vor. „Dann haben wir zumindest eine glückliche, entspannte Tochter."

Paul wurde ernst. „Das wird sich nicht immer einrichten lassen, deshalb habe ich ja die Dienstwohnung dort. Doch heute habe ich gesagt, dass ich meine Ehe retten muss. Also hat mich meine Kollegin eher heimgeschickt."

Julia sah die Lachfalten unter seiner Brille. „Etwa die, die ihr betrunken in ihr Zimmer geschleppt habt?"

„Genau die." Jetzt lachten sie beide.

„Ach", seufzte Julia und kuschelte sich enger an ihn. „Schön, dass du da bist. Du kannst mir beim Sortieren meiner Fallnotizen helfen." Ihr Telefon brummte auf dem Tisch. „Mist! Das schaffe ich jetzt aber schnell raus." Beim Hinausgehen sah sie auf dem Display, dass es Dennis war, der versucht hatte, sie zu erreichen. Sie rief zurück. „Ja?"

„Kannst du reden?"

„Ich sitze hier gerade mit Paul", sagte Julia nicht ganz wahrheitsgemäß, da sie gerade auf dem Weg zu ihrem Büro war, um das Telefon auf die Ladestation zu stellen. „Was gibt es denn?"

„Die Polizei will mich sprechen."

„Ja, wegen Marquart. Ich habe auch schon mit den Beamten gesprochen. Er war es, der da gestern Abend verunglückt ist im Wald. Das tut mir so leid!"

„Ja. Natürlich." Er zögerte. „Was soll ich denen denn sagen?"

Wie vom Donner gerührt blieb Julia stehen. „Die Wahrheit natürlich. Da ist doch nichts dabei, dass wir uns gesehen haben." Warum beschlich sie nun doch ein unsinniges Schuldgefühl? „Sag einfach, was du gesehen hast und fertig."

„Na gut", sagte er nach einer Weile. „Wenn du meinst. – Mach's gut, Julia."

„Gute Nacht."

Die schöne Stimmung war dahin. „Schlechte Nachrichten?", fragte Paul, als sie wieder bei ihm auf der Couch saß. Julia schüttelte den Kopf und nahm einen Schluck von ihrem Wein. „Man sollte halt nicht zu so später Stunde an sein Diensttelefon gehen", schalt sie sich selbst. Mit einem Pusten ließ sie sich wieder in die Sofalehne zurücksinken.

„Also, wie sieht dein weiterer Plan aus", ermunterte Paul sie.

„Fred fragen", zählte Julia an ihren Fingern ab. „Das trifft sich gut, weil Sophia morgen Vormittag sowieso bei Tilda und Bennie ist. Dann, wenn alles gut geht, kann die Trögerin den Mandatsvertrag mit den Krahls aufsetzen. Das wäre dann mein Nachmittagstermin mit Sophia, meiner kleinen Assistentin." Dritter Finger. „Vormittags fahre ich noch nach Zittau. Trude hat die Adresse der Zieheltern von Marion herausgefunden. Es gibt nur noch die Pflegemutter. Sie lebt sehr zurückgezogen, sagt Trude. Die Frau ist jetzt bei den Wiedertäufern oder so etwas Ähnlichem gelandet. Doch Dank alter Kontakte und Fürsprache früherer Weggefährten aus der Gemeinde geruht sie, mich morgen zu empfangen."

Paul lachte. „Du bist ganz schön spitz!“ Die gute Stimmung war wieder hergestellt.

„Und ich will sehen, was die Trögerin über meine überaus geheimen Auftraggeber herausgefunden hat.“ Vierter Finger. Sie richtete sich auf. „Ich habe dir ja noch gar nicht erzählt, was dieser unsägliche Specht am Telefon über mich zu sagen gewagt hat!“

14. Kapitel

Jeder Laut wird bilderreicher,
das Gewohnte sonderbarer,
hinterm Wald der Himmel bleicher,
jeder Wipfel hebt sich klarer.

– Richard Dehmel, Manche Nacht

Als Julia die Küche der Hellers betrat, spürte sie sofort, dass etwas nicht stimmte. Tilda drehte sich kaum um, als Sophia fröhlich guten Morgen krähte und nach Bennie fragte. „Morgen, ihr zwei", sagte sie nur knapp. „Bennie schläft noch."

„Alles in Ordnung?", fragte Julia. Sie trat an Tilda heran und sah die Tränenspuren, obwohl sich Tilda gleich von ihr wegdrehte. Julia setzte Sophia auf einem der Küchenstühle ab. „Tilda, Liebe. Hey!" Selbst durch ihre Umarmung hindurch spürte Julia heftigen Widerstand. „Was ist passiert?"

„Nichts." Tilda schnäuzte sich in ein zerknülltes Taschentuch.

Aufmerksam schaute Sophia auf Tilda, die ratlos und mit hängenden Schultern neben Julia stand. „Bist du verzaubert?", fragte sie.

Tilda rang sich ein Lächeln ab. „Vielleicht bin ich das, Phi. – Komm mal her, meine Süße!" Sie umarmte das Mädchen sehr viel herzlicher als Julia, was die sogleich registrierte. „Bist du sauer auf mich, Tilda?" Erst jetzt sah Tilda sie an. Julia las traurige Wut in den Augen ihrer Freundin. „Und wenn? Hätte ich nicht allen Grund dazu?"

Julia setzte sich auf den Stuhl neben Sophia. Das wollte sie geklärt haben. „Welchen Grund?", fragte sie ernst. „Sag es mir, bitte."

„Fred hat euch gesehen", stieß Tilda hervor. „Dich und Czerny. Mit der Kleinen sogar! Schämst du dich denn gar nicht?" Wieder schossen ihr Tränen in die Augen. Sie stand auf und machte sich an ihrem Herd zu schaffen.

Für einen Moment war Julia viel zu perplex, um etwas zu antworten. Hatte sich Tilda etwa in ihren Chef verguckt? Mit einiger Mühe suchte Julia nach den richtigen Worten. „Ich wollte niemanden damit verletzen", begann sie so sanft wie möglich. „Czerny hatte sich Sorgen gemacht und nach mir gesehen. Es hatte doch diesen Unfall im Wald gegeben."

„Der Autohändler, ja", erwiderte Tilda heftig. „Den hast du ja auch vorher besucht, wie der Dorftratsch berichtet. – Du wirst hier wohl langsam zur Todesfee!"

„Tilda!"

„Was ist eine Todesfee, Mama?"

„Ich mache nur Spaß, Phi", berichtigte sich Tilda erschrocken über ihre eigenen Worte. „Entschuldige, Julia. – Ich bin … Es ist nur …"

Julia stand auf und umarmte sie noch einmal. Diesmal ließ Tilda es geschehen. „Wegen mir und Czerny brauchst du dir keine Sorgen zu machen, das ist alles rein freundschaftlich. Ehrlich. Ich hatte ihn nur nach Hause gefahren, weil es so geregnet hat. Wir brauchen doch wenigstens einen gesunden Arzt hier, stimmts?" Sie lösten sich aus der Umarmung. „Was ist eigentlich los mit Dr. Köhler? Seine Frau klang besorgt am Telefon."

Die Ablenkung war gelungen. Noch einmal nahm Tilda das durchweichte Taschentuch zur Hand, um es gleich darauf als unbrauchbar in den Abfall zu werfen. Stattdessen nahm sie ein Stück Küchenrolle. „Irgendeine Magengeschichte", schniefte sie dann. „Er hatte richtig schlimme Krämpfe. Ganz plötzlich in der Praxis. Der Ärmste war ganz blass und schweißig. Aber gefunden haben sie bis jetzt noch nichts. Dr. Czerny schaut jeden Tag nach ihm." Sie sah zu Julia. „Entschuldige bitte, ich weiß gar nicht, was mit mir los ist zurzeit."

Verliebt vielleicht, dachte Julia, hütete sich jedoch, das laut auszusprechen. Sie war froh, dass die Missstimmung zwischen ihnen bereinigt war. So gab es eine dritte kurze Umarmung. „Ich bin so froh, dass du da bist! – Wann musst du zum Dienst?"

„Halb drei, aber du kannst dir Zeit lassen", sagte Tilda. „Mutti ist heute Nachmittag da."

„Prima. Ich weiß nämlich nicht, wie lange der Termin in Zittau dauert."

„Ach, in Zittau bist du heute? Nachforschungen zu Marion Krahl?" Tildas gesunde Neugier war wieder erwacht. Das war untrüglich ein gutes Zeichen. Julia lächelte. „Ja. Ich habe ihre Pflegemutter ausfindig machen können. Das heißt, meiner Agentin Trude ist das gelungen."

„Da ist die Marion also ein angenommenes Kind?", rief Tilda.

„Angenommenes Kind. Was für eine schöne Bezeichnung."

Tilda nickte ernst. „Sagt Mutti immer zu uns."

„Ihr seid adoptiert?" Julia riss vor Überraschung die Augen auf.

„Ja. Wusstest du das nicht?"

„Das hat mir meine Agentin Trude bisher verschwiegen."

„Das ist ja kaum zu fassen!" Sie lachten beide. Sophia klatschte in die Hände und kicherte mit.

„Kann ich Fred kurz sprechen?", fragte Julia, als sie sich beruhigt hatten.

„Der ist mit Takeshi unterwegs. Seine Touren werden immer länger trotz seines lahmen Beines. Heute Nachmittag ist er bestimmt da, wenn du Sophia wieder holst." Sie wandte sich an Sophia. „So, meine Süße: Wir wecken jetzt als Erstes die Bennie-Schlafmütze. Und dann gibt es etwas Ordentliches zu futtern!"

Erleichtert darüber, dass ihre Freundin wieder zu ihrer gewohnten Ausgeglichenheit gefunden hatte, machte sich Julia auf den Heimweg. In ihrem Büro wählte sie die Nummer der Betreuerin von Isolde Arnold, wie Marions Pflegemutter hieß.

„Hallo, hier ist Ruth", meldete sich eine warme Altstimme.

Julia grüßte und fragte, ob es bei dem geplanten Termin bleiben könne.

„Ich denke schon", sagte Ruth betont fröhlich. „Wir sind heute recht munter und schon etwas neugierig auf unseren Besuch, nicht wahr, Mutter Isolde?"

Mutter Isolde? Das klang ungewöhnlich und würde gewiss interessant werden. Doch Julia war erleichtert. Es gab berechtigte Hoffnung, heute etwas weiter mit der Suche nach Marion Krahl voranzukommen.

„Wunderbar", rief sie deshalb erfreut. „Ich erledige noch rasch ein paar Telefonate, dann mache ich mich auf den Weg." Sie glich noch einmal die genaue Adresse ab, dann verabschiedete sich Julia einstweilen.

Trude steckte den Kopf zur Tür herein. „Hat alles geklappt? – Soll ich vielleicht mitkommen?"

„Leider nur eine Person, hat die Betreuerin gesagt", bedauerte Julia aufrichtig. Trude hätte vielleicht einen guten Draht zu Isolde Arnold aufbauen können. Schließlich kannte man sich von früher. „Aber sag mal Trude, wieso hast du mir unterschlagen, dass Fred und Tilda von Sabine adoptiert worden sind?"

„Wieso interessiert dich das?", wunderte sich Trude. „Du bist doch sonst nicht so."

Julia errötete angemessen. „Es ist nur, weil Marion auch in einer Pflegefamilie groß geworden ist."

„Mit anderen Pflegekindern", sagte Trude. „Die Arnolds hatten immer Pflegekinder in ihrer Familie."

Blitzartig wurde Julia klar, dass auch darunter mögliche Auftraggeber sein könnten.

„Die haben dafür Geld vom Jugendamt gekriegt“, fuhr Trude derweil fort. „Sabine hat ihre beiden adoptiert, sie konnte keine eigenen Kinder bekommen.“

„Was ist eigentlich mit dem Mann von Sabine passiert?“

Trude zuckte mit den Achseln. „Abgelegt“, meinte sie dann trocken. „Muss unschön gewesen sein, sonst hätte sie nicht wieder ihren Mädchennamen angenommen.“

„Und sie haben vorher in Norddeutschland gewohnt“, erinnerte sich Julia laut.

„Irgendwo bei Kiel, ja. – Was soll denn diese ganze Fragerei?“

Julia lehnte sich in ihrem Stuhl zurück. „Ich versuche immer noch herauszufinden, wer mich auf die Suche nach Marion geschickt hat und warum.“

„Ah!“, meinte Trude. „Doch wenn du da Sabine dahinter vermutest, bist du auf dem falschen Dampfer. Die hätte gar nicht das Geld dazu. Und wenn, dann würde sie es niemals für die Marion rausschmeißen.“

Julia hätte gern noch wissen wollen, warum Sabine das nicht machen würde, doch die Zeit drängte. „Ich danke dir, Trude. Ich muss noch telefonieren, bevor ich aufbreche.“

Trude hob die Hände. „Schon gut, schon gut. Ich bin verschwunden. Aber du berichtest mir doch von der Isolde?“

„Aber sicher!“

*

Kurz bevor sie ins Auto stieg, rief Julia noch Mia an, um ihr am Nachmittag einen Termin zur Vertragsunterzeichnung vorzuschlagen. Der Anrufbeantworter mit Automatenstimme sprang an. Eingedenk der Natur ihres

Auftrages verzichtete Julia darauf, eine Nachricht zu hinterlassen. Wahrscheinlich war Mia im Kindergarten, so vertröstete sie sich selbst auf den Nachmittag.

In Oderwitz wurde Julia von einer mobilen Geschwindigkeitskontrolle geblitzt. Sie war so in Gedanken gewesen, dass sie gar nicht auf den Tacho geachtet hatte. Jetzt blieb ihr nur der Ärger über sich selbst und die Hoffnung, dass es keine allzu große Überschreitung gewesen war. Sie konzentrierte sich ein gutes Stück rein auf die Straße, doch schon bald wanderten ihre Gedanken zurück zu Marion. Sie war kein angenommenes Kind gewesen, sondern ein Pflegekind. Zugeteilt vom Jugendamt. Aus sicherlich guten Gründen hatte man Marion damals ihrer Familie entzogen. Doch was machte das mit einer Kinderseele? Marion konnte in einem berechenbaren Umfeld aufwachsen, in Sicherheit. War sie auch geliebt worden?

Auf jeden Fall hatte Jens Krahl sie geliebt, zumindest irgendwann einmal und so stark, dass er ihr so gut wie alles verzeihen konnte. Kai Marquart hatte sie geliebt. Jetzt war er tot. Die Ermittlungen der Kriminalisten dazu liefen noch. Angenommen, es war wirklich kein Unfall, sondern Totschlag oder gar Mord – wer hätte ein Interesse, Kai Marquart etwas anzutun? – Marion! Ein Schauer überlief Julia. Sollte Marion selbst es sein, die hinter Julias Rechercheauftrag steckte? War sie nach ihrem Verschwinden zu Geld gekommen und nun dabei, alte Rechnungen zu begleichen? Es war nicht auszuschließen. Aber auch Jessy käme infrage, immerhin war Marquart es gewesen, der ihnen die Polizei auf den Hals gehetzt hatte mit seinem Verdacht. Doch warum sollte Jessy erst jetzt zur Tat schreiten?

Ganz tief im Hinterkopf flackerte die Idee auf, Sabine und Marion könnten ein Paar gewesen sein in ihrer Jugend und dann …

Julia trat auf die Bremse. Ein gebeugtes, altes Mütterchen überquerte in aller Seelenruhe vor ihr die Straße. Das reichte, um wieder wach und konzentriert zu sein. Sie war bereits in Zittau. Julia fuhr zum Bahnhof und dann die Straße hinunter in Richtung Zentrum. Sie fand die angegebene Adresse in einem der sanierten Häuser aus der Gründerzeit in der Theodor-Korselt-Straße. Julia sah an den schmucken Fassaden hinauf. Isolde Arnold wohnte im Hochparterre mit Blick auf einen gepflegten herbstlichen Hofgarten, mit Pflanzkübeln voller Astern und Chrysanthemen unter einem leuchtenden Feuerdorn. Überall luden Sitzgelegenheiten ein, die letzten Sonnenstrahlen in diesem Paradies zu genießen. Doch genau die fehlten heute. Ein ruppiger Wind fegte feinen Regen durch die Blätter. Julia hatte nicht viel Zeit, ihre Betrachtungen fortzusetzen. Kaum hatte sie geläutet, als sie Schritte hinter der Tür vernahm und ihr geöffnet wurde. „Frau Eisler, wie schön. Ich bin die Ruth. Bitte kommen Sie doch herein."

Überrascht von diesem herzlichen Willkommen folgte Julia der molligen, kleinen Frau mit dem Pagenschnitt, durch den sich erste graue Strähnen zogen. Trotz ihrer mädchenhaften Stimme und eines glatten Teints, der von einer soliden Lebensführung zeugte, schätzte Julia Ruth auf Anfang bis Mitte fünfzig. Die Wohnung war blitzsauber und überheizt. Alte, dunkle Möbel an hell gestrichenen Wänden. Kruzifix an der Wand im Flur und an der Wand des großen Wohnraumes, in das Ruth Julia führte. Hier schien es noch etwas wärmer zu sein. Julia löste ihr Halstuch und stopfte es in die Tasche.

„Sie ist da, Mutter Isolde", rief Ruth schon an der Tür. „Frau Eisler. Bitte sehr, hier entlang." Isolde Arnold saß in einem Lehnstuhl, eine Wolldecke auf ihren Knien. Auf dem Beistelltisch stand ein Glas mit Wasser. Daneben lagen Bibel und ein anderes Lesebuch mit einem flammenden Kreuz darauf. Unsicher lächelnd reichte die alte Frau Julia die Hand. „Vielen Dank, dass Sie mit mir reden, Frau Arnold."

Die Unsicherheit wuchs, das Lächeln erlosch. Ihr Blick irrlichterte hinter Julias Rücken. „Du bleibst doch mit hier, Ruthi?"

„Wenn das kein Problem für Sie ist, Frau Eisler?"

„Aber nein. Natürlich nicht."

„Bitte, setzen Sie sich doch. Kann ich Ihnen etwas anbieten?"

„Danke, nein", antwortete Julia, nachdem sie auf dem angebotenen Sessel gegenüber Marions Pflegemutter Platz genommen hatte. Sie versank tief in das Polster und musste zu Mutter Isolde und Ruth aufschauen. Ruth hatte sich einen Stuhl vom Esstisch genommen.

„Ich möchte Ihnen nur ein paar Fragen zu einer Frau stellen, die als Mädchen in Ihrer Obhut war. Marion Grüner." Julia sah in ihrem Journal nach, ob sie den Mädchennamen Marions auch richtig notiert hatte.

„Grünert", korrigierte Isolde sie sofort. Ihre Stimme war zittrig. „Ich erinnere mich gut. Wer könnte Marion auch je vergessen. Herr, vergib mir, aber dieses Mädchen war ein Satansbraten." Sie seufzte. „Sie hat uns alle an die Grenzen gebracht. – Sie ist doch verschwunden, nicht wahr?"

„Vor siebzehn Jahren, ja."

Isolde schüttelte den Kopf. „Diese Treulose! Diese Närrin! Alle hat sie vor den Kopf gestoßen, die es gut mit ihr meinten. Alle verraten, die ihr jemals mit Liebe begegnet sind." Sie war unerwartet heftig geworden. „Und sie war eine Lügnerin. Wenn sie nur den Mund aufmachte, kam eine Lüge heraus oder eine Heuchelei. Sie hat gelogen, geschwindelt, betrogen, verleumdet." Jetzt stiegen ihr Tränen in die Augen. „Meinen Helmuth verleumdet." Erregt hob sie ihre Arme. „Du sollst kein falsch Zeugnis ablegen wider deinen Nächsten", deklamierte sie zornig.

„Ruhig, Mutter Isolde", sagte Ruth, die mit verschränkten Armen auf dem Stuhl saß und wachsam jeder Regung der alten Frau folgte. „Ruhig. Marion ist fort."

„Und mein Helmuth im Himmel. Gott hab ihn selig." Sie schlug sich an die Brust.

„Was hat Marion Ihrem Mann nachgesagt?", wollte Julia wissen, obwohl sie schon ahnte, in welche Richtung es gehen würde.

„Können Sie sich das nicht denken?", fuhr die kleine Frau im Lehnsessel auf. Ihre plötzliche Aggression ließ in Julia die Ahnung aufkommen, dass mit Mutter Isolde wohl nicht immer gut Kirschen essen war.

„Missbrauch Schutzbefohlener?"

„Ja", bestätigte Ruth an Isoldes statt, die Julia nur hasserfüllt anstarrte, weil sie Marions Anklage so klar ausgesprochen hatte. Ruth stand auf und legte die Decke zurück auf Isoldes Knie, die in ihrer Erregung verrutscht war. Dann kehrte sie zu ihrem Stuhl zurück. „Das war schon heftig, was Marion da behauptet hat", erzählte Ruth, als sie wieder saß. „Die Arnolds verloren damals ihre Pflegelizenz und ihren guten Ruf und ich mein Zuhause."

Verblüfft sah Julia auf. „Sie waren auch ein Pflegekind der Arnolds?"

Ruth nickte lächelnd. „Das war ich."

„Du warst ganz anders als die Marion", rief Isolde unter Tränen und streckte die Hand nach Ruth aus.

Unter diesen Umständen schien es Julia müßig zu fragen, was Ruth von Marions Anschuldigungen hielt und wie ihre eigenen Erfahrungen mit Helmuth Arnold gewesen waren. Stattdessen wollte sie mehr über Marion herausfinden. Vielleicht bekäme sie später noch einmal die Chance, Ruth unter vier Augen zu sprechen. „In welchem Alter ist Marion denn zu Ihnen gekommen", wandte sie sich wieder an Isolde.

„Das erste Mal mit vier Jahren", erinnerte sich Isolde, nun etwas milder gestimmt. „So ein süßes Kind! So ein Engelsgesicht. Doch was hatten diese Augen alles schon mit ansehen müssen. Gott allein weiß, was die leibliche

Mutter und ihre Galane alles mit dem Kind angestellt haben! – Es gibt Menschen, wissen Sie? Menschen … die sind wie Tiere." Wieder erhob sie ihre Arme, wieder rutschte die Decke herunter. Diesmal nutzte Julia die Gelegenheit, um aus der Tiefe des Sessels zu kommen, und hob sie ihr rasch auf. „Ach! Ich danke Ihnen." Isoldes Stimme war nun wieder zittrig und schwach.

„Marion kam also mehrere Male zu Ihnen in die Pflegefamilie?", fragte Julia dann behutsam weiter. Sie blieb neben dem Lehnstuhl stehen und beugte sich leicht zu der alten Frau hinunter. „Beim dritten Mal blieb sie dann", seufzte Isolde. „Das war kurz vor Helmuths Fünfzigsten." Sie sann kurz nach. „Das ist jetzt so viele Jahre her. Es gab da auch noch ein Baby, ein kleines Kind. Oder, Ruthi?"

„Marion hat Geschwister?", fragte Julia überrascht. Davon hatte sich nichts im Dossier gefunden.

„Zumindest ein jüngeres Geschwisterkind", bestätigte Ruth. „Ich weiß aber nicht, ob Bruder oder Schwester. Marion hat nie darüber geredet. Aber ich weiß, dass sie traurig und wütend war, dass sie nur allein zu uns kam."

„Beim ersten Mal hieß es aber, sie habe versucht, das Baby zu ersticken", erinnerte sich Isolde düster. „Man traut das so einem Engelsgesicht nicht zu, aber in Marion steckte ein Teufel!"

Julia holte tief Luft, ließ das jedoch unkommentiert. „Wie haben Sie Marion in Erinnerung?", fragte sie stattdessen Ruth. Sie sah sofort, dass sie darauf keine ehrliche Antwort bekommen würde, denn Ruths Augen wurden dunkel und ihr Gesicht verschloss sich. „Wir waren fast gleichaltrig", sagte sie dann vorsichtig, „da gab es natürlich sowohl Vertrautheit als auch Eifersüchteleien."

„Sie hat dir das Leben zur Hölle gemacht", erinnerte Isolde ihre Ziehtochter scharf.

Ruth errötete. „Hölle ist etwas anderes", sagte sie leise und sah Julia bittend an. Die verstand sofort. „Können

Sie mir sagen, mit wem ich noch über Marion sprechen kann?", fragte Julia im abschließenden Ton. „Wissen Sie, wer Marions amtlicher Vormund war, nachdem sie Ihre Familie verlassen hat." Sie steckte ihr Journal in die Tasche. „Wie alt war sie da gleich?"

„Sechzehn", sagte Ruth still und spielte an den Fingern ihrer Hände.

Mutter Isolde nickte dazu. „Angeblich ist sie zu ihrer Mutter zurück. – Da hatten sich dann zwei gefunden", ergänzte sie erbittert. „Die Mannstolle mit der jungen Nymphomanin."

Einen Moment hatte Julia das Gefühl, Isolde Arnold würde gleich ausspucken vor tödlicher Verachtung für Marion. Es war erstaunlich, welche Kraft der alte Groll in der zarten, gebrechlichen Frau hervorzubringen vermochte.

„Was das Jugendamt dann veranlasst hat, müssen Sie dort erfragen", fuhr sie fort. „Ich war wie vom Donner gerührt, als ich erfuhr, dass sie sich ausgerechnet in Finkendörfel einen Mann gesucht hatte. – Angeblich einen richtig anständigen Kerl. So ein Narr!"

Dann fiel alle Robustheit wieder von ihr ab. Sie wurde weinerlich. „Ich glaube, es wird jetzt Zeit für meine Medizin, Ruthi."

Das schien eine Art Codewort zwischen den beiden zu sein, denn Ruth sprang sofort auf. Julia betrachtete ihre Audienz als beendet. Sie erhob sich, dankte noch einmal für die Auskünfte und schickte sich an zu gehen.

„Ich begleite Sie noch hinaus, Frau Eisler", sagte Ruth. Höflich half sie Julia in die Jacke, als sie im Flur waren. „Ich hätte Sie gern noch einmal gesprochen", wisperte sie dabei in Julias Ohr. „In einer Stunde in der Brasserie?"

„Wo finde ich die?"

„In der Bautzener Straße beim Hotel Dreiländereck." Sie lächelte verschämt. „Ein Lieblingsort von mir. Ich sitze da einfach gern bei einem Kaffee und schaue den Leuten zu."

„Das klingt perfekt." Julia erwiderte das Lächeln. „Ich bin froh, dass Sie mir noch etwas Zeit schenken."

„Ruthi?", erklang die weinerliche Stimme aus dem Wohnzimmer.

„In einer Stunde", wiederholte Ruth im gehetzten Flüsterton. „Dann wird sie schlafen und ich habe meine Pause."

Sie schob Julia aus der Tür. Auf den Stufen in den Hof hinab blieb Julia einen Augenblick stehen und blies den Atem aus. Frische Luft! Was für ein Labsal. Der Nieselregen kühlte ihre überhitzte Haut. Doch rasch wurde ihr der herbstliche Wind zu kalt. Sie zerrte ihr Halstuch wieder aus der Tasche. Ihr Diensthandy fiel mit heraus auf das Pflaster des Hofes. Erschrocken hob Julia es auf und sah nach möglichen Schäden. Das Gehäuse war etwas abgeplatzt. Sie ärgerte sich. Auf der Anzeige des Displays sah sie, dass der Specht mehrfach versucht hatte, sie zu erreichen. „Darauf habe ich jetzt keine Lust!", murmelte sie verdrossen. Im Auto legte sie das beschädigte Handy in das Handschuhfach und rief über ihr neues Telefon bei der Trögerin an. „Julia hier, hallo", rief sie betont fröhlich, als die Anwaltssekretärin sich raunend meldete. Die Trögerin nahm es mit der Geheimhaltung offenbar sehr genau. „Gibt es etwas Besonderes?", wollte Julia wissen.

„Ich habe Ihnen den Vertrag vorbereitet für die Familie Krahl", sagte die Trögerin. „Sie finden ihn in Ihrem Postfach. Die Familie erwartet Sie heute am Nachmittag, wie Sie es gewünscht haben. Den genauen Termin vereinbaren Sie ja gewiss noch."

„Danke, Frau Tröger. Ich habe noch eine Bitte, fragen Sie doch mal bei der Adoptionsvermittlungsstelle an, ob und unter welchen Bedingungen leibliche Verwandte zweiten Grades ein Auskunftsrecht besitzen."

Die Trögerin überlegte kurz. „Dafür brauchen wir auf jeden Fall eine schriftliche Vollmacht der Familie."

„Ich hoffe, dass ich die heute bekommen kann. – Ich glaube, eben gerade habe ich einen Durchbruch erzielen können, liebe Trögerin", strahlte Julia dann. „Doch dazu später mehr. Ich habe gleich ein Rendezvous mit einer Zeitzeugin."

„Kommen Sie heute auf dem Rückweg noch in der Kanzlei vorbei?"

„Auf jeden Fall", flötete Julia. Sie verabschiedeten sich.

Julia konnte selbst nicht sagen, was genau ihre Hochstimmung verursacht hatte. Aber sie war sich sicher, gerade einen entscheidenden Schritt weitergekommen zu sein. Es gab einen Bruder oder eine Schwester! Wenn das kein Verdächtiger in Sachen Auftraggeber war. Höchste Zeit, bei einer Tasse Kaffee ihr Journal mit einer aktuellen Aufstellung zu füllen, während sie auf Ruth wartete. Doch zuerst schickte sie Mia noch eine Nachricht und schlug 16 Uhr für ein Treffen in ihrem Büro vor. Mia schrieb sofort zurück, dass es erst 16:30 Uhr möglich sei und Julia bitte zu den Krahls kommen solle. „Da muss ich meine kleine Tochter mitbringen", antwortete Julia. „Kein Problem" war die Reaktion und ein erhobener Daumen. Ihr anderes Telefon vibrierte. Schon wieder Basti. Entschlossen warf Julia es ins Handschuhfach zurück und schwang sich aus dem Auto.

Ein scharfer Wind blies ihr entgegen. Julia zog ihren Regenmantel fester um sich, raffte den Gurt ihrer Umhängetasche und schritt die Straße entlang bis vor zur Bahnhofstraße. Auf dem ganzen Weg ins Stadtinnere kreisten Julias Gedanken um Marion und ihre möglichen Auftraggeber. Die Idee, dass es Marion selbst sein könnte als düsterer Racheengel, gefiel Julia, doch nun gab es auch die Möglichkeit, dass ein Geschwisterkind diese Rolle besetzte.

Was bedeutete das nun für sie selbst? Sollte Julia Eisler zum Mithelfer eines Rachefeldzuges werden oder war sie es vielleicht sogar schon? Am Polizeirevier am Haberkornplatz hielt Julia kurz inne. Hatte ihre innere Stimme sie nicht von Anfang an genau davor gewarnt? Wo war die

Grenze? Was konnte sie vertreten? Nicht nur als Anwältin, sondern als Julia. Als sie selbst.

Nachdenklich ging Julia weiter. Sie überquerte den Grünen Ring. Wenn sie ehrlich mit sich war, dann musste sie zugeben, dass diese Ermittlungen neue Kräfte in ihr geweckt hatten. Insofern konnte sie ihren anonymen Auftraggebern sogar dankbar sein. Sie fühlte sich lebendig, gefordert, doch nicht überfordert. Ihre Abenteuerlust war geweckt, ihre Lust am Recherchieren. Kam Sophia zu kurz? Dieser Gedanke durchzuckte sie gerade, als sie vor dem Hotel Dreiländereck stand. Sie schluckte ihn rasch hinunter.

Die Außenanlage der Brasserie war geschlossen. Julia betrat das gemütliche Café, das zu dieser Mittagsstunde gut besucht war. Es duftete nach mediterranen Köstlichkeiten und Kaffee. Julia wählte einen Tisch gleich vorn in der Nähe des Eingangsbereiches, der gerade frei wurde, so hatte sie die Eintretenden gut im Blick. In Windeseile hatte der Service den Tisch gereinigt und hergerichtet. Julia bestellte sich eine Apfelschorle und einen Flammkuchen. Während sie darauf wartete, nahm sie ihr Journal aus der Tasche.

Wer käme infrage als ein Geschwisterkind von Marion?

Als Schwester fiel ihr niemand ein. Doch was war mit Fred und Tilda, die adoptiert worden waren. Hatten sie vielleicht herausgefunden, dass Marion ihre verschollene Tante war? Doch möglicherweise waren auch sie aus verschiedenen Familien adoptiert worden. Würde ihr Sabine darüber Auskunft geben? Einen Versuch war es wert. Notfalls könnte sie das Trude übergeben. Vor ihrem Umzug zur Pflege ihrer Tante hatte Sabine in Norddeutschland gelebt. Vielleicht sogar irgendwann einmal in Hamburg?

Auf der Bruderseite fiel ihr der Specht ein, dem es so immens wichtig gewesen war, dass sie in diesem Fall recherchierte. Doch passte das vom Alter her?

Ernüchtert klappte Julia ihr Journal zu. Marion war Mitte dreißig gewesen bei ihrem Verschwinden. Basti hatte erwähnt, dass er da gerade Abitur gemacht hatte. Das wäre ein Altersunterschied von etwa zwölf Jahren. Das passte wohl doch nicht …

Ruth betrat die Brasserie. Nach kurzem Suchen entdeckte sie Julia und setzte sich ihr gegenüber. „Ich bin froh, dass wir noch einmal reden können", sagte Julia. Dann deutete sie auf die Karte der Brasserie. „Sie sind herzlich eingeladen."

„Oh, das ist doch nicht nötig …", murmelte Ruth verlegen. Sie sah sich um, als hätte sie Angst mit einer Unbekannten gesehen zu werden. Doch Julia konnte sich irren. Vielleicht wollte Ruth lieber einen anderen Platz? „Nein, nein", versicherte die eifrig. „Es ist alles in Ordnung."

Julias Bestellung kam. Bescheiden bestellte Ruth das Gleiche. Julia schob ihren Teller demonstrativ erst einmal beiseite und schlug ihr Journal wieder auf. „Ist das für Sie in Ordnung, wenn ich mir ein paar Notizen mache?"

„Natürlich. Nur Tonbandaufnahmen möchte ich lieber keine." Wieder sah sie sich prüfend nach allen Seiten um. „Man weiß ja nie …"

„Was können Sie mir über Marion erzählen?", kam Julia zur Sache. Ruth zupfte an einer Serviette. „Sie war eine Schönheit. So eine traurige Schönheit, voller Geheimnis. Jeder, der sie ansah und eine Weile in ihrer Nähe war, verfiel ihr auf irgendeine Weise. – Selbst Mutter Isolde."

„Bis es zu den Anschuldigungen kam."

„Ja." Ruth sah sie mit ihren klaren Augen an. „Das war für sie undenkbar. Davon ist sie heute noch überzeugt."

„Ich habe es bemerkt", sagte Julia lächelnd. „Halten Sie es für möglich, dass Marion recht hatte mit ihren Beschuldigungen?"

Ruth überlegte lange. „Helmuth war ein ganz sanfter Mensch", begann sie dann leise. „Mutter Isolde hatte die

Hosen an. Helmuth war es nicht gewohnt, irgendetwas ohne sie zu entscheiden oder gar zu tun. Ich kann mir nicht vorstellen, dass er sich derart vergessen konnte. Es sei denn …"

„Ja?"

„Es sei denn, er wurde von Marion bezirzt."

„Sie war noch ein Kind", gab Julia zu bedenken.

Energisch schüttelte Ruth den Kopf. „Schon lange nicht mehr", sagte sie ernst. „Das hatte man diesem Mädchen wohl schon früh ausgetrieben."

„Frühkindlicher Missbrauch", murmelte Julia.

„Sie sagen es. Es ist so eine Grausamkeit. Seelenmord!" Ruth wurde leidenschaftlich. „Marion hatte das Flirten und auch das Manipulieren so sehr verinnerlicht, dass sie auch bei uns nicht damit aufhören konnte."

„Sie waren schon bei den Arnolds, als Marion kam?"

„Ich wurde bereits als Baby in Pflegefamilien gegeben. Meine Mutter war psychisch krank und konnte nicht für mich sorgen. Von einem Vater weiß ich nichts. Bei den Arnolds habe ich mich gut aufgehoben gefühlt. Es war ein strenges, doch auch liebevolles Regime von Mutter Isolde. Als meine Mutter …" Sie schluckte. „Als sie sich dann das Leben nahm, wurde ich von den Arnolds adoptiert."

Julia zog es vor Mitleid das Herz zusammen. Wie privilegiert sie doch war, unverletzt und geliebt durch ihre Kindheit gekommen, in Sicherheit aufgewachsen zu sein. Achtete sie das? Würdigte sie das genug? Wieder schlichen sich Scham und Schuldgefühle gegenüber Mutter Milla in ihr Herz.

„Das tut mir leid", sagte Julia aufrichtig. „Wie alt waren sie damals?"

„Sechzehn. Marion war da schon auf und davon. Ihre Vorwürfe hatte sie zurückgenommen. Doch der Ruf der Arnolds war ruiniert. Sie hatten deshalb auch Mühe mit meiner Adoption. Doch letztendlich wog mein Wunsch und Wille den Verdacht auf."

Jetzt wurde auch Ruths Bestellung serviert.

„Guten Appetit."

„Marion ist also wieder zu ihrer Mutter zurück", fuhr Julia zwischen zwei Bissen des köstlichen Flammkuchens fort.

Ruth kaute bedächtig, bevor sie antwortete. „Ja. Einerseits war das gewiss kein guter Ort für sie. Die Mutter war eine starke Trinkerin und hatte wohl immer ungute Beziehungen zu Männern."

Ruth war erstaunlich gut informiert, wie Julia fand. „Und andererseits?" In der Tasche brummte ihr Telefon. Sie ignorierte es.

Jetzt lächelte Ruth. „Andererseits hat sie Jens gefunden. Ich hatte Marion zu einer Rüstzeit der jungen Gemeinde eingeladen, damit sie mal rauskommt bei ihrer Mutter. Dort haben sich die beiden kennengelernt. Die Schöne und der Bär haben wir sie genannt." Sie kicherte. „Es hätte wirklich gut gehen können, wenn Marions Veranlagung nicht wieder alles zerstört hätte."

„Welche Veranlagung meinen Sie?"

„Ihre Sexsucht natürlich. Die war schlimmer als alle Manipulationen."

Julia legte das Besteck beiseite und machte sich ein paar Notizen dazu. „Was glauben Sie, wohin Marion verschwunden sein könnte?"

„Ich habe keine Ahnung", gestand Ruth, die den Rest ihres Flammkuchens auf dem Teller ließ, so als habe es ihr plötzlich den Appetit verschlagen. „Erst durch Sie habe ich überhaupt wieder etwas von Marion gehört. Unsere Wege trennten sich schon, als sie Jens das erste Mal mit seiner kleinen Tochter allein gelassen hatte. Damals habe ich sie regelrecht gehasst." Ihre Augen glühten auf bei diesen Worten.

„Waren Sie damals bei Jens, um ihm beizustehen?", fragte Julia ahnungsvoll.

Ruth lehnte sich zurück. Ihre Augen füllten sich mit Tränen, als sie nickte. „Ich wollte“, bestätigte sie dann Julias Vermutung. „Jens ist so ein lieber Kerl. – Kennen Sie ihn?“

„Nur als kranken Mann.“

„Das ist alles Marions Werk!“, sagte Ruth bitter.

„Aber es war ein Unfall“, gab Julia zu bedenken, „und Marion war da schon lange fort.“

„Sie hat seine Gedanken vergiftet. Jens war wie besessen von ihr. Sie hat seine Seele gefressen, ihn ausgesaugt wie ein Vampir.“ Wieder flammte Leidenschaft in der stillen Ruth auf. „Entschuldigen Sie.“ Sie wischte sich mit der Serviette über ihr Gesicht. „Ich dachte damals, ich könnte ihn retten und ein glückliches Leben mit ihm führen. Doch Marion war immer präsent, auch wenn sie weg war, dagegen konnte ich nicht ankommen. Irgendwann habe ich aufgegeben. Ich drohte, selbst krank zu werden. Damals war ich gerade an der Fachschule und inmitten der Prüfungen. Das war meine Rettung vor Liebeskummer, Manipulation und Opferdasein. Ich habe mich einfach auf das Lernen gestürzt.“

„Was haben Sie studiert?“

„Sozialpädagogik. Ich bin Sozialarbeiterin bei der Diakonie. Jetzt etwas reduziert im Einsatz, weil Mutter Isolde mich braucht.“

Deshalb die fachlichen Einsichten, dachte Julia und notierte sich auch das. „Wohnen Sie bei ihr?“

„Um Gottes willen, nein!“ Sie klatschte in die Hände und lachte. „Ich habe eine wunderschöne Mansardenwohnung ganz in der Nähe mit Blick auf die Berge. Da lebe ich mit meinen Musikinstrumenten, mit meiner Katze und meinen Büchern. Mutter Isolde kommt schon noch zurecht einigermaßen. Manchmal tut sie nur leidend.“ Sie zwinkerte. „Damit ich mehr Zeit mit ihr verbringe. Doch ich habe gelernt, mit solchen Fangmethoden umzugehen. In der Hinsicht war die gemeinsame Kindheit mit Marion ausgesprochen lehrreich. Das kann ich Ihnen sagen.“

„Ja, das sehe ich“, sagte Julia. „Sie haben meine ganze Bewunderung dafür. Das gelingt nicht jedem. – Möchten Sie noch einen Kaffee?“

Ruth sah auf die Uhr. „Darauf muss ich leider verzichten. Der neue Pflegedienst kommt nämlich heute. Da möchte ich doch zugegen sein und Mutter Isolde vorbereiten. Sie hasst Veränderungen, das bringt ihr immer Unsicherheit, wenn sie die Leute nicht genau kennt, die in ihre Wohnung kommen.“

„Das kann ich gut verstehen.“ Julia winkte nach der Rechnung. „Wenn Sie wollen, begleite ich Sie zurück. Ich habe mein Auto ja noch dort geparkt.“

15. Kapitel

Und du merkst es nicht im Schreiten,
wie das Licht verhundertfältigt
sich entringt den Dunkelheiten.
Plötzlich stehst du überwältigt.

– Richard Dehmel, Manche Nacht

Julias Telefon brummte erneut, als sie die Brasserie verließen. „Entschuldigen Sie bitte", sagte sie zu Ruth, die diskret ihre Schritte beschleunigte. Doch es waren nur Nachrichten, die Julia rasch überflog. Mia wollte den Termin auf den folgenden Tag verschieben, da es ihrem Vater nicht gut ging. Die zweite Nachricht war von Fred, der ihr mitteilte, dass er heute Nachmittag daheim sei.

„Wenigstens etwas", murmelte Julia und schickte zwei kurze Bestätigungen hinaus. Dann beeilte sie sich, wieder zu Ruth aufzuschließen. Sie plauderten nun jedoch über Belangloses, so als hätten sie Marion und die schmerzlichen Erfahrungen der Vergangenheit in der Brasserie auf dem Tisch liegen lassen und das Servicepersonal würde sie mit dem dreckigen Geschirr einfach wegräumen. Stattdessen sprachen sie über ihre Liebe zu Büchern und den Charme gut geführter Buchhandlungen, aus denen man niemals ohne eine lesenswerte Neuanschaffung herauskam. An der Villa, in der Isolde Arnold wohnte, trennten sie sich im besten Einvernehmen. Es gab Menschen, bei denen Julia schon bei der ersten Begegnung das Gefühl hatte, sie schon ewig zu kennen, so schnell wuchs die Vertrautheit. Ruth war solch ein Mensch. Unter anderen Bedingungen hätte Julia das gern wiederholt. Kaum saß sie in ihrem Wagen, schoss es ihr jedoch siedend heiß ein, dass Ruth auch eine Verdächtige im Fall Marion war. Bei aller Sympathie, so hatte Ruth ein starkes Motiv, Marion aus Jens Krahls Leben verschwinden zu lassen. Hatte sie auch Mittel und Gelegenheit? Wie sollte Julia das nur herausbekommen? In diesem Moment wünschte sie sich ein starkes Ermittlerteam an ihrer Seite. Doch es hieß hier in diesem Fall: keine Polizei, keine Detektive. Warum eigentlich? Um die Familie zu schützen? Julias Gefühl sagte ihr, dass ihre Auftraggeber eher etwas zu verbergen hatten.

Im Handschuhfach brummte zornig ihr Diensttelefon. Seufzend fügte sich Julia dem Unvermeidlichen. Mit spitzen Fingern tippte sie die Nachricht an den Specht, dass sie in einer guten halben Stunde in der Kanzlei sein würde.

Als Julia die Räume der Kanzlei betrat, stand Basti am Empfangstresen und sprach mit Franzi, die ihn ergeben ansah. „Julia! Wo steckst du denn? Ich versuche schon den halben Tag, dich zu erreichen."

„Ich war in einem wichtigen Gespräch", erwiderte Julia. „Außerdem erstaunt es mich zu hören, dass du eine kleine Wald- und Wiesenanwältin derart dringlich sprechen musst."

Der Specht öffnete den Mund und schloss ihn wieder. In diesem Moment ähnelte er eher einem Karpfen als einem Vogel. Julia musste sich das Lachen verbeißen. „Was gibt es denn so Dringendes?"

„Also, na ja …, also Julia, das ist mir da bloß so rausgerutscht", sagte der Specht zerknirscht und wechselte einen alarmierten Blick mit Franzi. „Woher … Na, ja – egal. Komm am besten mit in mein Büro."

Die Trögerin steckte den Kopf aus der Tür zu ihrem Büro und wedelte mit ein paar Papieren. „Ich komme gleich", rief Julia, dann folgte sie Basti, der ihr die Tür aufhielt und sachte hinter ihr schloss. „Neues aus Hamburg", flüsterte er bedeutsam.

„Hoffentlich etwas Brauchbares", sagte Julia, als sie sich setzte. „Die Identität meiner Auftraggeber zum Beispiel."

„Aber, Julia!" Der Specht sah sie mitleidig an. „Das Thema hatten wir doch schon erörtert."

„Nicht zu meiner Zufriedenheit, wie du dich sicherlich erinnerst."

„Na – was ich hier habe, ist bestimmt besser und hilft dir ein gutes Stück weiter."

„Und warum bekomme ich das dann nicht, sondern du", brauste Julia auf. „Bin ich nur der Lakai oder was?"

„Es ist halt über die Kanzleiadresse gegangen und die Franzi hat es mir weitergeleitet." Er hob beschwichtigend die Hand, als Julia weiter protestieren wollte. „Marion hatte einen kleinen Bruder!"

„Ah! Das hilft mir wirklich weiter", sagte Julia. „Ich habe heute herausgefunden, dass es da ein jüngeres Geschwisterkind gab, aber nicht ob Bruder oder Schwester. Ich habe die Trögerin darauf angesetzt, damit wir an Informationen kommen."

„Du wirst die Einwilligung der nächsten Blutsverwandten benötigen. Und die geben nur das Geburtsdatum heraus und keine Adresse oder weitere Daten."

„Vielleicht bekomme ich die ja bald", meinte Julia nachdenklich. Sofort bereute sie ihre Offenheit.

Der Specht war ganz Ohr. „Ach ja? Ich dachte, die Familie blockiert so?"

„Vertrau mir", lächelte Julia. „Oder besser gesagt, traue mir auch einmal etwas zu."

„Na! Aber immer doch", beteuerte der Specht scheinheilig. Er reichte Julia den ausgedruckten Bogen der Hamburger Kanzlei. Mehr Höflichkeitsfloskeln als Informationen, wie Julia beim Überfliegen bemerkte. Man hielt den Kontakt, speiste sie jedoch mit kärglichen und sogar falschen Informationen ab. „Die Kriminalbeamten haben bestimmt damals auch nach dem Bruder gefahndet, kann ich mir denken."

„Haben die etwas gesagt?"

Julia schüttelte den Kopf. „Die geben keine Ermittlungsinterna heraus. Der Fall ist noch nicht abgeschlossen. Und die Details aus dem Dossier sind zum Teil lückenhaft bis falsch." Etwas warnte sie, dem Specht vom Gespräch mit Marquart zu erzählen. Da sie jedoch zu den Ermittlungen befragt wurde, musste sie es ihm wenigstens mitteilen. „Einer der Zeugen, die ich zu Marions Verschwinden befragt habe, ist am Abend desselben Tages tödlich verunglückt."

„Wen meinst du?" Er hatte sich auf die Schreibtischplatte gestützt und spielte bereits mit seinem Stift.

„Kai Marquart", sagte Julia. „Die Kriminalpolizei ermittelt wegen einer möglichen Fremdeinwirkung. Da ich eine der letzten Personen bin, die mit ihm gesprochen hat, gelte ich als Zeugin in diesem Fall."

„Völlig klar", sagte der Specht mit glitzernden Augen. „Na, das wird ja richtig spannend."

„Du bist ja voller Mitgefühl für die Hinterbliebenen", bemerkte Julia trocken.

Der Stift begann seinen Klopftanz auf der Tischplatte. „Mitgefühl spare ich mir für meine privaten Beziehungen, Julia", belehrte der Specht sie kühl. „Bei der Arbeit beeinträchtigt es mein Urteilsvermögen."

Julia erhob sich. „Ich wollte dich nur informieren."

„Danke dafür."

Julia war schon an der Tür, als sie sich noch einmal umdrehte. „Bist du adoptiert?", fragte sie unvermittelt.

Der Klopftanz hielt inne. Basti starrte sie an. „Nicht, dass ich wüsste", sagte er dann zögernd. Klopf. Klopf. „Worauf willst du hinaus?"

„Ich frage mich so manches Mal, wer hinter dieser Suche steckt. – Du vielleicht?" Sie lächelte ihn an. „Du könntest doch der kleine Bruder von Marion sein. Du hast das

Ganze inszeniert, um endlich die Wahrheit über das Verschwinden deiner Schwester zu erfahren." Julia wusste, dass das unwahrscheinlich war, aber sie wollte ihn provozieren.

In übertriebener Theatralik warf der Specht den Kopf in seinen Stiernacken und lachte schallend. „Ehrlich, Julia, du solltest Romane schreiben." Er wischte sich eine imaginäre Träne aus dem Augenwinkel. „Wirklich, was für eine Fantasie!"

Julia lächelte immer noch. „Ich behalte dich im Auge, Kollege Fink", sagte sie wie im Scherz und sah ihn direkt an. Dann ging sie hinaus und schnurstracks in das Büro der Trögerin hinüber.

Die hatte Kontaktdaten der Adoptionsstelle und sogar die damalige Mitarbeiterin des Jugendamtes ausfindig gemacht, die den Fall der Grünert-Kinder betreut hatte.

„Sie sind ein Schatz!", rief Julia erfreut.

Die Trögerin erglühte vor bescheidenem Stolz. „Eine Frau Keller. Sie hat jetzt ihr Domizil in einem betreuten Wohnen in Bautzen." Sie reichte Julia die Adresse. „Ich habe schon mit ihr gesprochen. Eine sehr nette Dame. Etwas umständlich vielleicht, doch an die Grünert-Kinder erinnerte sie sich gleich. Sie nannte es einen tragischen Fall."

„Wohl wahr", seufzte Julia. „Was mir heute schon alles zu Ohren gekommen ist von der Kindheit und Jugend Marions, das verschlägt einem den Atem. Kein Wunder, dass sie so geworden ist."

Die Trögerin nickte in angemessener Betroffenheit. Doch ihre Hoffnung auf weitere Details wurde enttäuscht. Julia war tief in Gedanken.

„Ist es nicht schön, dass Ihre Eltern nun doch schon am Freitag nach Hause kommen?", versuchte die Trögerin sanft, Julia aus ihrer Versunkenheit zu holen.

„Ja, Ja", sagte Julia zerstreut. „Ganz wunderbar. – Sagen Sie, Frau Tröger, könnten Sie die Befragung der Frau Keller vornehmen? Sie haben doch jetzt schon Kontakt geknüpft.

Mir ist jedes Detail wichtig, was diese Frau aus ihren Erinnerungen kramen kann."

„Natürlich gern", freute sich die Trögerin.

„Dann ist das abgemacht!" Julia strahlte sie an. „Sie sind einfach unbezahlbar, Frau Tröger. Vielen Dank!"

In Hochstimmung setzte sich Julia an ihren Schreibtisch. Sie arbeitete schnell und hatte bald alle ihre E-Mails und Anfragen erledigt. Dann nahm sie sich die Anrufliste vor. Sie sah auf die Uhr. In einer halben Stunde musste sie zurück nach Finkendörfel. Zügig erledigte sie die anstehenden Telefonate. Bei einem Anrufer handelte es sich um Thomas Müller, den jungen Wald-Müller. Er meldete sich bereits nach dem zweiten Läuten. „Ah! Frau Eisler. Wie schön, dass Sie zurückrufen. Ich glaube, dass ich Ihre Hilfe brauche."

„Gern doch", erwiderte Julia munter. „Wobei kann ich Ihnen denn behilflich sein? Stimmt etwas mit den Verträgen nicht?"

„Nein." Und nach einer kurzen Pause wiederholte er: „Nein. – Das geht wohl alles klar so. Meine Tante kümmert sich darum. Also Günters Frau, die Frau Ewald."

Er druckste herum. „Das Problem ist", sagte er schließlich bedrückt, „ich habe doch den Marquart gefunden."

Julia holte tief Luft. „Ach! Und jetzt glauben Sie, dass die Kriminalbeamten Sie unter Verdacht haben, darin verwickelt zu sein?"

„So ist es", bestätigte der Wald-Müller.

Hoffentlich stand ihre eigene Zeugenschaft einem Mandat nicht im Wege, überlegte Julia kurz. Doch die Beratung konnte sie ohne Weiteres übernehmen.

„Wie kam es, dass Sie vor Ort waren?"

„Ich war mit Günter Ewald dort oben, um eine umgestürzte Buche zu begutachten, die es beim letzten Sturm erwischt hat. Marquarts Busch grenzt da genau an unseren Wald."

„War es zu dieser Stunde nicht schon zu dunkel dafür?"

„Ja, es war mal wieder später geworden, als uns lieb war", erklärte der Wald-Müller. „Doch das sind wir gewohnt. Dafür haben wir unsere starken Scheinwerfer. Damit haben wir auch die Jessy aufgeschreckt, die gerade auf Wildschweinjagd war, hat ihr nicht besonders gefallen."

Sieh an, dachte Julia. Jessy war also auch in der Nähe.

„Wir haben die Jeeps unterhalb vom Kaltenborn abgestellt", fuhr der Wald-Müller fort. „Tja, und da lag er."

„Sie haben gleich die Rettungskräfte gerufen?"

„Klar. Aber ich habe an seinen Augen gesehen, dass es schon zu spät war."

„Trotzdem. Sie haben alles richtig gemacht." Julia überlegte. „Wir sollten uns treffen", schlug sie vor. „Vielleicht gleich vor Ort?" Sie sah aus dem Fenster. „Die Sonne wagt sich gerade hervor. Ich könnte mit meiner Tochter einen kleinen Waldlauf machen. Wollen wir uns dort treffen?"

„Heute schaffe ich das nicht mehr vor dem Dunkelwerden", sagte der Wald-Müller mit Bedauern. „Wie sieht es am Samstag aus?"

„Gern", erwiderte Julia. „Ich melde mich noch einmal wegen der genauen Zeit."

So verblieben sie miteinander.

Julia hatte kaum aufgelegt, als sich Dennis meldete. Er war überrascht, dass sie sofort ranging. „Ja, ich bin gerade im Büro." Dann wartete sie.

„Hättest du Lust, heute Abend mit mir zum Training zu gehen", schlug Dennis unsicher vor. „Ich wollte dir doch mal unser neues Fitnessstudio vorstellen."

Als Erstes dachte Julia daran, dass sie nicht auch noch ihre Freizeit mit dem Specht verbringen sollte. „Sebastian Fink ist heute Abend nicht zum Training eingetragen", sagte Dennis mit einem leisen Lachen, das Julia erwiderte. „Du kannst also Gedanken lesen?"

„Manchmal denkst du so laut Julia, dass ich gar keine andere Wahl habe."

Das wiederum war ein zweifelhaftes Kompliment und erleichterte Julia ihre Absage. „Ein verlockendes Angebot und es würde mir gewiss auch guttun, doch heute ist die Familie dran", erklärte sie. „Paul kommt heim. Und ich will bei Sophia sein. Vielleicht klappt es ja mal in der nächsten Woche. Dann sind meine Eltern wieder da und ich hoffe, meine Mutter übernimmt vielleicht auch einmal die Kinderwache für einen Abend."

Ja, das hoffte sie inständig. Davor jedoch stand die Versöhnung.

„Gibt es da Zweifel?", fragte Dennis, so als habe er auch diesen Gedanken erraten.

„Eigentlich nicht", log Julia. „Dennis, ich muss jetzt los. Mein Kind wartet. Ich habe auch noch einen Gesprächstermin heute."

„So beschäftigt bist du?"

Julia stutzte. Klang da eine Spur Hohn in seinen Worten an? Oder war sie einfach nur wieder zu empfindlich?

„Du hast doch bestimmt auch noch genug zu tun. – Also, mach's gut, Dennis."

Eine Weile schwieg er. Julia dachte schon, er sei verärgert. „Es klappt schon irgendwann einmal", sagte sie darum versöhnlich. „Nur heute nicht."

„Natürlich", sagte er. „Ich melde mich wieder." Dann legte er auf.

Warum sich Julia nun schlecht fühlte, konnte sie sich nicht erklären. Sie schob den Gedanken daran beiseite wie eine unerledigte Hausaufgabe. Dann verabschiedete sie sich von den Mitarbeitern in der Kanzlei. Als sie bei Basti den Kopf durch die halb offene Tür steckte, rief der fröhlich: „Na, Holmes? – Heute Abend Training?" Er grinste breit.

Julias Lächeln dagegen gefror. War der Specht etwa von Dennis eingeweiht? „Ich gehe noch eine Runde laufen mit

Sophia", sagte sie so gleichgültig sie es vermochte. „Es ist ja noch einmal richtig schön geworden draußen."

*

„Sophia schläft", sagte Fred. „Ich glaube, sie hat etwas Fieber."

„Wieso rufst du mich denn nicht an!"

Er zuckte mit den Achseln. „Du wärst vielleicht nur eine Stunde eher da gewesen. – Tilda meint, etwas Schlaf und dann weitersehen. Aber, wenn du willst, kannst du ja zu Czerny in die Sprechstunde."

„Das lieber nicht", murmelte Julia unbehaglich. „Paul kann das genauso gut machen."

„Ja klar. Dolle gehustet hat sie aber nicht, war nur matt und hatte keine Lust zum Spielen."

Fred humpelte ihr voran und sie gingen in sein abgedunkeltes Zimmer, in dem die Computerbildschirme flimmerten. Sophia lag auf dem breiten Sofa, bewacht von Takeshi, der Julia erst passieren ließ, als Fred ihn ermahnte.

„Hat sie genug getrunken?"

Fred wies auf die kleine Trinkflasche auf dem Beistelltisch. „Zwei davon."

Sophias Stirn fühlte sich schweißig an. „Habt ihr Temperatur gemessen?"

„38,5, sagt Tilda. Sie hat auch Wadenwickel machen wollen, doch die hat Phi weggestrampelt." Er feixte. „Dafür haben die Kräfte noch gereicht."

Julia war erstaunlich schnell beruhigt, wie sie erfreut feststellte. Das innere Zittern, das sie sonst immer heimsuchte, wenn etwas mit Sophia war, spürte sie nur ganz entfernt. „Da kann unsere Kleine recht energisch sein", sagte sie. „Mal sehen, was sie ausbrütet."

„Wenn du noch was vorhast, kannst du Sophia auch hierlassen. Takeshi und ich passen schon auf sie auf. Und Mutter ist ja auch noch in Reichweite."

„Danke für das Angebot, aber es ist mir lieber, Sophia ist zu Hause, wenn sie fiebrig ist. Manchmal fantasiert sie und bekommt vielleicht Angst." Sie schrieb Paul eine Nachricht und steckte das Telefon wieder in die Tasche.

Sophia regte sich kurz in ihrem Schlaf, dann lag sie wieder still. Julia nutzte die Gelegenheit und wandte sich an Fred, der mit verschränkten Armen auf seinem opulenten Gaming-Stuhl saß. „Fred, ich habe einmal eine ungewöhnliche Frage an dich: Du und Tilda, ihr seid doch adoptiert?"

Fred hob die Augenbrauen. „Wieso ist das von Interesse?"

„Marion, die verschwundene Frau, nach der ich suche, war bei einer Pflegefamilie."

„Dann war sie ein weggenommenes Kind!"

Die Bitterkeit hinter seinen Worten überraschte Julia. „Ich verstehe", sagte sie und setzte sich neben Sophia auf die Couch. „Marion hatte noch einen jüngeren Bruder. Der wurde möglicherweise adoptiert, nachdem er seiner Mutter entzogen worden war. Hast du eine Ahnung, wie wir an eine solche Information kommen?"

Fred schien erleichtert. „Ist das die Anfrage, von der Tilda erzählt hat?"

„Das ist noch etwas anderes, da brauche ich deinen technischen Sachverstand. – Könntest du dir das überhaupt vorstellen?"

„Was?"

„Mir als IT-Experte zur Seite zu stehen", lächelte Julia aufmunternd. „Meine Auftraggeber zahlen recht gut. Nicht, dass du es nötig hättest."

Jetzt quälte sich auch Fred ein Grinsen ab. „Ach, meinst du? – Tilda hat gequasselt, was?"

„Ihr seid ein gutes Team, du und Tilda", wagte sich Julia ein Stück weiter vor. „Ist sie deine leibliche Schwester?"

Sein Grinsen gefror. Abrupt drehte er sich zu seinen Bildschirmen um. „Warum bist du so an uns interessiert, Mann!"

Julia entschied sich für einen Test. „Ich klopfe einfach hie und da auf den Busch und schaue, was dabei herausspringt. Vielleicht steckst du ja hinter diesen anonymen Auftraggebern?"

Das hatte gesessen. Langsam drehte er sich zu ihr herum. Das Grinsen war wieder da. „Echt jetzt? Das traust du mir zu?"

„Du passt mit Tilda ganz gut ins Profil", erwiderte Julia. Sie bemühte sich um einen lockeren Ton. „Ihr könntet vom Alter her auch Kinder von Marion sein oder vielleicht von ihrem noch unbekannten Bruder. Obwohl, dafür seid ihr vielleicht schon etwas zu alt."

„Genial!", rief Fred begeistert, doch er wurde schnell wieder ernst. „Doch nein, wir sind keine biologischen Geschwister und auch in keiner Weise verwandt mit dieser Marion oder jemandem von ihrer Familie. Meine Herkunft ist sehr viel langweiliger und die von Tilda auch. Doch das soll sie dir mal lieber selber erzählen." Er drehte sich in seinem Stuhl hin und her. „Meine Erzeuger waren sehr jung und angeblich überfordert. Drogensüchtig auch und so weiter. Eine traurige Geschichte."

„Wie hast du es herausgefunden?"

„Mutter hat es mir erzählt, als ich zwölf war. Aber da habe ich schon etwas geahnt. Schulkinder wittern so was, weißt du?" Jetzt sah er sie an. Julia sah alten Schmerz in seinen Augen und auch einen dunklen Zorn. „Ich bin jedenfalls froh, dass wir eine richtige Mutter gefunden haben. Eine, die für uns kämpft!"

„Machen das Mütter?"

„Du etwa nicht? Oder deine Mutter?"

Mutter Milla! Julia seufzte. „Das ist jetzt wirklich ein weites Feld …"

„Du hast recht.“ Fred klatschte in seine langfingrigen Hände. „Schieß los, Marlow, was willst du von mir wissen?“

Gut, dass Fred zum Punkt kam, da sich bei Julia gerade zu viele Emotionen in ihre Recherche mischen wollten. „Zum Ersten, lieber Fred, wenn du, egal ob als Pflege- oder Adoptivkind, danach forschen wolltest, wer alles mit dir eine Verwandtschaft ersten oder zweiten Grades hat, wie würdest du vorgehen?“

„Adoptionsstelle und Jugendamt“, sagte er prompt. „Doch da brauchst du Nachweise, dass du überhaupt berechtigt bist.“

„Und wenn ich nun genau das nicht bin oder nur bedingt, welche Wege könnte ich dann einschlagen?“

„Als Kind hast du das Recht auf Auskunft über deine Herkunft.“

„Ja, das weiß ich. Aber wenn ich nicht direkt verwandt bin, sondern nur die Nichte oder der Neffe?“

Fred überlegte kurz. „Da müsste man eine Krankheit haben, Erbkrankheit oder nach einem Spender suchen oder so etwas.“

„Das ist alles klar“, meinte Julia ungeduldig. „Kommst du mit dem da an Informationen, wenn du es darauf anlegst.“

„Willst du mich etwa zu einer Straftat anstiften, Frau Anwalt?“ Er grinste diabolisch. „Schon gut, schon gut!“, wehrte er ab, als Julia sich zornig erhob. „Ich kann mein Glück versuchen. Aber dazu brauche ich Details und Fakten. Zum Beispiel, wie alt das Kind war bei seiner Adoption und wann die ungefähr stattgefunden hat.“

„Kriegst du“, sagte Julia zufrieden und notierte sich das in ihr Journal.

„Und das Zweite?“

Julia klappte ihr Notizbuch zu. „Da geht es um die Nachforschungen zu einem Stalkingfall. Welche technischen

Raffinessen sind dafür nötig und wie kann man die aufdecken, bestenfalls zurückverfolgen und entschärfen."

„Ah!" Fred lehnte sich zurück und faltete die Hände vor seiner dürren Brust. „Was das betrifft, verehrte Frau Anwalt, darin bin ich zufällig Experte."

16. Kapitel

O kühler Wald,
Wo rauschest du,
In dem mein Liebchen geht?
O Widerhall,
Wo lauschest du,
Der gern mein Lied versteht?

– Clemens Brentano, O kühler Wald

Sophia erwachte, als Julia sie nach Hause trug. Sie ningelte etwas und rieb sich die Augen. Herr Hase diente dabei als Lappen. „Na, meine kleine Phi“, sagte Julia zärtlich. „Hast du ausgeschlafen?“

Phi schüttelte den Kopf und kuschelte sich in Julias Halsbeuge, während die versuchte, mit Kind im Arm und Tasche in der anderen Hand die Haustür aufzuschließen. Doch wie durch Zauberhand öffnete sie sich. Trude stand ausgehfertig vor ihr. „Kind! Warum klingelst du denn nicht?“

„Ich wollte euch nicht stören“, erwiderte Julia flüsternd mit einem Nicken auf das schlafende Kind an ihrer Schulter. „Phi ist leicht fiebrig.“

„Etwas Ernstes?“

„Bestimmt nicht. Wir werden abwarten.“

„Abwarten“, staunte Trude und bedachte Julia mit einem anerkennenden Klaps auf die Schulter. „Du entwickelst dich ja!“

„Ja, nicht wahr?“ Julia quälte sich ein Lächeln ab.

Sie traten ins Haus. Julia stellte ihre Tasche in den Flur und ging mit Sophia in ihr Büro. Trude folgte ihr. „Soll ich bei Phi bleiben?“

„Paul kommt gleich heim. Das hat er zumindest gesagt.“ Prompt summte ihr Telefon in der Jackentasche. Es war das, welches sie von Fred bekommen hatte. „Ich bin in einer halben Stunde daheim“, rief Paul, der über die Freisprechanlage telefonierte. „Und ich bringe frohe Kunde: Ich kann den Rest der Woche von zu Hause aus arbeiten.“

„Das ist wirklich frohe Kunde“, freute sich Julia. Ihre Zweifel, wie das mit einer möglicherweise kranken Sophia zu vereinbaren ging, behielt sie lieber für sich. Es war ganz gut, wenn auch Paul einmal solche Erfahrungen machte. „Tee oder Kaffee?“

„Kaffee! Unbedingt.“ Sie beendeten das Gespräch.

„Na, da ist ja gut“, sagte Trude, die immer noch in der Tür stand. „Was hast du in Zittau herausbekommen?“

„Marion hat einen jüngeren Bruder, der wahrscheinlich von einer Familie adoptiert worden ist“, erzählte Julia bereitwillig. „Weißt du was darüber?“

Trude überlegte. „Da fällt mir nichts ein“, sagte sie dann. „Aber ich bin unterwegs zum Frauenkreis, da kann ich ja mal herumfragen.“

„Ohne Ella-Ma?“

„Der geht es nicht so gut. Sie war vorhin bei Dr. Köhler, der ist wieder im Dienst.“

„Was ist mit ihr?“

„Sie fühlte sich heute so schlapp, als habe ihr einer den Stecker gezogen. Sie wollen morgen das Blut untersuchen. Jetzt hat sie sich etwas hingelegt.“

„Ich schaue dann mal nach ihr“, sagte Julia. Sie griff nach dem Telefon, das gerade erneut klingelte. Trude verabschiedete sich mit einem Winken und ging hinaus, wobei sie es nicht versäumte, der schlafenden Sophia auf der Couch einen Kuss auf die Stirn zu drücken. Sophia regte sich, wachte aber nicht auf.

Es war Mia, die sich meldete. „Hallo, Frau Eisler", sagte sie mit ihrer sanften, schüchternen Stimme. „Vati ist jetzt doch ins Krankenhaus gekommen. Der Notarzt war da."

„Das tut mir leid zu hören."

Sie zögerte etwas, bevor sie weitersprach. „Nun meint Marcel, dass es vielleicht doch besser ist, wenn wir uns heute schon treffen." Das Telefon wurde ihr entrissen. Marcels panische Stimme war zu hören. „Ja, das ist total dringlich! Ich wurde heute angegriffen. Die haben mich bedroht und mir das Auto zerkratzt."

„Mein Auto", korrigierte Mia zaghaft im Hintergrund.

„Ja, ja!", bellte Marcel. „Sie müssen unbedingt kommen. Das wird immer schlimmer. Ich lasse die Mia nicht mehr alleine fahren oder irgendwohin gehen. Jetzt haben sie uns beide im Visier."

Julia schwieg nach diesem Ausbruch erst einmal.

„Hallo? Sind Sie noch da?"

„Ja", sagte Julia. Zu mehr kam sie nicht, denn Marcel legte gleich wieder los mit seiner nächsten Tirade. „Die sind ganz nah. Die wissen über alles Bescheid. Die haben alles unter Kontrolle!"

„Wer sind *die*?", gelang es Julia endlich zu fragen.

„Das weiß ich doch nicht. Stan und seine Kumpane. Das sollen Sie ja herausfinden."

Das ist Sache der Polizei, hätte Julia am liebsten gesagt. Doch sie hielt sich zurück. Marcel war eindeutig nicht ganz bei sich vor Angst. Kein Wunder nach dem Schrecken des Angriffs heute. „Sind Sie verletzt?"

Marcel stöhnte. „Nein. Die haben mich nur ein bisschen herumgeschubst und mir gedroht."

„Wie gedroht?"

„Hören Sie", wurde Marcel wieder lauter. „Können Sie nicht einfach herkommen?"

„Mir wäre es lieber, Sie kämen zu mir", sagte Julia. „Meine Tochter ist krank und mein Mann noch nicht aus Dresden zurück."

„Aber Mia ... komm, Mia! Sag es ihr!"

Nach einigem Zögern übernahm Mia wieder das Telefon. Ihre Stimme war tränenschwer und bedrückt. „Vielleicht könnten Sie doch zu uns rauskommen, Frau Eisler", bat sie. „Es ... mir geht es nicht so gut. Erst Vatis Zusammenbruch und jetzt das mit Marcel." Sie weinte.

„Ist Ihre Schwester denn nicht bei Ihnen?", wandte Julia ein, obwohl sie schon spürte, dass sie nachgeben würde. Sie kannte diese zittrige Ohnmacht und Kraftlosigkeit nach einer Angstattacke nur zu gut.

„Jessy ist schon seit früh im Wald mit den Pferden. Ich wundere mich auch, warum sie heute so spät dran ist", berichtete Mia etwas atemlos, wie Julia schien. „Sie weiß noch gar nichts von Vati. Ich würde gern auf ihre Rückkehr warten. Sie nimmt ihr Telefon nicht mehr mit in den Wald seit der Sache mit ... mit dem Stalking. Sie glaubt, dass sie darüber ausgespäht wird."

Noch eine Paranoide mehr, dachte Julia. Doch vielleicht hatten diese Paranoiden ja recht und sie selbst war viel zu leichtsinnig? Schon als sie vorhin mit Fred gesprochen hatte, war ihr ab und an dieser Gedanke gekommen. „Ich muss noch auf meinen Mann warten", sagte sie zu Mia. „Ich habe aber auch eine gute Nachricht für Sie: Mein neuer Nachbar ist IT-Spezialist und würde einmal in Ihrem Zuhause und bei den Handys schauen, ob es da verdächtige Spionageeinrichtungen gibt."

„Wir haben jetzt neue Handys", funkte Marcel dazwischen. „Das kann er sich schenken."

Mia seufzte verlegen. „Wir freuen uns, wenn Sie da sind. Wir sind zu Hause."

„Gut. Wenn es klappt, bringe ich ihn gleich mit."

Sophia regte sich im Halbschlaf. „Ich melde mich, wenn ich losfahre", wollte Julia das Gespräch beenden. „Wie lautet Ihre Nummer jetzt?"

Mia holte schon Luft für die Antwort, als Marcel ihr dazwischenfuhr. „Nein! Kommen Sie einfach."

Nachdem Sophia mit Saft und frischen Sachen versorgt war, legte sich Julia zu ihr auf die Couch im Wohnzimmer. Sie kuschelten. Phi spielte verschlafen mit Herrn Hase.

„Überraschung!" Paul stand in der Tür.

„Papa!" Bevor sich Phi freigestrampelt hatte, war Paul schon bei ihr und hob sie hoch. „Ja, meine Süße. Papa hat jetzt Sophia-Dienst. Die ganze Woche!"

Julia gesellte sich zu ihnen und forderte ihren Begrüßungskuss ein, was ihr auch von beiden schmatzend gewährt wurde. „Homeoffice", strahlte Paul.

„Das ist wirklich eine große Erleichterung für mich", sagte Julia. „Ich muss nämlich gleich los. – Es gibt Bewegung im Fall Marion."

„Prima", brummte Paul in den schon etwas feuchten Herrn Hase hinein, den Sophia ihm vor die Nase hielt. Dann blickte er auf. „Keine Zeit für den versprochenen Kaffee?"

Julia schüttelte mit Bedauern den Kopf. „Ich weiß nicht, wie lange das dauert. Da verbringe ich lieber den Abend mit euch." Sie griff bereits nach ihrem Journal und den vorbereiteten Verträgen. „Aber ich gehe vorher noch kurz zu Ella-Ma. Die war heute bei Köhler. Ihr geht es nicht so gut."

„Ich sehe dann auch noch nach ihr", versprach Paul. Er ging mit Sophia auf dem Arm in Richtung Küche. „Und wie geht es dir, mein Schatz?" Mit seiner freien Hand fühlte er ihre Stirn und den Hals.

„Es geht mir gut, Papa", erwiderte Sophia in aller Ernsthaftigkeit. „Aber Herr Hase hat Halsweh."

„Ach, sag bloß. Da müssen wir doch gleich einmal reinschauen in den Hasenhals. In deinen dann auch, ja?" Er schob die Tür hinter ihnen zu.

Sehnsüchtig schaute Julia ihnen hinterher.

Dann rief sie Fred an, um ihm die Terminvorverlegung mitzuteilen. Er war mit Takeshi unterwegs. Ein langes Schweigen war die Antwort.

„Fred? Bist du noch da? Ist alles in Ordnung?"

„Ich komme vorbei", sagte er schließlich.

Julia nannte ihm die Adresse.

„Ich weiß, wo das ist. Wir drehen unsere Runde so, dass wir bei den Krahls rauskommen. Dauert maximal noch eine halbe Stunde."

„Aber brauchst du denn da nicht deine Technik?"

„Erst mal gucken", sagte Fred knapp. Dann legte er auf.

Julia besah sich noch eine Weile den stummen Hörer, bevor sie ihn achselzuckend wieder auf die Station legte. Dann verabschiedete sie sich von Paul und Sophia, die in der Küche bei einer Tasse Kakao saßen und die Therapie für Herrn Hase besprachen. Ella-Ma fand sie friedlich schlafend vor. Draußen sank der Tag bereits in ein herbstliches Dämmerlicht.

Julia war schon auf dem Weg zur Haustür, als sie noch einmal umkehrte und ihr Bürohandy zurück auf den Schreibtisch legte. „Man weiß ja nie, Herr Specht", sagte sie zu sich selbst. Offensichtlich war Paranoia ansteckend.

*

Als Julia mit ihrem Wagen den Weg hinter zu den Krahls holperte, sah sie schon von Weitem, dass Jessy mit den Pferden zurück war. Eines stand bereits auf der Koppel, es lahmte, als es sich bewegte. Das andere Pferd wurde von

Jessy gerade aus dem Pferdetransporter herausgeführt. Ihr Border Collie umtanzte sie bellend. Ein paar letzte Sonnenstrahlen blinzelten durch die breite Waldschneise am Eckertsberg und blendeten Julia. Sie hielt an und ließ die Scheibe herunter. „Hallo, Jessy", rief sie laut.

Jessy brauchte eine Weile, ehe sie Julia gewahr wurde. Sie winkte matt. Julia stieg aus und ging zu ihr herüber. „Was fehlt Ihrem Pferd? Hat es sich verletzt?"

Reg bellte und knurrte, bis Jessy ihn müde ermahnte.

„Keine Ahnung", sagte sie dann. Sie schaute nicht Julia an, sondern über ihre Schulter hinweg in die Ferne, sodass sich Julia unwillkürlich umdrehte. Der Weg hinter ihr war jedoch menschenleer. „Ging ganz plötzlich so, als wir am Nachmittag wieder loslegen wollten. Die Tierärztin ist ratlos. Ein Dorn vielleicht. Aber äußerlich ist nichts zu finden. – Und Lotta", sie wies mit dem Kopf auf die Stute, die zornig am Halfter zerrte, „die braucht die Weide heute. Ist außer Rand und Band. Irgendetwas muss sie erschreckt haben. – Gehen Sie zu Mia?"

„Ja." Julia wollte das Überbringen der Nachricht vom Krankenhausaufenthalt des Vaters lieber Mia überlassen. „Ich habe einen IT-Spezialisten gefunden, der uns möglicherweise unterstützen kann."

„Gut so", sagte Jessy. „Wird Zeit, dass dieser Flachzange mal gezeigt wird, was hier wirklich abgeht."

„Sie glauben Marcel nicht?"

„Dem?" Es gelang ihr sogar ein Grinsen. „Niemals!" Sie löste das Halfter und gab ihrer Stute einen Klaps auf die Flanke. „Ab mit dir!" Das stattliche Ross schüttelte sich aufbegehrend und trabte dann los zu seinem lahmenden Gefährten, der mit hängendem Kopf auf der Weide stand. Jessy schloss das Gatter. „Ich denke, ich lasse sie heute noch mal draußen. Da können sie sich abreagieren." Sie sah zum abendglühenden Himmel auf. „Bleibt mild heute Nacht." Dann stieg sie in ihren

Pickup. Julia folgte ihr in einer mächtigen Staubwolke auf den Hof der Krahls. Da waren die Schatten schon länger. Als Julia aus dem Auto stieg, sah sie, dass Mia und Marcel schon auf den Hof gelaufen waren, um Jessy die schlechte Nachricht zu überbringen. Jessy schien gefasst. „Ist vielleicht besser so", sagte sie gerade, als Julia sich zu ihnen gesellte. „So richtig gewollt hat er nicht", sagte Mia. „Hallo, Frau Eisler. Schön, dass Sie es möglich machen konnten."

Marcel schenkte Julia ein Kopfnicken.

„Warum kommst du erst so spät", wollte Mia von ihrer Schwester wissen.

„Erzähle ich dir später", erwiderte Jessy. „Wer ist das da?" Reg kläffte und lief dem Ankömmling entgegen. Es war Fred mit Takeshi, den er vorsorglich an die Leine nahm und zu sitzen befahl. Auch Jessy rief ihren Hund zurück, was Reg nicht davon abhielt, den vierbeinigen Besucher erst einmal zu beschnuppern, bevor er die Runde zurück zu Jessy lief und sich an ihrer Seite niederließ.

„Ah, da ist schon unser Spezialist", rief Julia erfreut.

Mia fuhr zurück. „Das? – Das ist jetzt nicht Ihr Ernst." Sie war schreckensbleich. „Das ist doch Hinky! Wollen Sie mich veräppeln? Das ist doch … Nein! Der kommt mir hier nicht über die Schwelle."

„Was ist los? Was ist das für ein Typ?", mischte sich nun Marcel ein. Er kam wegen der Hunde nur vorsichtig näher.

Fred dagegen hielt die Hundeleine kurz. Unbehagen im Gesicht.

„Hallo, Mia."

„Ihr kennt euch?", fragte Julia entgeistert. Sie hatte Fred gegenüber bewusst nur allgemeine Fakten zum Fall erwähnt, falls er abgelehnt hätte.

„Das", sagte Mia mit ungeahnter Schärfe und zeigte auf Fred, „das ist Stans Geschäftspartner und bester Kumpel! Bei uns hieß er immer nur Hinky."

Erschrocken fragte sich Julia, ob sie gerade einen fatalen Fehler begangen hatte.

„Hinky…" Mit Mühe fand sie ihre Fassung wieder. „Ist diese Gemeinheit Ihre Erfindung, Mia, oder die Stans?"

Mia errötete. Sie wandte sich ab.

„Stans natürlich", sagte Fred an ihrer Stelle. „Das ist seine Art, Leute kleinzuhalten, ihnen ihre Unvollkommenheit, ihre Mängel vorzuhalten. Sie dann gefügig zu machen, auszunutzen und fallen zu lassen, wenn es ihm nicht mehr in den Kram passt. – Ich war Stans Geschäftspartner, Mia, aber niemals sein bester Kumpel. Er hat mich benutzt und fertig gemacht – wie dich."

„Was weißt denn du schon!", schrie Mia. Sie rannte ins Haus. Marcel folgte ihr sofort.

Währenddessen hatten die beiden Hunde begonnen, sich zu umkreisen und sich zu beschnuppern. Fred ließ die Leine locker. Er sah erst Julia und dann Jessy an, die mit verschränkten Armen dem Geschehen gefolgt war. „Tut mir echt leid", sagte er. „Das habe ich nicht gewusst."

Julia hatte sich mittlerweile wieder gefangen. „Weißt du, Fred, das ist mir etwas zu viel Zufall. Sag mir ehrlich: Hast du noch Kontakt zu Stan?"

Ein Grinsen verzerrte sein Gesicht. „Wie man es nimmt. Ich weiß zumindest, wo er sich gerade herumtreibt."

„Ist er hier in Finkendörfel?" Jessy hatte sich nach vorn gebeugt.

„Nein", wehrte Fred ab. „Der ist noch in München. Wie ich weiß, hat er sich gerade ein neues Opfer für seine Spielchen auserkoren. Aber dem werde ich die Suppe versalzen!"

„Und wenn Stan den Spieß umdreht und dich überwacht?", fragte Julia. „Was, wenn er doch hier ist."

Entschieden schüttelte Fred den Kopf. „Ich kann es beweisen, dass er in München ist. Macht jetzt einen auf integren Geschäftsmann mit unserem Firmenvermögen. Das Schwein! Ich habe ihn im Blick." Er tippte sich an sein rechtes Auge. „Irgendwann zahle ich es dem Kerl heim!" Seine dürre Hand ballte sich zur Faust, als er sie sinken ließ.

„Das ist jetzt wirklich gruselig, Fred", murmelte Julia erschüttert.

Jessy dagegen lockerte ihre angespannte Haltung. Die Hunde setzten sich wieder an die Seite ihrer Besitzer. „Scheint mir, Kumpel, als wärst du gerade der Richtige für den Job", sagte sie lässig. „Jetzt müssen wir nur noch Mia überzeugen."

Fred winkte ab. „Lasst ihr Zeit. Mia ist durch die Hölle gegangen. Stan ist so ein Psycho. Ihr macht euch echt keine Vorstellung."

„Doch", sagte Jessy düster. „Ich habe davon sogar eine ganz genaue Vorstellung!"

Julia fühlte Enttäuschung wie eine Mattigkeit über ihrem Gemüt. „Für heute werden wir wohl nicht mehr viel erreichen", sagte sie deshalb. „Ich bringe dich nach Hause, Fred. – Vielleicht reden Sie mit Mia, Jessy?"

„Auf jeden Fall!"

Kurz danach humpelte Fred neben Julia zum Auto und Jessy ging noch einmal kurz nach ihren Pferden schauen, die friedlich in der Dämmerung grasten. Sie winkte ihnen zu, als Julia an ihr vorbeifuhr. Die Hunde bellten sich zum Abschied an.

Auf halbem Weg kam ihnen der Jeep vom Wald-Müller entgegen. „Ich wollte bloß noch mal nach den Pferden sehen", verkündete er, als sie kurz nebeneinander Halt machten. Er grinste verlegen. „Und natürlich nach Jessy."

„Da wird sie sich freuen", sagte Julia. „Sie ist gerade an der Koppel."

Der junge Wald-Müller hob grüßend die Hand und fuhr weiter.

Fred hatte die ganze Zeit vor sich hingestarrt und nicht einmal den Kopf gehoben. Sein tiefes Schweigen dauerte an, bis sie am Viebig angekommen waren. „Soll ich nicht besser noch einmal mit reinkommen, Fred?“, fragte Julia. „Lass uns reden. Meinst du nicht auch, das könnte dir guttun?“

„Es ist besser, wenn du mich erst einmal allein lässt“, erwiderte Fred. Er stieg aus, klopfte grüßend auf das Dach und ging schleppend und sein lahmes Bein nachziehend in Richtung Hof der Hellers. Sabine kam ihm entgegen und sah ihren Ziehsohn prüfend an. Dann schaute sie zu Julias Auto hinüber. Das ließ Julia zögern, die letzten Meter bis zu ihrem Haus hinunterzurollen. Sie öffnete die Tür. „Hallo, Sabine.“

Mit verschränkten Armen, in ihre Strickjacke gekuschelt, kam Sabine näher. Es schien, als fröstelte sie stark. Im letzten Tageslicht sah Julia die tiefe Sorge in ihrem Gesicht. „Hast du etwas Zeit, Julia? Tilda geht es gar nicht gut. Sie hat wie einen Zusammenbruch. Bei der Arbeit muss irgendetwas vorgefallen sein. Sie will nicht darüber reden. Weint nur. Der kleine Bennie gleich mit. Bei uns ist wirklich gerade Land unter.“

„Ja klar“, versicherte Julia rasch. „Ich stelle bloß das Auto ab und bin gleich wieder da.“

„Was ist denn mit Fred?“

Julia erzählte es ihr in groben Zügen. „Da reißen wohl alte Wunden wieder auf.“

„O ja!“, rief Sabine bitter aus. „Bis gleich, Julia. Die Tür ist offen.“

Zu Hause warf sie nur den Autoschlüssel auf den Tisch und steckte den Kopf zur Küchentür herein. Paul las gerade Zeitung. Er legte den Zeigefinger auf die Lippen. Auf der Eckbank hatte sich Sophia mit Herrn Hase schon wieder zum Schlafen eingerollt. „Na, hoffentlich macht sie uns heute nicht die Nacht zum Tage“, flüsterte Julia. „Ich muss noch rüber zu Tilda. Sie hat irgendwelchen Kummer. Ich nehme den Schlüssel mit, okay?“

Paul nickte und wollte sich gerade wieder seiner Lektüre widmen, als ihm noch etwas einfiel. „Du, Czerny war hier“, sagte er gedämpft. „Er fragte, ob du mit zum Training kommst. – Hattest du da etwas ausgemacht?“

„Das gibt es doch nicht! Ich habe gesagt, dass ich nicht mitkomme!“

„Psst!“

„Was nimmt sich dieser Kerl eigentlich heraus?“, zischte Julia so leise wie möglich.

„Gute Frage, Schatz.“ Grinsend versteckte er sich wieder hinter der Zeitung.

*

„Was ist los, Tilda?“ Julia setzte sich zu ihrer Freundin auf den Bettrand. Bennie lag daumennuckelnd neben seiner Mutter und starrte sie mit angstvoll geweiteten Augen an. Julia strich ihm über den dunklen Lockenkopf. „Mama geht es bald wieder gut, Bennie. Alles wird gut.“

Tilda heulte wütend auf bei Julias Worten. Sie hatte ihr Gesicht in das Kissen vergraben. „Tilda! Bitte sprich mit mir.“

Zuerst vergrub sich Tilda noch tiefer in ihr Kopfkissen, doch nach einer Weile drehte sie sich langsam heraus und reckte Julia trotzig ihr tränenverquollenes Gesicht entgegen. „Nichts wird gut“, stieß sie hervor. „Es ist alles kaputt, zerstört. Ich gehe da nie wieder hin!“ Sie ließ sich wieder zurückfallen und schloss die Augen.

„Wohin? In die Praxis von Dr. Köhler?“

„Czerny!“

Bennie krabbelte über sie und streichelte mit seinen Händchen über ihr Gesicht. Das löste bei Tilda einen neuen Tränenstrom aus. Sie drückte ihr Kind an sich.

„Was ist mit Czerny?“, fragte Julia sanft. „Hat er dich so aus der Fassung gebracht?“

„Aus der Fassung gebracht?“ Tilda sah Julia mit einer Mischung aus Wut und Verzweiflung an. „Der will mich fertigmachen, Julia! Der macht mich fertig.“ Sie versuchte, sich aufzusetzen, was ihr durch Bennie nicht gelingen wollte. Julia half ihr.

„Aus der Fassung gebracht!“, wiederholte Tilda kopfschüttelnd, als sie endlich auf dem Bettrand saß. Bennie reichte ihr ein zerknülltes Taschentuch. „Danke, mein Engel“, schniefte sie und küsste ihn auf die Stirn. „Doch ja, fassungslos bin ich.“

„Was ist denn passiert?“ Julia nahm sich einen Stuhl, um sich Tilda gegenüber hinzusetzen.

„Czerny beschuldigt mich, ihm ein falsches Medikament aufgezogen zu haben. Eine Frau ist deswegen wenige Stunden nach dem Arztbesuch kollabiert und musste ins Krankenhaus. – Doch ich habe gar keine Spritze aufgezogen, Julia“, beteuerte Tilda aufgeregt. „Das darf ich gar nicht. Ich bin doch nur eine Helferin, keine Krankenschwester. Ich habe ihm das gegeben, was er verlangt hat. Er hat das gemacht.“

„Ein Arzt muss sich vergewissern, was er da aufzieht“, ergänzte Julia. „Das ist seine Verantwortung. – Kannst du dich noch erinnern, was es war?“

Tilda nickte. „Giftsumach.“

„Gift…?“

„Rhus toxicodendron. Ich kenne das Zeug, ein bewährtes Mittel gegen Rückenschmerzen. Mutti nimmt es oft.“

„Nebenwirkungen?“

Tilda zuckte mit den Schultern. „Ich habe gleich in der Praxis noch einmal nachgelesen. Die Blätter des Strauches verursachen Allergien. Aber das Mittel ist homöopathisch dosiert.“

„Hier offensichtlich nicht.“

„Ich denke, er hat es falsch gespritzt“, vermutete Tilda, „und jetzt will er es mir in die Schuhe schieben.“

„Wie meinst du das, falsch gespritzt?“

„Ich weiß, dass das Zeug nur unter die Haut gequaddelt wird. Und er hat die Vene gestaut. Zumindest habe ich den Stauschlauch hinterher weggeräumt und das Schälchen mit den Tupfern.“

„Nun, da steht Aussage gegen Aussage“, meinte Julia. „Ich würde mir an deiner Stelle nicht allzu viele Sorgen darüber machen. Wie geht es der Frau?“

„Hat einen Schock erlitten und lag kurz auf der Intensivstation. Jetzt ist sie aus dem Krankenhaus raus und die Familie hat die Praxis angezählt.“

„Kann man ihnen nicht verdenken, oder?“ Julia stand auf und zog Tilda vom Bettrand hoch. „Kommt ihr beiden! Hoch von der Matratze. Das bekommen wir schon wieder hin. Kein Grund, die Flinte ins Korn zu werfen.“

Nur zögernd folgte Tilda Julias Aufrichtungsversuchen. Bennie dagegen krabbelte aus dem Bett und tippelte in Richtung Tür. „Warte, Engel“, rief Tilda schwach.

„Wie steht eigentlich Dr. Köhler zu dieser Sache? Es ist ja schließlich seine Praxis und Czerny nur sein Angestellter.“

An dem Blick, den Tilda ihr zuwarf, erkannte Julia, dass das noch nicht alles war, was Tilda auf dem Herzen hatte. Sie legte ihren Arm um die runden Schultern der Freundin. „Erzähle es mir unten“, sagte sie. „Bei einer Tasse Tee geht alles leichter.“

„Ich glaube, heute brauche ich mal etwas Stärkeres“, murmelte Tilda. Doch sie ließ sich widerstandslos die Treppe hinunter in die große Küche führen.

Dort saß Fred am Tisch und spielte mit seinem Handy. Takeshi lag zu seinen Füßen. Er hob den Kopf, als die drei hereinkamen. Fred jedoch tat so, als würde er sie gar nicht bemerken. „Wo ist Mutter?“, wollte Tilda wissen.

„Bei den Krahls“, murmelte Fred, ohne seine Augen vom Display zu wenden.

„Was?“, rief Julia. „Was will sie dort?”

Fred zuckte mit den Achseln. „Sie sagt, sie will da etwas klarstellen."

*

„Jetzt hast du dich wieder eingekriegt, altes Mädchen." Jessy klopfte Lotta auf die Flanke. „Was meinst du, ich wollte die beiden heute draußen lassen."

Thomas strich der Stute über die Nüstern. Lotta schnaubte. „Ist warm und bedeckt", sagte er mit einem Blick zum Himmel. „Ich denke, das tut den beiden gut. Pip scheint es auch besser zu gehen."

Sie schloss das Gatter. Reg drehte noch eine Runde um die Pferde und sprang dann mühelos über die Hürde zu ihnen. „Möchte wissen, was sich Pip da eingefangen hat im Wald." Langsam schlenderten sie den Feldweg zurück zum Hof. Ein milder Herbstwind trug die Düfte nach Erde und Gras.

„Morgen gebe ich euch frei", sagte Thomas. „Ich muss mit Günter sowieso beim Sachsenforst antanzen. Da werde ich wohl erst am späten Nachmittag zurück sein. Die Jungs kümmern sich derweil um die Aufräumarbeiten bei Marquarts Busch oben am Kaltenborn."

Sie schwiegen eine Weile um den Namen herum. „Habt ihr was gesehen oder gehört, als ihr ihn gefunden habt?", fragte Jessy dann beklommen.

„Abgesehen von dir, meinst du?"

„Ich habe den Blödmann nur durch den Busch röhren gehört mit seinem scheiß Quad", murrte Jessy. „Da war es aus mit der Jagd."

„Wir haben das Quad auch gehört, dann ein Krachen und dann Stille. Wir sind sofort in die Richtung. Da lag er. Er muss sofort tot gewesen sein."

Sie schwiegen wieder.

„Und die Bullen?“

„Denken, dass ihm jemand den Schädel eingeschlagen hat.“

„Also kein Unfall?“

Thomas schüttelte den Kopf.

„Wen verdächtigen sie?“

„Mich“, sagte Thomas. „Und Günter. Dass Marquart nicht unserer Meinung war wegen der Fusion, ist allen bekannt.“ Er grinste sie verlegen von der Seite an.

Jessy stieß Luft aus. „Auf mich sind die also noch nicht gekommen, was?“

„Warst du es?“

„Grund hätte ich ja“, lachte Jessy unfroh. „Nicht, dass ich diesem Scheißkerl nicht die Pest an den Hals gewünscht hätte. Doch nein, ich war es nicht.“

„Sein Sohn tut mir leid“, sagte Thomas. „Der Robert ist völlig überfordert. Will aber alles richtig machen, so wie sein Vater es gewollt hätte.“

„Ging dir doch genauso“, brummte Jessy. „Kannst dich ja mit Arschloch-Junior verbrüdern.“

„Nun sei nicht so, Jessy! Der Junge ist doch genauso übel dran wie ihr: Vater geht fremd, Mutter stirbt. Und jetzt ist auch der Vater tot.“ Er verstummte erschrocken. „Wie geht's eigentlich eurem Vater?“

„Ist im Krankenhaus. Ich bin ehrlich gesagt ganz froh darüber.“ Jessy strich sich eine Haarsträhne aus dem Gesicht. „Die machen da noch Untersuchungen bei Vater, haben sie gesagt. Wahrscheinlich ist es wieder ein Schlaganfall. Ich fahre morgen mal rein, wenn du mich nicht brauchst. Hoffe, dass ich einen Arzt erwische, der mir sagt, was Sache ist.“ Nach kurzem Zögern fügte sie hinzu. „Tut mir leid für den Marquart-Jungen. Ich habe es nicht so gemeint.“

„Weiß ich doch“, meinte Thomas erleichtert und streifte ganz leicht ihre Schulter mit der seinen. „Naja, … Günter kümmert sich ein bissel um Robert. Er ist da sehr väterlich."

Jessy sah ihn an. „Dir hat er damals ja auch beigestanden, als das mit unseren Vätern war."

„Das war auch in Marquarts Busch", sagte Thomas still.

„Ja. Der Kaltenborn ist eine verfluchte Ecke!"

Wortlos gingen sie weiter bis zum Hof. Vor der Tür stand eine Frau. Sie hatte eine riesige Strickjacke um ihren Körper geschlungen und sah aus, als sei sie geradewegs von ihren Kochtöpfen weg hierhergelaufen. Reg bellte sie an.

„N' Abend", sagte Jessy. Breitbeinig stellte sie sich vor die Frau hin, die sie wütend anstarrte. „Kann ich helfen?"

„Bist du Mia?", fuhr die Frau sie an. „Und du bist still, Köter!", befahl sie Reg, dem es vor Überraschung für einen kurzen Moment tatsächlich das Kläffen verschlug. Da Jessy jedoch ganz ruhig blieb, setzte auch er sich zu ihrer Seite und beobachtete sie genau. „Bin ich nicht", sagte Jessy. „Was wollen Sie von meiner Schwester?"

Die Frau stemmte die Arme in ihre Seiten. „Ich werde euch jetzt mal was über meinen Jungen erzählen!"

17. Kapitel

So wuchs der Wald zusammen,
Der mir so schön erscheint,
Weil er in holden Flammen
Noch Ahn und Enkel eint;
Er mahnt mit allen Ästen,
Dass man sich lieben soll,
Und von gelehr'gen Gästen
Ist er beständig voll.

– Friedrich Hebbel, Ein Wald

„Du siehst fertig aus", bemerkte Paul. Er musterte sie über den Rand seiner Brille.

„Das bin ich auch. Ehrlich." Voll bekleidet ließ sie sich auf das Ehebett fallen.

„Vorsicht! Phi schläft hier." Paul wies auf das Bündel neben ihm, wo Sophias Haarschopf herauslugte. „Ich hätte sie sonst nicht zur Ruhe gebracht."

Julia drehte sich auf die Seite zu ihm. „Wie geht es unserem Spatz?"

„Erhöhte Temperatur, eine leichte Halsrötung, doch nur eine Herpangina. Das kann morgen schon wieder gut sein. Ich habe ihr jetzt nichts gegeben."

„Sie schläft sich gesund", murmelte Julia und dachte an die Tropfen, die Czerny ihr und ihrem Kind verordnet hatte. Sie hatte sie bisher brav eingenommen und auch Sophia gegeben, doch mit einem Mal hatte sie kein gutes Gefühl mehr dabei. Czernys Verhalten gegenüber Tilda war einfach schäbig. Und sein Verhalten als Arzt fragwürdig. Julia entschloss sich, Paul davon zu erzählen. „Weder professionell noch zwischenmenschlich akzeptabel", bestätigte Paul ihren Eindruck. „Das weiß sicher auch Köhler. Was sagt der denn dazu?"

„Ha!" Julia richtete sich halb auf. „Das ist ja erst der eine Teil. Czerny bezichtigt Tilda des Diebstahls von Medikamenten und der Fälschung von Rezepten. Völlig haltlos, wie sie mir beteuert hat. Köhler will das erst einmal intern klären. Sie machen heute eine Revision und wollen das genau prüfen."

„Wer sind sie?"

„Dr. Köhler und Schwester Claudia."

„Das alte Team also", meinte Paul zufrieden. „Und Czerny?"

„Hat erst mal Urlaub bekommen, sagt Tilda. Zwangsurlaub wahrscheinlich."

„Deshalb will der Herr Kollege mir meine Julia zum Sport entführen", zog Paul sie auf.

Sie gab ihm einen Knuff. „Der führt mich nirgendwohin, das kann ich dir versprechen."

Dann ließ sie sich wieder auf den Rücken fallen und starrte an die Schlafzimmerdecke. „Wie kann man herausfinden, ob er einen Fehler gemacht hat oder doch Tilda?"

„Das spielt nur untergeordnet eine Rolle. Er hat das Medikament verabreicht. Er trägt die Verantwortung. Dafür gibt es die ärztliche Haftpflichtversicherung."

Irgendetwas geriet bei Pauls Worten in Julias Kopf in Bewegung, so als würde eine Tür aufgehen zu einem noch nicht gedachten Gedanken. „Ich muss mir noch schnell etwas notieren", murmelte sie, richtete sich mit Schwung auf und lief die Treppe hinunter in ihr Büro. Ihre Telefone blinkten. Mit einem Seufzen ließ sich Julia noch einmal an ihrem Schreibtisch nieder und sah Nachrichten und E-Mails durch. Die Trögerin hatte Neuigkeiten und bat um Rückruf. Basti berichtete ihr ganz artig vom Fortlauf der Verhandlungen mit dem Sachsenforst, bei dem sich morgen alle Parteien zu einem Sondierungsgespräch verabredet hatten. „So ist es recht, Herr Specht", murmelte Julia für sich. „Hast auch etwas gutzumachen bei mir. Aber das hier wusste ich nun schon aus anderer Quelle."

Wieder ein Gedanke, der wie eine Sternschnuppe aus ihrem Unterbewusstsein fiel. Wer wusste was wann? Und woher?

Sie schrieb sich die Worte unter der Rubrik „Sonstiges" in ihr Journal. Dort sammelte sie ihre Ideen und Einfälle zu ihren Fällen und Recherchen, die sich noch nicht richtig einordnen ließen. Manches davon gedieh später prächtig, anderes verkümmerte und blieb nutzlos. Die Ahnung von vorhin, die sie noch einmal in ihr Büro getrieben hatte, war jedoch bereits verblasst. Julia ärgerte sich über sich selbst, dass sie sich von den blinkenden Geräten hatte ablenken lassen.

Sie grübelte. Worüber hatten sie beide doch gleich noch geredet? Was hatte Paul gesagt? Irgendetwas von einer Versicherung. War es das? Gab es eine Lebensversicherung? Nein. Julia strich diesen Gedanken wieder. Es war etwas anderes gewesen. Während sie noch nachdenklich an ihrem Stift knabberte, steckte Trude den Kopf zur Bürotür herein. Sie war in ihrem Nachtgewand und trug ihren geliebten gestreiften Bademantel. „Julia! Zum Glück treffe ich dich noch an", rief sie im Flüsterton. „Ich muss dir etwas ganz Komisches berichten, was ich heute erfahren habe beim Frauenkreis."

„Natürlich, komm herein." Julias Gedanke verschwand endgültig in der Dunkelheit. Dafür folgte ein anderer. Eine Warnung blinkte in ihr auf. Das mochte an Fred liegen und der Paranoia rund um den Stalkingfall von Mia und Marcel. Irgendetwas sagte ihr, dass es sicherer sei, mit Trude außerhalb ihres Büros zu sprechen. „Oder lass uns lieber in die Küche gehen", sagte sie darum in möglichst heiterem Ton. „Ich mache mir noch einen Tee." Sie schaltete ihre Geräte wieder aus. Nur ihr Journal nahm sie mit. „Willst du auch einen?"

„Steins Liesl", begann Trude später bedeutsam. „Du kennst sie vielleicht?"

Julia verneinte und nippte an ihrem heißen Tee.

„Die ist doch so eine große Freundin der Quacksalberei und Kräuterkunde."

„Volksmedizin", korrigierte Julia freundlich. „Sind wir das nicht auch, Trudchen?"

Trude winkte unwirsch ab. „Jedenfalls hat sie sich auf ihre alten Tage ein recht beachtliches Wissen dazu angeeignet", fuhr sie dann fort. „Da kam ihr der junge Herr Doktor gerade recht. Der arbeitet ja auch mit solchen Kügelchen und Tinkturen."

„Ergänzend zur Schulmedizin sicherlich", sagte Julia. Dabei war sie sich in Bezug auf Czerny alles andere als sicher. Im selben Moment tauchte der Gedanke wieder auf. Diesmal hielt sie ihn fest. „Approbation, Ärztekammer", notierte sie sich in ihr Journal.

„Kann sein", erzählte Trude derweil begierig weiter. „Jedenfalls ist sie doch neulich zu dem Herrn Dr. Czerny hin wegen ihres Zipperleins, der Arthrose wieder mal. Und jammert ihm die Ohren voll, wie sie es gerne mal macht, damit man sie für wichtig nimmt. Hat sie ihm erzählt, was sie alles schon verordnet bekommen hat vom Dr. Köhler und was sie selbst alles probiert hat – was natürlich alles besser geholfen hat als die normale Medizin. Sie bildet sich da wirklich eine Menge ein, weißt du?"

Julia unterdrückte ein Gähnen. „Und?"

„Jedenfalls hört ihr der junge Doktor scheinbar ganz aufmerksam zu, um ihr dann ein Rezept über ein Mittelchen zu geben, von dem sie ihm gerade berichtet hat, dass sie allergisch darauf reagiert. Das ist doch die Höhe, oder?"

„Vielleicht war er nur etwas zerstreut", sagte Julia vorsichtig, „oder ganz wirr von deiner Freundin. Du sagtest ja, dass sie gerne sehr viel redet."

„Das mag schon sein", ergänzte Trude im triumphalen Ton. „Doch kaum hatte die Liesl das erzählt, wussten plötzlich alle in der Runde von so einer Panne zu berichten.

Oder Missverständnissen oder falsch ausgestellten Rezepten. So als sei …"

„So als sei der Dr. Czerny nicht gerade auf der Höhe der Heilkunst, egal welcher Art." Julia nickte. „Das passt gut in das Bild, das sich mir gerade von ihm zeichnet."

„Da bin ich aber froh, dass du es so gut aufnimmst, Julia-Kind. Ella und ich hatten schon Sorgen, dass du dich ein bissel in den jungen Doktor verguckt hast." Sie grinste über Julias Erröten.

„Ich danke dir für die Information, mein liebes Trudchen", versuchte Julia, abzulenken. „Dem Czerny werden wir mal auf den Zahn fühlen müssen. Ich rede dann gleich noch einmal mit Paul. – Was hast du in der anderen Sache herausbekommen, zu Marions Bruder?"

„Ja, das andere Kind soll tatsächlich ein Junge gewesen sein. Ein ganz süßer Fratz. – Naja – die Grünert war ja auch einmal eine richtige Schönheit, bevor sie mit dem Saufen angefangen hat." Trude schüttelte betrübt den Kopf.

„Du kennst sie?"

„Nicht wirklich", sagte Trude. „Die war so eine Zwischengeneration, mit der wir wenig zu schaffen hatten. Sie ist jetzt in einem Pflegeheim, wie ich gehört habe. Soll dement sein. Völlig meschugge. – Aber Sabine ist doch mit ihrer Tochter Marion zur Schule oder zumindest in die junge Gemeinde gegangen eine Zeit lang. Hast du Sabine schon gefragt?"

„Dazu noch nicht", musste Julia zugeben. „Das war jetzt so viel in den letzten Tagen. Ich muss das alles erst einmal sortieren."

„Na, da ist ja gut, dass deine Eltern morgen kommen", rief Trude erfreut. „Da nimmst du dir mal frei und kannst durchschnaufen."

„Die Eltern kommen morgen?"

„Ja, weißt du das denn nicht? Sie sind heute Nachmittag zu Hause eingetroffen. Tut mir leid, ich dachte, sie hätten dir Bescheid gegeben."

„Haben sie nicht.“ Julia verspürte einen stechenden Schmerz in ihrem Herzen. „Natürlich schaufele ich mir da den Tag frei“, sagte sie jedoch tapfer.

Dann breitete sich Freude in ihr aus. Eine warme Herzensfreude, Liebe. Mutter Milla würde da sein. Nie hätte Julia geglaubt, dass ihr die Anwesenheit ihrer Mutter so viel bedeuten könnte. Doch in den letzten Tagen hatte sie viel über Mütter lernen und erfahren müssen. Auch Vaters Rat war ihr wichtig, sie vertraute ihm bedingungslos. Mit ihm über ihre Recherche zu reden, würde ihr am besten helfen, sich Klarheit zu verschaffen.

Julia sprang auf und gab Trude einen herzhaften Kuss auf die Wange. „Das ist die beste Nachricht des Tages!“

*

Das Zittern wollte nicht nachlassen. Es kam von tief innen. Erdstößen gleich, die Mias Körper in Wellen durchliefen. Keines der Mittelchen wollte anschlagen, keine Atemtechnik oder Konzentrationsübung vermochte es, ihr Linderung zu verschaffen. Marcel dagegen hatte es geschafft, in einen unruhigen Schlaf zu sinken. Bald schnarchte er sogar. Er hatte seine Angst mit genügend Alkohol betäubt. Ihre war nach innen gesackt und vibrierte dort ungebremst weiter. Dabei hatten sie sich vorhin noch so liebevoll versöhnt. Mia strich Marcel über die schwitzige Stirn. Er stöhnte kurz auf, ohne zu erwachen, dann versank er wieder in sein Schnarchen.

Mia wälzte sich auf den Rücken und starrte auf den Lichtstrahl, der unter der Tür vom Flur her drang. Jessy war noch auf. Ihre Schwester war wie ein Fels, ein starker Baum, an dem man sich jederzeit anlehnen konnte. Mia dagegen fühlte sich wie ein geknickter Grashalm.

Unaufhörlich kreiste jeder Satz dieses Abends in ihrem Kopf. Marcels schreiende Angst und seine urplötzliche Aggression, die Ausdruck seiner Hilflosigkeit war, wie Mia wusste. Doch in ihr hatte es die alten Schrecken geweckt.

Es war alles wieder da. Sie hätte sich am liebsten in einer tiefen Höhle verkrochen, in tiefster Dunkelheit, wo niemand sie entdecken konnte, wo sie fallen durfte. Und dann war da noch diese Sabine gekommen, Hinkys Adoptivmutter. Freds Mutter, korrigierte sie sich selbst. So eine Mutter hätte sie sich auch gewünscht. Eine Löwin, die um ihr Junges kämpft um jeden Preis.

Mit einem Ruck stand Mia auf. Ihr schwindelte etwas von der abrupten Bewegung. Doch etwas von Sabines Kraft schien sich auf sie übertragen zu haben. Aus der Scham, Fred derart Unrecht getan zu haben, wurde Mut, zu ihm zu gehen und sich zu entschuldigen. Jetzt gleich. Gewiss war er noch wach. Leise zog sich Mia an. Sie wollte Marcel nicht beunruhigen, wenn sie mitten in der Nacht ohne seine Begleitung das Haus verließ. Auch wollte sie neuem Streit aus dem Weg gehen. Barfuß schlich sich Mia die Treppe hinunter.

Jessy saß in der Küche und putzte ihr Gewehr. Reg lag zu ihren Füßen und spitzte nur die Ohren, als er Mia hörte. „Du willst auf die Jagd?“

„Morgen früh“, sagte Jessy und betrachtete neben ihrem Tun kritisch ihre Schwester. „Kannst du nicht schlafen?“

Mia schüttelte den Kopf. „Es geht mir nicht aus dem Kopf, was uns Sabine erzählt hat.“

„Woran denkst du?“

„Wie tapfer Sabine ist. Wie sie diese Kinder zu sich geholt hat, für die sie Mutter sein kann.“

„Du meinst, das ist auch etwas für dich?“, fragte Jessy und zeigte mit dem Öllappen auf Mias Unterleib. Mia fröstelte. „Ich weiß noch nicht. Es hat aber etwas in mir zum Fließen gebracht, was lange aufgestaut war. Nur dass ich jetzt dafür keine Tränen mehr habe." Sie schüttelte sich, als wollte sie etwas abwerfen. „Ach, es tut mir so leid, was ich alles für schreckliche Dinge über Fred gesagt habe. Das war, als würde Stan aus mir sprechen und nicht ich. Aber das passiert mir nicht wieder, ich will das nicht mehr zulassen!"

Jessy lächelte. „Braves Mädchen."

„Nein, eben nicht", rief Mia. „Ich fahre jetzt zu Fred und werde mich bei ihm entschuldigen."

„Das machst du richtig. – Und der da?" Jessy wippte mit dem Kopf in Richtung Obergeschoss.

„Marcel soll es lieber nicht wissen", sagte Mia beklommen. „Sonst flippt er gleich wieder aus."

„Keine Sorge. Wenn der sich noch mal so aufführt, kriegt er paar von mir aufs Maul."

„Ach, er hatte doch nur Angst, Jessy. Da sagt so mancher Dinge, die er dann bereut. Glaube mir, Marcel ist ganz anders als Stan."

„Hier spricht die Expertin", meinte Jessy mit gutmütigem Spott. „Nimm den Jeep. Schlüssel liegt da drüben. Ich halte hier Wache bei deinem Prinzen."

Mia sah gleich, dass sie recht hatte mit ihrer Vermutung. Aus den Fenstern der oberen Etage in dem alten Bauernhaus der Hellers drang noch ein schwacher Lichtschein. Sie nahm die Karte, die Sabine ihr dagelassen hatte und tippte Freds Nummer in ihr Handy. Sie musste es einige Male klingeln lassen, bevor sich eine harte Stimme meldete. „Wer spricht da?"

„Ich bin es. Mia."

Langes Schweigen folgte diesen Worten. „Ich möchte mich bei dir entschuldigen, Fred", fuhr Mia dann zaghaft fort. Das innere Zittern stieg erneut in ihr auf wie ein Geysir. Es übertrug sich auf ihre Worte.

„Schon gut", sagte Fred hastig. „Wo bist du?"

„Vor eurem Haus."

„Allein?“

„Ja. Jessy hat mir den Jeep geliehen.“ Ganz allmählich erlangte sie wieder Kontrolle über das Flattern in ihrem Inneren. Sie räusperte sich. „Können wir kurz reden?“

Fred zögerte einen Moment. „Ich lass dich rein. Aber dein Handy bleibt im Auto.“

*

„Da sind Sie gewiss erleichtert, dass Ihre Eltern sicher wieder daheim sind“, mutmaßte die Trögerin leutselig am Telefon. „Und ich bin es erst, meine liebe Julia. Das kann ich Ihnen aber sagen. Es wurde mir langsam etwas unheimlich beim Versorgen der Wohnung vom Chef.“

„Unheimlich?“ Julia blinzelte in die Herbstsonne, die den Morgen in ihrem Büro vergoldete. Sie beneidete Paul, der bereits mit Sophia zum Joggen war.

„Stellen Sie sich vor, jemand muss in der Wohnung gewesen sein“, fuhr die Trögerin derweil fort.

Julia war mit einem Mal hellwach.

„Zuerst dachte ich noch, ich hätte mich nur geirrt. Ich ziehe doch immer sorgfältig den Vorhang zu, wenn ich die Tür zur Kanzleitreppe genutzt habe. Einmal war der nicht richtig geschlossen und ein anderes Mal überhaupt nicht. Da muss doch jemand geschnüffelt haben.“

„Wann war das?“

„Vorgestern und gestern, als ich noch einmal frische Blumen hingestellt habe.“

„Wen haben Sie in Verdacht.“

„Die Franzi natürlich“, prustete die Trögerin. „Nicht, dass ich ein Freund vom Juniorchef wäre, aber ich glaube, dazu lässt er sich wirklich nicht herab.“

„Fehlt denn irgendetwas?“ Im Stillen fragte sich Julia, ob möglicherweise auch etwas hinzugefügt worden war.

„Nein. Ich habe mich gleich vergewissert. Den Schlüssel nehme ich jetzt immer mit nach Hause."

„Vater sollte diese Tür wirklich versiegeln", meinte Julia. Sie überlegte, ob sie dem Verdacht der Trögerin nachgehen sollte. Vielleicht könnte sie Fred bitten, in den Räumen ihrer Eltern nach versteckter Überwachungstechnik zu fahnden.

„Ich spreche mit meinen Eltern darüber", sagte Julia.

„Nicht dass Ihre Eltern denken, ich wäre leichtsinnig gewesen."

„Nein, natürlich nicht, Frau Tröger. – Was haben Sie denn gestern bei der Frau vom Jugendamt herausbekommen?"

Der Themenwechsel kam der Trögerin offensichtlich gelegen. Sie wurde eifrig und senkte ihre Stimme. „Es war ein Junge. Er hieß Jason", wisperte sie. „Eine Familie aus Norddeutschland hat ihn adoptiert. Sehr wohlhabend, aber keine eigenen Kinder. Er hatte eine Speditionsfirma, Roth-Transporte. Die Dame wusste das nur so genau, weil die Familie wenige Jahre später bei einem Bootsunfall auf hoher See ums Leben kam. Sie mussten es Marion sagen."

„Der Junge ist tot?"

„Wie es aussieht, ja", sagte die Trögerin, die während ihrer Rede rasch in ihre normale Lautstärke zurückgefunden hatte.

Wieder eine Sackgasse, dachte Julia, als sie sich bei der Trögerin für ihre Recherche bedankte.

„Viel Freude mit den Eltern", rief die fröhlich zum Abschied. „Sie wollten doch heute zu Ihnen ins Oberland?"

„Ja", sagte Julia und sah auf ihre Uhr. „Sie müssten jeden Augenblick hier eintreffen."

Paul erschien in Laufsachen, mit strahlendem Gesicht und einer rotwangigen, gesundeten Sophia auf dem Arm. Er winkte ihr mit seinem Telefon zu. „Ich melde mich morgen wieder", sagte Julia. „Machen Sie es gut, Frau Tröger, und danke noch einmal."

„Ich muss kurz telefonieren“, sagte Paul. „Nimmst du mal die Kleine ein paar Minuten?“

„Klar doch. Komm zu Mama, Sophia.“ Sie streckte beide Arme nach ihr aus, doch Phi wandte sich ab. Erst als Paul sie auf dem Boden absetzte, kam sie zu Julia getrödelt. „Was denn? Kaum ist der Papa da, vergisst du deine Mama?“

„Mache ihr doch kein schlechtes Gewissen“, sagte Paul, bevor er mit seinem Handy am Ohr hinausging. Doch Julia wurde schon mit einer stürmischen Umarmung eines Besseren belehrt. „Mhm! Du duftest nach frischem Herbstwald, meine kleine Fee“, murmelte sie zärtlich in Sophias Haare. Phi spielte derweil mit Herrn Hase auf ihren Knien. „Der Arzt war auch im Wald“, sagte sie dann.

„Der Arzt?“ Julia setzte Sophia auf ihrem Schoß um.

„Ja, Czerny war auch gerade da unterwegs, wo wir waren“, sagte Paul, der bereits wieder hereingekommen war. Das Leuchten in seinem Gesicht hatte sich eingetrübt. „So ein Zufall, nicht wahr? Wart ihr dort verabredet?“

„Überhaupt nicht“, erwiderte Julia gereizt. Sie hasste es mittlerweile, dass ihr ständig ein Flirt mit Dennis angehängt wurde. „Ich bin nicht an diesem Herrn interessiert.“

„Schon gut, gehe nicht gleich an die Decke. Ich ziehe dich doch nur auf.“ Paul legte sein Handy ab und nahm ihr Phi vom Schoß. Aus dem Augenwinkel sah Julia auf dem Display noch eine Nachricht. „Tut mir leid.“ Herzchen, Herzchen, Herzchen.

Julias Wangen wurden taub. Sie griff nach Pauls Handy. „Und wer ist das?“

„Niemand“, wollte Paul erst ausweichen.

„Niemand sendet dir drei Herzchen?“

„Besagte Kollegin“, gab er schließlich widerwillig zu. Er setzte Phi ab. „Geh mal raus spielen, Phi. Papa kommt gleich.“

Julia stiegen die Tränen in die Augen. „Ich wusste es! Ich hätte es wissen müssen!“

„Nun, komm! Du hast doch auch deinen Flirt hier mit Czerny."

„Ich habe keinen Flirt oder sonst was mit Czerny, nur dass du es weißt!"

„Und warum war der gute Dennis dann so enttäuscht, mich statt deiner mit Sophia anzutreffen?"

Julia starrte ihn an. „Du musst dich irren. Ich habe nichts dergleichen mit ihm ausgemacht."

„Ich bin doch nicht blöd, Julia. Du hättest sein Gesicht sehen sollen, als er mich hinter dem Kinderwagen erkannt hat."

„Und wenn schon, das hat nichts damit zu tun", ereiferte sich Julia wieder. „Du hast gesagt, es sei nichts mit dieser Kollegin, nur eine ritterliche Tat, als sie betrunken gewesen ist. Und nun Herzchen, Herzchen, Herzchen!"

Paul wand sich. „Gut, es kann sein, dass daraus ein kleiner Flirt entstanden ist, Julia. Doch wirklich ganz harmlos."

„Das Schlimme ist, Paul Eisler, dass ich dir nicht mehr trauen kann", rief Julia.

„O nein", konterte Paul erbost. „Das Schlimme ist, dass du einfach niemandem mehr traust!"

„Was ist denn hier los? Streitet ihr euch etwa?" Mutter Milla stand in der Tür wie eine Erscheinung.

„Oh, Mama! Ihr seid da", rief Julia und flog ihrer Mutter in die Arme.

Milla schossen Tränen der Rührung in die Augen. „Mein liebes Kind."

„Dieser Anblick erfreut aber mein betrübtes Vaterherz", sagte Vater Georg mit allem Ernst. Julia fiel auch ihm um den Hals. Ella-Ma und Trude kamen dazu und alles war in den Tumult des Wiedersehens versunken, als Milla plötzlich fragte: „Wo steckt denn nun unsere Kleine?"

Julia und Paul wechselten einen alarmierten Blick. „Draußen." Gemeinsam stürzten sie zur Tür und in den Vorgarten hinaus. „Sophia!"

Der Vorgarten war leer, der Sandkasten verwaist. Julias Gesicht wurde taub, ihre Knie weich. „Sophia“, flüsterte sie mit staubtrockener Zunge.

„Da“, rief Milla. „Da ist sie ja. Wer ist der Mann da bei ihr?“

Dennis Czerny.

Für einen Augenblick lähmte Julia die Vision einer Entführung. Sie starrte Dennis an.

Er winkte. Dann kam er mit einer sich windenden Phi auf dem Arm von seinem Van herüber zu ihnen. Endlich stürzte Julia ihm entgegen und riss Sophia an sich. Die Kleine begann zu weinen.

„Was soll das?“, stieß Paul hervor, der sofort neben ihr war und ihr Sophia abnahm.

„Sie ist vor mir auf die Straße gelaufen“, beteuerte Dennis. „Zum Glück konnte ich noch rechtzeitig bremsen.“ Er trug seine Laufsachen.

Inzwischen waren sie umringt vom Rest der Familie. „Aber Phi! Da musst du doch aufpassen“, plapperten alle aufgeregt durcheinander. „Du darfst doch nicht einfach weglaufen.“

„Wieso war das Gartentor nicht verschlossen?“

„Warum war die Kleine überhaupt allein im Garten?“

„Danke“, sagte Paul mit einem seltsamen Blick auf den Retter seiner Tochter. „Wie kommt es, dass Sie hier sind? Sehnsucht?“

Dennis erwiderte den Blick mit gekränkter Verwunderung. „Ich muss mit Julia reden.“

„Dann rede“, sagte Julia, die mühsam ihren Herzschlag wieder unter Kontrolle bekam. Sie hatte die Hände schützend vor ihrer Brust gekreuzt.

„Nein, nicht hier. Allein.“ Seine Miene war ernst. „Es geht um Tilda.“

Wie auf Kommando zog sich die Familie unter großem Palaver in Richtung Haus zurück. „Das ist ja noch mal gut gegangen.“

„Kennst du denn die Oma noch?"

„Nun lass das arme Kind doch erst einmal zur Ruhe kommen, Milla!" Sophia weinte laut und anklagend dazwischen. Vor der Haustür sah sich Paul noch einmal nach ihnen um, dann verschwand auch er im Haus.

Julia stand allein mit Dennis unter der rauschenden Linde. Auf der Straße rumpelte ein Transportfahrzeug vorbei. Bei den Nachbarn warf einer den Laubbläser an.

„Was willst du mir nun sagen?", fragte Julia. Um durch die Geräuschkulisse hindurchzudringen, klangen ihre Worte schärfer, als sie es wollte.

„Wie ich sehe, hast du dir bereits ein Urteil gebildet, Frau Anwältin", erwiderte Dennis sarkastisch. „Ich hoffe, du hörst dir trotzdem meine Version der Geschichte an?"

Sie nickte. Noch immer hatte sie die Arme schützend vor der Brust gekreuzt. Wenn sie sich einstmals fasziniert von seiner Gegenwart gefühlt hatte, so war davon nur noch Unbehagen übrig. „Wie lautet deine Version?"

„Tilda lügt."

Überrascht ließ Julia ihre Arme sinken. „Das ist alles? Tilda lügt?"

„Sie lügt und stiehlt", bestätigte Dennis. Das Grübchen auf seiner Wange tanzte nervös.

„Wobei lügt sie und was hat sie gestohlen?"

„Sie hat meine ärztliche Anweisung missachtet, hat das böswillig vertuscht und versucht, die Schuld auf mich abzuwälzen", wurde er endlich etwas konkreter. „Ich weiß nicht, was sie dir alles erzählt hat, Julia."

„Das spielt auch keine Rolle, es geht schließlich um deine Version der Geschichte." Julia verschränkte wieder ihre Arme vor ihrem Körper. Mit erhobenen Augenbrauen wartete sie auf eine Antwort. Doch Dennis schüttelte nur den Kopf. „Ich sehe doch, dass du voreingenommen bist."

„Versuche, mich eines Besseren zu belehren", sagte Julia. „Bisher höre ich nur Behauptungen von dir, eine schlimmer als die andere. Was soll das mit dem angeblichen Diebstahl?"

„Ich habe sie erwischt", ereiferte sich Dennis. „Sie hat sich an den Betäubungsmitteln vergriffen."

„Und wie hat Tilda reagiert, als du sie dabei ertappt hast?"

„Sie sagte, das sei für ihren Bruder. Der sei ein Schmerzmittel-Junkie geworden wegen seines lahmen Beines." Ehe Julia zurückweichen konnte, hatte er ihre Oberarme ergriffen und sah ihr eindringlich in die Augen. „Ich habe Gnade vor Recht ergehen lassen, Julia", beteuerte er.

„Lass mich", schnappte Julia und machte sich von ihm frei.

„Ich habe nachträglich ein Rezept dafür ausgestellt, habe ihr das Versprechen abgerungen, dass das eine absolute Ausnahme bleiben müsse. – Glaube mir, ich war fassungslos, als ich hörte, dass sie nun mich dafür verantwortlich macht." Er senkte den Blick. „Ich ertrage es einfach nicht, dass du mich in einem so schlechten Licht siehst, Julia", fügte er noch mit einem tragischen Unterton hinzu.

„Was kümmert dich meine Meinung?"

„Du bedeutest mir einfach zu viel. Ich bin noch nie einer Frau wie dir begegnet."

Julia schnappte nach Luft. „Dennis! Was fantasierst du hier? Ich bin glücklich mit Paul und Phi."

Er wich einen Schritt zurück und musterte sie abschätzend. „Wirklich? Auf mich wirkst du alles andere als glücklich."

Für einen Moment war Julia so perplex, dass es ihr die Sprache verschlug.

„Ich habe einen Blick dafür, Julia", fuhr Dennis fort. „Ich sehe dir tief ins Herz."

Endlich gelang es Julia, sich aus dem Bann seiner absurden Worte zu befreien. „O nein! Dennis Czerny, das kannst du nicht. Das kannst du ganz und gar nicht." Sie trat einen Schritt beiseite, um Abstand zu ihm zu gewinnen. „Möglich, dass ich ein wenig fasziniert von dir war", bekannte sie mit einem Kopfschütteln über sich selbst. „Doch jetzt ist meine Freundin in Nöten. Welche genaue Rolle du dabei spielst, werde ich noch herausfinden. Ich habe mich bereit erklärt, Tildas Interessen als Anwältin zu vertreten."

„Wie schade." Er lächelte schief. „Dabei könnte es einige Schwierigkeiten geben."

Julia horchte auf. Ein diffuses Gefühl von Bedrohung ging plötzlich von Dennis aus. „Inwiefern?"

„Ich bin bereits Mandant eurer Kanzlei. Dein Kollege hat den Auftrag übernommen." Jetzt war sein Gesicht nur noch Triumph. Kein Gesäusel mehr. Er hatte Julia gegen Basti ausgespielt.

Julia stieg die Zornesröte ins Gesicht. „Das kläre ich", stieß sie hervor.

Damit ließ sie ihn stehen, stürmte ins Haus und gleich in ihr Büro.

Vater Georg stand dort am Fenster. Er hatte die Hände hinter seinem Rücken gefaltet und wandte sich zu ihr um, als sie hereinkam. „Ärger?"

„O ja!", rief Julia aus. Sie griff nach ihrem Diensttelefon und wählte Bastis Nummer. Er meldete sich sofort. Julia stellte den Lautsprecher an, damit ihr Vater mithören konnte.

„Na, Julia?", flötete der Specht statt einer Begrüßung mit einem breiten Grinsen in der Stimme. „Ist die Familie wieder traut vereint?"

„Ja, Basti. Danke." Julia war nicht nach Small-Talk zumute. „Dennis Czerny war eben hier", kam sie stattdessen gleich auf den Punkt. „Er behauptet, du hättest das Mandat für ihn übernommen?"

„Ja. Na! Ja, habe ich, haben wir", stotterte Basti überrascht von der Schärfe ihrer Eröffnung.

„Das muss unbedingt rückgängig gemacht werden! Ich vertrete Tilda Heller im selben Fall."

Für einen Moment herrschte betroffenes Schweigen am anderen Ende. „Aber das geht doch nicht, Julia. Wir können doch nicht …"

„Eben." Julia atmete tief ein. Sie holte sich mit einem Blick Unterstützung von ihrem Vater, der ihr mit abwartender Miene zunickte. „Ich verlange, dass du das Mandat für Czerny wieder abgibst. – Wir sind schließlich Partner. Ich war nicht eingeweiht."

„Aber … Julia, das kann ich doch nicht machen. Wie stehe ich denn dann da? Hast du schon einen Vertrag?"

„Noch nicht", musste Julia zugeben. „Dazu sind wir noch nicht gekommen. Doch ich werde es tun. Ich habe es versprochen."

„Na, liebe Julia. Das geht so nicht. Czerny hat bereits einen Vertrag mit uns."

„Mit dir!"

„Mit uns", verbesserte der Specht sanft. „Er war halt schneller als die Tulda."

„Tilda heißt die Frau, die hier von Czerny schäbig und niederträchtig behandelt wird", tobte Julia. „Ich werde sie vertreten!"

In dem Moment mischte sich Vater Georg ein. „Hallo, Herr Fink. Veit Senior hier. Meinen Sie nicht, wir sollten erst einmal etwas die Gemüter beruhigen?" Dabei besah er auch Julia mit einem milden Blick, der jedoch genau das Gegenteil bewirkte. Bevor sie jedoch wieder das Wort ergreifen konnte, fuhr ihr Vater fort: „Wie weit ist denn die Mandatsübertragung mit Herrn Czerny …?" Er sah fragend zu Julia. Die nickte unwillig. „Mit Herrn Czerny gediehen?"

„Dr. Czerny hat bereits alle Unterlagen unterzeichnet", sagte der Specht brav wie ein Schuljunge. „Es fehlt uns nur noch die Vorlage seiner ärztlichen Haftpflichtversicherung."

Die Ärztekammer! Julia riss das Gespräch wieder an sich. „Das ist genau der Punkt, Basti", rief sie. „Warte bitte, bis du die vorliegen hast, und dann schauen wir."

„Was willst du damit andeuten?"

„Kann ich dir noch nicht sagen. Doch vertraue mir. Bald weiß ich mehr. Doch bitte, unterschreibe noch nichts, bevor ich nicht mit dabei bin und alles geprüft habe."

„Na, … Julia …" Er klang auf seltsame Weise verunsichert. „So können wir doch nicht mit unseren Mandanten umgehen. – Was meinen Sie denn dazu, Herr Veit?"

„Ich meine, ihr solltet etwas auf die Bremse treten", sagte Vater Georg und hielt dabei den Blickkontakt zu Julia, deren Wut langsam verrauchte. „Noch ist kein gültiger Mandatsvertrag zustande gekommen, wie ich das eben verstanden habe."

„Nein, noch nicht ganz." Der Specht flüsterte jetzt fast. „Aber in gewisser Weise fühle ich mich doch gebunden."

Julia horchte auf. „Wodurch gebunden, Basti? Gibt es da etwas, was ich wissen sollte?"

„Ich habe Czerny mein Wort gegeben, Julia", sagte der Specht eindringlich. „Ich bin ganz erstaunt, dass du jetzt auf dem Kriegspfad mit ihm bist. Ich hatte den Eindruck, dass ihr beiden …"

„So mancher Eindruck täuscht eben", unterbrach ihn Julia scharf. Dann mäßigte sie sich. Vaters fragende Blicke brannten ihr auf der Gesichtshaut. Sie wandte sich rasch ab, ehe sie weitersprach. „Versuche bitte, Czerny hinzuhalten, solange es geht, Basti. Und warte auf den Nachweis seiner Ärztehaftpflicht."

Der Specht seufzte tief. „Ich weiß nicht recht, Julia. – Er will heute nach dem Training schon eine Strategie mit mir besprechen." Wieder war da eine ungewohnte Verzagtheit in seiner Stimme.

„Dann besprich sie doch", sagte Julia. „Doch bleibe sonst unverbindlich."

„Ich will sehen, was ich tun kann“, versprach der Specht und klopfte zum ersten Mal in diesem Gespräch zart mit seinem Stift auf die Tischplatte. „Einen schönen Tag noch. Auch für Sie, Herr Veit. Schön, dass Sie wieder da sind.“

Als sie das Telefon weggelegt hatte, wandte sich Julia wieder zu ihrem Vater um. „Hast du Basti je so erlebt, Papa?“, ereiferte sie sich.

„In der Tat erscheint mir unser Herr Fink doch etwas sehr beeindruckt von diesem Dr. Czerny.“

„Vielleicht wird er von ihm erpresst?“, überlegte Julia laut. „Eines steht auf jeden Fall fest: Sebastian Fink hat Angst!“

18. Kapitel

Es ist nun der Herbst gekommen,
Hat das schöne Sommerkleid
Von den Feldern weggenommen
Und die Blätter ausgestreut,
Vor dem bösen Winterwinde
Deckt er warm und sachte zu
Mit dem bunten Laub die Gründe,
Die schon müde gehn zur Ruh.

– Joseph von Eichendorff, Es ist nun Herbst gekommen

„Was war denn das vorhin für ein falscher Fuffziger?", meinte Mutter Milla, als sie in der Landhausküche bei Ella-Ma und Trude endlich alle friedlich zusammensaßen. Sophia hatte es sich auf dem Schoß ihrer Großmutter bequem gemacht und schien sehr einverstanden mit dem Verwöhnprogramm, das Julias Eltern mit ihrer Enkeltochter veranstalteten. Paul hatte schon einen besorgten Blick auf Julia geworfen, doch die war heute voller Großmut gegenüber der Affenliebe ihrer Mutter zu Sophia. Aller Ärger, alles schwarze Missverstehen zwischen ihnen war verschwunden. Julia schwamm in Erleichterung. Sie lächelte Paul sogar an, ihr Streit von vorhin war vorerst vergessen. „Falscher Fuffziger", wiederholte sie Mutter Millas Worte. „Das trifft es wohl."

„Dr. Dennis Czerny", verkündete Trude mit Entrüstung in der Stimme.

„Und der soll unseren lieben Dr. Köhler ablösen?"

„Da sei Gott vor", murmelte Ella-Ma. Sie ächzte etwas, als sie sich erhob. „Also, wenn wir im Erbgericht zu Mittag essen wollen, müssen wir uns so langsam, aber sicher fertig machen. Paul ist ja noch im Sportzeug."

„Gib mir zehn Minuten", rief Paul. „Nehmen wir zwei Autos?"

„Julia und ich werden zu Fuß gehen", verkündete Vater Georg. „Ist dir das recht, Liebes?"

„Unbedingt, Papa! Ich brauche deinen Rat."

„Das dachte ich mir schon", raunte er ihr zu.

„Und was den Czerny betrifft", fuhr Georg Veit an seine Familie gewandt fort, „seid ihr alle ganz schön voreingenommen, findet ihr nicht?"

Lärmender Protest war die Antwort. Selbst Sophia krähte vergnügt mit.

„Du hast recht, Georg", sagte Paul jedoch ernst. „Ich weiß nur zu gut, wie schnell man in Verruf kommt." Erschrocken verstummten sie. Erst jetzt vernahmen sie das zaghafte Klopfen an der Küchentür. Sie war nur angelehnt. Fred steckte den Kopf herein, unter ihm eine rostrote Hundeschnauze mit schwarzer Nase. „Hallo?"

„Takeshi!", schrie Sophia und rutschte Milla von den Knien, um ihren vierbeinigen Freund zu begrüßen. „Die Haustür stand offen", sagte Fred entschuldigend. „Da bin ich halt rein und den Stimmen nach."

„Wieso stand die Haustür offen?", schimpfte Trude.

„Vielleicht habe ich sie offen gelassen?", fragte sich Julia schuldbewusst.

Georg jedoch schüttelte den Kopf. „Ich bin mir sicher, dass die Tür zu war, als wir hier rüber sind."

„Der Wind vielleicht?", meinte Milla. „Es ist recht stürmisch geworden draußen."

Julia ging zu Fred hinüber. „Was hast du herausgefunden?"

„Nicht hier", murmelte Fred verlegen.

„Dann gehen wir ins Büro."

„Nein. Lieber ganz raus." Fred grinste schief.

Wenig später saßen sie im Hof hinter dem Haus, wo unter einem Vordach eine kleine Sitzecke eingerichtet war. „Stört es dich, wenn ich mir eine Kippe unter die Nase stecke?“, fragte Fred, der schon seinen Tabakbeutel und das Zigarettenpapier gezückt hatte. „Es hilft mir, mich zu konzentrieren.“

„Nur zu.“ Julia saß wie auf Kohlen. „Was hast du herausgefunden?“

Fred schüttelte den Kopf. Dann leckte er das Papier für seine Zigarette an und rollte sie zusammen. „Etwas über Jason Roth“, sagte er dann. „Der Junge hat das Unglück überlebt.“

„Er lebt!“

„Ja. Ich konnte keine Sterbeurkunde finden“, fuhr Fred fort, nachdem er sich seine Zigarette angezündet hatte. „Er ist bei Verwandtschaft der Roths aufgewachsen. Denen hat er das Unternehmen verkauft. Danach verliert sich seine Spur.“

Julias Gedanken galoppierten. War Jason ihr geheimer Auftraggeber? Was führte er im Schilde? War er auf Rache aus? Oder suchte er Familienanschluss?

„Hast du ein Bild gefunden von dem Jungen?“

Fred nahm einen tiefen Zug. „Habe ich“, sagte er beim Ausatmen. „Ist nicht besonders scharf, aber die Gesichtsumrisse sind ganz gut erkennbar. Das hat gereicht.“

„Gereicht wofür?“

„Gesichtserkennung. Ich habe da so ein Programm, wo du weltweit nach Gesichtern fahnden kannst, wenn du die biometrischen Daten hast.“

Fröstelnd zog Julia ihr T-Shirt hoch an den Hals. „Das nun wieder ist wirklich gruselig, Fred. Ich glaube, ich werde auch noch paranoid.“

„Solltest du auch“, sagte Fred. Er zeigte ihr sein Handydisplay. Ein Familienfoto aus einem Zeitungsbericht vom Bootsunglück der Familie Roth. „Hier denken sie noch, dass alle tot sind. Aber Jason haben sie wenig später aus dem Wasser gezogen. Ein Fischerboot. Angeblich hatte der Junge sein Gedächtnis verloren.“

„Warum hat davon das Jugendamt nichts erfahren?"

„Keine Ahnung. War nur in der lokalen Presse eine große Nummer, inzwischen war was weiß ich noch alles passiert. Da hat sich dann keine Sau mehr für Jason interessiert."

„Er ist dann also zur Verwandtschaft der Roths. Wie weit hast du seine Spur verfolgen können?"

„Abitur am Ratsgymnasium Peine und danach der Verkauf der Firma."

„Wahrscheinlich wollte er davon sein Studium finanzieren?"

„Ich habe keinen Immatrikulationseintrag für einen Jason Roth oder einen Jason Grünert gefunden in Deutschland." Fred trat seine Zigarette aus und sammelte die Kippe in einem tragbaren Klappaschenbecher auf. „Im Ausland bisher auch nicht mit der Übereinstimmung der anderen Daten wie Alter und Zeitpunkt und so. Aber dafür habe ich etwas anderes gefunden." Er sah Julia eindringlich an. „Ich dachte, das muss ich dir unbedingt gleich zeigen, damit du gewarnt bist."

Julias Herz klopfte schneller. Sie spürte, wie sich ihre Muskeln anspannten, wie vor einem Kampf. In banger Erwartung sah sie Fred dabei zu, wie der wieder an seinem Handy herumspielte. „Ich habe die Gesichtserkennung genutzt und bin auf interessante Ergebnisse gekommen", murmelte er dabei. „Man kann damit nämlich auch Gesichter altern lassen und so weiter."

„Das ist ja wie bei der Polizei", stieß Julia hervor.

„Besser", meinte Fred selbstbewusst, „mich hemmen keine Vorschriften."

„Du musst damit auch nicht vor Gericht bestehen, aber zum Schaden anderer darfst du das auch nicht einsetzen. Das wäre kriminell."

„Mache ich doch nicht, Frau Anwältin", verteidigte sich Fred grinsend. „Ich setze es zum Schutz vor Kriminellen ein und zur Vorwarnung. Schau selbst." Er zeigte ihr das Bild auf seinem Display.

Julia war wie vom Donner gerührt, als sie das veränderte Porträt sah. „Dennis ist Jason!“

Sie griff sich an den Hals. „Ich hätte es wissen müssen! – Jetzt ist auch klar, wer mein anonymer Auftraggeber ist.“

„Dennis Czerny, der angebliche Doktor der Medizin“, bestätigte Fred.

„Das stimmt also auch nicht. Wenigstens damit hatte ich die richtige Eingebung.“

„Er ist weder ein Doktor noch hat er ein abgeschlossenes Medizinstudium.“

„Damit sind alle Vereinbarungen hinfällig“, rief Julia aus. „Ich setze mich sofort mit der Polizei in Verbindung.“ Sie erhob sich mit einem Ruck.

„Setze dich lieber wieder“, sagte Fred. „Das ist noch nicht alles.“

Widerstrebend folgte Julia seiner Aufforderung.

„Ich habe den Verdacht, dass Czerny mehr ist als nur ein Hochstapler auf der Suche nach seiner großen Schwester.“

Ahnungsvoll nickte Julia. „Du meinst, er ist auf Rache aus?“

„Kontrolle. Ich bin überzeugt davon, dass er dich und vielleicht auch andere überwacht und kontrolliert.“

Sie starrte ihn an. „Mein Diensttelefon“, fiel ihr ein. „Es war verschwunden, als ich mit ihm von den Krahls zurückkam in der Sturmnacht. Und nach seinem Hausbesuch am nächsten Montag war es dann auf wundersame Weise wieder dort.“

„Gewiss manipuliert.“

„Ich habe nichts davon bemerkt.“

„Ist dir nicht aufgefallen, dass vielleicht Informationen durchgesickert sind, von denen keiner außer dir und deinen Gesprächspartnern wissen konnte?“

Marquart, fiel Julia ein. Ihr wurde ganz schwach vor Schreck.

„Also ist es so", bestätigte Fred leise. „Du bist ganz blass geworden."

Julia ergriff seine Hand. „Wenn das wahr ist, Fred", flüsterte sie heiser. „Dann haben wir es hier mit einem Killer zu tun. Er hat Marquart umgebracht. – Ich rufe die Kripo an." Sie war schon auf dem Weg zum Haus, als Fred ihr hinterherrief. „Nimm lieber mein Telefon!"

„Du hast recht. Wer weiß, wo er uns überall verwanzt hat, dieser …" Ihre Hände zitterten. „Die Nummer? Ich muss mein Journal holen."

Vater Georg trat vor die Hintertür auf den Hof. „Die anderen wollen jetzt aufbrechen." Er stutzte, als er sie sah. „Gibt es Probleme? Du siehst ganz verschreckt aus, Liebes."

„Oh, Papa! Ich kann nicht mitkommen. Es ist … Czerny ist ein Betrüger. Er ist ein Mörder! Er ist in keiner Weise der, der er vorgibt zu sein. Ich muss unbedingt die Polizei informieren." In dem Moment gaben ihre Knie nach und sie sank ihrem überraschten Vater in die Arme. „Paul!", rief der ins Innere des Hauses. „Komm bitte mal. Julia geht es schlecht."

Fred zischte sie an, leise zu sein. „Mach die Tür zu", rief er Paul zu, der verdutzt in den Hof blickte.

„Julia!"

Gemeinsam hievten sie Julia auf die Bank der Sitzecke. Sie erholte sich bereits wieder von ihrer Ohnmacht. Doch das große Zittern war über sie gekommen, wie ein breiter Eisenring legte sich ungezügelte Angst um ihren Brustkorb und schnürte ihr den Atem ab.

„Georg, hole ein Glas Wasser und meine Tasche aus dem Arbeitszimmer", sagte Paul ruhig, ohne Julia aus den Augen zu lassen.

„Ich", keuchte Julia mit vor Entsetzen geweiteten Augen. „Ich habe uns alle in große Gefahr gebracht. Czerny …"

„Ruhig, Julia. Das kannst du mir alles später erklären."

Sie packte Pauls Arme und krallte sich darin fest. „Czerny ist Marions kleiner Bruder! Er rächt sich an allen, die seiner Schwester vermeintlich Unrecht getan haben."

Julia stöhnte auf. „Ich muss Ruth warnen! Frau Arnold ist in großer Gefahr." Dieser Gedanke gab Julia ungeahnte Kraft. „Und auch Jens Krahl! Vielleicht hat Czerny ja schon versucht, ihn umzubringen, und der Schlaganfall ist nur eine Folge …" Eine neuerliche Zitterwoge durchbebte sie. „Zum Glück ist Krahl jetzt in der Klinik", haspelte sie weiter. „Doch was, wenn Czerny sich da wieder als Arzt einschleicht?"

„Überlass das der Polizei, Julia", mahnte Paul und drückte sie sanft wieder auf die Bank zurück. Doch er war sichtlich erschüttert. „Ist das wirklich wahr?", fragte er Fred. „Gibt es keinen Zweifel?"

„Heute früh, als der Czerny sich als Phis Retter aufgespielt hat – ich habe genau gesehen, dass er sie aufgenommen hat, nachdem sein Auto schon stand. Phi hat friedlich im Sand gespielt. Takeshi hat gleich gebellt, als der zu Phi rüber ist. Der spürt das, wenn etwas faul ist. Nur gut, dass ihr alle gleich rausgekommen seid."

Julia fasste sich ans Herz. „Oh mein Gott! Ich hatte kurzzeitig die Vision, dass er mir Sophia entführen will." Sie brach in haltloses Schluchzen aus.

„Sophia ist in Sicherheit", sagte Paul. „Er kann uns nichts mehr tun, Julia." Seine Stimme klang belegt. Er räusperte sich.

Vater Georg kam mit Wasser und Pauls Arzttasche. „Ich habe die anderen schon mal in die Schenke geschickt und gesagt, sie sollen bestellen."

Paul gab Julia das Glas, nachdem er ein paar Tropfen in das Wasser gegeben hatte. „Trink das." Ihre Hände bebten, als sie es nahm. Er half ihr, es zum Mund zu führen.

„Trude war natürlich nur schwer dazu zu bewegen", fuhr Georg derweil in bemüht leichtem Ton fort. „Sie hatte schon ausgespäht, dass hier Großes im Gange ist. – Vielleicht informiert ihr mich nun auch einmal darüber?" Er blinzelte zu Fred. „Ich habe die Tür geschlossen und alle technischen Hilfsmittel im Haus gelassen. – Sauber!" Er hob die Hände zum Beweis.

Julia versuchte ein Lächeln über ihr Wasserglas hinweg. Noch immer bebte sie. „Dazu brauche ich mein Journal", sagte sie schwach. „Hatte schon ganz vergessen, dass so eine Panikattacke den Verstand aussetzen lässt."

„Ich gehe", sagte Paul. „Wo hast du es?"

„Im Büro. Gleich neben dem Telefon."

Vater Georg hatte sich neben sie gesetzt und hielt seinen Arm um ihre Schulter. „Und bringe gleich eine Decke mit, Paul." Dann drückte er sie liebevoll an sich. „Das ist ja eine Heimkehr nach Maß. Das hatten Milla und ich uns etwas ruhiger vorgestellt."

„Tut mir leid", schniefte Julia. Sie holte ein Papiertaschentuch aus ihrer Hosentasche, das zwar noch gefaltet war, doch offensichtlich schon eine Wäsche hinter sich hatte. „Fred glaubt, dass Czerny uns überwacht und ausspioniert", begann sie, nachdem sie sich die Nase geputzt hatte. Sie erzählte ihm, was sie bisher dank Freds Ermittlungen herausgefunden hatte. Fred war derweil mit Takeshi in Richtung Kirchberg verschwunden, um noch eine weitere Zigarette zu rauchen.

Mit ernster Miene hörte Georg ihr zu. Er unterbrach sie nicht, nickte nur ab und zu. Julia gewann mit jedem Satz wieder mehr Stabilität zurück. Die Beruhigungstropfen entfalteten auch bereits ihre entspannende Wirkung. „Ach, ich bin so froh, dass ihr wieder da seid", schloss Julia. „Auf Basti konnte ich in diesem Fall rein gar nicht zählen. Er erschien mir sogar manchmal wie ein Feind."

„Erschien er dir das nicht von Anfang an, Liebes?" Vater Georg knuffte sie liebevoll in den Arm.

„Als Konkurrent, nicht als Feind", verbesserte Julia lächelnd. „Wir müssen auch ihn warnen."

„Das übernehme ich", sagte Georg. Er erschrak, als Julia plötzlich nach seinem Arm griff. „Ihr müsst unbedingt vorsichtig sein", warnte sie. „Es ist nicht auszuschließen, dass auch eure Wohnung mit Spionagetechnik verwanzt ist. Die Trögerin hatte neulich das Gefühl, dass jemand während ihrer Abwesenheit in eurer Wohnung gewesen ist. Vielleicht durch deinen Kanzleizugang?"

„Kurioser und kurioser", zitierte Georg sinnend. „Den Herrn Specht werde ich mir wirklich einmal gesondert vorknöpfen müssen."

„Du kennst seinen Spitznamen?"

„Natürlich", lachte Georg. „Ich bin schließlich dein Senior. – Ah, da kommt ja Paul endlich. Wo hast du so lange gesteckt?"

Paul reichte Julia die Decke. Er sah besorgt aus. „Dein Journal konnte ich nirgends finden."

Das reichte, um Julia erneut erbleichen zu lassen. „Was?"

„Ich habe überall geschaut", sagte Paul. „Büro, Küche, Flur, alle deine Taschen, sogar im Schlafzimmer und bei Sophia. Nichts."

„Das wäre ja …" Julia rappelte sich aus der Bank hervor. „Das wäre ja der Supergau! Das ist mein zweites Hirn. Wichtiger als das blöde Handy."

„Was ist los?", fragte Fred, der mit Takeshi wieder auf den Hof geschlendert kam.

„Mein Journal ist verschwunden."

„Die offene Haustür?"

„Möglich", grübelte Julia. „Jetzt rufe ich wirklich die Polizei an. – Doch wie konnte der wissen, dass ich gerade nicht im Büro bin?" Sie lief zum Haus.

„Denke daran, da drinnen nichts reden!", rief ihr Fred hinterher. Julia nickte noch kurz, dann verschwand sie im Flur. Paul und Georg folgten ihr. Doch auch ihre gemeinsame Suche blieb erfolglos. Julia liefen die Tränen über die Wangen, während sie sich ausmalte, welche Folgen der

Diebstahl ihres Journals haben könnte. Denn dass es Diebstahl war, daran bestand für sie kein Zweifel. Stumm beendeten sie ihre Suche und gingen wieder auf den Hinterhof hinaus, wo Fred und Takeshi auf sie warteten. „Und?"

„Weg. Gestohlen. Jetzt weiß Czerny alles, was ich weiß." Geschlagen ließ sich Julia auf einen der Holzstühle plumpsen. Fred hielt ihr sein Handy hin. „Polizei. Ich habe die Nummer schon eingetippt."

Erstaunt nahm Julia das Gerät an ihr Ohr. Es meldete sich die Polizeidirektion Görlitz. Sie verlangte nach Kriminaloberkommissar Kruz. Der sei außer Haus, wurde ihr beschieden. „Dann Kriminalhauptkommissarin Walther, bitte."

Ein Zögern. „Einen Moment bitte." Dann. „Wie ist noch mal Ihr Name?"

„Julia Eisler. Ich bin Anwältin. Es geht um den Tod von Kai Marquart. Frau Walther kennt mich."

Noch einmal folgte eine Pause. Julia fragte sich, ob der Beamte in der Zeit Rücksprache mit jemandem nahm. „Hinterlassen Sie bitte Ihre Telefonnummer. Die Kommissarin meldet sich bei Ihnen."

„Aber es ist Gefahr in Verzug", rief Julia. „Der Täter ist in Besitz von Informationen gelangt, die möglicherweise zu weiteren Taten führen."

„Einen Moment bitte", wiederholte der Beamte. Wieder verstrich eine halbe Minute, bis sich jemand meldete. Es war eine andere männliche Stimme am Apparat, den Namen konnte Julia nicht verstehen. „Wo sind Sie jetzt gerade, Frau Eisler?"

„In meinem Haus in Finkendörfel." Sie nannte ihm die genaue Adresse. „Mir wurde mein Journal mit sämtlichen Aufzeichnungen gestohlen. Ich habe es eben bemerkt. Es besteht auch der Verdacht, dass meine Telefone überwacht werden. Möglicherweise kennen wir den Täter. Es ist …"

„Wir schicken ein paar Beamte zu Ihnen, Frau Eisler."

„Aber …“

„Bleiben Sie ganz ruhig. Die Kollegen sind in weniger als einer halben Stunde bei Ihnen. – Erreichen wir Sie unter der Nummer auf dem Display?“

Als sie Fred heftig nicken sah, bestätigte Julia. Dann war das Gespräch beendet. Sie wollte das Telefon an Fred zurückgeben, doch der nahm es nur kurz, um seinen Code zu entsperren, und reichte es ihr wieder. „Nimm erstmal besser das“, sagte er. „Das andere Handy kannst du jetzt auch nicht mehr als sicher betrachten.“ Er setzte sich zu ihr. Paul und Georg taten es ihm gleich. „Wenn du willst, schaue ich gleich mal nach Spionagesystemen bei euch“, schlug Fred vor.

„Lieber nicht, Fred“, sagte Julia deprimiert. „Mein Büro ist jetzt ein Tatort. Wir sollten das den Ermittlern überlassen.“

„Völlig richtig“, bestätige Georg. „Ist es dir recht, wenn wir mit dir hier gemeinsam warten, bis die Beamten eintreffen?“

Erst wollte Julia zustimmen, doch ihr kam eine bessere Idee. „Nein“, sagte sie und richtete sich auf. „Geht ihr zu den anderen ins Erbgericht. Ich komme erst einmal mit ins Haus und dann brechen wir unter großem Palaver scheinbar alle gemeinsam auf, damit es Czerny, ich meine Jason, auch richtig gut mitbekommt. Ich bleibe aber mit Fred und Takeshi hier. Vielleicht bringt mir dieser Mistkerl mein Journal zurück.“

„Das ist viel zu gefährlich“, protestierte Paul. „Du vergisst wohl, dass du es hier mit einem Mörder zu tun hast.“

„Paul hat recht, Julia.“

„Ich bin doch bei ihr“, rief Fred, der offensichtlich begeistert von dieser Idee war. „Und Takeshi. Der ist ein Beschützerhund.“

Paul schüttelte den Kopf. „Nichts für ungut, lieber Fred, und dein Hund ist bestimmt ein großer Krieger, aber du mit deinem lahmen Bein? Schon vergessen, dass Czerny gut trainiert ist?“

„In einer halben Stunde sind die Beamten hier“, beharrte Julia eigensinnig. „Bestenfalls nehmen sie den falschen Czerny gleich fest. Papa, dein Handy hat Jason-Czerny noch nicht auf dem Schirm. Ich speichere deine Nummer ein, dann können wir in Verbindung bleiben.“

Georg sah als Erster ein, dass gegen Julias Halsstarrigkeit kaum anzukommen war. Er holte sein Telefon aus der Jackentasche aus der Küche und gab Julia die gewünschte Nummer. „Mutter Milla hat schon ein paar äußerst temperamentvolle Nachfragen an uns geschickt“, berichtete er, als er seine Nachrichten sah.

„Umso besser, wenn ihr jetzt aufbrecht“, sagte Julia. „Doch haltet mit der Wahrheit noch hinter dem Berg beim Rest der Familie. Wir sollten die großen Mütter nicht beunruhigen.“

„Ich halte das Ganze für keine gute Idee“, brummte Paul, doch letztendlich fügte er sich.

*

Nachdem die beiden aufgebrochen waren, kehrte Julia zu Fred in den Hof zurück. In einem Zug trank sie das restliche Wasser aus. Freds gesundes Bein wippte vor Aufregung. „Was, wenn der Typ hier wirklich auftaucht? Hast du irgendeinen Plan?“

„Ehrlich? – Habe ich nicht.“ Julia setzte sich zu ihm an den Tisch und legte die Hände an ihr Gesicht. „Einerseits hoffe ich, dass er hier aufkreuzt, andererseits habe ich Angst davor. Wenn ich mir überlege, mit wie viel krimineller Energie er es geschafft hat, uns alle so lange zu täuschen. Sogar Basti!“ Sie stutzte. „Den kann ich aber informieren. Diese Nummer habe ich im Kopf.“

„Lass das lieber", riet Fred. „Der könnte auch überwacht werden oder er steckt mit dem Kerl unter einer Decke."

„Oder er wird von ihm erpresst", ergänzte Julia nachdenklich. Sie stützte ihre Stirn auf die Hände. „Oh, Fred! Ich fühle mich so mies, wie eine Verräterin."

„Aber wieso denn du?"

„Durch mich ist er an all die Informationen gekommen. Wegen mir musste Marquart sterben."

„He! Das lässt du jetzt bitte, klar?" Fred war unversehens heftig geworden. „Das ist genau die Masche dieser Psychos, sie machen, dass du dich schuldig fühlst, aber in Wahrheit sind sie selbst die Schufte."

„Oder Schuftinnen", ergänzte Julia mit dem Versuch eines Lächelns. Sie hatte den Kopf wieder erhoben.

„Schuftinnen", grinste Fred. „Nette Ergänzung. Mias Mutter muss eine von der Sorte gewesen sein, wie mir Mia erzählt hat."

„Marion?"

„Genau die. Hat alle immer kleingehalten und für ihre Zwecke manipuliert."

Julia wollte Marion gerade verteidigen und ihre traumatischen Kindheitserfahrungen anführen, als Fred schon abwinkte. „Ich weiß schon: Marion, das Opferlamm. Doch sie ist nicht die Einzige, die schlimme Erfahrungen in der Kindheit gemacht hat. Aber sie hat sich entschieden, selbst zu missbrauchen und zu manipulieren, um an ihr Stück vom Lebenskuchen zu kommen. Ihre Familie und Freunde, das sind die wahren Opfer. Allen voran Jens Krahl, das arme Schwein."

Vor ihrem geistigen Auge sah Julia wieder die Vision eines eingeschlagenen Schädels, der Marions Gesichtszüge trug. „Glaubst du, die haben sie gemeinschaftlich umgebracht?"

Fred starrte sie an. „Keine Ahnung. – Wie kommst du darauf?"

„Nur so", wich Julia aus. „Vielleicht weil Jason so auf Rache aus ist." Sie schlug wieder die Hände vor ihr Gesicht. „Wie konnte ich nur so blind sein!"

„Denk immer daran, dass er der Mörder ist, nicht du. Du bist nur …"

„Ein Opfer?" Sie linste zwischen ihren Fingern hindurch zu Fred.

„Mittel zum Zweck", vollendete Fred grimmig. „Ich weiß, wie diese Typen ticken. Stan ist auch so einer."

Das brachte sie zu Mia und Jessy. „Wie können wir die Krahls vor Jason warnen?", fragte sich Julia besorgt.

„Lass uns auf die Bullen warten."

„Das ist das Letzte, was die Krahls wollen, glaube mir."

„Irgendwann werden sie nicht drum herum kommen", brummte Fred.

„Und Ruth!", fiel Julia erneut ein. „Sie ist mit Mutter Isolde auch in höchster Gefahr! – Oder? Hatte ich da die Handys dabei? – Aber die Adresse steht im Journal. Ich glaube, ich drehe langsam durch, Fred."

„Unsinn! Du bist sehr wohl bei Verstand. Denke jetzt mal in aller Ruhe nach: Wann hattest du das Gefühl, dass jemand über Informationen verfügte, die er nicht haben konnte?"

„In der Kanzlei", schoss es Julia sofort ein. „Und natürlich bei Czerny …", überlegte sie dann weiter. „Der schien, wie durch Zauberhand, immer zu wissen, wo ich gerade war."

„Hattest du da immer dein Handy dabei?"

„Ich weiß nicht …"

„War sonst mal etwas verschwunden, was dann plötzlich wieder auftauchte?"

„Herr Hase! – Czerny muss den Plüschhasen präpariert haben." Julia sprang auf. „Ich muss sofort zu Sophia. Sie ist in Gefahr. Alle sind in Gefahr. Der Hase ist der Schlüssel." Sie rannte los.

„Warte doch, Julia!“, rief ihr Fred hinterher. Takeshi bellte. Doch Julia sah sich nicht um. So schnell sie es vermochte, stieg sie den Kirchberg hinauf, der nach dem Erdrutsch vor ein paar Jahren einen flacheren Anstieg erhalten hatte. Sie rannte am Friedhofstor vorbei über die Stufen des alten Kirchsteigs hinunter zum Marktplatz und dann die Hauptstraße hinauf. Ihre Lungen brannten, ihre Muskeln krampften. Keuchend hielt sie inne, als sie das Gebäude des stattlichen Gasthofes erblickte. Kein schwarzer Van zu sehen. Julia spürte bereits wieder das Zittern in sich aufsteigen. Sie durfte sich jetzt keine Schwäche erlauben. Die Angst um Sophia rang die alte Angst vor der Angst nieder. Eben wollte sie weiterspurten, als sie Tildas Stimme hinter sich vernahm. „Julia! Was machst du denn hier für eine Sporteinheit?“

Bevor Julia antworten konnte, bog der Streifenwagen um die Ecke. Hinter der Polizistin am Steuer saß Fred mit Takeshi.

19. Kapitel

Im Felde schleich' ich still und wild,
Gespannt mein Feuerrohr.
Da schwebt so licht dein liebes Bild,
Dein süßes Bild mir vor.

Du wandelst jetzt wohl still und mild
Durch Feld und liebes Tal,
Und ach, mein schnell verrauschend Bild,
Stellt sich dir's nicht einmal?

– Johann Wolfgang von Goethe, Jägers Abendlied

Sie hatten bei den Hellers Asyl gefunden, solange die Spurensicherung ihr Haus durchkämmte. Vor ihrem Haus hatte sich ein kleiner Menschenauflauf gebildet.

Es wurde so eng und laut bei Hellers in der Küche, dass Trude sich alsbald wieder nach draußen verzog, um im Dorf für die Verbreitung des Skandals um den angeblichen Doktor Czerny zu sorgen. Zuvor war sie noch eindringlich von Georg gewarnt worden, nichts über Czernys wahre Identität zu verbreiten, solange die noch nicht eindeutig bestätigt war.

Ella-Ma wollte derweil ihrer Freundin Friedegard einen Krankenbesuch abstatten, weil es dort entschieden ruhiger zugehe als in diesem Tollhaus, wie sie bekundete. Sabine geleitete sie hinauf ins Haupthaus.

Sophia schluchzte untröstlich an Pauls Schulter, weil die Polizistin ihren Herrn Hase konfisziert hatte. Fred war auf den Hof geflüchtet mit Takeshi, um mal wieder zu rauchen. Dagegen lief Tilda zu Hochform auf. Mit glühenden Wangen servierte sie Tee und Kaffee und auf Wunsch auch vom Heidelbeerwein. Ihre vollkommene Entlastung hatte sie wieder in ihr Gleichgewicht gebracht. „Dass dieser Kerl dann auch noch versucht, dich mit Lügen zu überzeugen, schlägt doch dem Fass den Boden aus“, rief sie, während sie frische Tassen auf dem Tisch abstellte. „Nur gut, dass du ihn durchschaut hast, Julia.“

Julia nahm Tildas Worte kaum wahr. Benommen von den Ereignissen und ihrer Zeugenaussage saß sie am Tisch, während Georg und Milla auf sie einredeten. „Du solltest dich mit Sophia in Sicherheit bringen, Julia!“

„Ich kann nicht weg, Mama“, erwiderte Julia müde. „Die Ermittlerin hat darauf bestanden, dass ich mich zur Verfügung halte. Außerdem kann ich die Krahls nicht allein lassen, solange Jason da draußen herumläuft.“

Milla stützte sich auf dem Tisch ab und beugte sich zu Julia herab. „Das ist ja der Punkt, der uns Sorgen macht, mein liebes Kind. Hattest du nicht selbst den Eindruck, dass er Sophia entführen wollte?“

„Dieser Mensch hat bewiesen, dass er vor nichts zurückschreckt“, gab auch Georg zu bedenken.

„Ja, genau. Höre auf deinen Vater: Bring Sophia von hier weg.“

Julia stürzten die Tränen in die Augen. „Das kann ich nicht“, stieß sie hervor. „Ich kann mich nicht von Sophia trennen. Unmöglich.“

Nach einem Blickwechsel mit seiner Frau setzte sich Georg neben seine Tochter. „Uns selbst hat dieser Jason nicht verwanzt und unter Kontrolle. Wir haben noch nicht alle Koffer ausgepackt. Ein Leichtes, ein paar Tage in unserer geliebten Spreewald-Pension zu verbringen.“

„Ich kann nicht, Papa.“

„Bei uns wäre Sophia sicher.“

Paul räusperte sich. „Von der Hand zu weisen ist der Vorschlag nicht, Julia“, sagte er leise, denn Sophia war mittlerweile vor Erschöpfung eingeschlummert.

„Und wenn Sophia da etwas geschieht?", begehrte Julia auf. „Das könnte ich mir nie verzeihen, wenn ich sie alleine ließe." Sie sackte wieder zurück. „Entschuldigt bitte."

Georg legte begütigend den Arm um sie. „Aber wenn ihr hier in Finkendörfel etwas zustoßen würde, weil wir sie nicht geschützt haben, könntest du dir das besser verzeihen?"

Julia sah auf. Die wilde Verzweiflung in ihren Augen ließ Georg zurückweichen. „Dräng mich nicht, Papa", sagte sie jedoch nur.

Milla gab noch nicht auf. „Solange dieser Jason-Mörder hier herumschleicht, habe ich keine ruhige Minute mehr!"

„Wenn er nur halb so ist wie seine Schwester, hast du auch allen Grund dazu, Milla", sagte Sabine, die wieder in die Küche zurückgekehrt war.

Mit einem Taschentuch wischte sich Julia die Tränen ab. „Wie war seine Schwester? Du kanntest Marion."

„O ja, ich kannte die schöne Marion. Zumindest dachte ich das eine Zeit lang." Sabine setzte sich zu ihnen an den Tisch und nahm sich vom Heidelbeerwein. „Ich dachte sogar einige Jahre, wir wären beste Freundinnen. Vielleicht war ich auch ein bisschen verliebt in Marion." Sie trank vom Wein, der eine blaue Spur an ihrer Oberlippe hinterließ. Mit einer ungeduldigen Gebärde wischte sie sich über ihren Mund. „Ich war ganz sicher in sie verliebt", bestätigte sie dann mit einem bitteren Auflachen. Sie sahen die Tränen in ihren Augen. „Ich war ein junges, dummes Huhn!"

Tilda trat hinter ihre Mutter und legte die Hände tröstend auf ihre Schultern. „Sie hat auf mir gespielt wie auf einem Instrument. Was immer sie hineinblies, kam heraus. Gute Töne am Anfang, fantastische Melodien. Ich dachte wirklich, ich sei für sie etwas ganz Besonderes. Dann gab es mehr und mehr schrille Töne. Sie brachte mich so weit, dass ich von zu Hause weglaufen wollte, dass ich mich mit meiner Familie völlig verkrachte und rüber in den Westen ging, kaum dass ich volljährig war. – Da war sie schon mit Jens zusammen. Ich war so eifersüchtig, so dumm!"

„Du warst nicht dumm", fuhr Fred ihr mit scharfer Stimme dazwischen. Er war mit Takeshi zurückgekehrt. Eine Wolke kalter Zigarettenasche umwehte ihn. „Du hast von ihr nur eine gehörige Gehirnwäsche verpasst bekommen."

„Danke, dass du mich daran erinnerst. Du hast ja recht, mein lieber Fred", gab Sabine zu. Sie sah ihn dabei liebevoll an. „Mit Jens hat sie das auch gemacht, wie ich nun mitbekommen habe, genauso mit ihren Töchtern. Eiskalt manipuliert hat sie die, um beim kleinsten Anzeichen von Aufbegehren schnell in die Opferrolle zu schlüpfen, bis wieder alles nach ihrem Willen ging." Sabine schüttelte sich. „So richtig durchschaut habe ich ihre Spielchen erst, als Fred sich aus dem Dunstkreis von Stan befreit hat. Der ist auch so einer."

„Es war echt eine harte Schule, mich von Stan zu lösen", sagte Fred grimmig.

„Hast du das?", fragte Julia und schnaubte in ihr Taschentuch. „Und was ist mit deinem Kontrollzwang?"

„Abwehr", sagte Fred und verschränkte seine dürren Arme vor der Brust. „Notwehr!"

Julia nickte. „Du weißt natürlich, dass auch das eine Verbindung bleibt?"

Sophia regte sich auf Pauls Schulter. Sobald sie gewahr wurde, dass Herr Hase nicht bei ihr war, begann erneut ihr heftiges Weinen. Die Bemühungen ihrer Familie, sie zu trösten, machten alles nur noch schlimmer. Erst Freds Vorschlag brachte eine kleine Erleichterung. „Komm, Phi, wir gehen mit Takeshi auf unser Riesenkissen. Da können wir uns einen Traum basteln."

Erwartungsvoll sah der Shiba Inu zu ihr auf und hechelte. Sein gebogener Schwanz wackelte vor Vorfreude. Tatsächlich streckte Sophia ihre Ärmchen nach dem Hund aus. Paul ließ sie herunter. „Na, dann, viel Spaß."

Julia wollte protestieren, doch Paul schüttelte den Kopf. „Lass sie nur", beruhigte er sie, „Sie bleiben ganz in der Nähe, hier im Haus."

Als sie verschwunden waren, herrschte eine Weile Schweigen in der Küche. Für einen Moment war Julia froh, dass das Thema Sophia nicht mehr im Mittelpunkt stand, sondern Marion, deren Tentakeln der Macht und Kontrolle so viele Menschen umschlossen hatten. Nach Sabines Schilderungen zu Marion gelang es Julia nun wieder besser, klare Gedanken zu fassen. „Du hast mit Marions Töchtern gesprochen?"

„Das habe ich", bestätigte Sabine. Auch ihre Stimme war nun wieder fest und bestimmt. „Ich konnte nicht zulassen, dass Fred noch einmal von diesem Satan in Verruf gebracht wird. Stan hat Fred um alles betrogen, was er sich aufgebaut hatte. Ein Widerling war er, ein Schmarotzer und ein …"

„Sicherlich ist er das noch", unterbrach Julia sanft.

Sabine schoss einen wilden Blick auf Julia. „Nicht mehr für uns, nicht mehr für Fred. Er hat sich von diesem Teufel befreit."

„Glaubst du, dass sich auch die Krahls von Marion befreit haben?"

„Wie meinst du das?"

Die anderen in der Küche lauschten gebannt. Tilda hatte sich auf den Stuhl neben Sabine gesetzt.

„Innerlich befreit, meine ich", schob Julia mildernd nach. Sie wollte Sabine nicht in die Enge treiben mit ihrer Frage.

Sabine überlegte kurz. „Es ist sehr schwer, von so jemandem wie Marion loszukommen."

„Oder von einem wie diesem Stan", ergänzte Georg, der dem Gespräch mit wacher Aufmerksamkeit gefolgt war. „Doch willst du nicht auch wissen, ob die Krahls damals handfest nachgeholfen haben, sich von Marion zu befreien?"

Erwartungsvoll blickten alle auf Sabine. Die schüttelte energisch den Kopf. „Ihr kennt den Jens nicht", sagte sie mit Überzeugung. „Der wäre eher für sie durchs Feuer gegangen, als die Hand gegen sie zu erheben."

„Auch nicht, wenn es um seine Töchter ging?", fragte Julia.

Sabine starrte sie an. „Die waren damals noch Kinder!"

„Eben. Vielleicht waren sie ein Druckmittel von Marion."

„Gut möglich", brummte Sabine.

Julia richtete sich ein wenig auf. „Was ist also, wenn Jason die Nichten befreien und sich nur an Jens rächen will? Wäre das eine Möglichkeit?"

„Nicht wenn er nach seiner Schwester gerät. Die hat ihre Kinder nicht geliebt. Höchstens mit Mia hat sie ab und zu angegeben, weil sie so schön ist. Frag die Mädels selbst."

„Ja", sagte Julia nachdenklich. „Das muss ich unbedingt tun." Sie erhob sich und schob dabei den Tisch beiseite. Der Rest Heidelbeerwein in Sabines Glas schwappte bedenklich. „Am besten, ich mache mich gleich auf den Weg, solange ihr alle noch bei Sophia seid."

„Wobei wir wieder bei dem Thema wären", sagte Mutter Milla.

Bevor Julia etwas erwidern konnte, kam Fred mit seinem Telefon herein. „Die Kommissarin für dich", sagte er und reichte Julia das Telefon.

Mit dem Handy am Ohr ging Julia hinaus auf den Flur. „Ja? Julia Eisler hier."

„Sonja Walther", meldete sich die Hauptkommissarin. „Sind Sie zu Hause, Frau Eisler?"

„Bei den Nachbarn gegenüber. Familie Heller."

Eine kleine Pause zeigte Julia, dass die Ermittlerin selbst nach Worten suchte. „Wir müssen reden, Frau Eisler", sagte sie dann mit belegter Stimme. „Ich bin hier an einem neuen Tatort, der im Zusammenhang mit dem Geschehen in Finkendörfel steht. Jason alias Dennis Czerny kommt als möglicher Täter infrage."

Julias Wangen wurden taub. „Sie sind in Zittau", flüsterte sie entsetzt. „Bei Isolde Arnold!"

Ein weiteres Zögern zeigte ihr, wie recht sie mit ihrer Ahnung hatte.

„Ich wollte Sie nur warnen", sagte die Hauptkommissarin. „Jason ist möglicherweise tatsächlich auf einem Rachefeldzug. Er hat ihr Journal hier hinterlassen."

Er gab sich nicht einmal die Mühe, sich zu verstecken. Ein weiterer Beweis seiner Macht. Julia griff sich ans Herz. „Was ist mit Mutter Isolde? Ist sie … ist sie tot?"

Das Schweigen der Hauptkommissarin beantwortete ihre Frage.

„Und Ruth? Wie geht es Ruth?"

„Ruth Arnold ist am Leben", war die dürftige Antwort. „Wann können Sie morgen im Präsidium in Görlitz sein?"

„Wann immer Sie es wünschen", sagte Julia. Ihr fiel der Termin mit Thomas Müller ein, doch der hatte sich wohl erübrigt. Seltsam, dass ihr Gehirn solche profanen Informationen zur Verfügung stellte angesichts extremer Neuigkeiten.

„Dann um zehn", sagte die Kommissarin. „Frau Eisler, ich rate Ihnen dringend, Ihr Kind an einem sicheren Ort unterzubringen, der dem Täter unbekannt ist."

Julia entfuhr ein Jammerlaut. Tränen schossen ihr in die Augen. „Danke", würgte sie heraus. Dann beendete sie das Gespräch.

Wie im Trance ging Julia wieder zurück zu den anderen. Paul trat ihr entgegen. „Was hat sie gesagt?" Julia griff nach seiner Hand und zog sie an ihr Herz. „Spreewald", sagte sie mit erstickter Stimme. „Sofort!"

*

Die Spurensicherung war abgezogen, ihr Haus sollte nun frei von Spionagetechnik sein. Es fühlte sich fremd an, wieder in der Wohnung zu sein, so als wäre sie besudelt, von einem bösen Geist besetzt.

Julia wusste kaum, was sie einpackte für ihr Kind. Paul half ihr. Sie sprachen nur wenig. „Wenn du willst, fahre ich mit und bleibe bei Phi“, hatte er ihr angeboten. „Ich melde mich einfach noch eine Woche ab.“ Doch es war zu auffällig.

Unten in der Küche hörten sie Sophia weinen. Es schien, als ahnte sie, was ihr bevorstand. Milla gab ihr Bestes, um sie abzulenken. Julia liefen die ganze Zeit über die Tränen über ihre Wangen.

Fred brachte ihnen neue Prepaidhandys. „Sicher ist sicher“, sagte er. Er reichte Julia eines davon. „Hier sind meine und Mias Telefonnummer drauf. Vielleicht kannst du sie erreichen. Ich habe immer nur ihren Kerl dran, diesen Marcel. Dem wollte ich das nicht auf die Nase binden.“

„Gut so“, sagte Julia zerstreut. „Hast du Mia Bescheid gegeben?“

Fred stöhnte auf. „O Mann! Gerade sagte ich, dass ich sie nicht erreicht habe.“

„Sorry“, fügte er hinzu, als er Julias Blick sah. „Kann aber sein, dass sie nicht rangeht, wenn da eine unbekannte Nummer erscheint.“

Julia ließ das Jäckchen sinken, das sie gerade in Sophias Tasche packen wollte. „Wir müssen sie warnen“, murmelte sie.

„Ich kann rüberhumpeln“, bot Fred an. „Oder ich schicke Mutter noch mal.“

„Das ist besser“, sagte Julia und legte ihre Hand auf seinen Arm. „Danke für alles, Fred. Ohne dich wäre das hier gehörig gegen den Baum gefahren.“

„Es ist noch nicht vorbei.“

„Ja, ich weiß.“ Sie zog den Reißverschluss der Reisetasche zu. „Meinst du, er beobachtet uns?“

„An eurer Stelle würde ich mit zwei Autos fahren, aber zu unterschiedlichen Zeiten. Das ist weniger auffällig. Weiß die Polizei, was ihr vorhabt?“

„Mache ich morgen“, sagte Julia, „Wenn ich in Görlitz bin. – Heute fahren wir erst einmal nach Herrnhut zu meiner Schwester. Sie denkt noch, es sei ein Ankommensbesuch der Eltern.“

„Dann lasse sie lieber in dem Glauben.“

*

„Was wollte denn die Polizei bei euch?“ Zögerlich klappte der Wald-Müller die Fahrertür seines Pickup zu, so als sei er sich nicht sicher, das Richtige zu tun. Er sah dem Streifenwagen hinterher, der in Richtung Dorf ruckelte. Sie waren sich eben auf der kleinen Straße zu Krahls Gehöft begegnet. Er kam zu Jessy an den Rand der Koppel, Reg begrüßte ihn schwanzwedelnd.

„Keine Ahnung“, brummte Jessy. Sie sah kaum auf. „Marcel wird denen schon Bescheid gestoßen haben. Der ist zurzeit sowieso auf Krawall gebürstet. Sieht überall nur Feinde.“ Hingebungsvoll rieb sie ihrem Wallach Pip die Fesseln ein. Eine Duftwolke von Menthol und Kräutern umgab sie. Das mächtige Pferd zitterte.

„Und wenn es wahr ist?“

Jetzt blickte sie auf zu ihm. „Was wahr ist? Das mit den Feinden?“

„Im Dorf ist auch Polizei. Die suchen den Czerny“, sagte Thomas. „Er soll ein Betrüger sein, ein falscher Arzt.“

„Wusste gleich, dass mit dem was nicht stimmt.“ Sie widmete sich wieder ihrem Pferd.

Thomas legte seine Hand auf Pips Nüstern und streichelte seine Blesse. „Bloß gut, dass euer Vater im Krankenhaus ist und nicht mehr von Czerny behandelt wird. Wie geht es ihm? Ihr wart doch heute bei ihm, oder?“

„Die Ärzte glauben, dass er sich erholen wird und wieder nach Hause kann. Es war wohl eine Magenblutung, irgendwas mit den Blutverdünnern haute nicht hin. Aber jetzt haben sie es wieder im Griff." Sie richtete sich auf. „Der Bursche hier macht mir gerade viel mehr Sorgen." Jessy klopfte Pip liebevoll auf den Hals. „Irgendetwas saugt an ihm wie ein Vampir. Er wird mit jedem Tag schwächer. Die Tierärztin war vorhin da. Sie weiß sich auch keinen Rat. Ich werde ihn wohl in die Klinik bringen müssen. Tut mir leid, wenn ich da noch einmal ausfalle."

„Kein Akt", sagte Thomas großmütig. „Wir kommen auch ein paar Tage ohne deine Pferde klar. Da machen wir einfach beim Bornhain weiter. Warum lässt du Pip nicht im Stall?"

„Im Stall hat er Angst neuerdings. Er macht mir die Lotta ganz verrückt. Sie ist sogar gestiegen, als ich neulich zu ihr trat." Nachdenklich schüttelte sie den Kopf. „Möchte wissen, was hier los ist. Die Tierärztin erzählte vorhin, dass in Berthelsdorf ein Pferderipper umgeht. Hat einen Wallach auf der Weide schwer verletzt."

„Aber Verletzungen habt ihr doch keine gefunden bei Pip."

„Das macht es nicht besser", murmelte Jessy. „Wenn du etwas nicht greifen kannst, macht mich das nervös."

„Kann ich gut verstehen." Sie schwiegen eine Weile und streichelten Pip, wie um sich auch selbst zu trösten.

„Im Dorf erzählen sie, dass das Haus der Anwältin von der Polizei durchsucht wird", sagte Thomas dann.

Jessy bekam große Augen. „Von der Eisler?" Sie pfiff durch die Zähne. „Was hat die mit Czerny zu schaffen?"

„Keine Ahnung. Die Leute erzählen viel, wenn der Tag lang ist. – Doch vielleicht solltet ihr vorsichtig sein. Möglicherweise ist der Czerny ein richtig schlimmer Finger. Es wird einiges gemunkelt."

„Dass die Bullen uns jetzt so auf die Pelle rücken, passt mir gar nicht", beschwerte sich Jessy. „Diese Anwältin sollte uns eigentlich vor denen schützen, jetzt hängt sie da selber in so einer Polizeischeiße." Sie überlegte eine Weile. „Aber wo du es sagst, Marcel meinte, Sabine war vorhin da gewesen und hat uns irgendwie warnen wollen."

„Vor Czerny bestimmt. Frag doch noch mal."

„Ja, ja. Aber erst mal rufe ich die Eisler an. Möchte wissen, welche Kacke hier am Dampfen ist."

„Da wirst du kein Glück haben. Ich versuche auch schon den ganzen Tag, sie wegen unseres Termins morgen zu erreichen. Fehlanzeige auf allen Kanälen. Die Leute sagen, dass die Kriminaler alle Technik aus dem Haus der Eislers geschleppt haben."

Verblüfft sah Jessy ihn an. „Da mache sich einer einen Reim drauf." Sie klopfte Pip noch einmal auf die Flanke, bevor sie das Gatter öffnete. Reg sprang bellend auf die Straße. „Ich schlafe heute Nacht auf jeden Fall bei den Pferden."

20. Kapitel

Nur Platz! Nur Blöße!
Wir brauchen Räume,
Wir fällen Bäume,
Die krachend schlagen;
Und wenn wir tragen,
Da gibt es Stöße.

– Johann Wolfgang von Goethe, Lied der Holzfäller aus Faust. Der Tragödie zweiter Teil

„Die Familie Krahl war alles andere als begeistert, als die Kollegen gestern bei ihnen vorfuhren", sagte Sonja Walther. Sie legte ein Tablet vor sich hin und eine Mappe mit losen Blättern, bevor sie sich setzte. Julias Journal lag in einer Tüte versiegelt ebenfalls auf dem Tisch. Herr Hase und diverse Telefone daneben, ein jedes in seiner Tüte. Julia konnte kaum den Blick davon wenden. Es war zu surreal.

„Das kann ich mir denken", sagte Julia schließlich. Mit einiger Mühe hob sie ihre Augen. „Uns ging es gestern genauso. Sie sind …, nun sagen wir mal: Sie sind nicht sehr zugänglich."

„Mhm", machte die Kommissarin und blätterte in ihrer Mappe. „Halten Sie es für möglich, dass sie mit Jason zusammenarbeiten?" Jetzt sah sie Julia direkt an.

Julia bedachte ihre Worte eine Weile, ehe sie antwortete. „Czerny war oft in ihrem Haus", sagte sie dann. „Er hat ihren Vater behandelt, wenn man das überhaupt so nennen darf. Mia, die jüngere der Schwestern, war wohl angetan von seinem Charme, zumindest kam es mir so vor. Damit will ich diese Möglichkeit nicht ausschließen. – Dennoch", fuhr sie fort, „ich glaube eher, dass Czerny eine Bedrohung für die Familie darstellt."

„Warum glauben Sie das?"

„Wann immer Czerny im Haus war, ging es Jens Krahl schlechter nach ein paar Stunden. Und ich hatte das Gefühl, Krahl hatte Angst vor Czerny. – Wie geht es ihm eigentlich? Ist er sicher im Krankenhaus?"

„Er hat gute Chancen, bald heimzukehren", sagte Sonja Walther. „Wir haben die Stationsleitung für die Thematik sensibilisiert. Sie achten darauf, dass keine Unbekannten zu ihm kommen."

„Sie kennen Czernys Umgarnungs- und Verwandlungskünste nicht."

„Glauben Sie mir, die kennen wir." Sie schlug die Mappe auf. „Wir haben den echten Dennis Czerny gefunden." Sie reichte Julia die Kopie eines Personalausweises und eines Führerscheines. Die Fotos zeigten einen Mann, der Jason verblüffend ähnlich sah. „Der wahre Dennis Czerny hat seine Papiere im letzten Jahr als verloren gemeldet."

„So konnte er sich ausweisen", sagte Julia, während sie auf das Bild des Fremden starrte.

„Einer tieferen Überprüfung hätten diese Papiere natürlich nicht standgehalten, doch es ist anzunehmen, dass seine Manipulationsfähigkeiten ihm geholfen haben, mit diesen falschen Dokumenten durchzukommen."

Julia reichte das Blatt zurück. „Das heißt, er hat vor einem Jahr begonnen, diesen Plan zu schmieden?"

„Vor einem Jahr arbeitete er als Heilpraktiker in der Altmark unter dem Namen Johannes Greif. Eine völlig frei erfundene Identität."

„Was hat ihn dann nach Finkendörfel gebracht?"

„Vielleicht ein alter Artikel oder eine Fernsehsendung, mit der wir ab und zu alte Fälle wieder ins Rollen bringen wollen", sagte die Kommissarin. „Es muss eine Aufzeichnung gewesen sein, denn wir haben seit acht Jahren nicht mehr öffentlich nach Marion Krahl gefahndet." Sie räumte die Kopien wieder in die Mappe. „Es ist unseren Spezialisten gelungen, Teile seiner Biografie zu rekonstruieren. Eine ansehnliche Karriere des Betruges und der Hochstapelei. Zwischendurch hat er noch ein paar einsame Frauen ausgenommen. Wechselnde Berufe und Namen und Gesichter."

„Ich denke, sein Gesicht ist unverändert", warf Julia ein.

„Die Biometrik zum Glück ja. Sonst wechselte Jason Grünert seine Identitäten mit einer Professionalität und Chuzpe, die jeden KGB-Spion blass werden ließen vor Neid. Er war vom Büroleiter einer Abgeordneten bis hin zum Marketingchef einer Tierproduktion so ziemlich alles, was man sich vorstellen kann. Sozialarbeiter beim Jugendamt, Heiler, wie eben gesagt, und nun Arzt, wie Sie ja wissen. Bei Isolde Arnold hat er sich wahrscheinlich als Pfleger ausgegeben."

„Er wusste, dass sie gerade einen neuen Pflegedienst bekommen hat", fiel Julia ein. „Das hat er ausgenutzt. Sie kannte noch nicht alle Gesichter."

„Ja, er ist ein ganz Gerissener, unser Jason. Ein Chamäleon. Doch wir kriegen ihn."

„Wie?"

„Vertrauen Sie uns. Am Tatort in Zittau hat er genügend Spuren hinterlassen. Sein Opfer hat sich heftig gewehrt. Ich habe Spürhunde angefordert."

„Arme Mutter Isolde", entfuhr es Julia.

„Sie wurde gefoltert."

Julia schauderte. „Er wollte sicher wissen, wo Ruth ist."

„Das vermuten wir auch. Es gibt also durchaus Lücken in den Informationen über seine Opfer."

„Dann war es das Diensthandy, das er angezapft hat", rief Julia aus. „Denn das hatte ich im Handschuhfach gelassen, als ich mit Ruth anschließend noch in der Brasserie war. Erst da habe ich erfahren, dass sie woanders wohnt, und es zum Glück auch nicht notiert."

Die Hauptkommissarin nickte. „Das deckt sich mit unseren Untersuchungsergebnissen. Ihr Handy war ebenso als Wanze umfunktioniert wie der nette Herr Hase. Der hatte sogar noch eine Mini-Kamera hinter seinen Knopfaugen."

Julia knirschte mit den Zähnen. „Dieser ..."

„Ist Ihre Kleine in Sicherheit?"

„Ja. Wir haben sogar noch eine bessere Variante als die Spreewald-Pension gefunden."

„Gut so. Je weniger bekannt, umso besser." Die Hauptkommissarin sah auf die Mappe vor sich. „Wir erwägen, Jason Grünert zur Fahndung auszuschreiben."

„Warum nur erwägen? Er ist doch gefährlich."

„Wenn wir ihn in die Enge drängen, ändert er vielleicht seine Strategie und erweitert seinen Opferkreis. Solange sich alles um seine Schwester dreht ..."

„... können Sie sein Vorgehen eingrenzen", vollendete Julia.

„Sie müssen sehr vorsichtig bleiben. Wir haben unsere Präsenz in Finkendörfel verstärkt. Und die Fahndung steht weiterhin auf der Agenda." Sie blickte Julia fest in die Augen. „Kriminaloberkommissar Kruz erkundigt sich, ob Sie Neuigkeiten zum Verbleib von Marion Krahl haben."

„Nichts, was Sie in Ihrer Arbeit weiterbringen würde", sagte Julia.

Die Ermittlerin fixierte sie skeptisch. „Er wäre gern bei dieser Befragung mit dabei gewesen, aber unserem Kollegen Herzog geht es sehr schlecht. Er ist heute bei ihm."

„Das tut mir aufrichtig leid." Julia überlegte kurz. „Da war mein Handy noch verschwunden, also bei ihm, als ich bei Herzog war. – Wenigstens etwas, wofür ich nicht verantwortlich bin", ergänzte sie unglücklich.

„Jason ist für all die Verbrechen verantwortlich“, sagte die Hauptkommissarin streng. „Mutmaßlich“, fügte sie grimmig hinzu.

Julia lächelte gequält. „Danke“, sagte sie. „Um noch einmal auf Marion Krahl zurückzukommen, so habe ich lediglich herausgefunden, dass sie seit ihrer Kindheit sowohl Opfer als auch Täterin war. Ihre Waffen waren Charme und Schönheit und der feste Wille, all das bestmöglich für sich auszunutzen. Sie war eine Meisterin der Manipulation.“

Sonja Walther lehnte sich zurück und nickte langsam. „Also halten Sie sie auch für tot.“

„Ja.“

Sie schwiegen eine Weile über diese Vermutung, die noch immer ohne jeden Beweis war. „Alle, die ich im Dorf befragt habe, halten Jens Krahl einer solchen Bluttat für unfähig“, fuhr Julia schließlich fort. „Doch was, wenn es eines der Mädchen war? Am ehesten Jessy, die bestimmt schon als Kind stark war. Vielleicht haben sie ihren Vater verteidigen wollen und der hat dann nur geholfen, die Leiche verschwinden zu lassen.“

„In diese Richtung sind unsere Gedanken auch schon gegangen“, sagte die Hauptkommissarin müde.

„Dann können die Krahls doch jetzt auf Verjährung hoffen“, meinte Julia. „Vielleicht sollte ich denen das einfach mal sagen? Verschleierung einer Straftat, dafür gibt es maximal fünf Jahre. Das ist lange vergessen. Die Kinder waren noch nicht strafmündig.“ Julia holte tief Luft. „Dann hätte die liebe Seele vielleicht Ruh.“

„Wie ich sehe, sind Sie bereits in Ihrem Plädoyer, Frau Eisler“, bemerkte die Hauptkommissarin amüsiert. Schnell wurde sie wieder ernst. „Jetzt ist es vor allem wichtig, Jason dingfest zu machen. Dafür sind übrigens wir verantwortlich.“

Julia verstand die Anspielung. „Ich kümmere mich um die Krahls. Höchste Zeit für eine Unterschrift auf dem Mandatsvertrag."

*

„Ein sehr kleinlauter Specht war eben da", begrüßte sie Paul, als Julia wieder zu Hause eintraf. „Hier hast du seine neue Telefonnummer. Und vom jungen Wald-Müller soll ich dir ausrichten, dass er es gerne bei dem Termin mit dir belassen würde. Er will dir etwas zeigen und braucht deinen Rat. Aber erst am Montag. Gegen 16 Uhr, wenn es bei dir passt, Marquarts Busch beim Kaltenborn. Eher kann er leider nicht. Da ist er mit dem Revierförster unterwegs. – Ich komme mir so langsam vor wie dein Sekretär."

„Das machst du ganz wunderbar, Schatz." Julia gab ihm einen Kuss. „Fehlt bloß noch der Kaffee."

„Steht schon bereit", salutierte Paul scherzhaft. „Ich habe die Maschine gleich in Gang gesetzt, als ich dich auf den Hof fahren hörte. Warte, ich hole ihn dir."

„Du bist der Beste." Julia ließ sich in den Sessel plumpsen. Ihr Streit vom gestrigen Morgen war unwirklich geworden, wie aus einem anderen Leben.

„Trude hat auch noch eine Nachricht für dich", rief Paul aus der Küche. „Sie ist vorhin mit diesem Marcel zusammengerauscht, als der hier aufkreuzte. Er hat herumgeschrien und behauptet, du hättest ihnen die Polizei auf den Hals gehetzt. Alle Verträge seien damit hinfällig. Es hätte beinahe eine Prügelei gegeben deswegen." Grinsend reichte er ihr den Kaffee. „Du kennst ja Trude."

„Ich danke dir." Julia lächelte und nahm gleich einen kleinen Schluck. „Dieser Marcel ist ein komischer Kauz. Ich werde nicht schlau aus ihm. Um die Krahls muss ich mich heute auch noch kümmern", verkündete sie und sah zu Paul, der es sich ihr gegenüber mit einem Kaffee bequem gemacht hatte. „Wie geht es Phi?“

„Sie fahren heute mit der Bimmelbahn“, erwiderte Paul. „Die Nacht hat sie ganz gut geschlafen. Mutter Milla hat ihr irgendwelche Bachblütentränke eingeflößt und da ging es wohl.“

„Sieh einer an“, sagte Julia. „Mutter Milla.“ Sie dachte kurz an Czerny und seine Naturheilpraktiken. Dann leerte sie den Rest ihrer Tasse in einem Zug und stellte sie auf dem Beistelltisch ab. „Wenigstens eine gute Nachricht.“

Paul betrachtete sie forschend. „Und bei dir?“

Sie erzählte ihm von ihrem Gespräch mit der Ermittlerin. „Ich bin so froh, dass Phi mit den Eltern abgetaucht ist“, schloss sie, um gleich darauf in einen neuen Schrecken auszubrechen. „Vielleicht ist es aber keine so gute Idee, mit der Schmalspurbahn nach Oybin zu fahren.“

„Deine Eltern sind auf der Hut“, beruhigte Paul. „Sie haben Czerny gesehen und wissen, wie er aussieht.“

„Er ist ein Meister der Tarnung.“

„Sie sind da unter Menschen und Phi ist etwas abgelenkt. Wollen wir froh sein, dass sie gleich wieder Vertrauen zu deinen Eltern gefunden hat.“

Schneller, als es Julias eifersüchtigem Mutterherzen recht war, doch ihr Verstand gab Paul recht.

„Du siehst müde aus“, sagte Paul nach einer kleinen Weile des Schweigens.

Julia schlug sich mit den Händen auf die Oberschenkel, wie um sich selbst anzuspornen. „Zum Ausruhen ist jetzt keine Zeit. – Mein Sekretär hat mich an so viele Aufgaben erinnert, dass ich keine Minute länger verweilen darf.“ Das Scherzen half ihr über die Woge der Erschöpfung hinweg, die sie nach dem heißen Kaffee zu überfluten drohte.

„Warum will sich Thomas mit dir mitten im Wald treffen?“, fragte Paul, während er die Tassen wegräumte.

„Vielleicht kann er mir nur dort etwas erklären“, vermutete Julia. „Kai Marquart wurde an diesem Ort umgebracht. Und unweit davon war der Unfallort von seinem Vater und Jens Krahl.“

„Klingt gruselig. So habe ich den Kaltenborn gar nicht in Erinnerung.“

„Es ist immer noch schön da. Doch es scheint, etwas Böses mache diesen Ort zu einer tödlichen Falle.“ Sie ballte ihre Fäuste.

„Soll ich dich begleiten? Ich kann noch ein paar Tage Heimarbeit anschließen.“

Paul meinte es ernst damit. Sie sah es an seinen Augen.

„Mir ist es lieber, wenn du mich heute zu den Krahls begleitest“, schlug sie stattdessen vor. „Bei denen ist es immer schwierig für mich, einen Fuß in die Tür zu bekommen, aber du, Herr Dr. Eisler, hast bei denen auf jeden Fall einen Stein im Brett.“

„Stets zu Diensten.“ Paul verbeugte sich ironisch. „Lass uns einen Spaziergang machen. Und dann zeigst du mir mal die Stelle oben am Kaltenborn. Ich glaube, ich bin dort seit der Schulzeit nicht mehr gewesen.“

*

„Marcel! Oh mein Gott – was ist passiert?“ Mia riss die Autotür auf. Blutüberströmt und stöhnend vor Schmerz hing Marcel über dem Lenkrad.

„Jessy!“, schrie sie über den Hof. „Jessy!“

Einzig Reg bellte im Stall zur Antwort. „Jessy, bitte komm schnell!“ Sie beugte sich über Marcel. Er war bei Bewusstsein, stierte aber teilnahmslos vor sich hin. „Marcel? Hattest du einen Unfall?“ Sie versuchte, seinen Arm auf ihre Schulter zu legen. Marcel schrie auf vor Schmerz.

„Was ist nun schon wieder“, schnauzte Jessy hinter ihr. Dann sah sie den Verletzten. „Warte, lass mich ran.“ Sie schob den Sitz nach hinten, nachdem sie den jammernden Marcel an die Rücklehne gedrückt hatte. „Hab dich gleich. Nur die Ruhe.“ Sie hob ihn heraus und trug ihn wie ein Baby auf dem Arm ins Haus. Mia lief vor ihnen her, um alle Türen zu öffnen. „Leg ihn hier ab, gleich in Vaters Stuhl.“

„So weit kommt es noch“, knurrte Jessy und trug Marcel an der offenen Stubentür vorbei in die Küche.

Reg folgte ihr, noch vor Mia, bei der Jessys Weigerung schon wieder Bitterkeit aufsteigen ließ. Mit Mühe verkniff sie sich eine Bemerkung dazu. Marcel war wichtiger.

Mia kannte sich aus mit der Erstversorgung. Rasch besorgte sie Verbandszeug aus dem Medizinschrank, Desinfektion und Küchenpapier. Dann kniete sie sich neben ihn. Jessy hatte ihn auf der Küchenbank abgelegt wie einen Mehlsack.

Eine breite Platzwunde klaffte an Marcels Stirn, sein linkes Auge schwoll zu. Ein Schlag musste ihn unmittelbar auf den Kopf getroffen haben, ein weiterer an der Schläfe. Er hielt seine linke Hand in Schonhaltung. „Die Schweine haben Ernst gemacht“, keuchte er, während Mia die Blutung zu stillen versuchte.

„Wer sind die?“, wollte Jessy wissen.

„Weiß ich doch nicht.“ Unter all dem Schmerz war noch gehörig Wut.

„Scht“, versuchte Mia, ihn zu beruhigen. Sie selbst war schockiert, doch ohne Angst. Das verwunderte sie für einen Augenblick selbst. War sie schon abgestumpft gegenüber der Furcht?

Marcel hatte gestern etwas von einer Warnung erzählt, die Sabine ausgesprochen hatte. Doch sie waren nicht schlau geworden aus seinem Gerede. Auch weil Marcel sie gleich wieder beschimpft hatte, dass sie nicht mit Jessy zurückgekommen sei. In bittersten Worten hatte er ihr vorgeworfen, ihn im Stich zu lassen und mit anderen herumzuziehen. Diese Eifersucht war neu bei ihm. Es schmeichelte ihrer Eitelkeit, doch die Aggression dahinter erinnerte sie schaudernd an die Zeit mit Stan, ebenso wie der Schmerz, den die Auslöschung des Stan-Tattoos bereitete. Das neue Tattoo für Marcel war es gewesen, das ihn gestern schließlich zu beruhigen vermocht hatte. Ein Herz und eine Rose. Eine Rose mit Dornen, so wie bei Marcel. Sie lächelte bei dieser Erinnerung, während sie die Mullkompresse fest auf die Wunde drückte. „Da brauchst du gar nicht so zu grinsen", schrie Marcel sie unvermittelt an. „Das ist verdammt ernst, weißt du?"

Reg bellte.

„Ruhig, klar?" Jessy ließ offen, ob sie damit Marcel meinte oder ihren Hund.

„Also, wer sind die? Hast du irgendeine krumme Sache am Laufen?"

„Quatsch!"

„Schulden bei Leuten, wo du keine haben solltest?"

Mia sah ihn forschend in die Augen. „Oh, bitte, Marcel. Du musst es uns sagen, wenn …"

„Es ist wegen dir!"

„Wegen mir?"

„Was fragst du auch so blöd? Die Kerle schickt Stan. Der will uns doch fertigmachen."

Mia erhob sich langsam. „Aber Fred sagt …"

„Fred sagt, Fred sagt", äffte Marcel sie nach. Dann wurde er grau im Gesicht. „Mir wird schlecht." Noch ehe Mia reagieren konnte, hatte er sich unter den Tisch erbrochen.

Die Hausklingel schrillte. Reg sprang auf und kläffte. „Ich gehe schon", brummte Jessy. „Räum du erst mal den Mist hier weg."

Nun verspürte Mia doch das vertraute Zittern, das brodelnd in ihr aufstieg. Während sie das Erbrochene wegwischte, wuchs der Wunsch, sich ganz klein zu machen und in einem Mauseloch zu verschwinden.

Marcel hatte sich wieder stöhnend auf die Bank zurücksinken lassen. „Ich sage dir, die kriegen uns." Als sie nicht antwortete, fügte er hinzu: „Wir müssen hier weg, Mia. Lass uns einfach verschwinden, bevor noch Schlimmeres passiert."

„Die Frau Anwalt ist da", verkündete Jessy dröhnend, als sie wieder in die Küche kam. „Und sie hat uns zufällig auch gleich ihren Medizinmann mitgebracht." Jessy lachte rau in das Bellen ihres Hundes hinein. „Kommen Sie, Doc. Da drüben liegt er."

Mia kam unter dem Tisch hervorgekrochen. „Wie schön, dass Sie da sind!" Über ihr Gesicht ging ein zaghaftes Leuchten. Dann begann sie zu weinen.

Als sie den verletzten Marcel erblickten, wechselten Julia und Paul einen erschrockenen Blick. „Das war nicht unsere Trude", versicherte Paul. Julia lächelte schwach.

Paul untersuchte Augen und Kopf. „Wie ist das passiert?"

„Blöder Unfall", brummte Marcel missmutig.

„Er ist angegriffen worden", rief Mia.

„Ach, sei doch still!"

Doch Mia ließ sich nicht abhalten. „Unbekannte haben Marcel niedergeschlagen. Wir werden seit Wochen gestalkt. Ihre Frau weiß Bescheid."

Marcel stöhnte, als Paul den Verband vorsichtig löste, um die Wunde in Augenschein zu nehmen. „Mhm. Das werden ein paar Stiche. – Wie sieht es mit der Tetanusimpfung aus?"

„Mit was?"

„Nun, das werden die in der Notfallambulanz schon abklären."

„Notfallambulanz? Keine Chance. Ich gehe nirgendwohin." Marcel versuchte, sich Pauls Griff zu entwinden. Das Blut sickerte sofort wieder nach und beschmutzte Pauls

Jackenärmel. Ohne sich darum zu kümmern, legte Paul den Verband wieder an. „Das würde ich Ihnen aber empfehlen. Sie haben erbrochen. Zeichen für ein Schädel-Hirn-Trauma. Blutungen, Frakturen und Kontusionen sind nicht auszuschließen."

„Sonst wirst du noch blöder, als du schon bist", meinte Jessy hart. „Ich gehe zu den Pferden."

„Warten Sie", rief Julia. „Darf ich Sie begleiten?"

Jessy nickte in Richtung Tür. Mit Reg an ihrer Seite verließen sie die Küche der Krahls und gingen auf den Hof. Nieselregen hatte eingesetzt. Es war bereits so dunkel, dass das Hoflicht anging, als sie hinaustraten.

„Ich weiß nicht, ob Marcel Ihnen gestern alles so richtig ausgerichtet hat", begann Julia.

„Das mit Czerny? Doch er hat was gesagt. Und Thomas hat mir erzählt, dass Sie auch darin verwickelt sind?"

„So ist es", sagte Julia. „Er hat mich benutzt. Es besteht ein begründeter Verdacht, dass Czerny Jason Grünert ist, der Halbbruder Ihrer Mutter."

Selbst im Schein der Hoflampe bemerkte Julia, wie Jessy erbleichte.

„Er ist ein Mörder, Jessy", fuhr Julia eindringlich fort. „Wir vermuten, dass er bereits zwei Menschen getötet hat. Beide hatten mit Ihrer Mutter zu tun."

„Marquart", stieß Jessy hervor.

„Ja."

Julia erlag der Versuchung, Jessy sacht am Oberarm zu berühren, um sie aus ihrer Starre zu holen. Die große Frau ließ es geschehen. Es schien, als nähme sie es kaum wahr.

„Sie müssen auf der Hut sein, Sie und Mia."

„Kann der Typ auch der Pferderipper sein?"

„Pferde? – Ich weiß nicht. Doch vielleicht steckt Jason hinter den Angriffen auf Ihre Schwester und Marcel."

Jessy nickte langsam. Noch immer starrte sie vor sich hin. Reg winselte und hob die Pfote. Sie beachtete seine

Tröstungsversuche nicht. Dann stieß sie ein bitteres Lachen aus. „Onkel Jason! – Sie hatten völlig recht mit Ihrem Verdacht. – Schöne Erbschaft, was?"

Mia trat auf den Hof hinaus zu ihnen. „Ich fahre Marcel in die Klinik. Dr. Eisler sagt, das muss geröntgt werden." Sie wedelte nervös mit dem Autoschlüssel. „Ist mir ehrlich gesagt auch lieber, wenn Marcel eine Nacht zur Beobachtung drinbleibt."

„Ist es", sagte Jessy knapp. Wie durch eine geheime Absprache ließen sie Mia noch im Unklaren über die Gefahr, die über ihnen lag. „Komm dann gleich wieder und halte nirgendwo an", warnte Jessy nur.

Mia nickte abwesend. Sie hatte nur Gedanken für Marcel. Der trat gerade von Paul gestützt auf den Hof. Sie bugsierten ihn in den Wagen. Mia holte eine Tasche aus dem Flur, die sie in aller Eile gepackt hatte. Im Stall stampften die Pferde.

„Danke für alles", sagte Mia. „Sollen wir Sie noch mit ins Dorf nehmen?"

„Nein danke", sagte Paul rasch. „Wir gehen lieber noch ein Stück, nicht wahr, Julia?"

Überrascht stimmte Julia zu, auch wenn ihr gerade nicht klar war, was an einem Spaziergang in Dunkelheit und Nieselregen erstrebenswert sein sollte.

Als sie sich verabschiedet hatten und im Schein ihrer Taschenlampen über die schmale Genossenschaftsstraße zum Viebig hinüberwanderten, rückte Paul schließlich mit der Sprache heraus. „Vertraust du diesem Marcel?"

„Nicht unbedingt", erwiderte Julia. „Auch wenn ich dir nicht genau sagen kann, warum. Vielleicht liegt es an seiner mangelnden Impulskontrolle."

Paul lachte leise. „Gut möglich. – Seine Frau sagte …"

„Sie ist nur seine Freundin."

„Umso besser. Es war von Stalking und Verfolgung die Rede vorhin."

„Ja, das geht schon ein paar Wochen so. Dieser Überfall jetzt setzt dem Ganzen die Krone auf. Sie wollen keine Polizei einschalten, wegen ihrer schlechten Erfahrungen damals."

„Wie überaus praktisch", sagte Paul.

„Wie meinst du das?" Julia war stehen geblieben und leuchtete Paul ins Gesicht. Seine Brille war blind vor Regentropfen.

„Ich habe den Eindruck, dass es keinen Überfall gab", sagte Paul. „Diese komische Weigerung, ins Krankenhaus zu gehen, macht mich stutzig. Offensichtlich aber …" Er hielt inne.

„Was?", fragte Julia. „Was ist offensichtlich?"

„Mir scheint, dass er sich die Verletzungen selbst beigebracht hat."

21. Kapitel

Der Herbst ist da mit seinen rauen Winden,
Er ist gekommen, eh du es gedacht.
Du sahst des Sommers zarte Blüten schwinden,
Sahst Blätter welken, fallen, über Nacht,
Und Alles ruft dir ernst und mahnend zu:
O Menschenkind, einst wirst auch scheiden du!

Sieh', wie der Sonne letzter matter Schimmer,
Ein falber Goldstrahl, durch die Wipfel floss,
Ist's noch das mächt'ge Taggestirn, das vormals
Die heißen Flammenpfeile niederschoss?
Wie Abschiedsgrüßen winkt ihr Strahl dir her:
Auch du wirst gehn, und Scheiden ist so schwer.

– Ida von Conring, Herbst

„Ihr wart in der Kirche?", wunderte sich Mutter Milla, als sie am Sonntag miteinander telefonierten.

„Ja", bestätigte Julia matt. „Wir fanden, das sei einfach mal dran. Ella-Ma war begeistert, wie du dir vorstellen kannst." Sie lachte wehmütig, bevor sie fragte: „Was macht mein Kind? Was macht mein Reh?"

Milla brauchte einen Moment, ehe sie die märchenhafte Anspielung verstand. „Ich weiß, du würdest durch Hitze und Feuer gehen für dein Kind, meine liebe Frau Königin. Doch Phi geht es gut. Wir haben ihr gestern ein kleines Laufrad gekauft in Zittau. Du solltest sehen, wie sie damit auf dem Hof herumsaust bei …"

„Stopp, Mama! Keine Details. Jason ist immer noch nicht aufgefunden. Nur seinen ausgebrannten Van haben sie in Grenznähe bei Sohland entdeckt."

„Dann ist er vielleicht im Böhmischen?"

„Die Hauptkommissarin sagt, dass sie mit ihren tschechischen Kollegen eng zusammenarbeiten", antwortete Julia. Sie fuhr sich über die Stirn, um all die angstvollen Visionen wegzuwischen, die sie die ganz Nacht heimgesucht hatten. Milla stieß kraftvoll Luft aus. „Hach, ich hoffe, die bringen diesen Gangster bald zur Strecke, damit wir alle wieder ruhig schlafen können." Sie schwiegen einen kleinen Moment, um diesem Wunsch Raum zu lassen.

„Was macht ihr Schönes heute Nachmittag?", fragte Julia dann sehnsüchtig. „Das Haus ist so leer und deprimierend ohne mein Plappermäulchen."

„Wir haben heute Märchenspiele versprechen müssen nach dem Mittagsschlaf. Dein Vater ist das Pferd, Phi der Ritter."

„Und du?"

„Die Königin natürlich."

„Natürlich."

„Geh doch mal rüber zu deinen netten neuen Nachbarn", schlug Milla vor, die wie üblich Ideen für andere Leute zu entwickeln begann, wenn sie fand, dass die selbst nicht in der Lage dazu seien. „Wenn dein Paul schon unbedingt arbeiten will am heiligen Sonntag."

Julia verdrehte die Augen. „Ja, Mama."

Nur eine Stunde später saß Julia tatsächlich am Küchentisch der Hellers. Tilda hatte einen ihrer köstlichen Apfelkuchen gebacken. Es duftete so verführerisch, dass es sogar Fred aus seiner Computerkemenate in die Küche lockte.

Dort konfrontierte ihn Julia mit Pauls Verdacht. „Meinst du, es ist möglich, dass Marcel selbst die Telefone manipuliert hat?"

Fred stutzte. „Kinderspiel", sagte er dann. „Dazu braucht er nicht einmal ein Programm. Er hat ja die Nummer von Mia."

„Denkst du, er könnte auch sein Auto beschädigt und sich die ganzen unsinnigen Lieferungen kommen lassen haben?“

„Prüfung der Loyalität“, erklärte Fred. „Wenn er auch so einer ist, benutzt er das, um das Opfer emotional enger an sich zu binden.“

Julia nickte ihm anerkennend zu. „Du hast dich ja wirklich schlaugemacht.“

„Einfach Notwehr“, sagte Fred achselzuckend. „Ich will nie wieder in so etwas hineingeraten. Deswegen muss ich alles über die Techniken dieser Psychopathen wissen.“

„Das würde auch erklären, warum wir in letzter Zeit immer nur ihn am Apparat hatten“, fügte er hinzu.

„Am Apparat“, zog ihn Tilda auf. „Das klingt so, als müsste er dazu noch die Kurbel am Telefon drehen.“

„Die Dinger waren wenigstens noch einigermaßen abhörsicher. Aber in einem hast du recht: Wenn das so ist, dann hat der an einer Kurbel gedreht.“ Fred machte eine bedeutungsvolle Pause. „An der Kurbel der Kontrolle!“ Dann wandte er sich an Julia. „Wie kommst du darauf, dass der Typ selbst dahintersteckt.“

Julia erzählte von dem angeblichen Überfall und Pauls gegensätzlichem Eindruck.

„Und jetzt ist der Typ im Krankenhaus?“

„Soviel ich weiß, ist er das. Aber natürlich wird er da wieder seine Unfallversion erzählen.“

Fred griff nach seinem Telefon und drückte Mias Nummer. Sie war sofort dran und schien aufrichtig erfreut, was ein triumphierendes Lächeln auf sein Gesicht zauberte. Er schaltete den Lautsprecher an und bedeutete den anderen, still zu bleiben. „Ich habe gehört, dass Marcel im Krankenhaus ist?“

Wie ein Wasserfall sprudelten all die Ereignisse des gestrigen Abends aus Mia heraus. „Und wir werden auch noch von einem Mann bedroht, der behauptet, Mamas Bruder zu sein. Stell dir vor: Dr. Czerny! Unser Dr. Czerny ist gar kein Arzt, sondern ein Hochstapler. Wenn ich mir überlege, was der alles unserem armen Papa hätte antun können."

Oder bereits angetan hat, ergänzte Julia im Stillen.

„Jessy läuft jetzt nur noch mit ihrem Gewehr herum und schläft im Stall bei den Pferden. Pip ist krank. Jessy denkt, dass es der Pferderipper war oder auch Czerny. Der ist ja jetzt an allem schuld, was hier gerade so passiert. Vielleicht hat er auch Marcel überfallen?"

„Wie geht es Marcel?", unterbrach Fred Mias Redestrom, nachdem Julia ihm ein Zeichen gegeben hatte.

„Besser", sagte Mia. „Ich kann ihn dann gleich nach Hause holen. Mein Gott, das ist ja schon so spät! – Ach, ich werde froh sein, wenn Marcel wieder da ist."

Wenn du wüsstest, dachte Julia mitleidig, während sie weiter Mias Wortschwall zu folgen versuchte, der aus ihrem übervollen Herzen kam. Offensichtlich hatte Mia lange keine Gelegenheit gehabt, sich bei irgendwem Gehör zu verschaffen.

„Letzte Nacht habe ich auch mit auf dem Heuboden über dem Stall geschlafen", fuhr Mia indessen fort. „Ich hatte solche Angst allein im Haus. Doch das war auch nicht gerade eine ruhige Nacht, kann ich dir sagen. Hallo? Bist du noch dran?"

„Ja, klar. Ich höre dir zu, Mia."

Unwillkürlich brach sie in Tränen aus. „Ich rede wieder zu viel", rief sie aus. „Es tut mir so leid!"

„Das ist völlig okay, Mia", sagte Fred mit dem Sanftmut eines Therapeuten. „Das tut dir gut. Rede einfach."

„Danke", schniefte Mia, um dann jedoch eine ganze Weile stumm ins Telefon zu weinen. Sie hörten sie nur ab und zu seufzen und sich schnauben.

„Was war eigentlich los?", fragte Fred. „Warum habe ich dich nicht erreicht?"

„Marcel hatte mein Telefon. Er wollte prüfen, ob da irgendwelche Spionagesoftware draufgespielt ist. Er hat da jetzt wohl so ein spezielles Programm.“ Die drei in der Küche wechselten bedeutungsvolle Blicke.

„Ich muss jetzt los, Fred. Sonst wird Marcel wilde, wenn er zu lange warten muss. Er hasst Krankenhäuser. – Zum Glück ist der Kopf heil geblieben. Nur eine Schulterprellung und eine Gehirnerschütterung.“

„Da muss er sich jetzt wohl eine Weile schonen, dein Marcel.“ Fred verzog das Gesicht bei dieser Feststellung.

Am anderen Ende der Verbindung gab es ein Rumoren. „Entschuldige, das ist Jessy“, sagte Mia. „Pip geht es schlechter. Er muss morgen in die Tierklinik. – Was ist hier nur los? Danke fürs Zuhören, Fred. Ich danke dir für alles.“ Sie legte auf, ohne seine Erwiderung abzuwarten.

Tilda stieß Luft aus. „Puh! – Da wird einem ja schwindelig!“

„Wir müssen dem ein Ende machen“, sagte Julia und knallte mit ihrer Hand auf die Tischplatte. Takeshi fuhr erschrocken aus seinem Schlummer zu Freds Füßen.

„Mia muss aufwachen und begreifen, wer dieser Marcel wirklich ist.“

„Ich bin dabei“, sagte Fred. Zufrieden grinsend streichelte er Takeshi über den Kopf.

Tilda goss ihnen vom Tee nach. „Dass ihr mir ja haarklein berichtet!“

In dem Moment kam Sabine herein mit Bennie auf dem Arm. „Schau mal Bennie, es ist noch Kuchen übrig.“

*

Mia war so aufgeregt, dass ihr der Autoschlüssel aus der Hand fiel, bevor sie ihn ins Zündschloss stecken konnte. Sie hangelte danach im Fußraum des Wagens. Ihre Nackenmuskulatur verkrampfte sich. Der Schmerz trieb ihr die Tränen in die Augen.

Marcel fluchte.

„Es geht gleich los“, haspelte sie. „Hier ist er ja.“ Sie hielt den Autoschlüssel empor, doch Marcel starrte wütend geradeaus. Zitternd startete sie den Motor.

„Mach endlich, dass wir hier wegkommen“, schnauzte Marcel sie an. „Du bist doch echt zu blöd!“

„Du solltest dich noch anschnallen.“

„Einen Scheiß mache ich! Das tut verdammt weh, kapierst du's noch? Los jetzt.“

Ohne ein weiteres Wort gehorchte Mia. Langsam fuhr sie das Auto die Straße entlang.

„Pass auf!“

Sie hatte den Wagen sehr wohl bemerkt. Marcels Ruf ließ sie trotzdem zusammenzucken. Sie konnte seine Wut verstehen, offenbar hatte man ihn nicht gut behandelt dort im Krankenhaus. Die ganze Fahrt bis nach Finkendörfel ließ er sich lautstark über die unfähigen Ärzte und den miesen Medizinbetrieb aus. Mia wurde immer stiller. Sie hüllte sich in den notdürftigen Schutz der Unsichtbarkeit: Nur keinen Widerspruch jetzt. Das würde die Wut nur steigern, bis sie sich dann gegen sie richtete. Sie kannte das. Kannte es von Kindheit an. Heute jedoch durchflutete sie eine noch nicht gekannte Traurigkeit darüber. Alle Wiedersehensfreude war dahin. Dabei hatte sie noch nicht einmal Tränen für diese Trauer, alles fühlte sich tot an.

Marcel wütete ungehemmt weiter, bis ihr Hof in Sicht kam. Die Herbstsonne stand tief. Mia klappte die Sichtblende herunter. Dann fuhr sie durch das weit geöffnete Tor.

„Was wollen denn die schon wieder hier?“, stieß Marcel zwischen den Zähnen hervor.

Mia sah, dass Jessy mit Fred und der Anwältin auf dem Hof beim Pferdetransporter stand. Die Hunde jagten sich spielerisch über den Hof. Die Stalltür stand offen, Jessys Gewehr lehnte an der Tränke davor.

Das Empfangskomitee schien auf sie zu warten. Mia spürte, wie ihr Herz schneller schlug, sie erwartete eine schlechte Nachricht. „Vielleicht gibt es ja Neuigkeiten von diesem falschen Doktor."

„Der kann mich mal. Ich will einfach meine Ruhe haben." Er beugte sich nach vorn, um die Tür zu öffnen, ließ sich aber gleich wieder stöhnend zurückfallen.

„Warte, ich helfe dir." Flink hatte sich Mia abgeschnallt und stieg aus dem Auto.

Noch während sie um den Wagen herumging, trat Jessy an die Beifahrertür und riss sie auf. „Na, dann komm doch mal raus, du Opfer!"

„Jessy!" Mia nickte den anderen beiden grüßend zu. „Was soll das?"

„Das kann dir Fred am besten erzählen", sagte Jessy grimmig. „Und du kommst raus hier."

Einen Moment war es, als wolle Marcel sich weigern. Angst spiegelte sich in seinem Gesicht. Seine Augen fixierten die beiden Hunde, die sich zwischen Fred und Jessy gesetzt hatten und nur auf einen Befehl zum Angriff zu warten schienen.

Fred jedoch wandte sich ruhig an Mia. „Wir glauben, dass es Marcel ist, der dich stalkt."

„Ich verstehe nicht." Mia stand wie vom Donner gerührt. „Das geht doch gar nicht! Marcel?" Sie sah ihn an. Sah die Angst, sah seine Unsicherheit. Und da war ihr alles klar. Wie eine Erleuchtung.

„Du? Du hast die ganze Zeit …?"

„Ist doch gar nicht wahr", verteidigte sich Marcel schwach. „Lass dir doch nichts einreden. Die wollen uns doch nur trennen. Deine Schwester war von Anfang an gegen uns. Weißt du nicht mehr?"

Die plötzliche Gewissheit von eben bekam Risse. „Was denken Sie dazu, Frau Eisler?", fragte Mia. „Was ist mit dem Abhören? Den Bestellungen? Dem kaputten Auto? Und dem Überfall?"

„Mein Mann ist überzeugt davon, dass sich Ihr Freund die Verletzungen selbst beigebracht hat."

„Das andere hat er wohl auch inszeniert", ergänzte Fred, „um … ja, warum eigentlich, Freundchen?"

Marcel war aschfahl geworden. „Mia", flehte er, „glaube denen kein Wort." Er zuckte zurück, weil Jessy einen Schritt auf ihn zu machte. „Los, raus jetzt, du elender Wurm."

„Mia!" Er krallte sich an den Sitz. „Hilf mir doch."

Betäubt stand Mia auf dem Hof. Wie in Zeitlupe setzten sich die Splitter ihrer Erinnerungen zu einem Bild zusammen. Die Stalking-Nachrichten, wenn Marcel gerade nicht da war. Die Gestalt beim Kindergarten und sein plötzliches Auftauchen danach. Die Sturmnacht, in der er sich als Retter aufgespielt hatte, während Stan nachweislich in München war.

Mia schob Jessy beiseite und stellte sich vor die geöffnete Tür. Ihre Arme, mit denen sie noch eben ihren Oberkörper umschlungen hatte, sanken herab. „Warum, Marcel?", flüsterte sie. „Warum?"

„Warum hast du uns das angetan!", schrie sie unvermittelt los. Sie packte ihn und schüttelte ihn. Eine Flut von Tränen und Wut ergoss sich über Marcel. Der wand sich und jammerte. „Ich hatte doch Angst. Angst, dich zu verlieren." Er begann zu weinen.

„Du? Du hattest Angst? – Das ist nicht wahr, ich hatte Angst", tobte Mia. „Du weißt, welche Angst ich hatte. Ich bin halb verrückt geworden vor Angst. – Doch das hat jetzt ein Ende, Marcel. Mach, dass du hier vom Hof kommst! Packe dich! Und das kannst du gleich mitnehmen!" Sie schleuderte ihm das Handy ins Gesicht.

Die Hunde bellten.

„Wer hätte das gedacht", entfuhr es Jessy, die mit Stolz und Verwunderung auf ihre kleine Schwester blickte. Mia wandte sich, noch immer zornfunkelnd, um. „Sei so lieb und schaffe mir diesen Kerl aus den Augen!“

„Nichts lieber als das.“ Jessy beugte sich drohend über Marcel.

„Aber das kannst du doch nicht machen“, schluchzte der. „Ich brauche doch noch Ruhe.“

„Die findest du auch anderswo“, erwiderte Mia kühl. Ihre Arme umschlangen wieder ihren Oberkörper.

„Ich schaffe den jetzt ins Erbgericht, die haben bestimmt ein Zimmer frei – für Opfer!“ Grinsend lief Jessy um das Auto, schob den Fahrersitz nach hinten und klappte die Lehne um. „Hopp, Reg! Du kommst mit als Wache.“ Der Hund gehorchte sofort. Marcel sackte in sich zusammen. „Los anschnallen“, schnauzte ihn Jessy an. Er gehorchte stumm. Tränenverschleiert sah er zu Mia. „Ich liebe dich doch. Ich habe das nur gemacht, weil ich dich nicht verlieren wollte.“

„Du bist so ein …! Verschwinde aus meinem Leben!“ Mia schlug die Autotür zu und drehte sich um.

„Ich bin stolz auf dich, Schwesterherz“, rief Jessy triumphierend. Dann stieg sie in den Wagen und brauste los. Takeshi bellte ihnen nach. Mia wandte sich nicht um. Sie sah Fred und Julia an, die ihr lächelnd applaudierten. „Ich habe gar nicht gewusst, wie wütend ich bin“, sagte Mia. „Ich fühle mich plötzlich so leicht.“

Fred grinste. „Ich weiß, wie sich das anfühlt. Ich gratuliere dir. Aber das ist noch nicht alles, was wir dir sagen müssen.“

Ein Schatten flog über Mias Gesicht. „Czerny.“

„Euer Onkel Jason, ja.“

22. Kapitel

Es stehn viel tausend Wälder
Auf diesem Erden-Rund;
Sie kränzen Höhn und Felder
Und manchen stillen Grund;
Sie rauschen oder säuseln,
Zum Liede gleich erregt,
Ob sie Zephyre kräuseln,
Ob sie der Sturm bewegt.

Sie alle bieten Schatten:
Man flieht in ihre Hut,
Wenn Seel' und Leib ermatten
In heißer Mittagsglut,
Und dankt den Sonnenstrahlen,
Vom kühlen Laub gedeckt,
Dass sie, wie all die Qualen,
Doch auch den Baum geweckt.

– Friedrich Hebbel, Ein Wald

„Es tut mir leid, Julia!“ Der Specht stand am Fenster ihres Büros und starrte hinaus. „Ich hatte das so nicht kommen sehen.“ Er wandte sich zu ihr um. „Niemals hätte ich ihm so etwas zugetraut. Er war ein Schlitzohr für mich, ein Mensch mit einem interessanten, unorthodoxen Ansatz, seine Ziele zu erreichen. Aber doch kein Mörder.“ Damit zeigte er auf das Fahndungsfoto in der Zeitung auf dem Schreibtisch. „Er hat mich genauso getäuscht, wie er dich getäuscht hat.“

Julia hatte die Arme vor ihrer Brust verschränkt. „Du vergleichst dein Verhalten mit meinem? – Erinnerst du dich vielleicht noch daran, wie sehr dir daran gelegen war, mich mit dieser fragwürdigen Recherche zu beauftragen? Wie viel Zweifel ich hatte und wie du mich dazu überredet hast?"

„Na! Weißt du … Schließlich hast du dich überreden lassen", versuchte Basti eine schwache Verteidigung.

„Ich weiß, dass ich für diese Entscheidung selbst verantwortlich bin, Kollege. Das macht deinen Anteil daran nicht geringer."

„Aber er hatte so überzeugend geklungen. Ich dachte, da könnten wir das Nützliche mit dem Heilsamen verbinden."

„Heilsam?"

„Ein Erfolgserlebnis für dich. Czerny … ich meine Jason sagte, es würde dir guttun."

„Jason interessiert mich nicht. Du hast mir nicht die Wahrheit gesagt, Sebastian Fink."

„Ich habe dir vielleicht nicht alles gesagt, aber ich habe dich nicht belogen." Nun stand er ihr gegenüber und schaute zu ihr hoch. „Es tut mir leid", wiederholte er kläglich. „Ich mache es wieder gut."

Julia schüttelte unwillig den Kopf. „Wie soll das gehen? Ich fühle mich von dir hintergangen, bloßgestellt, betrogen und missbraucht!" Ihre Wut wuchs mit jedem Wort. Sie hatte Mühe, ihre Stimme zu dämpfen. Es war davon auszugehen, dass Franzi hinter der Tür lauschte. „Ich bin mir nicht sicher, ob ich unter diesen Umständen die Zusammenarbeit mit dir fortsetzen kann."

In dem Moment öffnete sich nach verdächtig kurzem Klopfen die Tür und Franzi kam herein. „Telefon für Sie. Thomas Müller wünscht Sie zu sprechen."

„Sag ihm, ich rufe zurück", sagte der Specht. Er wischte sich über die Stirn.

„Nein, es ist für Sie, Frau Eisler", sagte Franzi beflissen. Sie schaffte es, über ihren einstigen Lieblingschef hinweg Julia direkt anzusehen. „Darf ich durchstellen?"

„Das geht bestimmt ganz schnell“, versicherte Julia dem Specht. „Ich vermute eine Terminabsage.“

„Verstehe.“ Er nickte Julia zu. „Da lasse ich dich mal besser allein.“ Mit hängenden Schultern verließ er ihr Büro.

Das Telefon ließ seine Erkennungsmelodie für weitergeleitete Anrufe erklingen. Julia aber sah noch eine Weile auf die Tür, die sich hinter dem Specht geschlossen hatte. Es wollte sich kein Triumphgefühl einstellen, nur Bedauern.

Dann nahm sie das Gespräch an. „Julia Eisler hier. Ich grüße Sie, Herr Müller. Wollen Sie unseren Termin heute Nachmittag absagen?“

„Ganz im Gegenteil“, sagte der junge Wald-Müller. „Ich möchte Sie nur erinnern, dass wir uns oben am Kaltenborn treffen, wie vereinbart. – Ich brauche wirklich dringend Ihren Rat.“

*

„Ist das dein Freund da drüben?“ Iris zeigte auf die Gestalt auf der Straßenseite gegenüber des Kindergartens. „Der sieht aus wie ein geprügelter Hund.“

„Er ist ein geprügelter Hund“, zischte Mia. „Er soll es nur nicht wagen, näher zu kommen. Dann setze ich noch eins drauf!“

„Hey! Du kannst ja richtig wütend werden“, meinte Iris. „Ich erkenne dich kaum wieder.“

Mia wischte eine Träne ab, die sich in ihrem Augenwinkel verstecken wollte. „Schlimm ist nur, dass ich es immer erst so spät bemerke, an welche Scheißkerle ich gerate.“ Dann rief sie zwei Kinder zur Ordnung, die sich im feuchten Herbstlaub eine Rangelei lieferten.

„Aber der Typ sollte da nicht herumlungern“, sagte Iris. „Jetzt wo sie überall nach diesem falschen Arzt suchen.

Was ist, wenn die Eltern den sehen. Ich werde rübergehen und ihn wegschicken."

Mia hielt sie zurück. „Lass nur. Das mache ich selbst."

*

Auf der Fahrt über den Viebig nach Hause war Mia voller Siegesgefühle. Sie hatte Marcel genau die richtigen Worte gesagt. Sie hatte sich weder unterbrechen noch umstimmen lassen. Sie war stark und fest geblieben. Ein Triumph! Kein noch so düsteres, nasskaltes Nebelwetter konnte ihr diese Hochstimmung trüben. Sie brannte darauf, es Jessy zu berichten. Doch schon von Weitem sah sie, dass der Pferdetransporter nicht auf dem Hof stand. Jessy war wohl noch nicht aus der Tierklinik zurück.

Mia sperrte die Flügel des Hoftores auf und nahm auf dem Rückweg zum Auto gleich die Post aus dem Kasten. Der Fahndungsaufruf sprang ihr sofort ins Auge. Diese Erinnerung ließ allen Siegestaumel in sich zusammenbrechen. Czerny. Jason. Onkel. Mörder.

Was, wenn er hier auftauchte? Würde er auch sie umbringen? Wusste er etwas von Mutter?

Langsam fuhr Mia auf den Hof und stieg aus. Aufmerksam sah sie sich um. Der Nebel war dichter geworden. Kein Windhauch. Es war still, kein Laut zu hören. Etwas fehlte. Jessys Dröhnen, Regs Bellen. Doch es fehlte noch etwas, etwas Vertrautes, Heimeliges.

Im nächsten Augenblick wusste sie es: das Stampfen von Pferdehufen. Die Stille drang unheilvoll aus dem Stall. Todeskälte durchschauerte sie. Mit klopfendem Herzen, eine Hand schützend am Hals, ging Mia zur Stalltür. Wo hatte Jessy ihr Gewehr? Weggeschlossen? Versteckt? Oder wie üblich gleich hinter der Stalltür an die Wand gelehnt?

Mia machte sich auf den schlimmsten Anblick gefasst, als sie die Stalltür öffnete. Sie trat ein. Sofort ging das Licht an.

Der Stall war leer. Lotta verschwunden. Mia entdeckte blutiges Stroh. In der hölzernen, halbhohen Stallwand, die zur kleinen Weide führte, klaffte ein riesiges Loch. In rasender Angst musste die mächtige Stute hindurchgebrochen sein.

Mias Atem ging stoßweise. Wie in einem Albtraum näherte sie sich langsam der Lücke. Auch dort überall Blut. Der Pferderipper? Czerny? Wo war Jessys Gewehr?

Hastig wandte sie sich um und starrte direkt in dessen Lauf.

„Hallo, meine schöne Nichte."

*

Julia trat aufs Gas. Sie war spät dran. Ein langes Telefonat mit einer aufgeregten Mutter Milla hatte sie aufgehalten. Die Eltern wollten mit Phi nun doch in die Spreewald-Pension umsiedeln, damit Sophia nicht zufällig eines der Fahndungsfotos sah.

Dann setzten Ella-Ma und Trude noch alles daran, sie von diesem Treffen mit Thomas Müller abzuhalten. Angesichts der Lage, bei Nebel und einbrechender Dunkelheit, allein in den Wald zu gehen, sei einfach Wahnsinn. Termin hin oder her.

„Ich bin nicht allein", hatte sie ihnen versichert. „Der Wald-Müller ist dabei."

Das vermochte ihre beiden lieben Alten nur geringfügig zu beruhigen, solange dieser Verbrecher noch nicht gefasst war.

Julia jagte den Wagen die Landwirtschaftsstraße entlang. Der Scheinwerfer gab nur ein müdes Licht. Nebelschwaden schienen den Strahl gleichsam aufzusaugen. Julia war froh, den starken Strahler mitgenommen zu haben, den Paul früher bei seinen Hausbesuchstouren benutzt hatte.

Als sie am Hof der Krahls vorbeikam, sah sie durch das offene Hoftor Mias Wagen stehen. Jessy war offensichtlich noch nicht zurück aus der Tierklinik. Julia nahm sich vor, auf ihrem Rückweg ins Dorf noch einmal bei den Krahls vorbeizuschauen, damit sie die Fahndung auch ernst genug nahmen.

Am Fuße der Anhöhe zum Kaltenborn stellte sie das Auto im Eichengrund ab. Sie schnappte sich ihre Tasche und den Strahler und rannte den Berg hinauf. Der Lichtkegel tanzte vor ihr auf dem Waldweg. Sie trat in frischen Pferdedung. „Mist!", fluchte Julia, „buchstäblich Mist!"

Notdürftig reinigte sie ihre Schuhe, als ein Geräusch sie innehalten ließ. Es hörte sich an wie ein heiseres Röcheln. Ob Tier oder Mensch, konnte Julia nicht ausmachen. Der frische Pferdedung brachte sie auf Jessys Kaltblüter. Sie leuchtete auf den feuchten Waldboden. Die Hufabdrücke gaben ihrer Vermutung recht.

„Jessy?", rief sie aufs Geratewohl. „Sind Sie hier? Hallo?"

Als sie versuchte, ins Unterholz zu leuchten, prallte der Lichtstrahl vom Nebel ab wie von einer weißen Wand. Julia sah mehr, als sie den Strahler ausschaltete und sich ihre Augen an das Dämmerlicht gewöhnten. Sie spähte und lauschte. Nur ein Knacken fern. Das Röcheln entfernte sich von ihr. Julia atmete auf. Der Gedanke daran, in dieser nebligen Düsternis plötzlich einem von Jessys Riesenpferden gegenüberzustehen, verursachte ihr Unbehagen. Rasch machte sie sich weiter an den Aufstieg und schaltete ihre Lampe wieder an. Oben angekommen, sah sie schon die Scheinwerfer von Wald-Müllers Jeep und auch einen Lampenschein, der sich hin- und herbewegte. „Ich bin hier!"

„Bin gleich da", schnaufte Julia. Sie reichten sich die Hand.

„Verdammter Nebel“, sagte Thomas. „Man kann kaum etwas erkennen.“

„Ja, das wird wohl schwierig, wenn Sie mir hier etwas zeigen wollen, Thomas.“

Sein Gesicht wirkte geisterhaft im Schein der Lampen. „Ich fürchte, das Problem erkennen Sie auch so“, sagte er. Er horchte auf. Wieder war ein Geräusch von brechendem Holz zu vernehmen.

„Ich habe vorhin so ein seltsames Röcheln gehört. Wie von einem verletzten Tier. Einem großen Tier.“

„Das ist merkwürdig“, brummte der Wald-Müller. „Das ist hier Jessys Revier. Wenn sie ein Wild nicht gleich zur Strecke bringt, ruht sie nicht eher, bis sie es geknickt hat.“ Er ging zu seinem Wagen hinüber und holte sein Gewehr. „Reg hätte es aufgespürt.“

„Wilderer?“

„Möglich“, sagte Thomas leise, ohne den dusteren Hochwald aus den Augen zu lassen. „Oder dieser Czerny.“

Sie hatten ihre Lampen gesenkt und lauschten. Ein Geräusch von fern.

„War das ein Schuss?“

„Hörte sich so an“, murmelte Thomas alarmiert. „Doch weiter weg, anderes Revier vielleicht.“

Danach blieb es still. Schließlich wandte sich der Wald-Müller um. „Kommen Sie, bevor es noch dunkler wird.“ Mit dem geknickten Gewehr über dem Arm ging er ihr voran den Berg hinauf zum Eingang des alten Eiskellers am Kaltenborn. „In der Nähe ist eine Wildschwein-Suhle“, erklärte er leise die Mitnahme seines Gewehrs. „Die Tiere saufen hier aus dem Quellgrund. Sie sind scheu, aber wenn sie sich bedroht fühlen, auch manchmal schnell auf Krawall gebürstet.“

„Das war aber kein Wildschwein vorhin, glaube ich“, flüsterte Julia, weil auch er die Stimme gesenkt hatte. „Ich habe als Erstes an Jessys Pferde gedacht.“

Er sah sich überrascht nach ihr um. „Das wäre aber seltsam."

„Fand ich auch."

„Wir sind da. Hier habe ich es gefunden." Er leuchtete in die Senke neben dem Eingang zum Eiskeller, wo unverkennbar die Wühlspuren des Schwarzwildes zu sehen waren.

Julia konnte nichts erkennen. „Was gefunden?"

„Das hier." Er zog ein Packet unter seiner Jacke hervor. Es war ein in ein Tuch eingeschlagener Gegenstand. Behutsam legte er ihn auf seine Handfläche und schlug das Tuch zurück. Julia starrte auf das Fragment eines menschlichen Schädels.

„Ich denke, wir wissen beide, zu wem das gehört."

*

In einem Anflug ungeahnten Mutes schleuderte Mia ihm die Post ins Gesicht. Jason war so überrascht, dass er strauchelte. Ein Schuss löste sich und pfiff in den Heuboden. Instinktiv nutzte Mia diesen Moment und rannte los. Sie stolperte jedoch, fing sich gerade noch so an der zerstörten Stallwand ab, bevor es ihr gelang, hinaus auf die Weide zu rennen. Weit kam sie nicht. Mit einem Satz war er bei ihr und riss sie zu Boden. Mia spürte den Gewehrlauf im Nacken. „Umdrehen, schönes Kind! Na los. Komm schon. Komm zu Onkel Jason."

Mühsam stützte sich Mia auf ihre blutenden Hände. Das Zittern kehrte wieder. Sie gehorchte. Er stand über ihr, die Waffe auf sie gerichtet.

„Netter Versuch." In der Dämmerung erschien sein Gesicht als eine diabolisch verzerrte Fratze. Sie kannte diesen Ausdruck. Jetzt hatte er die Macht.

„Hast du wirklich gedacht, ich gebe so einfach auf? So kurz vor dem Ziel?"

Jetzt begannen die Spielchen. Katz und Maus. Leine lassen, um dann um so fester anzuziehen. Er schob mit dem Gewehrlauf ihr Gesicht zur Seite.

„Was hast du mit Lotta gemacht?" Die Worte kamen nur mühsam aus ihrem Mund, so als sei jeder Muskel darin lahmgelegt.

Er lachte lauthals, den Kopf in den Nacken geworfen. Er fühlte sich unbesiegbar.

Sein Lachen verstummte so schnell, wie es begonnen hatte. „Was habe ich mit diesem tollwütigen Vieh wohl gemacht?", begann er mit eiskalter Stimme. „Und mit dem anderen Gaul, musst du auch noch fragen. Los! Frage!"

Bevor Mia es tun konnte, begann er plötzlich zu singen: „Ich bin der Doktor Eisenbart, kurier' das Vieh auf meine Art. – Den Gaul habe ich ordentlich zur Ader gelassen. So hätte ich das auch bei eurem Vater machen sollen, aber für den hatte ich mir was anderes zurechtgelegt."

„Warum? Was haben wir dir getan?" Mia verlegte sich auf Sanftmut. Bisher hatte ihr das bei ihren Peinigern immer einen Aufschub verschafft. Jason jedoch schien es nur noch wütender zu machen. Er packte sie an den Haaren und zog sie hoch, sodass Mia vor Schmerz und Schreck aufschrie. „Das fragst du noch, du miese, kleine Schlampe? Was habt ihr mit meiner Schwester gemacht. Rede!"

„Wir haben nichts gemacht", japste Mia, halb bewusstlos vor Angst. „Mama ist weggegangen."

„Lüge!" Er ließ sie fallen wie einen Sack. Beim Aufprall spürte Mia ihr Telefon in der Hosentasche. Fred hatte es ihr gestern gegeben. Sie griff es und rollte sich wimmernd zusammen. Mit geschlossenen Augen wischte sie die Entsicherung über das Display und hoffte, dass der Lichtschein nicht zu entdecken sei. Es waren nur zwei Nummern eingespeichert. Im Blindflug drückte sie auf eine. Fred oder die

Anwältin. Sie würden beide begreifen, was hier geschah. Doch dann erscholl ein verräterisches Tuten. Sie hatte den Lautsprecher an.

Sofort war er bei ihr. „Was haben wir denn da?" Er riss ihr das Telefon aus der Hand und stieß sie mit einem Fußtritt zurück. „Du raffiniertes Miststück!"

Er hatte die Verbindung getrennt. Doch dann erkannte er, wen Mia hatte anrufen wollen. „Die fesche Frau Anwalt, sieh einer an." Er drückte die Wahlwiederholung. Das Gewehr hielt er unvermindert auf sie gerichtet. „Mia? Hallo?", hörte sie Julias Stimme. „Gibt es Schwierigkeiten?"

Jason gönnte sich ein paar vertiefte Atemzüge, die ein perplexes Schweigen auf der Gegenseite auslösten, bis sie begriff. „Jason!"

Er erlaubte sich ein höhnisches Lachen. „Der böse Bube, ja, genau der." Dann wurde seine Stimme drohend. „Ich rate dir, hier mitzuspielen, sonst könnte einer deiner Schützlinge draufgehen."

„Was willst du spielen?", fragte Julia.

„Deine Unwissenheit kaufe ich dir nicht ab, Frau Anwalt", bellte er ins Telefon. „Ich will wissen, was mit meiner Schwester passiert ist. Ich will wissen, was diese saubere kleine Familie mit Marion gemacht hat."

Er war mit jedem Wort lauter geworden. Das Gewehr zitterte in seiner Hand vor Erregung. Dabei überhörte er den weichen Hufschlag auf der Weide.

Mia sah den Schatten über ihnen aufsteigen. Sie schrie. Er schoss. Ein kurzer scharfer Schmerz. Dann Dunkelheit.

*

„Zum Jeep, schnell!", rief der Wald-Müller. Sie hatten den Schuss gehört. „Sie müssen bei den Krahls auf dem Hof sein."

Julias Hände bebten. „Ich rufe die Polizei."

„Und einen Krankenwagen."

„Und einen Krankenwagen", wiederholte Julia mechanisch, während sie ihm hinterherstolperte. „Das sollen die gleich mit erledigen."

Sie war kaum im Wagenfond, als Thomas auch schon losbrauste. Julia musste schreien, als sie den Notruf erreichte. „Hauptkommissarin Walther, ja. Es geht um den flüchtigen Jason Grünert. Er hat eine Geisel. Es sind Schüsse gefallen. Hof der Krahls." Sie nannte die Adresse.

Mit halsbrecherischer Geschwindigkeit rumpelten sie den Waldweg hinunter zum Eichengrund und brausten über den Feldweg zum Hof der Krahls. Das Hoflicht brannte. Jessys Pferdetransporter stand auf dem Hof. Als sie ausstiegen, hörten sie ein Brüllen. Regs Jaulen und Winseln untermalten die grauenvollen Schreckenslaute.

Julia und Thomas wechselten einen Blick. „Jessy!"

Sie rannten durch den Stall zu der zerbrochenen Wand. Dort hielten sie inne und spähten hinaus. Thomas hielt sein Gewehr im Anschlag. Jessys Brüllen war in ein Wimmern übergegangen. Noch nie hatte Julia einen solchen jammervollen Ton von einem Menschen vernommen. Schnell liefen sie zu Jessy hinüber.

Julia schaltete ihre Lampe an, ließ den Lichtkegel jedoch nur zu ihren Füßen über das Gras wandern. Der Anblick war zu schrecklich, um ihn näher zu beleuchten.

Jessy wiegte ihre kleine Schwester. Leblos und blutüberströmt hing Mia in ihren Armen. Neben den Schwestern lag der Border Collie. Seine Ohren spielten unentwegt. Die weit aufgerissenen Augen des Hundes waren auf Lotta gerichtet. Die Stute lag röchelnd auf der Seite. Eine tiefe Risswunde durchzog ihre Brust, aus der immer noch Blut sickerte. Zu ihren Hufen lag der zerschmetterte Jason. Julia zwang sich, hinzugehen und sich von seinem Tod zu überzeugen. Ihr Telefon brummte. Die Hauptkommissarin war dran. „Ich bin vor Ort“, sagte Julia, bevor die Ermittlerin beginnen konnte. „Jason ist tot. Wir brauchen neben dem Krankenwagen dringend einen Tierarzt hier.“

„Wir sind ganz in der Nähe“, sagte die Hauptkommissarin. „Bitte rühren Sie nichts an“, warnte sie und verbesserte sich sofort. „So wenig, wie Ihnen möglich ist.“

„Natürlich“, sagte Julia. Sie spürte, dass ihr Tränen über die Wangen liefen. „Schicken Sie nur schnell Hilfe für die Verletzten, für die …“

„Sie lebt, Jessy. Mia lebt“, hörte sie Thomas rufen. „Der Schuss ist glatt durch die Schulter gegangen.“

Vom Dorf her war bereits das Martinshorn zu hören. Die Kommissarin hatte Wort gehalten. Julia kauerte sich neben die verletzte Stute. Sie streichelte ihr über die Nüstern und flüsterte ihr kosende Worte zu, wie sie es bei ihrem Kind tat, um es zu beruhigen. „Lotta, starke Lotta. Du Tapfere, du Schöne. Du hast ihn besiegt.“

23. Kapitel

Nun bin ich manche Stunde
Entfernt von jenem Ort,
Und immer hör ich's rauschen:
Du fändest Ruhe dort!"

– Wilhelm Müller, Der Lindenbaum

„Zum Palmsonntag ausgerechnet", beschwerte sich Ella-Ma. „Konnten sich die Krahls nicht einen anderen Tag dafür aussuchen? Das Ganze liegt doch nun schon ein halbes Jahr zurück. Sie sollten ihren Frieden machen."

„Genau das wollen sie", sagte Julia und gab ihrer Großmutter einen Versöhnungskuss. „Sie haben mich eingeladen, bei diesem kleinen Ritual dabei zu sein."

„Was denn für ein Ritual?"

„Sie haben einen Baum gepflanzt oben am Kaltenborn, eine Linde."

Ella-Ma nickte versöhnt. „Immerhin einen Friedensbaum. Hauptsache. Ihr seid dann rechtzeitig im Erbgericht. Trude hasst es, wenn wir zu spät mit dem Essen anfangen."

„Wir werden pünktlich am Tisch sitzen", versprach Julia. „Paul ist mein Zeuge und natürlich Phi. Wir machen einen Spaziergang dahin."

So zogen sie wenig später zu dritt los, gingen über den Viebig hinaus auf die kleine Straße zwischen den Feldern, wo die jungen Saaten in der Frühlingssonne so hell grünten, dass es ihnen in den Augen schmerzte. Sophia tanzte vor ihnen herum und haschte nach allem, was Flügel hatte.

„Was sagt denn eigentlich dein Anwaltsgewissen, wenn du sie mit einem Mord davonkommen lässt."

„Totschlag", korrigierte Julia. „Ich würde sogar auf einen Unfall mit Todesfolge plädieren. Krahl hat Marion abhalten wollen, auf Jessy loszugehen. Er hat so vieles von ihr ertragen, auch Gewalt, doch als sie seine Töchter angriff, hat er sich nicht zurückhalten können. Ein Akt der Notwehr."

„Aber das Zerstückeln der Leiche und ... meine Güte! Ich werde nie wieder Wildschwein essen können."

Julia knuffte ihn in die Seite. „Ich auch nicht, mein Lieber." Sie schüttelte sich. „Krahl hatte Angst, dass man ihm die Mädchen wegnimmt, wenn er sich bekennt."

„Damit hatte er sicher recht", meinte Paul noch immer missbilligend.

„Jedenfalls holte er sich Rat beim Wald-Müller", fuhr Julia fort. „Von dem stammte wohl die Idee mit den Wildschweinen. – Wie auch immer: Das ist alles verjährt."

„Wenn sie keine Strafverfolgung mehr zu befürchten haben, warum stellen sie sich dann nicht?", fragte Paul. „So könnten sie reinen Tisch machen."

„Ich hatte Ihnen das angeboten, aber sie wollen es ihrem Vater nicht zumuten."

Sie gingen eine Weile schweigend.

„Vielleicht hast du recht, Justitia ist an dieser Stelle wohl etwas zu spät dran." Paul fasste ihre Hand. „Und schließlich ist schon ein Strafgericht über die beiden Männer gekommen."

„Ja", sagte Julia still. „Und auch über Jason."

„Ist die Stute wieder fit?"

Julia schüttelte den Kopf. „Sie wird nie mehr so hart arbeiten können wie vordem. Jessy behält sie trotzdem."

„Was? Keine Pferdewurst?"

Paul zog sie auf, das wusste sie. Dennoch trommelte Julia spielerisch auf seinen Arm. „Du schrecklicher, roher, gefühlloser Mensch!"

Paul lachte. „Weiß schon, heute gibt es vegetarische Kost im Erbgericht."

„Genau, du ignoranter …"

„Nicht den Papa hauen", kam Sophia angeeilt.

Eine freundliche Frau Fuchs wippte in ihrem kleinen Rucksack, die Nachfolgerin des unglücklichen Herrn Hase. Nach der Entlassung des Stofftieres aus dem Zeugenstand hatten Julia und Paul einmütig beschlossen, den kontaminierten Herrn Hase heimlich zu beerdigen. Nach angemessener Trauerzeit hatte Frau Fuchs mit ihrem Plüschgesicht Eingang in Sophias Kinderherz gefunden.

„Schau Sophia, da sind die Pferde", lenkte Paul seine Tochter ab. „Das große da ist eine Heldin, weißt du? Eine berühmte Kriegerin."

„Was hat sie gemacht?"

„Das erzähle ich dir, wenn wir oben im Wald sind", versprach Julia. „Jetzt müssen wir uns beeilen. Ich glaube, die sind schon alle am Kaltenborn."

*

„Danke, dass Sie gekommen sind, Frau Eisler."

Julia betrachtete den einst so starken Mann, der eingesunken im Rollstuhl saß. Der alte König des Waldes, kam es ihr in den Sinn. Das Sonnenlicht tanzte in den frühlingsgoldenen Buchenkronen. Krahls Töchter standen hinter ihm wie Wächterinnen. Die zarte Mia, die an diesem Tag so entschlossen wirkte wie nie. Jessy, die Riesin, deren Gesicht noch gerötet war von der Anstrengung, den Rollstuhl hier heraufzuschieben. Die kleine Schicksalsgemeinschaft hatte soeben die letzten sterblichen Überreste von Marion unter den Wurzeln der jungen Linde beerdigt.

„Vielleicht sollten wir ein paar Worte sagen?", meinte Thomas. Er stützte sich auf den Spaten. Sie scharten sich um das Lindenbäumchen, falteten ihre Hände, doch kein Gebet vermochte über ihre Lippen zu kommen. Lichtstrahlen spielten in den zartgrünen Blättern des jungen Baumes, der nun ein Geheimnis zwischen seinen Wurzeln barg. Ein pfiffiger Frühlingswind sang sein Lied in den Bäumen am Kaltenborn. Sie schwiegen.

Selbst Sophia nagte andächtig an Frau Fuchs. Sie war mit Paul etwas abseits der Gruppe stehen geblieben.

„Meine Großmutter sagte vorhin, die Linde ist ein Friedensbaum", bemerkte Julia dann still. „Vielleicht ist es gut, Frieden zu machen an diesem Ort. Frieden mit dem, was geschehen ist."

Ein tiefer Seufzer entrang sich der Brust Krahls. „Frieden!" Tränen rannen ihm über die Wangen. „Ich bitte um Frieden", flüsterte er.

„Vater", sagte Jessy alarmiert, „lass es gut sein."

„Nein, ich will um Vergebung bitten. Ich will Frieden schließen und hoffen, dass Gott mir vergibt." Er sah Julia an. „Würden Sie mir helfen?"

Julia kauerte sich neben seinen Rollstuhl und ergriff seine Hand. „Was ich kann, will ich gern für Sie tun." Sie lächelte ihn an.

Weitere Tränen liefen ihm über die Wangen. „Ich habe sie so geliebt, die Marion, so geliebt. Ich habe das nie gewollt."

„Das wissen wir doch, Papa", sagte Jessy betroffen.

„Warum kommen Ihr Mann und Ihre Kleine nicht mit herüber?", fragte Mia, der die Situation Pein bereitete.

Julia winkte sie heran. Sophia näherte sich schüchtern, während sie weiter das Ohr von Frau Fuchs beknabberte.

„Hallo, meine Kleine", begrüßte Jens Krahl sie freundlich. „Das ist schön, dass du mich wieder besuchen kommst." Seine Tränen versiegten.

„Was macht ihr denn hier?"

„Wir haben einen Baum gepflanzt, einen Lindenbaum. Siehst du, da drüben." Er zeigte mit seinem gesunden

Arm auf das Bäumchen. „Es ist noch ganz klein. Aber eines Tages wird es groß und stark sein, so wie du später auch.“

Sophia nickte ernsthaft. Sie ließ den Mann nicht aus den Augen. „Bist du auch ein Krieger wie dein Pferd?“

„Ein Krieger?“ Hilfesuchend sah er zu Julia hoch.

„Das ist die Sage von dem mächtigen Pferd Lotta“, begann Julia nun ihre versprochene Geschichte. „Es wohnte mit seinem Bruder Pip auf dem Hof des Waldkönigs und seiner beiden Töchter. Eines Tages kam ein Bösewicht in das Königreich und wollte die eine Prinzessin rauben und sie verzaubern. Doch das mächtige Pferd Lotta stieß den Bösewicht einfach weg, sodass er nie wieder Böses machen konnte. Die Prinzessin war frei und sie lebten alle gemeinsam glücklich bis ans Ende ihrer Tage.“

„Nicht schlecht“, grinste Jessy.

Mia applaudierte, dann streichelte sie Sophia über den Kopf. „Kommst du denn bald zu uns in den Kindergarten?“, fragte sie nun schon viel fröhlicher.

„Ich gehe mit Bennie“, antwortete Sophia.

„Es ist ein inklusiver Kindergarten in Bautzen“, erklärte Julia. Sie seufzte heimlich, doch nur aus alter Gewohnheit. „Das ist besser für mich zu organisieren.“

„Bennie und Sophia sind gute Freunde“, ergänzte Paul voller Stolz auf seine große Tochter und auch ein wenig auf Julia. Er legte den Arm um sie.

Sophia verlor bereits wieder das Interesse an den Gesprächen der Erwachsenen. Dafür zeigte sie ehrfürchtig auf Mias Unterarm, auf dem eine frische Tätowierung prangte. „Ist das eine Schlange?“, flüsterte sie.

„Ja, das ist eine Schlange.“

Bereitwillig zeigte Mia den Umstehenden Charlies neueste Tattoo-Kreation. Eine Rose und ein Herz, umwunden von einer böse blickenden Schlange.

„Kann die zaubern?“, fragte Sophia beeindruckt.

„Die kann mich warnen", sagte Mia ernst. „Wenn ich mein Herz mal wieder verschenke, soll sie mich daran erinnern, dass es manchmal auch böse Menschen gibt, weißt du?"

Sophia nickte ernsthaft. „Böse Wichte!"

Danksagung

Diese Geschichte ist auch eine Danksagung an unseren Wald, eine Huldigung dieses grünen Refugiums, das so bedroht und verletzt ist, dass große Teile im Sterben liegen. Diese Veränderung macht mich wie so viele Menschen in meiner Heimat betroffen und traurig. Deshalb ist dieser Krimi dem Wald gewidmet und finden sich zu jedem Kapitel passende Gedichte.
Ich danke allen Freunden des Waldes, die sich für seine Pflege, seinen Schutz und Erhalt einsetzen. Fleißige Arbeiter, Hüter des Waldes, Pfleger und Verwalter. Besonders danke ich Andreas, für deine Gedanken dazu und dafür, dass du mir erzählt hast, wie ein Baum fällt.
Ich danke meinem lieben Mann für alle Unterstützung und vor allem für die Geduld, wenn ich wegen der Arbeit an diesem Buch wochenlang im Ausnahmezustand war. Danke für deine Liebe und Stärkung.
Meiner lieben Autorenfreundin Jana Thiem danke ich ganz herzlich für die Zittauer Inspirationen. Ich freue mich schon auf unsere nächsten gemeinsamen Schreibprojekte.
Ein herzliches Dankeschön an Karin Damaschke, der Lektorin aller meiner Krimis dieser Reihe. Dein famoses Sprachgefühl und deine unbestechliche Genauigkeit helfen mir immer wieder, aus Ideen gut lesbare Geschichten werden zu lassen.
Ich danke Annalena Weber für die eindrucksvolle Gestaltung des Covers, die genau die Stimmung dieses Krimis einfängt und widerspiegelt.
Ein ganz großer Dank geht an meinen Verleger Dr. Andreas Gerth vom Oberlausitzer Verlag, bei dem die Taschenbücher dieser Reihe erscheinen. Danke für deine Geduld